とある魔術の禁書目録《インデックス》×電脳戦機バーチャロン

とある魔術の電脳戦機
バーチャロン

鎌池和馬

イラスト・カトキハジメ

キャラクターデザイン／はいむらきよたか・カトキハジメ・竹

デザイン・渡邊宏一(2725 Inc.)

■『電脳戦機バーチャロン』とは――

1995年にセガが発売した、伝説的アーケードゲーム。プレイヤーは、3DCGで描かれた「バーチャロイド(Virtuaroid)」と呼ばれる巨大なロボットで対戦するアクションゲーム。現在までのシリーズ全4作品（初代、オラトリオ・タングラム、フォース、マーズ）の全バーチャロイドのメカニックデザインをカトキハジメが担当している。ゲームの舞台は、電脳暦とよばれる、巨大企業群がインフラから政治までグローバルに統治する未来世界。権力闘争は情報領域へとフィールドを移していたが、その一方で物理的にリアルな戦争への欲求は絶ちがたく、巨大人型兵器「バーチャロイド」が誕生する。やがて時代は、バーチャロイドを代理戦争「限定戦争」の主役に据えて暴走をはじめるのだった――。

http://virtual-on.sega.jp/

テムジン MBV-707-G TEMJIN

攻撃力や防御力、機動力などの総合的なバランスを重視した万能型バーチャロイド。初心者にも扱いやすい武装だが、技量次第であらゆる機体と互角以上に戦える。ソードやボムで対戦相手の攻撃を消滅させながら中距離からのランチャーショットでダメージを狙う。本機の最大の特徴は、目的に応じて逐次変形する多目的ランチャー「スライプナー」を装備している点にある。

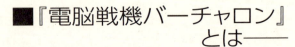

ライデン HBV-502-H8 RAIDEN

一連の機体の中では初期に実用化されたものだが、トップクラスの攻撃力と防御力を持つ重戦闘バーチャロイド。いずれの武器も威力が高く、特に肩部ユニットから発射されるレーザーの破壊力は抜群である。対戦相手の進路を予測してレーザーを発射できるようになれば、スピードが速い機体に対しても優勢を保てる。

フェイ・イェン・ザ・ナイト
RVR-14 Fei-Yen Kn

トップクラスの機動力と手数の多さで防御力の低さをカバーする。素早い動きと絶え間ない攻撃で相手を翻弄できれば射撃戦、近接戦ともに優位に立つことができる。一定以上のダメージを受けると機体がハイパー化して黄金色となり、攻撃力や機動力がアップする。

スペシネフ **RVR-87 SPECINEFF**

死神のような外見を持つバーチャロイド。相手の武器を封印する能力のほかに、貫通性能のある攻撃で障害物越しでも相手にダメージを与える。近接戦闘の機動性も高い。ただし、高い攻撃力とは対照的に防御力が極めて低いため、勝利のためには的確な回避テクニックが求められる。

バル・バドス
XBV-819-tr4 BAL-BADOS

ランチャーを切り離して攻撃できる特殊なバーチャロイド。誘導性能の高いマインと相殺性能の高いリングビームで相手を翻弄する。攻撃方法が複雑なため使いこなすには高いスキルが必要だが、切り離したランチャーを相手の死角に設置できるようになれば戦闘を有利に進めることができる。

エンジェラン **SGV-417-I ANGELAN**

氷竜の召喚や相手を凍結させる光弾など、変則的な攻撃を行う。ダッシュ攻撃後の隙が無く連続して行動できるのが特徴。高性能アーマーで多くの攻撃を弾き返すが、機体の強度は低いので些細なミスが大ダメージに繋がりやすい。回避優先の戦闘スタイルが基本となる。

サイファー
RVR-42 CYPHER

防御力と引き換えに最高クラスの空中機動力を手に入れたバーチャロイド。攻撃性能が高く、空中ダッシュ中は二回攻撃が可能となるため対戦相手を容易に近付かせない。戦闘機形態での突進攻撃をヒットさせせることができれば重量級相手でも大ダメージを与えることができる。

グリス・ボック
SAV-326-0/9 GRYS-VOK

全身火薬庫のバーチャロイド。大量に発射されるミサイルは追尾性能が高く、対戦相手との距離が遠いほどその威力を発揮する。ミサイルの再装填も早いため、連続して射撃を行うことが可能。対戦相手と十分な間合いを取り続けることができれば一方的な展開に持ち込める。

アファームド・ザ・バトラー
RVR-39 APHARMD B

両腕にビームトンファーを装備した格闘特化型バーチャロイド。ダッシュ性能が高く、近接攻撃の有効範囲が広いのでトンファーでの直接攻撃が積極的に狙える。ナパーム等を有効に活用して相手の至近距離に食いこめば、圧倒的な強さを発揮する。

ドルドレイ
RVR-68 DORDRAY

高い防御力と攻撃力を備えた突撃型バーチャロイド。左腕のドリルは障害物を貫通する能力があり、対戦相手が障害物に隠れていても攻撃可能。右腕のクローを切り離して相手に食いつかせることで動きを封じられれば、より確実にダメージを狙える。

用語集

■『次世代競技』としての『電脳戦機バーチャロン』とは――？

実際の街並みに出現する巨大なバーチャロイドで行う格闘戦ゲーム。超能力者（レベル5）だろうが無能力者（レベル0）だろうが、テクニックさえあれば誰もが対等に渡り合えるため、学園都市の生徒間で爆発的に広まっていった。街中で戦うと言っても、流れ弾でビルが吹き飛ばされたり、巨大兵器によって通行人が踏み潰されたり……といったことは無い。近頃、学園都市を席巻している最新のポータブルデバイスを介して、これらの戦いが表現されているからだ。次世代競技バーチャロンで相手に勝つ方法は二つ。一つ目は競技上のポイントをより多く奪って最終集計に望む事。二つ目は対戦チームの機体全てを破壊する事。学園都市にある各学区で予選を行い、全二三の学区の代表がしのぎを削る『本選』へ挑み、決勝で勝利すれば、名実共に最強の使い手となる。

■競技ルール

三セット中二セット先取で競技は終了する。ただし、普通の格闘ゲームと違って体力や装甲のゲージの削り合いが主目的ではない。柔道やレスリングのように『有効打』にもとづくポイントが勝敗の判定基準になる（つまりEスポーツの一種）。バーチャロンは各セットをポイントの大小で勝敗を決し、基本的に三セット中二セット先取で勝敗が決まるが、KOも存在する。また、チームが所有する全機体を全損させられるとその時点で敗北となり、ゲーム終了となる。

■ポータブルデバイス

バーチャロンをプレイする上で活用される携帯端末。ゲームだけでなく、日常生活のサポートをしてくれる機器。そもそも上条は、このポータブルデバイスに電子クレジットを補充するついでにバーチャロンをプレイした。

■Vコンバータ

バーチャロイドは実物がそこにあるわけではなく、データを実体化して戦わせるという定義である。『Vコンバータ』はそのシステムの中核を担う。さらにその奥にある『Vディスク』が、いわばバーチャロンという機体の設計図のようなもので、この『Vディスク』のデータを読み取って機体を具現化する。

■Vクリスタル質

別世界において『ムーンゲート』と呼ばれる月の遺跡に大量に堆積していた物質。これらを粉砕、巨大ディスクに均一に塗布したものが『Vディスク』であり、つまり『Vコンバータ』の核となる材料である。

■クレードル筐体

基本的に次世代競技バーチャロンはポータブルデバイス一つで行えるが、学園都市に点在する『センター』に設置された、卵に似た形のクレードル筐体に閉じこもってプレイするユーザーも多い。これは、より高密度な映像、そしてわずかでもレイテンシーの少ない環境を手に入れるためである(ただし、クレードルの中でもコントローラーとしてポータブルデバイスを操作する)。たとえるならば、同じ映像を楽しむのでも、『携帯プレーヤー』と『ホームシアター』の差があるようなもの。

■リリナ

ユーザーがポータブルデバイスにプライベート登録をすると、自動的に起動するサポートAI。一つのデバイスに一体格納されている。主に、バーチャロンに関する情報提供や、バトルでの補助をしてくれる。どうやら、高度な学習機能もあるようで、ユーザー毎にその性格は千差万別。

■マテリアルアナライズ

ポータブルデバイスを、なにかの物体にかざしてターゲットするだけでその特徴や性質を読み取ってバーチャロイドに組み込むサービス。機械的でも生物的でも、どちらも対応しており、たとえば実在の兵器の構造を組み込んだり、昆虫や動物の生態を取り入れるといったことも可能。こういった、非常に自由度の高い『機体カスタム』も、バーチャロンの特性のひとつである。

■ブルーストーカー

青色のバーチャロイド『サイファー』のこと。デフォルトのカラーリングには存在せず、ユーザーネームも文字化けしている。健全な対戦中に、いきなり乱入をしては全てを破壊して去って行く無法プレイヤー。

その『異名』のとおり、誰かを追いかけているようだが……。

■リバースコンバート

学園都市で噂されているバーチャロンの機能(?)の一つ。次世代競技としてのバーチャロンではマテリアルアナライズを活用し、乗機バーチャロイドのパラメータ補正を行えるが、『リバースコンバート』は逆に、カスタムしたバーチャロイドからプレイヤーへ補正データを移す事ができる、らしい。ただし、マテリアルアナライズがどのようにしてバーチャロイドへ補整効果を与えるのかについても謎が多く、さらに言うなら、バーチャロイドを操る「『人体』にまで還る」との情報もあり……。

■不死鳥

学園都市のアングラ系ネット検索エンジン。通常なら見つからないような情報も探し出せるようだが、基本的にこの検索エンジンは悪意の坩堝であり、まともな人間が下手に長居すると人格が壊れてしまうこともある。

■タングラム

別次元からの情報によると、『あらゆる事象の中心点とでも呼ぶべき存在』であり、『単一の存在でありながら、あらゆる並行世界で同時にアリバイを持つ』、時空因果律制御機構。接触に成功すれば、時間、因果、運命、そうした手の届かないもの全てを掌握でき、文字通り世界を手中に収める事ができる。

■リリン・プラジナー

あらゆる最先端技術を開発し、管理する少女。タングラムの生みの親ともされる。

■コードフェニックス

不明。

序章

「……っづ」

束《つか》の間《ま》。

ツンツン頭の少年、上条当麻《かみじょうとうま》は自分がどこにいるのかさえ忘れかけていた。

頭の奥《おく》に響《ひび》く鈍痛《どんつう》。

目覚まし時計よりも意識に突《つ》き刺《さ》さるアラート。

体感的には決して広くない、繭《まゆ》のような紡錘形《ぼうすいけい》の機内。奇怪《きかい》なほどに柔《やわ》らかく、そして吸いついて離《はな》れない背中の感触《かんしょく》。両手にあるのはチョコレートの箱よりわずかに大きい程度の機材。

そこにある親指で操《あやつ》るスティックといくつかのボタンだけが命綱《いのちづな》。

繭《まゆ》の内側には何もない。シートベルトはなくても自然と体は座席に固定されているし、従来の戦闘機《せんとうき》のように大小無数のモニタやボタン、スイッチなどで埋《う》め尽《つ》くされている訳でもない。

オプション機能で好きなようにレイアウトはいじれるのだろうが、『機体』を動かすだけなら手の中の小さな『機材』が一つあれば十分だ。

だがその命綱《いのちづな》だって、『本当にそこにあるか』は実際の所誰《だれ》にも分からない。

手の中のデバイス、いや『乗り込《のこ》んでいる』と体感する上条当麻《かみじょうとうま》自身の存在もあやふやだ。

ただ、それには触《ふ》れる事ができて、触《ふ》れてしまえば明確なレスポンスが返ってくるというだけの話。そして、それだけ分かれば今は何も問題はない。

「……ッ!!」

急速に、世界が広がる。

単なるモニタ越《ご》しに情報を得ているのとは違《ちが》う。繭《まゆ》のような機内にいながら、少年は空気の温度や焼け付くような匂《にお》いどころか、五感のどれにも当てはまらない気配や殺気のようなものまではっきりと感じ取る。

ようやく、思い出した。

ぐらりと重たい頭を立て直し、鉄錆臭《てつさびくさ》い唇《くちびる》を噛《か》み締《し》める。

為《な》すべき事を出力する。

「……いいか、テムジン」

呻《うめ》くように、呟《つぶや》く。

「お前は人殺しの道具なんかじゃない。俺《おれ》がそんな風にはさせない」

改めて手の中の機材に触《ふ》れる。親指でスティックの頭を小さく撫《な》でて、掌《てのひら》全体でその硬《かた》さを確かめ。全《すべ》てを預けて。

彼《かれ》は言う。

「だからお前の力を貸してくれ。あの子を助け出すために!!」

第一章

1

たまの連休の、最初の一日目。

学園都市第七学区にある学生寮《がくせいりよう》では、真っ白な修道服を着た長い銀髪《ぎんぱつ》のシスター、インデックスがフローリングの床《ゆか》をごろごろしながらこんな風に言った。

「とうまー。なんかピコピコがうんともすんとも言わなくなったかも」

「うん？　電子レンジを怖《こわ》がり乾燥機《かんそうき》の中で回転する衣類を眺《なが》めて目を回すお前が携帯《けいたい》ゲーム機を……っていうか機械系をいじくっているなんて珍《めずら》しい」

そう答えたのはツンツン頭の少年、上条当麻《かみじょうとうま》だ。

インデックスは筆箱よりはちょっと大きい、くらいのサイズのモバイル機器をぶんぶん振《ふ》り回《まわ》しながら、

「だってバーチャロンは一回一回の敗北が力になるって偉《えら》い人が言ってた！　だから強くなる

にはどんどん戦わないとなんだよ‼」

「一体どこの誰《だれ》なんだ偉《えら》い人……？　あのインデックスをここまで聞き分け良くするからにはよほどのオーラが出ているに違《ちが》いあるまい。そもそもバーチャロンが何だかいまいち分かってないけど」

何かしらブームが到来《とうらい》しているようだが、バーチャロンというゲームには触《ふ》れた事がない上《かみ》条《じょう》にはいまいちピンと来ていない。学園都市のあちこちにポスターが貼《は》られているから、カラフルなロボットが戦うもの、くらいの印象だ。

彼《かれ》は彼《かれ》で、インデックスから手渡《てわた》されたモバイルに目をやり、あれこれいじって、

「ありゃ、ファームの更新《こうしん》ってウィンドウが出てるな。こりゃ一度センターに行かなきゃダメっぽいぞ、インデックス」

「ファームの、更新《こうしん》……？　私は別にブドウ園なんて経営していないんだよ、とうま」

「畑って意味じゃねえよ」

上条《かみじょう》は呆《あき》れたように息を吐《は》きながら、

「まあ、俺《おれ》もそろそろクレジットを補充《ほじゅう》しなきゃだし、一緒《いっしょ》にセンターにでも行こうか」

「ん？　こーしんはここじゃできないの、とうま？」

「なんか改造データ対策とかで、ちっとも中に触《さわ》らせてくれないんだと」

究極のセキュリティとはあらゆるネットを断線して外部記憶装置《がいぶきおくそうち》も取り外してしまう事だが、

それではマシン一つで完結してしまい、どこことも送受信できなくなる。安全対策とは詰《つ》まるところ『どこまで不便を許容できるか』なのだが、このポータブルデバイスはかなり『安全優先』の方に天秤《てんびん》が傾《かたむ》いている印象だった。

「あんまりゲームやらないけど、でも気がついたら指先でつついているよな、このデバイス。触《さわ》っていると落ち着くっていうよりも、触《さわ》っていないと落ち着かないに近いっていうか。電車の改札、ATMの操作、料理のレシピ……ああ、画面見せるだけで割引してもらえるクーポンはもう手放せない……」

フック状のストラップを使ってズボンのベルト辺りに件《くだん》のポータブルデバイスを引っかけ、「うーい、そんな訳で出かける準備するぞ、インデックス。俺《おれ》はガスの元栓《もとせん》とか戸締《とじま》りとかチェックするから、お前は三毛猫《みけねこ》拾って来い」

「らじゃーなんだよとうま！　ふふふ、早くバル・バドスに会いたいなー」

「またすごい名前だな。魔道書図書館《まどうしよとしょかん》のお前に言うのはあれだけど、床《ゆか》に魔法陣《まほうじん》でも描《えが》いて呪文《じゅもん》を唱えたら出てきそうな感じがするし」

「だってバル・バドスは美味《おい》しそう」

「おいし、何だって⁉」

「バル・バドスはグレープ味な感じ。ライデンはブラッドオレンジでしょー、スペシネフはバニラとミントでー、グリスボックは緑だからライム系！　みんな捨てがたいなあ……じゅるり」

「いかん、グミとか炭酸飲料とかに変換《へんかん》されているのか⁉　い、いったん落ち着こうインデックス。ほとんど聞きかじりの俺《おれ》がゲーマーモード入ってるお前に口出しするのは無礼だと分かった上で言うけど、街の壁《かべ》とかに貼《は》られたポスターとか見る限り、バーチャロイドって基本的にメカ系なんじゃなかったっけ⁉」

「電脳虚数空間《でんのうきょすうくうかん》に正しい答えなんてないんだよ！」

「早速《さっそく》ワカンナイ単語で返されたぞ。にしたってあれが人型のお菓子《かし》の家だと思っているのはお前くらいのもんだと思うけどな！」

そんなこんなありながら、上条達《かみじょうたち》は学生寮《がくせいりょう》を出る。

休日の朝は抜《ぬ》けるような快晴で、学校がないからか行《ゆ》き交《か》う人々も多い。ダイエット中なのかその辺でジョギングしている女の子、大型犬の散歩をしている男子、何かの動画を配信している最中なのかレンズを構えたままゆっくりぐるりと回転している青年、まあ色々。みんながみんな、例のポータブルデバイスを手にしたり、腰《こし》に装着したりしていた。

「増えたよなあ、ここ最近。まあ人の事は言えないけどさ」

ポータブルデバイスは携帯《けいたい》ゲーム機やモバイル機器というより、もはや『何でもできる小さな箱』に近いのかもしれない。カロリー計算、音楽の持ち運び、映画《えいが》鑑賞《かんしょう》、放送の中継《ちゅうけい》機材《ざい》……使う人によってその分類も千変万化《せんぺんばんか》する。

携帯電話《けいたいでんわ》の漢字《かんじ》変換《へんかん》のせいで漢字の読み書きが苦手になった人も増えたように、場合によっては簡単な計算や英単語なんかに支障が出ている人もいるくらいなのだとか。

「みんなバーチャロイドのぷにぷに感には敵《かな》わないんだよ。データのくせに腹の虫を刺激《しげき》するとは何事か……」

「いやだから、確かに滑《なめ》らかには動くけども、グミとかプリンみたいにぷるんぷるん震《ふる》えるものじゃないと思うぞあれは⁉」

そんな風に上条《かみじょう》が叫《さけ》んだ時だった。

頭上から大きな影《かげ》が差した。

かと言って、それは分厚い雲が太陽を遮《さえぎ》ったとかいう話ではない。


ゴッキィィィィィィンッッッ‼‼‼　と。

学校の校舎よりも巨大《きょだい》なバーチャロイドが二機、剣《けん》と杖《つえ》を叩《たた》きつけて睨《にら》み合《あ》っている。


片やフェイ・イェン。

ロボット（?）らしからぬ細身の少女をモチーフにしたようなバーチャロイドで、ヘッドパーツはツインテール風、腰回《こしまわ》りにはミニスカートじみた特殊装甲《とくしゅそうこう》を備えたモデルだ。主要な武装は右手に備えたレイピア風の近接剣《きんせつけん》『愚者の慈愛《ぐしゃのじあい》』で、遠近両方に振《ふ》るわれる。

片やエンジェラン。

こちらもこちらで少女をモチーフにしたバーチャロイドだが、長いポニーテールにロングスカート風の装甲《そうこう》と、フェイ・イェンに比べるとやや落ち着いた印象がある。主要な武装は手にした杖状《つえじょう》のデバイス『対偶《たいぐう》の法杖《ほうじょう》』だが、本領は近接での殴《なぐ》り合《あ》いではなく遠距離《えんきより》からの各《かく》種砲撃《しゅほうげき》。単純な破《は》壊力《かいりょく》の他、様々な妨害効果《ぼうがいこうか》を生み出して敵機を翻弄《ほんろう》させる事でアドバンテージを得る機体だ。

特殊《とくしゅ》なカスタムを施《ほどこ》しているのか、両者とも普通《ふつう》では見られないカラーリングだった。フェイ・イェンは明るい紫色《むらさきいろ》を基調としたチアリーダーみたいな配色になっていて、エンジェランは黄色と黒という殺人蜂《さつじんばち》じみた警戒色《けいかいしょく》。

あまりゲームマシンとしてポータブルデバイスを使わない上条《かみじょう》は詳《くわ》しい話は知らない。ただ、あちこちの壁《かべ》に貼《は》られたポスターを見る限り、そういう名前の機体や武器らしい。

上条達《かみじょうたち》を足元に置いたまま二度三度と近接の殴《なぐ》り合《あ》い。

ザザザザ!!　と余波のような突風《とっぷう》に街路樹の枝葉が揺《ゆ》さぶられる。

鍔迫《つばぜ》り合《あ》いをしながらも至近で溶接《ようせつ》じみた閃光《せんこう》を撃《う》ち合《あ》い、また、それを避《さ》けるためにフェイ・イェン、エンジェラン共に真横へ滑《すべ》る。

速度が上がるたびに何かしらの負荷《ふか》がかかるのか、それぞれの背中に取り付けられた巨大《きょだい》な円盤《えんばん》みたいなものが不気味に赤熱していく。

二機の円を描《えが》くような軌道《きどう》が広がり、やがて周囲にそびえるビルの陰《かげ》へと潜《もぐ》り込《こ》む。

数秒の沈黙《ちんもく》。

そしてまた、不意に別々のビルの陰《かげ》から飛び出し、最短最速で激突《げきとつ》、鍔迫《つばぜ》り合《あ》いへ持《も》ち込《こ》んでいく。

流《なが》れ弾《だま》一発でビルが倒壊《とうかい》しかねないほどの火力。

それどころか、うっかり踏《ふ》み潰《つぶ》されただけで生身の人間などぐしゃぐしゃにひしゃげてしまいそうな圧倒的巨体《あっとうてききょたい》。

にも拘《かかわ》らず。

はるか天上の戦いを見上げながら、上条《かみじょう》はのんびりと呟《つぶや》いていた。


「おー、やってるやってる」


電脳戦機バーチャロン。

それがこの次世代競技の名前だった。

近接で鉄塔《てっとう》じみた剣《けん》や杖《つえ》を振《ふ》り回《まわ》し、遠距離《えんきょより》では高熱源体と思《おぼ》しき光線を縦横《じゅうおう》無尽《むじん》に解き放つバーチャロイド達《たち》。大質量を象徴《しょうちょう》するように、動きのたびに地下鉄の列車がトンネルを抜《ぬ》けるような暴風が吹《ふ》き荒《あ》れ、ビリビリと道路が細かく揺《ゆ》れる。当然、互《たが》いの命中率は一〇〇・〇%とは行かず、流《なが》れ弾《だま》はあちこちへと着弾《ちゃくだん》していくが、大爆発《だいばくはつ》の割に建物が崩《くず》れるような事はない。壁《かべ》に亀裂《きれつ》どころか、無数に並ぶ窓の一枚さえ割れたりしない。

その足元には街路樹や路上《ろじょう》駐車《ちゅうしゃ》された自動車、果てはジョギング中の女子中学生までいるが、そういったものを踏《ふ》み潰《つぶ》してしまう事もない。あるいは呑気《のんき》にポータブルデバイスのカメラを向け、あるいはそれぞれの応援団《おうえんだん》が黄色い声援《せいえん》を送り、あるいは我関せずと自分のライフスタイルで街を歩いている人達《ひとたち》には、巨大兵器《きょだいへいき》に対する恐怖心《きょうふしん》が完全に欠如《けつじょ》している。

おそらくポータブルデバイスを開いて検索《けんさく》したり、あるいは戦っている機体に向けて画面を重ねれば、もっと詳細《しょうさい》なデータが山ほど出てくる事だろう。

道行く人々の中で、音漏《おとも》れの激しい安物のイヤホンからこんな声が聞こえてくる。

『ハイハイ全学区の予選バトルを統括《とうかつ》して動画を「繋《つな》ぐ」ライブＤＪがやってきましたデス。コスプレとあらば段ボールの巨大《きょだい》折り紙でドルドレイにも果敢《かかん》に挑戦《ちょうせん》する孤高《ここう》のレイヤーでお馴染《なじ》み、ＤＪ中村《なかむら》メリーがお送りしておりマス！　フリーです、お仕事待ってマス‼』

『それは着ぐるみと呼ぶのよ、文化を学びなさいユルいおばさん。あと大会スポンサー陣《じん》の都合も考えなさいな、仕事中にテメェの宣伝ぶっこむのはアウトじゃないの』

『うるせえお姉さんと呼べゴスロリ中学生こっちも大変なんだ』

『キャラ作り』

『ごほんっ、二三の全学区で繰《く》り広《ひろ》げられる予選大会の内、ライブビューイングでの閲覧者数《えつらんしゃすう》で圧倒的《あっとうてき》人気を誇《ほこ》る本日のホットバトルはこちら、第七学区デス！　名門常盤台《ときわだい》中学のお嬢《じょう》様《さま》同士の激突《げきとつ》となりマス。やはり華《はな》が違《ちが》うのか華《はな》があーッ!!』

ふわふわと空中で審判役《しんぱんやく》を務める球体状の機材が浮《う》かんでいる中。

黄色い声が飛《と》び交《か》っている。

「押《お》せ押《お》せーっ!! ここで勝ちをもぎ取っておけば予選突破《よせんとっぱ》、本選出場の目が出てくるぞーっ!!」

「だっ、駄目《だめ》ですよ佐天《さてん》さん、御坂《みさか》さんの肩揺《かたゆ》さぶっちゃ！ ゴーグルつけて周りが見えない状態なんですから不意打ちになってます！」

「おっと、いけないいけない」

「えうう、でも本選出場ってなったら私達《わたしたち》もあれよりすごい相手と戦わなくっちゃならなくなるんじゃないですかあ、佐天《さてん》さん……」

「すごい時代になったもんだよねえ！ 大能力者《レベル4》とか超能力者《レベル5》とかが街中で容赦《ようしゃ》なくごっつんこ。でも一番とんでもないのはさ、腕《うで》さえあればあたし達《たち》みたいな無能力者《レベル0》だって対等以上に渡《わた》り合《あ》えるってトコなんだよ！」

「実は私は別に無能力者《レベル0》って訳じゃないんですけどね」

「……初春《ういはる》、今楽しい空気に水を差したくないから保留にしておくけど、後でちょっと話し合おっか？」

ひひっひいいいーっ!! という少女の絶叫《ぜっきょう》みたいなものが頭上から響《ひび》いてきた。どうやらどこかのビルの屋上辺りにでも応援団《おうえんだん》とかチアガールとかが陣取《じんど》っているのかもしれない。

何にしたって殺し合いや砲撃戦《ほうげきせん》といった緊張感《きんちょうかん》はない。

ある意味では、それもそのはず。

何か。

直撃《ちょくげき》の寸前で、不自然なブロックノイズのようなものが走り、寸断しているのが分かる。暴風や震動《しんどう》があっても、甚大《じんだい》な破《は》壊《かい》をもたらす要因は優先して遮断《しゃだん》される機能がある訳だ。だから人は傷つかないし、物は壊《こわ》れない。規格外の大質量が頭上をまたいでも気にしない。絶叫《ぜっきょう》マシンというよりも、エレベーターに乗るような感覚。冷静に考えれば恐《おそ》ろしい事なのかもしれないが、安全基準がしっかりしていると分かっているから誰《だれ》も恐怖《きょうふ》を覚えない。

(ゲームのように機体を浮《う》かび上《あ》がらせる、なんてどんな技術を使っているかさっぱり理解できないのになあ……)

これもまた、エレベーターと同じか。原理くらいは分かっても、具体的に何重の安全装置があってどんな基準をクリアしなければならないのか、保守点検の手順と仕組みは、そんなものをずらずらと並べる事はできなくても、人間は感覚で『安全』を実感できてしまう生き物だ。

だからこそ、だ。犬を連れて散歩中の男子も、何かしらの動画を配信している青年も、未知の巨大兵器《きょだいへいき》バーチャロイドが織り成す閃光《せんこう》や音響《おんきょう》、震動《しんどう》などの応酬《おうしゅう》にビクビクしているような感じはない。

ただ風景の一部として扱《あつか》い、殊更《ことさら》立ち止まるでもなく、明るい紫《むらさき》のチアリーダーとなったフェイ・イェンや殺人蜂《さつじんばち》のエンジェランの足元を普通《ふつう》に通り過ぎていく。

「うーん」

「どうしたのとうま？」

「いや……まず大前提としてバーチャロイドはバーチャロイドであって、バーチャロイド以外の何物でもないってのが分かった上で話すけどさ」

「？」

「ところであれなんて言うの、あのツインテールみたいなヤツ」

「フェイ・イェン」

「やっぱりそうか、ポスター通りで良《い》いんだな。……でもってこのアングルからそのフェイ・イェンってのを見上げるのって、なんていうか、色々、ダメだよな俺《おれ》、こんな事してちゃ。こんな冒瀆的《ぼうとくてき》な気持ちになるくらいなら真面目《まじめ》にバイトでも探した方が良《い》いよな……」

こうしている今も少女型のフェイ・イェンとエンジェランは高速戦闘《こうそくせんとう》を繰《く》り返《かえ》しており、時と場合によっては上条達《かみじょうたち》を思い切り『またぐ』事もある。

そして先ほども申した通り、フェイ・イェンはどことなく『機械らしからぬ』というか、下手《へた》をするとツインテールの魔法少女《まほうしょうじょ》のように見えなくもないシルエットをしている訳で。

「とうま、あれはバーチャロイドであってバーチャロイドでしかないんだから、スカートもパ

ンツも概念《がいねん》として存在しないものなんだよ。覗《のぞ》くも覗《のぞ》かないもないよ、ノーカウントなんだよ」

「分かっているよ、分かっているさ。ただ、よもやこんな視点からフェイ・イェンを眺《なが》める事になるとは、出荷《しゅっか》した段階では誰一人《だれひとり》思いも寄らなかったんじゃないかなあって……」

「もー、とうまは考え過ぎなんじゃないの？　フェイ・イェンはフェイ・イェンなんだから、上から見たって下から見たってフェイ・イェンなんだよ。ほら、ぷるんぷるん動いてカラフルで美味《おい》しそう……じゅるり」

「これインデックス‼　フェイ・イェンとかいうの相手にぷるんぷるんとか美味《おい》しそうとか言うんじゃありません！　なんていうか全体的にかなり高度で難儀《なんぎ》な人みたいに聞こえるから‼」

「？？？」

二機のバーチャロイドの真下を通《とお》り抜《ぬ》け、上条《かみじょう》とインデックスは第七学区の駅前の方へ向かう。

目的地のセンターは、誰《だれ》もが持っているポータブルデバイスの身近な供給元だ。分類上はレンタルという事になっているが、列車のICカードのように実質ほとんど『無料で私物化』といった方がニュアンスは正しい。ファームウェアの更新《こうしん》や電子クレジットの補充《ほじゅう》など諸々《もろもろ》の作業はセンターでしかできない、などと制約も多いが、その辺りの不平不満も『初期投資〇円で高性能な機材を使い倒《たお》せる』という部分が上手《じょうず》に印象を散らしているらしい。

センターの構造は巨大《きょだい》なフロアの半分をファームウェアの更新《こうしん》、電子クレジットの補充《ほじゅう》、カスタムなどのメンテナンススペース。もう半分を高性能の筐体《きょうたい》で埋《う》めたようなイメージだ。基本的に次世代競技バーチャロンはポータブルデバイス一つで行えるが、より高密度な映像や加速感を味わうために、卵に似た形のクレードル筐体《きょうたい》に閉じこもってプレイしたがる人も少なくないらしい。

同じセンターの中にいるのに、専門性の高いクレードル筐体《きょうたい》は使わずに、わざわざ普通《ふつう》のベンチに座《すわ》って小さなポータブルデバイスと向き合っている人もいる。

（ま、携帯《けいたい》プレーヤーとホームシアターみたいなもんか。何がゴールかじゃなくて、人によって目指すものが違《ちが》うっていうか）

店内にある壁一面《かべいちめん》の大画面は何十にも分割《ぶんかつ》されていて、様々なバーチャロイドがセンターの周辺で戦っているのが分かる。まるで防犯カメラのような画面の使い方だが、これが全部大会の予選参加者なんだろうか？

「ううん。『せんたー』の近くで戦うと、トクベツな事をしない限りはその様子があっちこっちに伝えられる仕組みになっているんだよ」

「何でまた……、ああそうか。実況《じっきょう》プレイやりたい目立ちたがりのためにチャンネル開放しているんだな」

今は、『大会』とかいうのの案内や運営でも忙《いそが》しいようだ。あちこち店員さんがパタパタ走り回っていたり、ポータブルデバイスでどこかと連絡《れんらく》を取り合っては壁《かべ》に大きな紙を貼《は》り付《つ》けて最新の対戦結果なんかを掲示《けいじ》したりしている。

　総当たりのリーグ表を見る限り、さっきのフェイ・イェンやエンジェランはかなり良《い》い所まで進んでいるようだ。今のままだと、どちらかが第七学区代表として本選に出られるかもしれない。

「うーすカミやん。わざわざ休みの日にどないしたん？　Ver.20.5更新《こうしん》お知らせラッシュに呑《の》み込《こ》まれたクチ？　ダメよー日頃《ひごろ》から手動で更新確認《こうしんかくにん》くらいポチッておかんとー」

「青髪《あおがみ》……？　お前、こんなトコでバイトなんかやってた訳？」

「金の事なんかどうでも良《い》い、ボクはただ旬《しゅん》の萌《も》えの傍《そば》に寄《よ》り添《そ》いたい。このピュアな気持ちだけは誰《だれ》にも止められへんわーっ！　あっはっはーっ‼」

「うっ……誤解抜《ごかいぬ》きにフェイ・イェン一色に染まった男の末路がここに……」

「馬鹿野郎《ばかやろう》‼　ムッキムキの土木マシンドルドレイにガーリィバーチャロイドガラヤカたんのモーションを無理矢理組《く》み込《こ》んでクネクネさせるところに萌《も》えがあるんでしょ‼　もちろんカラーリングとかエンブレムとか、本来だったら無骨《ぶこつ》でクールな模様を作るためのサービスを強《ごう》引《いん》に使い倒《たお》して全面にネコミミ美少女を描《か》き込《こ》む痛《いた》マシン仕様でなあァァあああああ‼」

「聞きかじりで噛《か》み付《つ》いてごめん！　ゲームやってない人向けに言ってもらえる⁉」

だからこれとこれだよ！　と壁のポスターをビシズビシと指差される。どうやらドルドレイというのは重心が低くて幅広、まるで機体そのものが分厚い壁のような、とにかくずんぐりむっくりした機体の両手にドリルやU字のアームを装着したものらしい。で、ガラヤカの方は……何だ？　少女っぽい見た目のフェイ・イェンよりさらに小柄な、ええと？

「ガラヤカたんはガラヤカたんだろ！　それ以外にたとえようがあらへん！」

「顔の迫力に負けそう!!」

軽めに泣きが入った上条《かみじょう》の横で、インデックスが手をぴこぴこ振《ふ》りながら口を挟《はさ》んできた。

ポータブルデバイスを押《お》し付《つ》け、

「というかこれお願い、早く私のバル・バドスに会わせてほしいんだよ！」

「ええでー、仕事やしな。しっかしメインがバル・バドスとはまたねじれた方向に伸《の》びていったもんやなー」

「……というか今の聞いても動じる雰囲気《ふんいき》がないぞ、インデックス。これがあれか、共通言語を持つ者同士の余裕《よゆう》なのか……？」

「ちゅーてもファームの更新《こうしん》なんて設定画面開いて『最新版に更新《こうしん》する』をポチれば良《い》いだけやけどな。ほれ、後は『同意する』ボタンは自分で押《お》してえな」

特殊《とくしゅ》なケーブルや装置は必要ない。このセンターの屋内に限り、メンテナンスに使う専用の無線通信網《むせんつうしんもう》が敷《し》かれているのだ。

緑色のバーが画面の端《はし》から端《はし》まで移動していくのを目で追いながら、上条《かみじょう》は呆《あき》れたようにこう言った。

「にしても、ここまでガッチガチにする必要あんのかね」

「カミやん知らへんの、ケッコー話題になっとるみたいやで、『亡命』ポータブルデバイスの噂《うわさ》」

「ゲーム自体詳《くわ》しくないんだけど、ネットニュースとかでちらほらと。安全用のレギュレーションを自《みずか》ら切ったヤツだよな。後から改造データを埋《う》め込《こ》むとかじゃなくて、元々あった見えない機能を解放しているって方が近いとか何とか。つまり何なの？　テスト条件を整えるために自由に数字を書《か》き換《か》えられるデバッグモードなの？　あるいは開発者が余白に愚痴《ぐち》を書《か》き込《こ》むみたいな勝手をした人がいたって事なの？？？」

「何にせよ、普通《ふつう》じゃ味わえへんサービス使い放題のヤツらの事。ま、プレイ人口が増えれば比率の問題でアホやらかす連中も増えてくるって訳やな。一〇〇〇人の一％は一〇人やけど、一万人になれば一〇〇人になるんやし」

「それって、ようは自分のパソコンのセキュリティソフトを自分で切るようなもんだろ。何にでも使えるデバイスって事は個人情報も詰《つ》め込《こ》み放題だろうに……。何だってそんな危ない事をするんだか」

「まあドルドレイたんが美少女になるっていうなら今すぐ『亡命』するけどな」

「だから悪いが俺《おれ》はまだ共通言語を持っていないんだ」

「んっ、ドルドレイは脱《ぬ》いだらすごそうなオーラが漂《ただよ》っているんだよ」

「ちょっとー、この子分かってるやないのーっ!!」

「そして共通言語持ったらこうなるのか⁉　ロボット兵器が脱《ぬ》ぐとか言われても良く分かんないし!!」

一人置いてきぼりな上条《かみじょう》は、そもそも基本中の基本が分かっていない。

彼《かれ》はセンターの壁《かべ》に貼《は》り付《つ》けられたポスターに目をやって、

「そういや、バーチャロイド、だっけ？　こいつら何でみんな同じカバン背負っているんだ」

「カバン……」

青髪《あおがみ》ピアスは呆《あき》れたような顔をしてから、

「そりゃVコンバータってパーツの事やね。まあ詳《くわ》しい話は省くけど、バーチャロイドは金属の塊《かたまり》やのうて、データを実体化して戦わせているって話になっとる。で、Vコンバータってのはその中核《ちゅうかく》。中に入っとるVディスクってのが機体の設計図みたいなもんや。この中のデータを読み取って機体を具現化させとる」

「ふうん、ゲーム世界の中でデータを具現化とはややこしい……」

「ちなみにVディスクを守っとる上蓋《うわぶた》はモーターデッキっちゅうんやけど……。まあ遊ぶだけならあんまり関係あらへんかな。ヘッドショットみたいにここ撃《う》ったら一発って訳でもないんやし」

と、横でインデックスがピョコンと跳《は》ねた。

「ぴこぴーんって鳴った！　とうま、これでもう大丈夫《だいじょうぶ》？　バル・バドス使える？」

「青髪《あおがみ》」

「試《ため》してみればええやん。カミやんあんまりバーチャロンやらへん言うてもポータブルデバイスは持っとんのやろ。だったらデフォでアプリは入っているし」

「いやだから、」

「そっそうだね！　これを機にとうまもバーチャロンやってみるのが良《い》いね!!　私が新しい扉《とびら》を開けてあげるっ!!　こっちきてとうま、こっちこっち!!」

「。そもそもこっちはバーチャロンって大会の人以外もやれるのかも分からないってのに」

「そこからもう全部教えてあげるんだよ！　ていうかできるに決まってる、だってそうじゃないと誰《だれ》も練習できずにエントリーされちゃう事になっちゃうでしょ常識で考えて真面目《まじめ》にやってぷんすか!!」

「ほら見ろ映画通に暇潰《ひまつぶ》しの一本ないですかって聞いたらえらい勢いで小難しいフランス映画のリスト並べられちゃいましたみたいな空気が漂《ただよ》ってきたしーっ!!」

「ああー、メンテやなくて布教目的やったら最初はヤワなＡＩのＮＰＣとやらせて勝利の味を教えたったらー？」

「対人戦の喜びの方が先に決まっているんだよ!!」

青髪《あおがみ》ピアスはひらひらと手を振《ふ》りつつも、

「すまんなー。せっかくセンターまで足運んでもろたけど、今、ハイエンドなクレードル筐《きょう》体《たい》の方は『予選』の参加《さんか》者達《しゃたち》で埋《う》まっとんのや。やっぱ画質がクリアで滲《にじ》みがなくて、レイテンシー……ゆうてもカミやんには分からんか。ようはフレームラグが少ない方が有利ではあるからね」

「いい、いい。基本を知らない子にいきなりハイエンドなんか見せてもろくな事にならないんだよ。贅沢《ぜいたく》を当然と思わないように、きっちり普通《ふつう》のポータブルデバイスから始めないと！」

「ややわあ、ほんまに分かってるやないのこの子ー」

もう何がどうなってどこへ行くのか分からないまま、上条《かみじょう》はインデックスと三毛猫《みけねこ》に連れられセンターの外へ。そもそも身近に言い直したらしいフレームラグでもすでにお腹《なか》いっぱいなのにここからどうしろと言うのか。

行《ゆ》き交《か》う人達《ひとたち》の邪魔《じゃま》にならないよう歩道の端《はし》に寄ったまま、上条《かみじょう》とインデックスはそれぞれ自分のポータブルデバイスを起動させる。

インデックスはと言えば、

「お前ずっと画面に目を落としたまんまだよな。あんまり詳《くわ》しくないけど、ゲーム用のゴーグルなかったっけ？」

「あれは目がぐるぐるするんだよ」

「３Ｄ酔《よ》いみたいなもんかね。まあ楽しければ何でも良《い》いんだけど」

言いながら、上条《かみじょう》は筆箱よりちょっと大きいくらいのポータブルデバイスに手を掛《か》け、バキリという音と共に分解した。

装置下面にあるプラスチックのカバーが薄《うす》く剝《は》がれたのだ。

いいや、その正体は、

「よっと」

普段《ふだん》あんまり縁《えん》のないパーツ。

両端《りょうたん》からゴムバンドを引きずり出し、まるで水中メガネのように目線を覆《おお》う上条《かみじょう》。

手の中にある本体からの信号を受けて、目元の画面いっぱいに光が宿る。

その途端《とたん》。

上条当麻《かみじょうとうま》の意識が飛ぶ。

彼《かれ》はすでに、乗機テムジンと共にあった。

2

一方、先ほどから街を歩く上条《かみじょう》やインデックスの頭上で近接、遠距離《えんきょり》と立て続けに攻防《こうぼう》を繰《く》り返《かえ》していたバーチャロイド達《たち》がいた。

第七学区予選。

ここを突破《とっぱ》すれば全二三の学区の代表がしのぎを削《けず》る『本選』への足掛《あしが》かりとなる、大事な一戦である。

八〇〇メートル四方の区切られた領域に立つのは都合四機。

ライデン。

全体的にがっちりとしたシルエットに、それを支える太い脚部《きゃくぶ》、そして右手で掴むバズーカ砲《ほう》の『Zig-18』や火力過剰《かりょくかじょう》な両肩《りょうかた》のレーザー砲《ほう》『バイナリー・ロータス』で有名な機体だ。ロボットらしいロボット、という意味ではテムジンとも重なるが、あちらが細身でスポーティな印象があるのに対し、ライデンは野球のキャッチャーやホッケー選手のような重装甲《じゅうそうこう》のイメージが強い。カラーリングは特殊《とくしゅ》で、薄《うす》い紫《むらさき》を基調としたスポーティなものだった。

機体全面にはテレビの画面をさらにもう一度ビデオカメラで撮影《さつえい》したように奇妙《きみょう》なノイズが走り、ゆっくりと上から下へ流れていた。搭乗者《とうじょうしゃ》のバーチャロイドに対するカスタムが反映されているのだ。鋼《はがね》の兵器というより、データ的なものを強く連想しているのだろう。

フェイ・イェン。

先ほども戦っていた、より明確なカスタムコンセプトを突《つ》き付《つ》けてくる細身の女性的なシルエット。こちらはライデンと共にタッグを組んで戦っている。近接用のレイピア『愚者《ぐしゃ》の慈愛《じあい》』や、誘導性能《ゆうどうせいのう》のあるハート形のビームなど死角のない火力を見せるが、何より特徴的《とくちょうてき》なのはその動きだ。地を駆《か》り、ビルの壁《かべ》を蹴《け》って飛び、宙においても縦横無尽《じゅうおうむじん》に切り返す三次元挙動は、機体の本来の持ち味である敏捷性《びんしょうせい》をさらに先鋭化《せんえいか》させていると言っても良い。元々バーチャロイドは鋼《はがね》の塊《かたまり》といった印象のあるロボットではないが、中でも軽そうな合《ごう》成樹脂《せいじゅし》や化学繊維《かがくせんい》の集合といった趣《おもむき》だった。まずスポーツ競技という印象があり、そこから引きずられるようにスポーツウェアやプロテクターなどを導き出していったのかもしれない。同じ紫《むらさき》ベースでも、随分《ずいぶん》とイメージは違《ちが》う。全体として軽量なチアリーダーのように見えなくもない。

……対するは、全く同型、全く同じカラーリングのエンジェランが二機。

殺人蜂《さつじんばち》のように黄色と黒で彩《いろど》られたエンジェランは遠距離《えんきょり》特化《とっか》、そして攻撃《こうげき》を当てた相手に様々なジャミングを仕掛《しか》ける妨害機《ぼうがいき》としても知られる。本来ならば近接でのラッシュは不得手であるはずなのだが、この辺りも戦略《せんりゃく》次第《しだい》で無理矢理に回す。

耳に障《さわ》るほど音階を上げていくモーター音と共に、エンジェランの背負う巨大《きょだい》なVディスクが急速に赤熱していく。非推奨《ひすいしょう》の扱《あつか》い方に機体の方が不平を鳴らすように負荷《ふか》を宣告しているのだ。

全く同じ二機は、従来のロボット工学にありがちなシリンダーや歯車の挙動とは完全に一線を画していた。あまりにも人間的で、もっと深く言えば女性的な色香《いろか》すら感じられる。これもカスタムの話。人工筋肉には様々な方式があるが、中には特殊な液体を使ったものもある。そちらを反映しているのだろう。

平たく言えば、全く同じ二機が俊敏《しゅんびん》に交差しながら標的を狙《ねら》う。

まるで逆さにしたカップの中にボールを入れてシャッフルするように、どちらがどちらのエンジェランか分からなくさせながら。

上空で審判役《しんぱんやく》を務める球体状の機材も、翻弄《ほんろう》されるように行ったり来たりしている。

ライデン側の火器管制《FCS》はエンジェランを捕捉《ほそく》すべくロック用のカーソルを振《ふ》り回《まわ》すが、それも死角から死角へ移動し、かと思えばわざと敵機の視界中心での交差、と繰《く》り返《かえ》す事で本来の持ち味であるはずの『自動』追尾機能《ついびきのう》そのものを翻弄《ほんろう》する。この攪乱挙動《かくらんきょどう》に前述のジャミング攻撃《こうげき》まで併用《へいよう》されると、本当にカーソルがあちこちふらふらと『迷子』状態に陥《おちい》る事さえありえる。

総じて言えば、

『あーもう!!　相変わらずねちねちねちいやらしい動きをするわね食蜂《しょくほう》!!』

『きゃー御坂《みさか》さんこわーいw　そしてライデンの脚《あし》すっごくふとーいwww　御坂《みさか》さんのキャラクターにとってもぴったりって感じよねぇwww』

『ああん!?　そのwやめろや!!』

ドガドガドガッ!!　と立て続けに明るい紫色《むらさきいろ》のライデンからバズーカの砲弾が解き放たれるが、二機のエンジェランは嘲笑《あざわら》うように左右のビルの陰《かげ》へと飛《と》び込《こ》んでいく。美琴側《みことがわ》がどちらかを追えばもう片方に無防備な背中を見せる羽目になるので追い切れない。

『なんつーシンクロかましてんのよ。てか絶対能力でパートナー操《あやつ》ってんでしょ!!』

『お姉様！　もはや火器管制《FCS》任せのロックは無視した方が賢明《けんめい》ですわ！　手動制御《しゅどうせいぎょ》一本道で相手をぶち抜《ぬ》く方がまだしも命中率は上がりましてよ!!』

『分かって、る!!』

淡《あわ》い紫《むらさき》のチアリーダーと化したフェイ・イェンは空中からビル群を俯瞰《ふかん》し、爆撃《ばくげき》するようにピンク色のパーティクルを撃《う》ち下ろしていた。

が、これもやはり当たらない。

食蜂側《しょくほうがわ》が左右へ高速回避《こうそくかいひ》したり真上へ高くジャンプした訳ではない。

光の雨をすり抜《ぬ》けるように黄色と黒のエンジェランは高速移動すると、そのまま、あらかじめ区切られた交戦区域の透明《とうめい》な壁《かべ》に向かって突《つ》き進《すす》み、

『ああもう、ピットインされましたわ！　武装を交換《こうかん》されるかもしれません!!』

遠距離攻撃《えんきょりこうげき》は壁《かべ》に阻《はば》まれる。

『二機が一機に減ったなら好都合！　あれが戻《もど》ってくる前に残る一機へ畳《たた》みかけるわよ！　ポイントさえ先取しちゃえばこっちの勝ちなん――――!!』

言い終わる前にまた壁《かべ》の向こう側から黄色と黒のエンジェランが飛び出してきた。

『えっ、あええ!?　さっき引《ひ》っ込《こ》んだのに何でもう……』

『お姉様！　あれはまっさらな別の機体です！　耐久力《たいきゅうりょく》が変動しているでしょう⁉』

『ああもう、向こうは待機組も含《ふく》めてチーム四人全員同じカラーの「ハイヴィーター」で登録してんのか、ややこしい‼』

見慣れた学園都市の街並みを、全く異なる『高さ』から眺《なが》めて爆走《ばくそう》する美琴《みこと》。

ある種の異世界。

だが勢い勇んで高速ダッシュで突撃《とつげき》。点と点を直線で結ぶイメージを思《おも》い浮《う》かべ、単純な脚力《きゃくりょく》の他に不可視の斥力《せきりょく》を借りて機体を跳《は》ね飛ぶように前へ突《つ》っ込《こ》ませた途端《とたん》、思った以上に間近のビルの陰《かげ》からエンジェランの杖《つえ》が水平に差し出された。

『なっ⁉』

まるで足払《あしばら》いのようにすっ転ぶ美琴《みこと》のライデン。

ピコピーン、と電子音が鳴《な》り響《ひび》く。

【第七学区選抜候補《せんばつこうほ》、機体名『ハイヴィーター』、2ポイント奪取《だっしゅ》しました。現状6対8】

『あくそっ‼　こんな子供騙《こどもだま》しで‼』

『お姉様、それより早くリカバーを‼　三秒以内に起き上がらなければさらに1ポイント取られますわ‼　すでに一セット取られているので、このセットでやられたらストレート負けになります！』

ドカドカドカッ‼　と倒《たお》れているライデンへ向けて、間近から殺人蜂《さつじんばち》カラーのエンジェランが立て続けに砲撃《ほうげき》をぶち込《こ》んでくる。

そして美琴《みこと》も美琴《みこと》でいちいち起き上がらなかった。

『ちまちましたポイントなんてくれてやるわ……』

それさえもどかしく、無骨《ぶこつ》な腕《うで》を差し向ける。

ぐあば!! と、携行式《けいこうしき》のパラボラアンテナのように両肩《りょうかた》の大部分が大きく開く。

青白い粒子《りゅうし》が躍《おど》り、

『だからいい加減に……ぶっ飛べ!!』

音が、消えた。

極大の閃光《せんこう》が殺人蜂《さつじんばち》をまとめて呑《の》み込《こ》む。

高火力の象徴《しょうちょう》たる一撃《いちげき》。当てるのは難しいが、当ててしまえば一発逆転もありえる番狂《ばんくる》わせ。

相手に避《さ》ける隙《すき》は与《あた》えなかった。

ただただエンジェランは光の中へ消えていく。

が。

『あれぇ!? 直撃《ちょくげき》させたはずなのにポイント取れない!?』

『だってぇ、来るのが分かっていれば対応できるし』

くすくすという蜂蜜《はちみつ》を煮詰《につ》めたような甘い笑《え》みの後に、

『私のエンジェランは細身っていうかかあ、どっかの足太ライデンさんと違《ちが》ってスリムだからあ？　そっちについてるあなたの両肩《りょうかた》の二本の極太《ごくぶと》レーザー「バイナリー・ロータス」にあるわずかな隙間《すきま》、真正面にだって潜《もぐ》り込《こ》めちゃうのよねぇ？』

『何だそりゃあ⁉　あの審判役《しんぱんやく》め、ほんとに当たり判定確認《かくにん》してんのか⁉』

『やだー、御坂《みさか》さん超《ちょう》こわーい☆　顔面力大爆発《だいばくはつ》っていうかあ。だからレフェリーにも嫌《きら》われちゃうのかしらあ？』

舌打ちと共に、改めて距離《きょり》を取るようにライデンとエンジェランは双方《そうほう》後ろへ飛び下がる。

次世代競技としてのバーチャロンは、いわゆる壊《こわ》し合い、殺し合いとは勝手が違《ちが》う。むしろ柔道《じゅうどう》やレスリングのように、ダウンを取ってポイントを奪《うば》い合《あ》うスタイルを採用している。だから極論を言えば、敵機の頭が取れようが上半身が千切《ちぎ》れようが、それがポイントにならなければ意味はない。逆に、目眩《めくら》ましの閃光《せんこう》だろうが軽い足払《あしばら》いだろうが、機体がよろけて倒《たお》れてしまえばダウン扱《あつか》いでポイントが取れる。

全《すべ》てはその積み重ねなのだ。どれだけダメージをもらっても、最終的に獲得《かくとく》したポイントで上回れば勝利できる。目先のダメージ、大事の前の小事に翻弄《ほんろう》されては大局を見失う。

でもって。

何だってまた、名門常盤台《ときわだい》中学のお嬢《じょう》様達《さまたち》が争っているのかと言えば、単に『予選』や『本選』に関《かか》わる大事な一戦だから、という理由だけではな、い、い、く、

『ていうか、御坂《みさか》さんも、いい加減に公共力の高い場に出てスピーチするべきよねぇ！　ほら

学校代表の超能力者《レベル5》って言ったら私以外にもいる訳だしぃ⁉』

『ふーざけーんなーっ！　んなもん目立ちたがりで露出狂《ろしゅつきょう》なアンタがやってりゃ良《い》いでしょうが‼　ほーらふりふりで透《す》け透《す》けのドレスなんか着てー、ご来賓《らいひん》の皆々様《みなみなさま》に媚《こ》び売ってーっ‼』

『だーかーらー、たまには御坂《みさか》さんもそのふりふり透《す》け透《す》けを着てみなさいって言ってんのよぉ‼　そもそも私がほんとに魅《み》せたいのは一人きりだしぃ‼』

『何だろう今すげーイラッときた。この危機感！』

ドカドカドカドカ‼　と遠距離《えんきょり》の撃《う》ち合《あ》いを繰《く》り広《ひろ》げる中、高いビルの屋上から戦闘《せんとう》を俯瞰《ふかん》していた淡《あわ》い紫《むらさき》のチアリーダー、フェイ・イェンがわずかに首を傾《かし》げた。

『ハッ⁉　も、もしや、ここでわざと負ければふりふり透《す》け透《す》けを纏《まと》いもじもじ恥《は》じらうお姉様が見られるのでは……？』

『黒子《くろこ》ォ‼　アンタまで食蜂《しょくほう》に操《あやつ》られてんじゃないわよお‼』

『あらあ？　この品行方正な私がそんな事をすると思ってぇ？』

『全く同じ挙動で動くエンジェランって、どう考えたってアンタがチーム全員のパイロットも直接操《あやつ》っているわよね……？　つーかパートナーまで操《あやつ》って補充《ほじゅう》しているとか、最大派閥《さいだいはばつ》の女王を気取っている割に実は友達少ないんじゃない？』

『困ったわぁ、天下のぼっちエース御坂《みさか》さんにそんな事言われても説得力がないっていうか

『あ？』

『……』

『……』

わずかな沈黙《ちんもく》を挟《はさ》み、互《たが》いの逆鱗《げきりん》をビシバシ刺激《しげき》する両者は最短距離《さいたんきょり》で激突《げきとつ》した。

3

上条当麻《かみじょうとうま》は奇妙《きみょう》な圧迫感《あっぱくかん》に囚《とら》われていた。

空間自体は繭《まゆ》のような紡錘形《ぼうすいけい》。椅子《いす》のようなものは見当たらないが、上条《かみじょう》の背中には確かに背もたれの感触《かんしょく》が吸いついている。シートベルトもなかった。

つるりとしていて、特に装飾《そうしょく》はない。

透明《とうめい》な窓やハッチの取っ手に相当するものも見当たらない。

機体を操《あやつ》るのは手の中のポータブルデバイスだけらしい。

とはいえ、ここまでプレーンなのはテムジンとかライデンとかの機体ごとの特徴《とくちょう》という訳ではないだろう。上条《かみじょう》が初心者で全く手を加えていないからだ。その気になれば戦車や戦闘機《せんとうき》のコックピットを参考にガッチガチに固める事もできるはずだし、何だったら将棋《しょうぎ》の盤《ばん》を置いたり操作補助のショートカットキーとして手首にはめるパペットなんかを天井からぶら下げている人間もいるかもしれない。ようは、頑張《がんば》ればいくらでも『模様替《もようが》え』ができる自由な空間という訳だ。

当然。

上条《かみじょう》はそこまで『凝《こ》って』はいない。

手の中のポータブルデバイスだけで事足りるなら、それに越《こ》した事はない。

（そもそも、テム、ジン……？）

コックピット全体をぐるりと見回すが、それは飾《かざ》りであって本質ではない。

手の中のポータブルデバイスに目をやると、小さな画面の中に機体名が表示されていた。

（普通《ふつう》の格ゲーみたいな機体選択画面《きたいせんたくがめん》とかはなくて、いきなり放《ほう》り込《こ》まれるのか……。ああ、いや、違《ちが》うか。ポータブルデバイス届いた時に、顔アイコンみたいなの一応自分で選んで登録しておいたんだっけ。結局ろくに使ってこなかったけど）

ふう、と息を吐《は》く。

見えない背もたれに体重を預けて（これは現実の世界にある肉体が感じているのか……？）、自然にそうやって、しかしふと疑問に思う。

（というか）

上条《かみじょう》は『座席』に腰掛《こしか》けたまま、両手の指をわきわきさせて考える。

（結局これ、何がどうなっているんだろうな。頭にゴーグルかけただけで、ここまで五感を持ってていかれるもんか……？）

当然、単にゴーグルに表示された映像を見ているだけでは、こうも体感と実体を切《き》り離《はな》す事はできない。例えば学園都市に住む学生として非常にアレだが、何となく幽体離脱《ゆうたいりだつ》のお仲間のようなものを連想してしまう。

「ま、何でも良《い》いか。楽しいならそれで」

だって巨大《きょだい》ロボットなんて夢のようだ。それはまあ学園都市の技術を総動員すればそんなものを作る事もできるかもしれないが、少なくとも普通《ふつう》の高校生である上条《かみじょう》がそんなのに乗《の》り込《こ》む機会はないだろう。やっぱり手の届かない夢の話なのである。今までちょっと敬遠してきた所もあったけど、もしも楽しめるのなら思う存分やった方が吉《きち》だろう。

そして。

そんなポジティブな認識《にんしき》が合図となったようだった。

ブゥン!!　と真っ暗な繭《まゆ》に光が宿る。前方一八〇度の視界が大きく広がる。紡錘形《ぼうすいけい》の壁《かべ》に映像が表示された、というより、まんま透《す》き通《とお》ったようなイメージがある。

全身各部の関節に兵器の扱《あつか》い。

色々ゴチャゴチャしていそうだが、操作は全《すべ》て手元のポータブルデバイスで事足りる。

左右の手、一〇本指の置き場を考える。

掌《てのひら》が吸いつき、自分が歯車の一つになったような気分に陥《おちい》る。

（どう……何だ……立つ、立てるのか、うわっ、立った⁉）

バーチャロイドの手足の具合を確かめると、周囲から低く重たい音が響《ひび》く。歯車やシリンダーの集合というよりは、細い繊維《せんい》の束を収縮させる方が近い。人工筋肉。……そう、以前インデックスと外に出た時に、街路樹の剪定《せんてい》ロボットからそんなのを取り込んでいたような？

審判役《しんぱんやく》を務める球体状の機材が上空の一点でふわふわと浮《う》かび、街の景色が光の壁《かべ》で四角く切り取られていく。

一面に広がるビル群の景色の中で、邪魔《じゃま》にならない端《はし》の方に小さなウィンドウが表示されていた。まるで映像チャットのように、女の子の顔が映し出されている。

『やーほー、ユーザーネーム当麻《とうま》サマ。リリナちゃんは正常に起動しましたよっと。初期登録以降ずーっと放置だったからスリープモード長過ぎてうんざりしていたぜー』

「なに、なに、何だこれ？　通信⁉　申請許可《しんせいきょか》してないぞ⁉」

『ありゃ、ひょっとしてご無沙汰《ぶさた》だったからヘルプ開く必要あります？　ちなみに外部通信じゃないですよ。元からポータブルデバイス内に格納されているサポートＡＩのリリナちゃんでっす、どうもよろしく。バトルも補助するでよ』

インデックスの方も準備が終わったらしい。

真正面、少し離《はな》れた場所に立つのはバル・バドス……とかいうのだろうか。比較的《ひかくてき》細身なバーチャロイドで、両手の指で武装を掴《つか》んでいるのではなく、腕《うで》そのものが砲《ほう》になっているのが

特徴《とくちょう》か。ただ、足回りがスカートになっているっぽいというか、頭部パーツから後ろへ流れるように白い装甲《そうこう》があるというか、そもそも全体的なシルエットが、

「インデックスっぽい。何だありゃ？　あそこまで機体カスタムできるもんなのか？」

『それが楽しみの一つですからねえ。マテリアルアナライズ使えば地球上のどんな物質からでも素材取《と》り込《こ》み可能ですし。おいおい使い方は教えますけど、まんまプレーンな機体使っている方が珍《めずら》しいと思いますよ？』

改めて正面に立った変則バル・バドスへ目をやる。白中心で構成された機体はポスターなんかで見る軽装のフェイ・イェンや重装備のドルドレイなどと比べると中肉中背で、逆に言えば『どう動くのかが見えにくい』印象がある。両手に掌がなく、直接砲口になっているが、遠くから撃ってくるのか、ゼロ距離で仕掛けてくるのか。

それと、どうにもモーションがカクカクに見えるのは、機体の性能ではなくインデックスが使っているから、という部分もあるんだろうか。彼女《かのじょ》ならバーチャロイドを見ても兵器や機械というより、糸で操《あやつ》られる人形を連想してもおかしくない。

(それを言ったら俺《おれ》も同じじか)

上条当麻《かみじょうとうま》が使っているテムジンも、そういう意味では平均的で、それ故《ゆえ》にどんな戦術で来るか予測がしにくい機体なんだろうと思う。有《あ》り体《てい》に言えば万能型《ばんのうがた》の主人公機。従来の格ゲーなら飛び道具も対空技《たいくうわざ》も一通り備えていて、とりあえずキャラ選択画面《せんたくがめん》では最初っからカーソ

ルが合わせてありそうなあの感じだ。

メインとなる武器は右手で摑《つか》んでいる……剣《けん》？

『「スライプナー」と呼ばれるテムジンの主兵装です。状況《じょうきょう》に合わせてモードを切《き》り替《か》え、近《きん》接剣《せつけん》の「ブリッツ・セイバー」や遠距離《えんきょり》ライフルの「ニュートラル・ランチャー」など、どのような状況《じょうきょう》にも対応できます』

リリナが早速《さっそく》仕事をしてくれた。

説明を聞いている上条《かみじょう》に、リリナとは別口の通信が入ってくる。

いわずもがな、インデックスだ。

『とうま、本気で来なくちゃ意味がないんだからね』

「右も左も分からん子にいきなりスパルタかよ。まあ面白《おもしろ》そうだしやるだけやってみるけど」

ゲットレディ、というアナウンスと共に、機体が自由を得る。

直後の出来事だった。

4

バギドブゴグメキィグググシャアッッッ!!!!!!　と。

目も当てられない轟音《ごうおん》と一緒《いっしょ》に、こてんぱんにされた上条当麻《かみじょうとうま》は涙目《なみだめ》になった。

5

「……、」

『あ、あのう、とうま？　とうまー？』

一応通信は届いているが、上条《かみじょう》は繭《まゆ》のような紡錘形《ぼうすいけい》のコックピットの中で遠い目をして体育《たいいく》座《ずわ》りになっていた。

『ねえ時間がもったいないよう。どうせスイッチ入れたままならもっと対戦しようよう』

「……、」

ほげー、と魂《たましい》を抜《ぬ》かれた上条《かみじょう》はしばし動かなかった。

が、

『ほ、ほらほら、今度はちゃんと手加減してあげるから』

その一言で、上条当麻《かみじょうとうま》の中の何かが点火した。

ピクリと肩《かた》を震《ふる》わせ、口の中から飛び出た魂《たましい》をいったん元に戻《もど》し、そして低い声で彼《かれ》は言う。

「リリナだっけか……」

『うへへーい、何でしょう当麻《とうま》サマ。もうスリープモード入っちゃって良いですか？』

「一つだけ頼《たの》まれてもらえる？」

まだ足りない。

熱が足りない。

だから彼《かれ》はサポートＡＩへ儀式《ぎしき》を一つお願いした。

「負け犬って言っ
『この負け犬!!　クソの役に立ちゃしねえっ！　もうこりゃセンスですね。あーあ、せっかく当麻《とうま》サマがバーチャロンに触《ふ》れるようになって退屈《たいくつ》なスリープ地獄《じごく》からおさらばできると思っていたのにハズレプレイヤーだったのかよーおーもー!!』

どうやらリリナは少々ハイスペック過ぎるらしい。

与《あた》えられた以上のタスクをこなされて、しかし上条《かみじょう》は腹の中でふつふつと湧《わ》き上《あ》がる熱を感じていた。

「ああ、ああ、そうだよな……」

『？』

「遊びとかゲームとかそんなの問題じゃねえ。駄目《だめ》だよな、ああ、こてんぱんにされたままうずくまっているとか全然駄目《だめ》だよなあ!!　向こうが始めてどれくらい経《た》っているかなんか知らねえ。でも始めて一〇分の俺《おれ》が先輩《せんぱい》サマのインデックスに吠《ほ》え面《づら》かかせてやらなきゃ格好がつかねえよなあッッッ!!!!!!」

『うおう、こりゃまたネガティブな入口からバーチャロンに入ってきたなオイ。まーどこから入ったって最終的には楽しめれば勝ちなんですけどね、ゲームって』

ズダン!! と上条《かみじょう》は右手の親指でボタンを強く押《お》す。

インデックスとの再戦を承認《しょうにん》する。

その上で言う。

「リリナ」

『はいよ』

「バーチャロンについて右も左も分からない俺《おれ》に全部教えてくれ。あそこでふんぞり返っているインデックスをぶちのめすためには何をしたら良《い》い!?」

『へへーへー。良《い》い目になってきたじゃないですかー』

ウィンドウの中のリリナもまた邪悪《じゃあく》に笑う。

二人して目の前の『天敵』を見据《みす》えていく。

『敗北を重ねた分だけ強くなれるのがバーチャロンの醍醐味《だいごみ》です。だったらやってやりましょうよ、向こうがどんだけ積み重ねてきたか知らない。でもそれをこの短期間で埋《う》め合《あ》わせられるくらい、何回でも何十回でも何百回でも対戦するとしましょうよ!!』

「ああ、ああ。それだけで良《い》いのか、神様のお導きも伝説の剣《けん》を引《ひ》っこ抜《ぬ》くもナシに、ただ経験の差しかないってのか!? だったらやるよ、俺《おれ》もあそこまで上ってみせるよ!! 待ってろこの野郎《やろう》、ひいひい言いながらやっとこさっとこ辿《たど》り着《つ》いた玉座《ぎょくざ》をあっさり奪《うば》って悔《くや》しがらせてやる!!」

6

　でもって。

　当然ながら上条当麻《かみじょうとうま》には爆発的《ばくはつてき》な反射神経や動体視力などが備わっている訳ではないので、決意があってもいきなりインデックスのバル・バドスに勝てる訳ではない。

　何度も何度も被弾《ひだん》し、転がされ、足蹴《あしげ》にされて、そんな中でも一つ一つ覚えていくしかない。

　そもそもバーチャロンとは何なのだ？

『基本的には武器ありのガチバトルって感じでしょうかね』

　リリナは一言で定義した。

『三セット中二本先取で競技終了《きょうぎしゅうりょう》。ただし普通《ふつう》の格闘《かくとう》ゲームと違《ちが》って体力や装甲《そうこう》のゲージの削《けず》り合いが主目的ではありません。強引《ごういん》に削《けず》り殺してしまえばそれはそれでポイントが加算されはするのですが。本懐《ほんかい》は柔道《じゅうどう》やレスリングのように有効打の有無《うむ》によってポイントを得る事で判定に持《も》ち込《こ》み勝敗を決定する、ケンカというよりスポーツに近いスタイルを取ったものですね』

「どっちみち攻撃《こうげき》が当たっちゃまずいんだよな？」

『それはもちろん。機体を壊《こわ》されてしまえば5ポイントも奪《うば》われますし、当麻《とうま》サマのようなソロの場合、選手交代もできないのでそのままセットを一本落とすのは確定ですからね。ただし、耐久力《たいきゅうりょく》さえ余裕《よゆう》があれば、転んでダウンを取られない形でわざと当たる事で敵弾《てきだん》を消化する、という離《はな》れ業《わざ》もあるにはありますが』

リリナは注釈《ちゅうしゃく》を添《そ》えた上で、

『バーチャロンに登場する機体は様々なバリエーションがありますが、基本となるべき項目《こうもく》は定められています。例えば地上と空中、近距離攻撃《きんきょりこうげき》と遠距離攻撃《えんきょりこうげき》、歩行とダッシュ。ようは機体の性能とは、こうした項目《こうもく》の組み合わせと見るべきなんです』

ちなみにインデックスの操《あやつ》るシスターさんみたいな風貌《ふうぼう》のバル・バドスは、あまりこちらに近づいてこない。一定の距離《きょり》をキープしながら、腕《うで》と一体化した砲口《ほうこう》からパカパカ光弾《こうだん》を連射してくるイメージが強い。

「痛てっ!!　いててててっ!!　なんかさっきから避《さ》けられないんですけど!?　一方的に当たってる、近づけない!!」

『ダッシュも使わずに開けた場所でとろとろ歩いていたら回避《かいひ》できるものも回避《かいひ》できません。とりあえず敵が撃《う》ってきたら素早《すばや》く動く!　一方向だけじゃなくて切り返しも使って予想外の動きで!!　向こうはロック使っているんですからボタン連打しているだけで当て放題なんですよ!!』

言われた通りにポータブルデバイスのスティックやボタンを叩《たた》くが、なかなか上手《うま》く回避《かいひ》できない。ボカスカ当てられて次々に転ばされ、ダウン扱《あつか》いでポイントを奪《うば》われる。そこに留《とど》まらず機体の耐久力《たいきゅうりょく》をガリガリ削《けず》り取《と》られ、ついには機体そのものを全損させられる。あっという間に敗北だ。

次のセットに進むが、二本目も大した事はできずに終わる。

『ああー』

「あーじゃ分からない」

『さっきも言いましたけど、バーチャロンは各セットの勝敗をポイントの大小で決し、基本的に三本中二本先取で競技《きょうぎ》終了《しゅうりょう》という形になるんですが、例外的にチームで所有する全機体を全損させられるとポイント集計せずにそのセットが閉じてしまいます』

「……、」

『どんなに耐久力《たいきゅうりょく》の面で劣勢《れっせい》であっても九〇秒しのげば最終集計、つまりポイントの大小勝負に繋《つな》げられるんですけどね。けどまあ今の当麻《とうま》サマの腕《うで》じゃあ難しいか。無駄《むだ》に引き延ばしたって次のセットもバカスカポイント奪《うば》われてストレート負けっていうか』

けちょんけちょんなのだった。

つい上条《かみじょう》は洩《も》らしていた。

「このテムジンってのに問題があるんじゃないか？」

『いきなり最悪なコメント出しましたね。まさにルーキーのやる事です』

「他のにできないかな」

機体選択画面《きたいせんたくがめん》に戻《もど》る。カーソルを合わせると、リリナが公式ページから引っ張ってきたのか各機体の設定まわりの情報をいちいち表示してくれた。

ミサイルやビーム兵器なんてスタンダードな得物《えもの》を得意とするものもあれば、精神攻撃特化《せいしんこうげきとっか》なんていうひねったものもあるようだ。

「なんか、ほら、もっと軽そうなのがあるじゃん！　フェイ・イェン……はちょっと選ぶの抵抗《ていこう》があるな。でもこのサイファーなんていうのはどうよ！　飛行機みたいにとんがってる!!　速くて強そう、ヒザからとんがったの飛び出てるし主人公みたい!!」

『まあ良《い》いですけど。あとフェイ・イェンは普通《ふつう》に使い勝手の良《い》い機体です。でもそもそもダッシュやジャンプの扱《あつか》いも分からないような有り様じゃ』

「ぎにゃー!!」

開始早々フルボッコにされた。

あっさり全損。もはやポイントの取り合いとかさせてくれない。

リアルタイムでの音声サポートを放棄《ほうき》して、呆《あき》れたようにリリナは言う。

『そもそも、基本的に軽くて速い機体は装甲《そうこう》が薄《うす》くてダメージが通りやすいし、それだけ転びやすいんです。まともに回避《かいひ》もできない今の状態じゃ利点を活用できませんし、それこそ動物がお腹《なか》を見せて寝転《ねころ》がっているようなものですよ？』

「じゃあ多少当たっても大丈夫《だいじょうぶ》そうな硬《かた》いヤツ！　青髪《あおがみ》も言ってたドルドレイとかいうのがいたよな！　あれやってみよう!!」

『あー、まあ、何でも良《い》いですけど』

そしてまともに動き回る事もできずに雨あられの遠距離《えんきょり》射撃《しゃげき》にさらされる。

防御力《ぼうぎょりょく》が高いのか今度は全損しなかったが、合計二セット、何というか、ずーっとダウンとノックバックの硬直《こうちょく》だけで終わってしまった。当然、ポイント奪《うば》われっ放しなので上条側《かみじょうがわ》に勝ち目はない。一ミリも。

「あいつはゲームを何だと思ってやがるんだ!?」

『防御《ぼうぎょ》の厚い機体は逆に重くて動かしづらいのが基本です。というか根本的に楽しようって考え方が間違《まちが》っているんです！　「あの」規格外の大ボス・ヤガランデにだって弱点くらいありますよ。そんな一発でバランスを崩《くず》す安全地帯バーチャロイドなんていてたまるもんですか!!』

「うー」

『うーじゃないです。機体ごとの相性《あいしょう》もあって、バル・バドスに対応したバーチャロイドで叩《たた》きまくるっていうのも戦術の一つですし。今は一対一でプレイしていますけど、二対二の状《じょう》況《きょう》であれば仲間にバトンタッチして相性《あいしょう》の問題をクリアする事もできます。でもそれ以前にまず基本動作の必修でしょ！　足を引っ張ってばっかりじゃあろくにチームを組む事もできないでしょうし』

結局、元のテムジンに戻《もど》って練習を繰《く》り返《かえ》す事に。相変わらず、そこそこ避《さ》けてそこそこ当たる、いまいちモヤモヤが晴れない状態が続く。

『必要ならトレーニング用のコマンドログも見られます』

「矢印とかカラフルな丸がずらずらと一列に並んでいるけどどうしたら良《い》いのか」

『当麻《とうま》サマ自身がボタンやスティックを入力した順に表示しているだけです！』

「赤とか青とかで枠《わく》が区切ってあるトコもあるけど」

『バーチャロンはポイントを奪《うば》い合《あ》うゲームだって言ったでしょう。当麻《とうま》サマにとって有利な判定は青、不利な判定は赤で色分けされているんです。それよりほら早くっ、避《さ》けて避《さ》けて！』

が、次々に被弾《ひだん》していく中で、思わぬ事態が彼《かれ》を救った。

街中のあちこちにあるビルの陰《かげ》へ、たまたますぽっと収まったのだ。

「あれ？　なんかズルしてる？？？」

『良《い》いんですよ、遮蔽物《しゃへいぶつ》を使うのだって基本中の基本です。ただしこっち側も相手の位置はカーソル頼《だよ》りになりますので、いつの間にか近づかれて遮蔽《しゃへい》を回り込《こ》まれ、いきなり大技《おおわざ》喰らうリスクもあります。爆発系《ばくはつけい》の兵装なら壁《かべ》の向こうに落とされてダメージが入るなんてのも。何にしたって完全な安全地帯なんてありえないので、遮蔽《しゃへい》に入った後も警戒《けいかい》を続ける事をお勧《すす》めします』

回避《かいひ》が上手《うま》くいかない今の上条《かみじょう》では、正面からの撃《う》ち合《あ》いだと押《お》し負かされる印象がある。

なので、上条《かみじょう》はビルの陰《かげ》から陰《かげ》へ伝って、インデックスの変則バル・バドスへ近接戦を挑《いど》む事に。

ただし、

『接近するなら早めにしてくださいよ』

「え、何で？　もうバカスカ飛び道具喰《く》らうのやだし。ここはじっくり確実に様子を見た方が……」

『そういう悠長《ゆうちょう》な事も言ってられないんです。ていうか、あっ！　まずい!!』

ポン、と映像の端《はし》の方に一文が表示された。

ネガティブ警報、とある。

『あんまりコソコソ隠《かく》れて戦う姿勢を見せなくなると、罰則《ばっそく》でポイントを没収《ぼっしゅう》されるルールがあるんです！　つまり放《ほう》っておくと被弾《ひだん》してなくてもこっちが負けます!!　基本的には勝っている側を急《せ》かしてフェアに勝負させるための仕組みなんですが』

「ですが？　俺《おれ》負けてる側なのに何でネガティブに急《せ》かされてるの!?」

『単純なポイントなら。ですが機体の耐久力《たいきゅうりょく》は？　立ち位置は？　各武装の残弾《ざんだん》や命中率は？　総合的に見るとあら不思議、当麻《とうま》サマの方が有利に見えてしまう事もあるんです』

「何だよもー……」

『そもそも一セット九〇秒がデフォルトです。負けている側がポイント取られたままだと問答無用でセット奪《うば》われますよ!!』

「あー面倒臭《めんどうくさ》いなーっ!!」

何だかバタバタしてきた。とはいえ方針は変えられないので、大きく前へ切《き》り込《こ》むように突《とっ》撃《げき》。高速ダッシュのべた押《お》しで、急いで遮蔽《しゃへい》の裏からインデックスのバル・バドスを目指す。単純な脚《あし》の他に、追い風……？　いや不可視の斥力《せきりょく》か。とにかく何かの力を借りていて、自分が飛んでいく矢や銃弾《じゅうだん》にでもなった気分だ。

のだが。

ガックン！　と中途《ちゅうと》半端《はんぱ》な位置で上条《かみじょう》のテムジンの速度が落ちる。斥力《せきりょく》の後押《あとお》しがなくなり、元のモタモタした『普《ふ》通《つう》の動き』に戻《もど》ったのだ。

「なんっ、あれ？　何が!?」

『ターボを使った一回のダッシュで移動できる距離《きょり》は決まっているんです！』

「もおーっ！」

小さな機材を両手で摑《つか》み直す。ガチャガチャガチャ！　とダッシュを扱《あつか》うためのターボを連続で押《お》し込《こ》むも、

「ぜんっぜん！　前に！　進まない!!　さっきよりもかっくんかっくんつんのめるんだけどっ、

何だこりゃエンストか‼」

『おバカっ！　ダッシュ中にもう一度ターボを押《お》し込《こ》むとキャンセルされるんです！　ようは自分のダッシュを自分で妨害《ぼうがい》して困っているだけ！　本来は一方向に決まった距離《きょり》だけ進むダッシュ中に自由を得るためのサービスなのに、何でここまで自分の足を引っ張る使い方ができるんですかっ⁉』

　そうこうしている間にも遠方からバル・バドスの光弾《こうだん》が飛んでくる。

　とりあえずターボとスティックに集中、横方向へのダッシュでビルの壁《かべ》に向かって全力疾走《ぜんりょくしっそう》し、そこそこ回避《かいひ》する上条《かみじょう》。

『バーチャロンにおけるダッシュは点と点を直線で結ぶイメージです。一回当たりにかっ飛ぶ距離《きょり》は決まっていますが、先ほどのキャンセルのように中断も可能。点から点と言うと不便に聞こえるかもしれませんが、直角やジグザグなど、扱《あつか》い方次第《しだい》でかなり滑《なめ》らかに動けます。特にゲージ消費などはありませんので、ガンガン使って相手を攪乱《かくらん》する事を考えてください』

　立ち止まって聞いている余裕《よゆう》もない。こうしている今も試合は続き、光弾《こうだん》はこちらを狙《ねら》っているのだ。上条《かみじょう》は改めてダッシュを使って、とりあえずこちらからも飛び道具をばら撒《ま》きながらバル・バドスへの接近を試みる。

『まずいですよ、ああ、まずい、まずいまずい、あーっ‼』

「今度は何だ⁉」

疑問を言い終える前に、クイズ番組で間違《まちが》えたようなブザー音が鳴《な》り響《ひび》いた。見れば先ほどまで光条を放っていた剣《けん》のような武器がうんともすんとも言わなくなっている。

「えっ、えっ、壊《こわ》れたのか⁉」

『攻撃《こうげき》については基本的に右手、左手、両手、それぞれにゲージがあります。撃《う》ち過ぎると回復、再装填《さいそうてん》を待たなくてはならず、その間は無防備になってしまうんです。牽制《けんせい》のために遠距離《えんきょり》から弾《たま》をばら撒《ま》くのは悪くありませんが、きちんとロックしなければ無駄弾《むだだま》です！　当麻《とうま》サマが放ったのは爆風《ばくふう》で面制圧するような攻撃《こうげき》でもありませんし‼』

「三つ？　全部で三つしかないのか⁉」

『まあ遠距離《えんきょり》と近接、ターボ同時押し、ジャンプ攻撃《こうげき》とかしゃがみ攻撃《こうげき》とかでも性質は変わったり、遠距離《えんきょり》はガードできない、近接はゲージがない、などの特徴《とくちょう》もあるんですが』

「しゃがみって何⁉　スティック下に押《お》してもバックしかしてくれなかったんじゃあ……‼」

『後でやり方教えます‼　ああもう、右手も左手もあっさり撃《う》ち尽《つ》くしちゃって……』

上条《かみじょう》のテムジン側としてはインデックスのバル・バドスに接近戦を挑《いど》みたい訳だが、こちらからの攻撃《こうげき》がやめばそれだけ相手は自由を得る。

そういう訳で、

「あれっ？　インデックスのヤツどこ行った⁉」

『火器管制《FCS》のカーソルが消えている場合は視界内にはいません、上下左右の矢印に注目！　上です!!』

いつの間にかビルの屋上に陣取《じんど》っていたインデックスのバル・バドスが、ぬっとこちらを覗《のぞ》き込《こ》むような格好で両腕《りょううで》の砲口《ほうこう》を突《つ》き付《つ》けていたのだ。

今すぐ逃《に》げたいが、前後をビルに挟《はさ》まれた遮蔽《しゃへい》を覗《のぞ》かれている格好なので、ターボを押《お》してもダッシュできない。というか壁《かべ》に向かって走る羽目になる。

ドドドドガドガドガドガドガッ!!　と凄《すさ》まじい勢いで死の雨が降り注ぐ。

「ぎゃわーっ!!」

『遠距離攻撃《えんきょりこうげき》は防御《ぼうぎょ》不可です！　取りうる手段は三つ、速度で避《さ》ける、遮蔽《しゃへい》に隠《かく》れる、こちらから攻撃《こうげき》して相手の手を止める!!』

何度でも再戦できると言っても、一方的にやられるのはやっぱり悔《くや》しい。しかしこの狭《せま》い場所に不慣れな上からの連射では回避《かいひ》もままならない。

『左右両手全部の遠距離《えんきょり》は再装填中《さいそうてんちゅう》です。ここは逃《に》げてゲージの回復を待っ――』

「冗談《じょうだん》!!　すぐそこにインデックスがいるんだぞ!!」

上条《かみじょう》のテムジンが一気に真上へ飛ぶ。ダッシュと同じくやはり見えないターボの斥力《せきりょく》を借りているのか、一気に景色が動く。

『ダブルロック、兵装を近接に切《き》り替《か》えます』

右手、左手、両手のゲージの色がそれぞれ切《き》り替《か》わる。じりじりと回復中だったバー全体がまっさらな状態へと変化している。

そして右手の兵装が組み替《か》わり、新たな形を得る。

上条《かみじょう》は近接剣《きんせつけん》『ブリッツ・セイバー』を掴《つか》み直す。一発当てれば大きいはずだ。

が、まさに仕掛《しか》けようとした途端《とたん》、いきなり画面がブレた。

もたつき、そのままインデックスのバル・バドスを飛《と》び越《こ》してしまう。

突然《とつぜん》の事に混乱する上条《かみじょう》へ、

『あっ、ジャンプすると間近の敵を勝手にロックするんです』

「どういう理屈《りくつ》でだ⁉」

『仕様です☆　それよりいつまで遊覧飛行しているんですか⁉　高い、高度が高い‼　大空には盾《たて》にできるもの何にもないんですよ⁉　のんびり遊覧飛行なんてしてたら良《い》い的です‼』

「あー」

ドスドスドスドス‼　という下から突《つ》き上《あ》げるようなとんでもなく暴力的な音の乱打と共に、上条当麻《かみじょうとうま》の操《あやつ》るテムジンが打ち上げ花火と化してしまった。

機体全損で敗北確定。

負のリザルトがいっぱいに広がる中、ぐったりする上条《かみじょう》にウィンドウの中のリリナは語る。

『ちなみにジャンプも必修科目の一つですけど、ジャンプボタンをもう一度押《お》す事でジャンプキャンセルが可能です。つまり小さく跳《と》べる。ずーっとデフォルトのベタ押《お》しジャンプの流れに任せるとかなりふんわりした挙動になるというか、狙《ねら》い撃《う》ち状態になります。基本です』

「ああそうかい、また一つ大人になったな……」

『タッグマッチの状況《じょうきょう》ならこういうピンチの時に細かくパートナーに救援《きゅうえん》をお願いしたり、そもそも一チーム四人四機まで登録できますから、ピットインを活用してバトンタッチもできるんですけどねー。でもそういう応用は基本を覚えてからです』

そしてここで諦《あきら》める理由は何もない。

いくらでも敗北して強くなると覚悟《かくご》は決めている。

今度の第二セットはこちらから攻《せ》め込《こ》み、負けて、また再戦を申《もう》し込《こ》んだ。

ドガドガドガッ!!　と派手な音が響《ひび》いては、上条《かみじょう》のテムジンは傷だらけになっていった。転び、上空に浮《う》かぶ審判役《しんぱんやく》の球体からダウン判定を取られ、派手にポイントを奪《うば》われて敗北へと転がり落ちた。

だけど、そうやっていく内にちょっとずつ分かってきた事がある。

プライドなんて捨ててしまえ。

テムジンだけにこだわる必要もない。

時には、上条《かみじょう》はインデックスがベースに使っているバル・バドスにまで乗《の》り込《こ》んで再戦を申《もう》し込《こ》む。別に彼女《かのじょ》が羨《うらや》ましくて同じ事をしたいというのではなく、

「なるほど……。何だか無敵に見えていたけど、こういう感じに動くヤツなのか。あんまり機《き》

敏《びん》って訳でもないんだな。つか近接強いけど変なクセがあるな」

『また一つ覚えましたね。カスタム状況《じょうきょう》はどうあれ、ベースとなるバーチャロイドは全《すべ》て公開されているんですから、敵方の使っている機体を操《あやつ》って得手不得手を分析《ぶんせき》してみるのも一つの手なんです』

当然、勝てない。

バル・バドス一本でやってきたインデックスと比べて、お試《ため》しで手を出してみた程度の上《かみ》条《じょう》では話にならない。近づく事もできずにポイントを奪《うば》われ、何もできずに敗北へ追《お》い込《こ》まれてしまう。

でも、それで知る。

バル・バドスは無敵の壁《かべ》ではない。扱《あつか》い方次《し》第《だい》では普《ふ》通《つう》に負ける。つまりテムジンと同じなのだ。無敵に見えているのは、長所を伸《の》ばして短所を補っているインデックスの腕《うで》によるものだ。

劣勢《れっせい》は変わらず。

だけど、何かが、ほんのわずかに見えてきた。

最初のテムジンに戻《もど》り、両手でポータブルデバイスを摑《つか》み直しながら上条《かみじょう》は呟《つぶや》く。

「テムジンってやっぱり万能機《ばんのうき》体《たい》なんだな。近接もイケるし遠距離《えんきょり》もイケる。防備はそこそこ堅《かた》くて足もそこそこ速い。だから突出《とっしゅつ》してインデックスのバル・バドスに勝てるトコはないけど、でも、何をやらせたってそれなりの結果は出してくれる」

『そう』

「でもって、バル・バドスはかなりピーキーだ。あんまりこっちに近づいてこないのもそのため。……こっちは何をやってもそこそこイケるんなら、相手のフィールドに合わせてやる必要なんかない。テムジンはこれといった特徴《とくちょう》がない代わりに、どんな機体でも持っている苦手な部分へ切《き》り込《こ》む事ができる機体なんだ」

『それで良《い》いんです当麻《とうま》サマ！　今のが正解であるかどうかは関係ない。自分で考えて特徴《とくちょう》を予測して、一貫性《いっかんせい》をもって機体を操《あやつ》る。それが大切なんです。闇雲《やみくも》にガチャガチャやるんじゃない、自分なりの目的を掲《かか》げてプレイヤーの意志を通す。そこまでやって、初めて……』

バル・バドスが、動く。

両腕《りょううで》と一体化した砲口《ほうこう》が火を噴《ふ》き、次々と弾幕《だんまく》をばら撒《ま》いていく。

『バーチャロイドは、あなたの手足となってくれるんですから』

ズドン!!　と。

上条《かみじょう》の操《あやつ》るテムジンがターボを使用、高速ダッシュで見えない斥力《せきりょく》を借りて真横に跳《は》ねる。弾幕《だんまく》の第一陣《だいいちじん》を避《さ》けて、切り返すように前へ。こちらから距離《きょり》を詰《つ》め、今まであまり踏み込まなかったフィールド、接近戦へ戦場を移すように。
当然、ルーキーの上条《かみじょう》には全弾回避《ぜんだんかいひ》なんて華麗《かれい》な真似《まね》はできない。
当たるは当たる。
でも構わない。こちらの被弾《ひだん》ダメージより、近接剣《きんせつけん》『ブリッツ・セイバー』の一撃《いちげき》を当てて
より大きなダメージを与《あた》えられれば。威力《いりょく》の高い攻撃《こうげき》で転ばせてダウン判定を取り、ポイント
を稼《かせ》いで状況《じょうきょう》を有利に持《も》ち込《こ》めば。機体の全損さえポイント計上手段の一つなのだ。バーチャ
ロンは殴《なぐ》り合って体力を削《けず》るのではなく、有効打をいくつ取れるのかの判定勝負。何発もらっ
たかよりも、何ポイント取ったかが重要になってくる。勝つ事ができるなら、こちらの傷は厭《いと》
わない。
そういう戦い方を選択《せんたく》した。
マニュアルに書いてあった事じゃない。攻略本《こうりゃくほん》の通りに進めている訳でもない。
どんなに拙《つたな》くても、全然見当違《けんとうちが》いであるかもしれなかったとしても。
それでも上条当麻《かみじょうとうま》が一から組み立てた戦い方が、これなのだ。
『ターボとスティックで一方向へのダッシュが始まりますが、いったんスティックをニュート
ラルに戻《もど》してから再度別方向に押《お》し込《こ》む事でダッシュ中でも方向転換《ほうこうてんかん》ができます。バーティカ
ルターンと言うんですが、上手《うま》く組《く》み込《こ》めば点と点で考える相手の予測射撃《よそくしゃげき》を振《ふ》り切《き》る事もで
きるはずです』

「おっ、おっ、こうか」

『ロックは相手の視界から外れる事で解除されます。つまり近づくだけ近づいて肉薄《にくはく》してから、バル・バドスの周囲をぐるっと回り込《こ》む事であっさり潰《つぶ》せる。相手がモタモタ再ロックを仕掛《しか》けてくる間に、いくらか無防備なラグができるはず。近接を当てるチャンスです!!』

もはや至近とも呼べる間合い。

束《つか》の間《ま》、テムジンと変則バル・バドスが睨《にら》み合《あ》う。

まるで上条《かみじょう》のテムジンが左右どちらかに回り込《こ》もうとすれば、呼応するように機体を動かして阻止《そし》してみせると。そしてクロスカウンターでダウン判定を取って逆にポイントを奪《うば》うと、そう宣言するように。

だが上条《かみじょう》は左右どちらからも切《き》り込《こ》まなかった。

上へ。

高速ダッシュの勢いと、さらにジャンプ。インデックスの前へ跳《と》んだのだ。

たたんっ！　という小さなボタンの連打があった。

天上までの大ジャンプではなく、わずか機体一体分、ギリギリの高さでバル・バドスの真上を通過する。

いわゆるジャンプキャンセル。

『上手《うま》い、バーチャロイドは真上を取られるのに弱いんです。火器管制《FCS》の性能上、敵機の位置を表すカーソルは水平方向、前後左右を優先していますので、ちょうど真上を通過されると表示がもたつく!』

真正面を向くインデックスの、すぐ後ろへ着地する。

背中合わせのテムジンとバル・バドス。

近接剣《きんせつけん》『ブリッツ・セイバー』を強く握《にぎ》り込《こ》み。

そのまま機体をぐるりと回して。

グゴギィッッッ!!!!!! と。

二機のバーチャロイドがそれぞれ振《ふ》り返《かえ》りざまに近接用の武装を薙《な》ぎ払《はら》う。

片やテムジンは光を纏《まと》う無骨《ぶこつ》な近接剣《きんせつけん》。

片やバル・バドスはフォークのように複数の尖《とが》る光学兵装を高速回転させたもの。

どちらも一長一短あっただろう。だが近接攻撃《きんせつこうげき》の適性自体はテムジンの方が高い。

甲高《かんだか》い金属音のようなものが響《ひび》いた。

くるくると宙を何かが回転している。それは変則バル・バドスの右腕《みぎうで》。砲身《ほうしん》と一体化し、今は近接用の光学兵装でもって上条《かみじょう》の迎撃《げいげき》に回っていたはずの、その腕《うで》であった。

つまり切り飛ばした。

「やっ――」

『まだです!!』

リリナが叫《さけ》ぶと同時、宙を回転していたはずの右腕《みぎうで》がビタリと静止した。機体制御《きたいせいぎょ》に使う斥力《せきりょく》と同じものなのか、空中にピンで固定したように、明らかに人の意思を込《こ》めて浮遊《ふゆう》している。

そして腕《うで》と一体化した砲口《ほうこう》が、改めて最適な距離《きょり》から上条《かみじょう》のテムジンに狙《ねら》いを定めていく。

「っ!!」

とっさに、バル・バドスから距離《きょり》を取るように真後ろへ下がる。

ドドドッ!!　と天空からの連射が地面に突《つ》き刺《さ》さりブロックノイズに弾かれ、両者を引《ひ》き離《はな》す。せっかくの近接の間合いを放棄《ほうき》する羽目になる。

改めて見れば。

シスターにも似たシルエットの変則バル・バドスの、余った左腕《ひだりうで》。そちらについても肘《ひじ》の辺りから切《き》り離《はな》され、宙に浮《う》かんでいた。

『言い忘れていましたが』

リリナが今さらのように報告してきた。

『バル・バドスは体の部位を切《き》り離《はな》して独自行動させる事で、複数の火線で囲って多方向同時攻撃《こうげき》を行うのを最大のセールスポイントに掲《かか》げた機体です。腕部《わんぶ》の名称《めいしょう》はＥＲＬ、エジェクタブルリモートトランチャー。字面《じづら》を見ればもうお分かりですよね。つまり、両腕を切り離してからが本番、と』

「……、」

一難去ってまた一難。

だがゆっくりと息を吐《は》いた上条《かみじょう》の口元には、獰猛《どうもう》な笑《え》みがあった。

「つまりいよいよインデックスも余裕《よゆう》を見せている場合じゃなくなったって訳だ。良《い》いね、すごく良《い》い。上から目線のハンデを全部もぎ取ってやったぞ。やっと同じ土俵に立てたって気がする。これは、その、あれだ」

『うへへえ……』

「ほんとの意味で勝ちの目が見えてきたって事だろ」

『あっはははは!!　これが今日初めてバーチャロンに触《ふ》れたルーキーの言葉ですか!?　この戦《せん》闘狂《とうきょう》、一体どこでバトルの楽しみ方を覚えてきたんです!!』

そして状況《じょうきょう》が動く。

ゴッ!!　と。テムジンにバル・バドス。両機が凄《すさ》まじい勢いで街並みを駆《か》ける。

7

結局そのセットも取れなかった。

その後も立て続けに七、八回ほど三セット制のゲームを繰《く》り返《かえ》した。

負け続けだったけど、無駄《むだ》な戦いなんて一つもない。機体を振《ふ》って射撃《しゃげき》し、ダッシュからのジャンプに繋《つな》げ、あるいはそれらをキャンセルして自《みずか》ら速度や高さを捨てるタイミングさえも。目的や課題を自分で作って、『覚える』という強い姿勢さえ念頭にあれば、必ず何かしらの閃《ひらめ》きを上条《かみじょう》に与《あた》えてくれる。初めは何でこんなボタンの配置なのかも分からずにモタモタしていたけど、かなり自分の意思通りにバーチャロイドを振《ふ》り回《まわ》せるようになったと実感できるようになってきた。

それでもインデックスは段違《だんち》いだった。

一つの戦法に囚《とら》われず、セットごとに空中戦、地上戦、平面移動、波形挙動、近接べた付け、遠距離精密狙撃《えんきょりせいみつそげき》、とにかく色んなパターンを網羅《もうら》する。つまりそれだけ色々な状況《じょうきょう》を経験してきたのだろう。遊び倒《たお》している。まあ、多少は完全記憶能力《かんぜんきおくのうりょく》の恩恵《おんけい》もあるかもしれないが。

そして終わりは唐突《とうとつ》にやってきた。

上条《かみじょう》はぐいっと目元を覆《おお》っていた超薄型《ちょううすがた》のゴーグルを額《ひたい》に上げた。

「ストップ、すとーっぷ!!　うう、もう駄目《だめ》だ。なんかこめかみの辺りがチリチリする……。3D酔《よ》いとかじゃねえと思うけど、ちょっと休ませてくれ……」

「えーっ!?　まだスペシャルホイップミルクリームを試《ため》していないんだよ!!」

「勝手にコマンド名作ったおかげで何が何やらサッパリに……っ!?」

大騒《おおさわ》ぎの二人だったが、周りは特に奇異《きい》の目を向けてきたりはしない。

センターの周りには上条達《かみじょうたち》と同じように、ポータブルデバイスを持った少年少女も多いのだ。わざわざここまで来て中には入らない、というのはやはりスタイルの問題かもしれない。あるいは予選大会の様子を画面越《ご》しに眺《なが》めている内に、自分達《じぶんたち》も遊びたくなったのか。

ゴーグルをつけ、ポータブルデバイスを操作すると、彼《かれ》らの頭上に淡《あわ》い光の輪のようなものが浮《う》かび上《あ》がる。フラフープのようなそれが頭の先から足の先まですっと流れていき、そして消えていった。

(ゴーグルはめていたから分からなかったけど、俺達《おれたち》の時もあんなの出てきてたのか？)

「インデックス、あれって何なのか分かるか？」

「知らない。何か体を調べているみたいだけど」

「？？？」

ちょっと気になるが、あまり拘泥《こうでい》しても仕方がない。

そもそも上条《かみじょう》の目的はポータブルデバイスに電子クレジットを補充《ほじゅう》する事だ。次世代競技としてのバーチャロンはF2P？　上条《かみじょう》にはちょっとピンと来ないがとにかく基本的なプレイだけなら無料で楽しめるらしい。デバイスの方はいくらでも何にでも利用できるので、場合によってはお金が必要になってくる。例えば上条《かみじょう》の場合だと、電車に乗ったり料理のレシピ集を定期購読《ていきこうどく》したりする時とか。

「俺《おれ》はちょっと休憩《きゅうけい》がてら用事を済ませてくるよ、戻《もど》ってきたらまた付き合ってやるから」

「むー。じゃあそれまでここでフリーの対戦者でも待っているんだよ。大会中って言ったってみんながみんな予選登録している訳じゃないし、センターの前なら見学者のプレイヤーだってたくさんいるし。ポータブルデバイスの具合を確かめていますってメッセージ投げておけば大《たい》抵《てい》は付き合ってくれるもんね」

ひらひらと手を振《ふ》ってセンターの屋内へ引《ひ》っ込《こ》んでいく上条《かみじょう》を見て、インデックスはわずかに頬《ほお》を膨《ふく》らませた。

（とうまに見せないと意味がないんだけどな……）

頭の上に張り付いた三毛猫《みけねこ》だけが呑気《のんき》にみにゃーと鳴いている。

とはいえ、まだまだ試《ため》してみたい事はあるので、ひとまずポータブルデバイスの通信を解放する。

対戦相手の検索《けんさく》が勝手に進む。

ポン、という軽い電子音と共に真っ先に表示されたのは、

「うん？」

名前欄《なまえらん》を見て、インデックスが首を傾《かし》げた。

やけに凝《こ》ったドイツ語が並んでいた訳ではない。どこで使っているかも分からない漢字が並んでいた訳でもない。

そもそもそれ以前の問題として、名前欄《なまえらん》が丸ごと文字化けしていた。

「誰《だれ》なんだろう、この人……？」

やはり。

根本的な所で、インデックスは機械に弱かったのかもしれない。今回はたまたま不安よりも好奇心《こうきしん》の方が勝って、臆《おく》する事なく手に取っていただけだったのかもしれない。

普通《ふつう》なら、ここで承認《しょうにん》のボタンに触《ふ》れる事はなかっただろう。

しかし、インデックスは首を傾《かし》げながらも先に進めてしまったのだ。

そして。

直後に。


少女の世界が一変した。

8

あんまり一度にドバッとクレジットを投入すると、あれもこれもといらないアプリや電子書籍《でんししょせき》を買《か》い込《こ》んでしまう。なので上条《かみじょう》が一〇〇〇円刻みで追加購入《ついかこうにゅう》していると、センター内の空気がにわかに切《き》り替《か》わっていくのが分かった。

「？」

首の後ろがチリチリするような……招かれざる客が堂々と真正面から入ってきたかのような、敵愾心《てきがいしん》の空気。

センターの中には映画でも観《み》るような大きなモニタがあって、それはいくつもの小さな画面に分割《ぶんかつ》されていた。施設《しせつ》の周りで行われている試合を無作為《むさくい》に拾って中継《ちゅうけい》しているのだ。実況《じっきょう》プレイのための環境《かんきょう》を提供している、と考えると分かりやすい。画面の端《はし》で企業《きぎょう》のロゴが躍《おど》っているところを見ると、目立てば目立つほど広告収入なんかも入るのかもしれない。

よくよく見てみれば、みんなその画面に釘《くぎ》づけになっていた。

敵愾心《てきがいしん》の正体もそこにあるらしい。

一人雰囲気《ふんいき》についていけず怪訝《けげん》な顔をする上条《かみじょう》に、青髪《あおがみ》ピアスが声を掛《か》けてきた。

「ヤバい、ヤバい」

「どうしたんだよ青髪《あおがみ》？」

「どないもこないも、『亡命』がやってきたんや。ったく、普通《ふつう》は……つってええのか分からんけど、『亡命』の連中は逆探・追跡《ついせき》されないように『消えている』のが常套手段《じょうとうしゅだん》やっつーのに、敢《あ》えて正規のセンターのド真ん前に顔出すとはええ度胸しておる!!」

亡命ポータブルデバイス。

より自由に、より多くのサービスを受けるために、自《みずか》ら安全基準のレギュレーションを解除してしまった剝《む》き出《だ》しの機材。本来あるべき機能をきちんと解放したと言えばそれまでだが、わざわざ危険を伴《ともな》う領域に手を出してみたいとはあんまり思えない。

青髪《あおがみ》ピアスはセンターの奥《おく》にある巨大《きょだい》な液晶《えきしょう》モニタを親指で示しながら、

「見てみい、あの青いサイファー。悪目立ちのお手本みたいなヤツやで」

画面の中で縦横無尽《じゅうおうむじん》に駆《か》け回《まわ》っているのは、えらく細身で鋭角的《えいかくてき》なバーチャロイドだ。背中と言わず肩《かた》と言わず、翼《つばさ》というべきか角というべきか、とにかくたくさんの突起《とっき》を備えた機体。一目で『速そう』な印象を突《つ》き付《つ》けてくるモデルである。そして軽量快速のイメージを覆《くつがえ》すように、身《み》の丈《たけ》を超《こ》えるほどの長大極《きわ》まる凶悪《きょうあく》な近接剣《きんせつけん》を備えているのも特徴《とくちょう》か。

カラーリングは青をベースに黄色の縁取《ふちど》り。これもまた、一般《いっぱん》にはないものだった。

「ユーザーネームは文字化けやけど、巷《ちまた》じゃ『ブルーストーカー』なんて呼ばれとる。あんなんに絡《から》まれるだなんてバル・バドスの方も災難やな。せっかくみんなで楽しく大会盛り上げとんのにあれ一機で全部おじゃんやし。ああくそっ、審判役《しんぱんやく》の球体ちゃんも素通《すどお》りや、一体どんな手品を使っているのやら」

「ちょっと待て……」

「ああ、わざわざ逆探防止のステルス切ってセンター周りまでやってくるって事は、『ブルーストーカー』のヤツ、実況用《じっきょうよう》に公開されるの込《こ》みで乱入しかけてきておる。そないにイカサマプレイで相手ボコるんが楽しいんかな」

「そこじゃない。バル・バドスだって？」

と、上条《かみじよう》は謎《なぞ》のサイファーより、その対戦相手の方に注目してしまった。

白系のバーチャロイド。

武装を手に持つのではなく、腕《うで》そのものが移動式の砲台《ほうだい》として切《き》り離《はな》せる機体。

カスタムしまくったせいか、どこか修道女のようなシルエットの追加《ついか》装甲《そうこう》を取り付けたバル・バドス。

つい先ほどまで、上条《かみじよう》のテムジンとかち合っていた相手。

「おいおい、インデックスじゃねえか!?」

「そりゃヤバい、かなりヤバい！　急いで『亡命』相手のバーチャロンはやめさせへんと!!」

「何だよ、青髪《あおがみ》？」

その慌《あわ》て方に上条《かみじよう》はついていけない。

確かにインデックスのバル・バドスが戦っているのは不正規な『亡命』プレイヤーだ。ひょっとしたら規格外のデータを埋《う》め込《こ》んで、移動速度や攻撃力《こうげきりよく》を好き勝手にいじくったりしているのかもしれない。

だけど、所詮《しよせん》は競技の話だ。

これは戦車と戦車の撃《う》ち合《あ》いでも、戦闘機《せんとうき》と戦闘機《せんとうき》の後ろの取り合いでもない。いくら攻撃《こうげき》が直撃《ちよくげき》したって、爆炎《ばくえん》の中に包まれたって、耐久力《たいきゆうりよく》をゼロまで削《けず》られて機体が全損したって、発生するのはポイントの変動だけ。インデックスの身に何が起こる訳でもない。

そんな風に思っていた上条《かみじょう》だったが、そこで背筋《せすじ》を嫌《いや》なものが撫《な》でた。

考えを、改める。

「いいや……そこも含《ふく》めていじってんのか？　例えば負けた途端《とたん》にデバイスの管理者権限奪《うば》われて踏《ふ》み台《だい》とかなりすましに使われるとか⁉」

「ある意味それよりひどいで」

青髪《あおがみ》ピアスは息を吐《は》いて、

「どこまで信憑性《しんぴょうせい》があるかは分からへん。やけどな、『亡命』に絡《から》まれたプレイヤーの中にはいろんな『症状《しょうじょう》』が出とるって話なんや」

「しょう、じょう……？」

「筋力喪失《きんりょくそうしつ》、自律神経の暴走、意識不明……並べたらキリがあらへん。どこまでホントかは確約ないけど、でも火のない所に煙《けむり》は立たんで。やめさせられるならやめさせた方がええに決まっとる！」

それだけ聞けば十分だった。

上条《かみじょう》と青髪《あおがみ》は二人して、弾《はじ》かれたようにセンターの出口を目指す。

表に出ると、画面の中の戦闘《せんとう》が実際の風景の中で炸裂《さくれつ》していた。両腕《りょううで》を取り外して浮遊《ふゆう》させているバル・バドスと、壁《かべ》を蹴《け》り、宙で回り、ダッシュやジャンプに使う斥力《せきりょく》を小刻みに操《あやつ》り、巨大《きょだい》な刃《やいば》を振《ふ》り回《まわ》す事で重心まで移動させながら、不規則な空中挙動を繰《く》り返《かえ》す青いサイファー。

戦況《せんきょう》は一方的だった。

あれだけ上条《かみじょう》を翻弄《ほんろう》していたインデックスも、青いサイファー……『ブルーストーカー』の前ではどうにもならない。

かろうじて一方的に秒殺されるのだけは防いでいるが、今のままでは回避《かいひ》に専念するばかりだ。ただし、

「まずい、あのままじゃあの子勝ち目がやってきいひん。自分から行き止まりに向かって突《つ》っ走《ぱし》っとる」

「何でっ？　あんなメチャクチャな動きする敵にも喰《く》らいついているだろ。俺《おれ》だったら一瞬《いっしゅん》でやられているのに良く耐《た》えてる！」

「だけど時間は無制限やないんや。ポイントも奪《うば》われて耐久力《たいきゅうりょく》もガリガリ削《けず》られて、ええトコなしでタイムアップになってみい。そのまんまお陀仏《だぶつ》になってまう」

次世代競技バーチャロンで相手に勝つ方法は二つ。

一つ目は競技上のポイントをより多く奪《うば》って最終集計に臨む事。

二つ目は対戦チームの機体全《すべ》てを破壊《はかい》する事だ。

一対一なら当該機《とうがいき》が破壊《はかい》されるだけで決着がつく。そしてインデックスは一つ目でも二つ目

でも不利な状況《じょうきょう》に立たされている。確かに回避《かいひ》しているだけでは逆転の目がなくなるが、かと言って大きく方向転換《ほうこうてんかん》して無理に突《つ》っ込《こ》めばそれこそ瞬殺《しゅんさつ》される。

つまり、

「このままじゃ、あの子負けるで」

青髪《あおがみ》ピアスが苦い顔で言った。

「サイファーは本来変形機構を持ってて人型のバーチャロイドと飛行形態のモータースラッシャーとを切《き》り替《か》えて戦う機体なんや。実際に『使える』もんかは人それぞれやけど、全く使わへんってのもちょっとおかしい。言ってしまえば縛《しば》りプレイのまんまあそこまで動くやなんてどこまで余力を残しとるんや……」

「あれで、手加減……?」

実際に戦場に立つのではない、横から眺《なが》めているだけでも注意しないと見失いそうになる、あの変幻自在《へんげんじざい》の挙動でも、まだ……?

「いや、それどころじゃない。おいインデックス、ペナルティ受けても良いから通信を切れ!! そいつは『亡命』とかいうヤツで……っ」

言いかけて、上条《かみじょう》の言葉が止まった。

インデックスは確かにいた。最後に別れた時と同じく、行《ゆ》き交《か》う人達《ひとたち》の邪魔《じゃま》にならないよう歩道の端《はし》に寄ったまま、自分のポータブルデバイスに目を落として一〇本指を動かしている。

だけどその瞳《ひとみ》に光はない。

カカカカカカカカカカカカカカカッ、と高速で蠢《うごめ》く指先は、まるで独立した生き物のようだった。

「おい、インデックス……？」

不審《ふしん》に思って声を掛《か》け、その肩《かた》を摑《つか》んで揺《ゆ》さぶってみても、返事はない。ぐらんぐらんと揺《ゆ》れる首は、本当に常に画面を見ているのか。

「ちょいと失礼」

その時だった。

インデックスの背後に回った青髪《あおがみ》ピアスが、いきなり彼女《かのじょ》の頭に三毛猫《みけねこ》ごと大きな袋《ふくろ》を被《かぶ》せてしまった。

「何やってんだ青髪《あおがみ》⁉」

「見てみいや！　この子、視界塞《ふさ》いだって指の動きが全く変わらへん、向こうで暴れとるバル・バドスの挙動もそのまんまや！　これって一体どうなっとんねん⁉」

「冗談《じょうだん》だろ……？」

何が起きているのか。

これも『亡命』ポータブルデバイスと繫《つな》がったせいなのか。

現状ですでにここまでの異常事態。

では、青髪《あおがみ》ピアスが語っていた敗北時のペナルティはどこまで進む？

「青髪《あおがみ》」

「なんやカミやん？　その子のデバイス奪《うば》い取《と》るか。それでもバル・バドスが動き続けたら流石《さすが》にボクは理解を放棄《ほうき》するで」

「いいや、別のアプローチでインデックスを助ける。バーチャロンは一対一だけじゃなくて、複数でチームを組んだり乱入したりもできたはずだよな」

「ああ！　そうきたか」

「俺《おれ》が飛《と》び込《こ》むよ」

バキリとポータブルデバイスの下面に張り付いている超薄型《ちょううすがた》のゴーグルを取り外す。

そもそも、上条《かみじょう》の腕《うで》では今翻弄《ほんろう》されているインデックスにも追い着かない。真っ向から『ブルーストーカー』に挑《いど》んでも太刀《たち》打ちできないだろう。

だけど、真っ向からやる必要はない。

二対一でも何でも、とにかく相手を退けられれば。

次世代競技バーチャロンは最大四人で一チームを作る。枠《わく》が余っている状態なら乱入として割《わ》り込める。元から四人全員埋《う》まっている場合は誰《だれ》かが全損しても枠《わく》が空いた状態にはならないし、あちこ《こ》ちの学区でやっている公式大会だとあらかじめエントリーしたメンバー以外の飛び入りは禁止されているが、今の状況《じょうきょう》とは関係ない。

つまり、行ける。

インデックスを助けに。

「それでも駄目《だめ》だったら、後はお前の判断で試《ため》せる手を全部試《ため》してくれ」

9

そして、結果は火を見るより明らかだった。

10

「……っづ」

上条当麻《かみじょうとうま》は繭《まゆ》のような紡錘形《ぼうすいけい》のコックピットの中で呻《うめ》き声を上げていた。

何が起きたかも理解できなかった。

ただ青い流線が視界を埋《う》め尽《つ》くした。

正直に言うと、一本目は捨てていた。『ブルーストーカー』の挙動に目を慣らそうなんて考えていた。だが甘《あま》かった。何をしているか分からない内に一セットを奪《うば》われ、そしていったんインデックスが復活した後の二セット目さえもこの有り様だ。

相手の動きはまともじゃない。

インデックスとの連携《れんけい》なんて考えている暇《ひま》もない。状況《じょうきょう》を目で追い駆《か》ける事も敵《かな》わず、それでいて右から左へ突《つ》き抜《ぬ》けるギリギリとした頭痛だけが広がっていく。元々休憩中《きゅうけいちゅう》だった事も手伝っているのか。眼球を動かすだけで喉《のど》の奥《おく》から吐《は》き気《け》のようなものまで滲《にじ》み出《で》てきた。

背後から甲高《かんだか》いモーター音のような、嫌《いや》な音が続いていた。おそらく機体後部のVディスクが不気味に赤熱しているのだろう。

上条《かみじょう》はバーチャロイドに『人工筋肉』を取り入れているためか、戦っている最中は繊維《せんい》の束を収縮させるような音に包まれているのだが、今はそれらがブチブチと千切《ちぎ》れそうなものに切《き》り替《か》わっていた。

上空では呑気《のんき》に審判役《しんぱんやく》の球体が浮《う》かんでいる中、上条《かみじょう》は歯噛《はが》みして自覚する。

(次元が違《ちが》う……)

彼《かれ》がやってきたのは、バーチャロイドを指や手の動きで『操《あやつ》る』という形だった。

だけど、あの『ブルーストーカー』は違《ちが》う。

明らかに、意思の力が機体の末端《まったん》にまで注《そそ》ぎ込《こ》まれている。

無数の糸を繋《つな》げて動かす操《あやつ》り人形と、人形そのものが意思を持って動き出すのでは全然違《ちが》うだろう。その動きに制限や余計な簡略化は一切《いっさい》見られない。

(どうやったらあんな風に操縦できるんだ……？　あれも『亡命』の力だっていうのか……？)

バーチャロイド同士の戦闘《せんとう》でビルや道路が壊《こわ》れる事はない。

上条《かみじょう》のテムジンは建物の壁《かべ》に寄《よ》り掛《か》かるような格好で座《すわ》り込《こ》んでいた。

そこへ。

ゆっくりと。

『ブルーストーカー』が、真正面から近づいてくる。

身《み》の丈《たけ》を超《こ》える、長大極《きわ》まる凶悪《きょうあく》な近接剣《きんせつけん》を携《たずさ》えて。

「……、」

決して、相手は油断している訳ではないだろう。例えば急いで右手を跳《は》ね上《あ》げて形を変えた主兵装『ニュートラル・ランチャー』から閃光《せんこう》を乱射させたところで、相手はその瞬間《しゅんかん》に視界から消える。それができる。あれは、ああいう形の警戒《けいかい》であり、ああいう形の正解なのだ。

『ロックされました。当麻《とうま》サマ、警戒《けいかい》しないとヤバいです！　今二セット目だからポイント挽《ばん》回《かい》しないとストレート負けですし、それ以前にテムジンが全損しそうな勢いです‼』

ナビゲーションのリリナがそんな風に叫《さけ》んでいた。

（どうする……？）

そもそも、『亡命』相手に敗北すると何が起こるのかが分からない。

危険な匂いがするだけ筋力喪失《きんりょくそうしつ》、自律神経の暴走、意識不明……並べたらキリがない、などと言われるくらい。

どこまでが嘘《うそ》で、どこからが本当なのか。

全《すべ》てを信じられる訳ではないが、わざわざ自分達《じぶんたち》の体で試《ため》してみたいとも思わない。

(どうする⁉　ここからどうやって巻き返す⁉)

手の中にボタンもスティックもあるのに、選択肢《せんたくし》がまるで見えない。

今すぐ動かなくてはならないのに、動けば酷《ひど》い目に遭《あ》うと分かってしまって指が止まる。

恐怖《きょうふ》に縫《ぬ》い止められる。

死と殺戮《さつりく》の近接剣《きんせつけん》から逃《のが》れられない。

『ブルーストーカー』の速度を考えれば今さら馬鹿《ば か》正直《しょうじき》にガードしたところで即座《そくざ》に後ろへ回り込《こ》まれて背中を切り刻まれるのは目に見えている。いいや、あの機体の動きはおかしい。とにかく自由度が違《ちが》い過ぎる。バク転したり股《また》を潜《くぐ》られたり、そんなありえない、あってはならない挙動さえ平然とこなしかねない。そんな雰囲気《ふんいき》がある。

「く、そ」

両手の掌《てのひら》の中で、無意味な汗《あせ》が溜《た》まっていく。

一刀でバーチャロイドの首を落とすどころか機体全体を真っ二つにしかねない、凶悪極《きょうあくきわ》まる長大な近接剣《きんせつけん》が。

迫《せま》る‼

「くそおおおおおおおおおおおおおおおおおおおおおおおおおおお

おおおおおおおおおおおおおおおおおおおおおおおおおおお
おおおおおおおおおおおおおおおおおおおおおおおおおお!!」

叫《さけ》び、喚《わめ》いて、手の中のポータブルデバイスを握《にぎ》り込《こ》んで。

その時だった。

ポン、という小さな音が響《ひび》いた。眼前いっぱいに広がる視界の隅《すみ》に、字幕のように小さな文字列が躍《おど》っていた。

『短文メール……え、でもこれ、差出人のアドレスは、このデバイス……？』

リリナが不思議そうな声を上げている。

不思議そうな声を上げているという事は、彼女《かのじょ》には『その先』の本文を読み取れないらしい。

『蟻墓《ぎもん》＊w懋《をもて》t』

極限の危機的状況下《じょうきょうか》で、しかし上条《かみじょう》はその短い文字列に意識を吸《す》い込《こ》まれるようだった。

この状況《じょうきょう》はどうしようもない。

『ブルーストーカー』は反則を使っているのだから勝てる訳がない。

……という前提は、本当に正しいのか？

ヤツを特別にしている力は、ヤツにしか許されないものか。その前提が揺《ゆ》らいでいるとしたら、上条《かみじょう》の勝利を阻害《そがい》しているモノの正体は何だ？

それは普通《ふつう》にプレイしているだけでは絶対に触《ふ》れる事のない存在。

最初から目の前にあるのに、自《みずか》ら放棄《ほうき》している一つの権利。

(……やってやる)

まるで試《ため》されるような状況《じょうきょう》。

上条《かみじょう》はテムジンや青いサイファーの位置取りよりもっと根本、自分の両手の中にあるポータブルデバイスに目をやる。

今摑《つか》んでいるものが、現実の感触《かんしょく》なのかヴァーチャルの感触《かんしょく》なのか。それすらも定《さだ》かでないまま。

(それでこの状況《じょうきょう》を乗《の》り越《こ》えられるなら。ボロボロになったインデックスを助ける道に繋《つな》がるなら。どんな自殺紛《まが》いの可能性だって試《ため》せるだけ試《ため》してやる!!)

ぎもんをもて。

疑問を持て。

バギリ!! と。

次の瞬間《しゅんかん》、上条当麻《かみじょうとうま》は両手を使ってポータブルデバイスをくの字に折り曲げた。

コントローラの破壊《はかい》。

勝利、いやプレイを前提とするなら絶対にありえない、だけどこの狭《せま》い空間の中では何故《なぜ》だか許されている行為《こうい》。

まるで重力を感じさせない動きで、無数の部品がゆっくりと漂《ただよ》う。基板や液晶《えきしょう》の断片《だんぺん》が回転し、キラキラと光を照り返す。それらの中央に、一際《ひときわ》小さな黒いチップがあった。元々は何だったのか。演算回路か、通信のアンテナか、あるいは認証《にんしょう》関係か。専門的な知識を持たない上条《かみじょう》には精査はできなかったが、直感で彼《かれ》はこう考えていた。

あれがコア。全《すべ》てを縛《しば》る心臓だ、と。

そして彼《かれ》が取った行動はシンプルだった。

噛《か》む。

切手の四分の一ほどの小さなチップを犬歯《けんし》で挟《はさ》み、そして躊躇《ちゅうちょ》なく噛《か》み砕《くだ》く。

バチン!! と。

それで何かが決定した。致命的《ちめいてき》に脱線《だっせん》した。

急速に手の中の全《すべ》てが巻《ま》き戻《もど》る。無重力空間に吐《は》き出《だ》されていたようなパーツの数々が一点に収束していく。ポータブルデバイスの外装の傷さえ滑《なめ》らかに消えていき、ピカピカの液晶《えきしょう》に再び光が点《とも》る。

ただ一つ。

あの黒いチップだけを除いて。

「――――、」

直後。

ゴォ!! という風の唸《うな》りを上条《かみじょう》は知覚した。目の前にボールが飛んできたから思わず首を振《ふ》った。そんな当たり前の挙動でテムジンの半身を反らし、上から下へとギロチンのように振《ふ》り下ろされた『ブルーストーカー』の巨刃《きょじん》をギリギリのところで回避《かいひ》していく。

さも当然のようにこなして、後から上条《かみじょう》は気づく。

(あれ?)

できない。できる訳ない。

前後左右斜《なな》めの八方向をレバーで操《あやつ》るバーチャロイドの動きでは、半身を反らして刃《やいば》を避《さ》けるなんていうモーションは不可能なはずだ。

(そのはずなのに、現に成功している……?)

八方向の限られた自由から、ハリネズミのように際限なく矢印の伸《の》びる、真なる自由へ。

つまり。

これこそが、『ブルーストーカー』と同じ。

『亡命』。

その単語が、上条当麻《かみじょうとうま》の脳裏《のうり》から浮《う》かび上《あ》がった途端《とたん》だった。

高密度の緊張《きんちょう》を解放する。

上条《かみじょう》のテムジンが、寄《よ》り添《そ》うように振《ふ》り下ろされた極悪《ごくあく》な近接剣《きんせつけん》の側面を押《お》す。武装ではなく、肩《かた》で。横へのベクトルを追加されてわずかにバランスを失った青いサイファーの顔面へと、さらに打撃《だげき》。これもまた近接用の『ブリッツ・セイバー』ではない。

テムジンの額《ひたい》に相当する部分。

つまりは頭突《ずつ》き。

ゴン!! という鈍《にぶ》い音と共に、今度こそ『ブルーストーカー』が仰《の》け反《ぞ》る。

あれだけ散々猛威《もうい》を振《ふ》るっていた相手に届く。当たる。

致命傷《ちめいしょう》にはならない。

開いたのはビタリと寄《よ》り添《そ》う極近接《ごくきんせつ》から、ほんの少しの距離《きょり》だけ。

だからこそ。

改めて、テムジンが『ブリッツ・セイバー』を摑《つか》み直す。渾身《こんしん》の力を込《こ》めて振《ふ》り下ろせる間合いへと引《ひ》き離《はな》した『ブルーストーカー』を、ただただ狙《ねら》って。

轟音《ごうおん》が炸裂《さくれつ》した。

だが当たらない。刃《やいば》の軌跡《きせき》が歪《ゆが》んだ。『ブルーストーカー』に得体《えたい》の知れない磁場やバリアがある訳ではない。ヤツはこちらの攻撃《こうげき》の瞬間《しゅんかん》に合わせ、テムジンの膝《ひざ》の関節を蹴飛《けと》ばしたのだ。

ブレた刃《やいば》が獲物《えもの》を喰《く》いそびれ、その間に『ブルーストーカー』は後ろへ飛び下がる。

『ちょちょちょ、どうなっているんですか対応不能なボタン入力の嵐《あらし》なのに、どうしてか機体の方が反応を返しているんですけど！　何でこんな風に動くのかなあもう、これ絶対単なるバグや裏技《うらわざ》じゃないぞ、むしろ表に見えている次世代競技バーチャロンの二倍も三倍もスプリクトの山が書《か》き込《こ》まれていないと説明がつかないのに……!!』

「リリナ、疑問があるならそっちで勝手に検索《けんさく》してくれ」

『単純なヒット数なら一七万四〇〇〇件以上。さらにその中から頻出《ひんしゅつ》ワードを集計すると「亡命」ってのがトップランクに出てきます！　ヤバいですよこれ！　まあ得体《えたい》の知れないバナー広告や明らかな誘導狙《ゆうどうねら》いのアフィリサイトなんかもありますから信憑性《しんぴょうせい》の確約はできませんけど!!』

「なら知るか、俺が作った訳じゃない」

『……えと。当麻《とうま》、サマ？』

カラフルなボタンに滑《なめ》らかなスティック。

これだけで今の動きができるのか。五体満足どころか指の一本から首の振《ふ》りまで、どうやって？　実際には上条《かみじょう》だって分かっていなかった。

ボタンを操作して何かしているというよりも、まず頭の中に取りたい行動があって、後からコマンドの方が浮《う》かび上《あ》がってくるような、順を間違《まちが》えた感覚。トレーニング用のコマンドログを表示する事もできるようだが、その通りになぞっても同じ動きは再現できないような、そんな気さえする。

だが現実にそれで何とかなっている。

なっているのなら。


何に遠慮《えんりょ》する必要もない。


ゴンッッッ!!!!!!　という爆音《ばくおん》が炸裂《さくれつ》した。

機体の背部に備わった巨大《きょだい》なVディスクが限界以上の挙動に悲鳴を上げる。熱い鉄のように赤熱する。目で見ていなくても、絶対にそうなっている。機体の状況《じょうきょう》は感覚で分かるような気がした。

相手の動きなど待たない。

こちらはもう臆病《おくびょう》な亀《かめ》ではない。自由に獲物《えもの》を狩《か》る獅子《しし》で良《い》い。

共に並び立ち、睨《にら》み合《あ》って、そして同時に突撃《とつげき》する。

テムジンとサイファーの双方《そうほう》が唸《うな》る風と化す。アスファルトの道路に、ビルの壁《かべ》に、街路樹や看板まで足場に使い倒《たお》し、ピンボールのような挙動で、色のついた風が景色を埋《う》め尽《つ》くす。

ドン!!

ゴンガンバギン!!　と。

立て続けに炸裂《さくれつ》する大音響《だいおんきょう》。それを眺《なが》めている他の誰《だれ》にも『何が起きたのか』は理解できないだろうという確信。自分だけが知っている、そうしたものを作り出せる。そんな孤高《ここう》。引きずられるように、感情値が目も眩《くら》む領域へとぐいぐいシフトしていく。

二セット目のギリギリ。

ポイントはごっそり取られ、テムジンの耐久力《たいきゆうりよく》もギリギリ。

判定に持《も》ち込《こ》むどころか全損処分で即競技《そくきようぎ》終了《しゆうりよう》も十分あり得る危険域。

それが何だ。

だからどうした。

向こうは一人だ。ピットイン用の待機要員もいない。つまり今目の前にいる『ブルーストーカー』を全損させればポイント数は無視して良い。勝ち星を手に入れ、次に繋《つな》げられる。第三セット。どちらかが勝てばどちらかが地を這《は》う、フィフティフィフティの最終戦に。

そっくりそのまま返せる。

い、い、い、い、い、い、い、い、い、い、

ぶちのめして吠え面をかかせられる。

「ああ、ああ……」

ぐぐっと、自分の思考が額《ひたい》の辺りから前のめりに飛び出してくるような感覚。

何かを釣《つ》り上《あ》げられる。

もはや二本の手で包《つつ》み込《こ》むようにポータブルデバイスを摑《つか》んでいる感覚すらはるか遠く。

上条当麻《かみじようとうま》はこの極限戦闘《きよくげんせんとう》についていくどころか、軽口を叩《たた》く余裕《よゆう》さえ手に入れていた。

「ダメだよな、こんなの。こんなの知ったらダメになる……」

『……、』

窺《うかが》うように声を掛《か》けてきたリリナが、いつの間にか完全な沈黙《ちんもく》に達していた。

プログラム通りのＡＩに恐怖《きょうふ》や嫌悪《けんお》を抱《いだ》く機能があるのかは不明だが、少年も捨て置いている。『ブルーストーカー』との戦闘《せんとう》にかかりきりで余裕《よゆう》がない……というだけではないだろう。

孤高《ここう》の存在を引《ひ》き摺《ず》り下ろす。

たった一つの座の横へ、無粋《ぶすい》に椅子《いす》をもう一つ置いてしまう。

そして蹴《け》落《お》とすチャンスを得る。

今度はこちらが見下ろす番だと、そんなチケットを意識させる。

その時だった。

互《たが》いに水平へ移動し、渦《うず》を巻くようにしながらも鍔《つば》迫《ぜ》り合いを演じるテムジンとサイファー。

しかし、上条《かみじょう》の見ている前で『ブルーストーカー』の肩《かた》や脚《きゃく》部《ぶ》がガキゴキと奇《き》怪《かい》な音を発したのだ。

普通《ふつう》に手足を動かすだけでは必要のない音、動き。

しかし青髪《あおがみ》ピアスはこう言っていたではないか。

実際に『使える』と判断するかどうかはさておき、サイファーは変形するのが前提で、全く一度も手をつけないというのもおかしい。おそらくヤツは何かしらの縛《しば》りプレイを自分に課している、と。

自分なりのセオリーを振《ふ》り切《き》った。そいつをかなぐり捨てた。

いよいよの本領発揮。

相手は人の形さえ失って、戦うための獣《けもの》と化す。

まだ手札を隠《かく》していた。

隠《かく》して、一人で愉《ゆ》悦《えつ》していた。

だから上条《かみじょう》はこう呟《つぶや》いていた。

「ダメだよな、そんなの」

機械のように冷徹《れいてつ》に。昆虫《こんちゅう》のように感情のない瞳《ひとみ》で。

得体《えたい》の知れないものに、魂《たましい》でも引きずられるように。

11

そして。

少し離《はな》れたビルの屋上では、白と黒に塗《ぬ》り分けたスペシネフが佇《たたず》んでいた。

派手で分厚い手足や背中の翼に反して、胴《どう》の部分は背骨のような細いパーツしかない異形のバーチャロイド。純粋《じゅんすい》な工業製品というより、どこか悪魔《あくま》じみた印象を与《あた》える機体。

『アイフリーサー』という名前の大鎌《おおがま》を担《かつ》ぐ、死神。

加えて当人の手でカスタムを繰り返したからか、ただの装甲兵器《そうこうへいき》では絶対にありえない事に、各部が不気味に脈動していた。今にも内側から得体《えたい》の知れないものが弾《はじ》けて飛び出してきそうな……。

『ったく』

搭乗者《とうじようしや》は吐《は》き捨《す》てるように呟《つぶや》いた。

『世話の焼ける野郎《やろう》だぜ』

12

カッッッ!!!!!!　と、閃光《せんこう》じみた突撃《とつげき》があった。

いきなり死角から砲撃《ほうげき》されたのではない。バーチャロイドそのものが交戦区域の外から乱入してきたのだ。あまりの速度に、体感的には一本の光の帯にしか見えなかったのである。

青いサイファー……『ブルーストーカー』が後方へ跳《は》ね飛ぶ。

だが直撃《ちよくげき》ではない。

『ブルーストーカー』は自《みず》らの意思で回避《かいひ》挙動《きよどう》を取った。

標的を喰《く》いそびれた白と黒の悪魔《あくま》、スペシネフがアスファルトの上を滑《すべ》るような格好で急制動を掛《か》ける。

そのまま告げる。

『選べ。ここで退くか、最後までやるか。俺《おれ》は別にどっちだって構わねェンだぜ？』

『……、』

『オマエが「亡命」の大元だ。単純な経験値ならそっちの方が上かもしンねェけどな』

指、というよりほとんど鉤爪《かぎづめ》に近いそれを手前に引きながら。

スペシネフは告げる。

『学園都市第一位を取り込ンだこの悪魔《あくま》は、オマエの許容を飛《と》び越《こ》えるぞ？』

『……、』

動きは迅速《じんそく》だった。

『ブルーストーカー』側からの一方的なリタイヤ宣言。直後にフィールドを区切る見えない壁《かべ》が取《と》り払《はら》われた。それでも青いサイファーは存在を維持《いじ》していた。ガキガキバキン!!　と硬《かた》い音が連続すると、人型だったそれが鋭角《えいかく》な戦闘機《せんとうき》のように変形する。

そのまま飛び去る。

機体そのものが、全《すべ》てを引《ひ》き裂《さ》くレーザービームのような流線と化す。

『何が……』

テムジンの方から、呟《つぶや》きがあった。

『助かった、のか？　でも何で……さっきのは一体……？』

まるで説明を求めるようにスペシネフの方へ視線を向けられたが、悪魔《あくま》は取り合わなかった。

『もォすぐ本格的に始まるぞ』

『始まる……？』

『嫌《いや》でも分かるさ』

ダンッ!!　とスペシネフは大きく跳《と》び上《あ》がる。

そのままビルの屋上へ着地し、さらに続けてビルからビルへと高速で移っていく。

その直前で。

上条当麻《かみじょうとうま》は、白と黒に塗《ぬ》り分けられたスペシネフが最後に放った言葉を思い出していた。

『オマエはもォこっち側……亡命ポータブルデバイスを持つ側の人間になっちまったみてェだからな』

行間一

大気の組成や重力の値《あたい》はほぼ同じ。

それどころか元素周期表もピタリと当てはまる。アースクリスタルの反応がないのは驚《おどろ》きだが、それもまた数ある『道』の一つという事か。

膨《ふく》れ上《あ》がったプラントの群れや限定戦争に毒されていない無限に広がる宇宙は、若干《じゃっかん》のデブリに目を瞑《つぶ》ればいっそ清々《すがすが》しいほど無垢《むく》で、そこには望遠鏡を覗《のぞ》いて星を数えるといった、未《いま》だ夢が残る場所だったのが印象的だ。もっともこれは己《おのれ》の危機を知らぬ無防備な少女を目の前にするようで、罪悪感すら覚えたが。

驚《おどろ》きと言えば、プラジナーの芽は全く予想外の形で存在した。

折《お》り畳《たた》み、形を整えるには手間がかかりそうだが、同時に面白《おもしろ》い。やはり私は兵隊というよりも学者に近い魂《たましい》の形を有しているらしい。

目の前に難問が立《た》ち塞《ふさ》がっている間は十分に幸福の域だ。真なる悲劇とは、広い広い火星の砂漠《さばく》を総ざらいしても、たった一粒《ひとつぶ》の砂金《さきん》すら見つけられないような、可能性の絶滅状態《ぜつめつじょうたい》。
それこそ私がこの身で体感してきた人生そのものと呼んでも差《さ》し支《つか》えはない。

私は他の多くの同志達《どうしたち》と同じく、タングラムに選ばれなかった。
しかし選ばれないなら、選ばれないなりの使い道というのが存在する。
驕《おご》るが良《い》い、選択者《せんたくしゃ》。自《みずか》らの下した罰《ばつ》が翻《ひるがえ》ってその『眼《め》』を貫《つらぬ》く日まで。

コードフェニックスは、第一段階を無事に超《こ》えた。
数多《あまた》の『道』を歩んだ同志と共に、第二段階へと切り返す事にしよう。
全《すべ》ては、第三段階の終わりへと導くために。

第二章

1

学園都市第七学区。

四角いビルの屋上にあるベンチ。そこに腰掛《こしか》けながら、ぐいっと視界全体を覆《おお》うゴーグルを片手で上げた御坂美琴《みさかみこと》は、自分の周囲から直接歓声《かんせい》が響《ひび》いてくるのを感じ取った。

「やったーっ！　これで予選突破《よせんとっぱ》です、あたし達《たち》第七学区の代表になれたんだ!!」

「すっ、すごいです。まさか本当にこんな大舞台《おおぶたい》に立てるだなんて……」

すぐ近くでわなわなしているのは佐天涙子《さてんるいこ》に初春飾利《ういはるかざり》。同じ学校の生徒のはずだが、今日はいつものセーラー服ではない。

明るい紫色《むらさきいろ》を基調とした、チアリーダーのような衣装《いしょう》を纏《まと》っているのだ。

言わずもがな、美琴《みこと》が操《あやつ》っていたライデンや白井黒子《しらいくろこ》が扱《あつか》っていたフェイ・イェンなどと同じカラーリングである。

という事は、

「うう……思い出してきた」

「なーにを今さらもじもじ恥《は》ずかしがっているんですか！　代表ですよ代表、あたし達《たち》は学区のメーヨを懸《か》けて戦わねばならんのです!!　ほら胸を張らないと!!」

ついさっきまで美琴《みこと》自身も彼女達《かのじょたち》と同じ、肩出《かただ》しにミニスカートの格好で体を投げ出してバーチャロンの戦いに没頭《ぼっとう》していた訳だ。体感的には繭《まゆ》のような密閉されたコックピットに乗《の》り込《こ》んでいたが、はて、周りから見たらどんな風になっていた事やら。

「はっ、はあはあ！　お姉様の無防備な生足が、でもこんな時でもぴっちり閉じているお姉様レッグにお姉様ロマンを感じてしまいま」

「やっぱこうなるわよね、ちくしょう!!」

真正面でほとんど這《は》いつくばっているツインテールの少女、白井黒子《しらいくろこ》の顔を踏《ふ》んづけるように美琴《みこと》は足を動かす。

横では興奮のサメヤラナイ感じで佐天《さてん》が提案してくる。

「じゃあじゃあ予選突破《よせんとっぱ》の祝勝会とかやりましょうよ！　何事も記念記念、場所はいつものファミレスで良《い》いですよね!?」

「……その前にこれちょっと着替《きが》えさせて」

「ダメです、もはやこのユニフォームは第七学区のトレードマークとなったのですから！」

はあ、と美琴《みこと》は思わず息を吐《は》いた。

同じ常盤台《ときわだい》中学の超能力者《レベル5》、食蜂操祈《しょくほうみさき》の顔が脳裏《のうり》に浮《う》かぶ。さて、学年代表の挨拶《あいさつ》やスピーチと称《しょう》してドレス姿で壇上《だんじょう》に立つのとチアリーダーのコスチュームで休日の大通りを練り歩くの、精神的ダメージはどちらが厳しいのやら。

と、(ぶっ倒《たお》れたまま未《いま》だにローアングルを狙《ねら》ってくる白井《しらい》の襟首《えりくび》を摑《つか》みながら)立ち上がる美琴《みこと》のポータブルデバイスから、小さな電子音が鳴《な》り響《ひび》いた。

というより、チーム全員同時にだ。

メールや通話ではなく、リアルタイムで短文のやり取りをするチャットの申請《しんせい》だった。

『ふらしな/試合見ていました。これで本選進出ですね、おめでとうございます』

「おーっ！　そういや凜鈴《りりん》ちゃんも呼んじゃいます？　元はと言えばあたし達《たち》にバーチャロンの事教えてくれたのこの子ですし」

佐天《さてん》が笑いながらそんな風に言ったが、対する返事は申し訳なさそうなものだった。

『ふらしな/合流したいのは山々ですが、この人混みですとどこに誰《だれ》がいるか流石《さすが》にちょっと分かりません』

「まあ」

「そりゃそうなんでございますけどね」

バーチャロイド同士が戦っている舞台《ぶたい》のすぐ傍《そば》ともなれば、表のゴチャゴチャ度合は半端《はんぱ》で

JUDGE
965
MISAKA

はない。日々暮らしている美琴達《みことたち》でさえ本当に同じ街なのか、景色に違和感《いわかん》を持つほどである。今のままだと互《たが》いに連絡《れんらく》を取り合いながら捜《さが》し合っても無事に合流できる確証はない。何しろ、同じ駅の中で待ち合わせをしていても行《ゆ》き違《ちが》いになるのもざらなくらいなのだ。

『ふらしな／ちょっと方向音痴《ほうこうおんち》なところもありますし、人混みも得意ではありませんので、ここから楽しませてもらいます』

「えっ、ポータブルデバイスのナビがあるのに？」

『ふらしな／3D酔《よ》いする方で、文字のチャットならともかく、あまりグラフィカルなサービスを長時間利用するのは避《さ》けたいのです』

「本人がそう言うなら」

美琴《みこと》はそれ以上は深く言及《げんきゅう》しなかった。

前に何度か会おうという話になっても、待ち合わせの場所近くの人混みで行き違いになるばかり。美琴達は彼女が落としたであろうハンカチまで預かってしまっているくらいだ。

なのでネット越《ご》しにしか会話はないが、反して最新のガジェットなどにあまり詳《くわ》しくなさそうなのは雰囲気《ふんいき》で分かる。そもそも最初のきっかけ自体、軽く炎上《えんじょう》しかかっていたSNSの中で右往左往していた彼女《かのじょ》に美琴達《みことたち》が手を差《さ》し伸《の》べた、といった感じなのだから。

全体的に小動物系なのだ。

彼女《かのじょ》も彼女《かのじょ》で色々な事に挑戦《ちょうせん》しようとしているようだが、人には人の距離感《きょりかん》がある。ひょっとしたら彼女《かのじょ》にとってはこれが一番居心地《いごこち》の良《い》い距離《きょり》なのかもしれない。

（……黒子《くろこ》のヤツよりよっぽど正統派の後輩《こうはい》っぽい匂《にお》いがする）

そんな彼女《かのじょ》が持ち寄ってきたバーチャロンというのは、まさしく掘《ほ》り出《だ》し物《もの》だった。

ひょっとしたら向こうも向こうで驚《おどろ》いているかもしれない。

「では参りましょうかお姉様。結構神経をすり減らす戦いでございましたし、甘《あま》いものでも食べてゆっくり羽を伸《の》ばすのも大切ですわ」

「いやいや、明日に向けての団結って言うかですね、フォーメーションの話をみっちりしておかなくちゃあいけませんよーっ!!」

「あうう……。それじゃ結局お料理放《ほ》ったらかしで作戦会議モードじゃないですかー」

やいのやいの言いながら、四人の少女は屋上の出入口から立ち去っていく。

彼女達《かのじょたち》の手にあるのは、ポータブルデバイス。

自然な調子で話題に上るのは、バーチャロン。

2

青いサイファー……『ブルーストーカー』との戦闘《せんとう》が終わると、上条当麻《かみじょうとうま》もインデックスも、何事もなかったように解放された。

白と黒で塗《ぬ》り分けられたスペシネフももういない。

ぐいっ、と。

目元に当てていた超《ちょう》薄型《うすがた》ゴーグルを額《ひたい》に上げてから、上条《かみじょう》は初めて自分の手足でそんなアクションができる事を思い出していた。

あの皮膚《ひふ》の奥《おく》まで潜《もぐ》り込《こ》んでくるような極限のリアルはどこにもない。

手の中のポータブルデバイスも傷一つない。くの字にへし折った痕跡《こんせき》は何も。

目の前に広がるのは、いつも通りの第七学区、センターの真ん前だ。

「インデックス、そうだ、インデックス！　大丈夫《だいじょうぶ》なのか⁉」

「ぶほっ、もがあ⁉　なっ、何これ、前が見えな……っ、もしかして袋《ふくろ》⁉」

言われてから、そういやそんな事もあったと思い出す上条《かみじょう》。

ズボッとズダ袋《ぶくろ》から顔を出すインデックスに対し、三毛猫《みけねこ》は袋《ふくろ》の口から顔を出してみにゃーと鳴くばかり。どうやら狭《せま》い場所が気に入ったらしかった。

一方、目を白黒させているのは青髪《あおがみ》ピアスだ。

「カミやん、どないしたん。ほんまに大丈夫《だいじょうぶ》なんか？」

「え、あ？　とりあえず俺《おれ》は別に……」

「なんや途中《とちゅう》からカミやんの体がか、か、か、消えよったから、びっくりしたで。『空間移動《テレポート》』かなんかで拉《ら》致《ち》られたんかと思うたわ」

「消え……何だって？」

「まんまやで。何だったら店の防犯カメラでも見てみるか？　まるで手品やで。リングスキャン……ていうて分かるか？」

「いや」

「バーチャロンやる時、最初に光の輪みたいなんで頭のてっぺんから足の先までスキャンをかけるあれや。まあゴーグルかけて操作している張本人にゃかえって分からんかもな。ボクはコックピットの中で動かす自分の体を表示させるためのもんやって思っとるけど」

「ああ……」

センターの前で見た。バーチャロンで遊ぶ少年少女の頭上に現れた光の輪を思い出す。

「リングスキャンって言うのかあれ」

「でもあれって最初に一回出るだけなんやけどな。プレイしとる最中に不意打ちでスキャンが始まったり、ましてあれやっとる最中にすーっと人の身体《からだ》が消えるなんて聞いた事ないで。いや……消える……バーチャロンで人が消える、まさかな……？」

こいつもこいつで要領を得ていないのか、説明は断片的《だんぺんてき》で繋《つな》がりが悪い。

こちらの混乱など気づいておらず、青髪《あおがみ》ピアスは首をひねりながら、

「乱入するためにバーチャロンやっとったカミやんの体がいきなり消えたと思うたら、テムジンが見た事ない動きで暴れ回ったやん。でもって競技終わったら何事もなかったようにまたカ

ミやんが出てくるし。何なんあれ？」

(『空間移動《テレポート》』……だとしたら、俺《おれ》の右手が無効化させるはずだよな……？)

普通《ふつう》なら存在しない二度目のリングスキャン。

しかも青髪《あおがみ》ピアスの言が正しければ、上条当麻《かみじょうとうま》の消失はテムジンの動きが急激に活性化してから競技が終わるまでの短い間だけらしい。

真っ先に浮《う》かぶ心当たりと言えば、

(あの奇妙《きみょう》なほどのリアル感、自分が今どこにいるのかも曖昧《あいまい》になる感覚)

ずっと、背筋《せすじ》に嫌《いや》なものを走らせながら、

(……あのコックピットの中で、コントローラ、命綱《いのちづな》とも言えるポータブルデバイスを自分の手で砕《くだ》いた瞬間《しゅんかん》、か？)

あれにどんな意味があったのか、そもそも正解だったのか、やった上条《かみじょう》自身にさえ答えようはない。というか、単に他のプレイヤーが同じようにポータブルデバイスをへし折っても、本当に同じ結果に結びつくのかさえ疑問だ。

例えば、あらゆる前提を捨てて。

例えば、あらゆる動きができると本気で信じる。

ような。

「なあ青髪《あおがみ》」

「うん？」

思わず質問しようとし、そこで上条《かみじょう》は口を噤《つぐ》んだ。

青髪《あおがみ》ピアスは『亡命』の事を快く思っていなかったはずだ。だが一方でこのキョトンとした顔を見る限り、上条《かみじょう》が『亡命』した事には気づいていないようだ。

（逆探防止のステルス、だっけか。センターからのモニタリングじゃ誰《だれ》が『亡命』しているかは見えないのか。まあ、それができたらアカウントを検索《けんさく》して一括《いっかつ》で抹消《まっしょう》、ってなるんだろうけど）

そこまで考えてから、上条《かみじょう》の頭に疑問が浮《う》かんだ。

そう、

「インデックス。こいつはどうだったんだ？　やっぱり俺《おれ》と同じように、途中《とちゅう》で不自然なリングスキャンが始まったりはしなかったのか」

「いいや、カミやんだけやけど」

「とうま、何の話？」

「俺《おれ》だけ……だったのか？　インデックス、お前、あの『ブルーストーカー』と戦っている時に何かなかったか。ええと、どういう風に言って良いのか……」

「ううん、バル・バドスの動きがちょっと不安定になる時はあったけど」

「不安定？」

「何か動きが引っかかるっていうか、スティック入れてもギチギチ鳴るっていうか、反応が鈍《にぶ》くなる時があるっていうか」

それか？

はっきりとは言えない、が。

上条《かみじょう》はその『違和感』に抗う形でさらに一歩踏《ふ》み込《こ》んで完全にポータブルデバイスを破壊《はかい》し、インデックスは踏《ふ》み止《とど》まって次世代競技の中に戻《もど》った。

それが、違《ちが》いとして現れたんだろうか？

完全に肉体が消失した上条《かみじょう》と、まるで何かに取り憑《つ》かれたように視界を遮《さえぎ》られても高速でポータブルデバイスのキーを叩《たた》き続けたインデックス。

ただ、

（そうなると……『亡命』化したバーチャロイドと戦うと異変が起こる、っていう青髪《あおがみ》の考えはちょっと違《ちが》うかもしれねえんだよな）

上条《かみじょう》は自分の手元にある、筆箱よりちょっと大きいくらいの機材へ目をやる。

（むしろ、コックピットの中でできる事はポータブルデバイスを指先で動かしてバーチャロイドを操作する『だけ』じゃないってのに気づくかどうかが始まりっていうか……。まあ、俺《おれ》の場合も『ブルーストーカー』の反則的な動きとか変な文字化けメールとかに触発《しょくはつ》された部分はあったけど）

疑問を持て。

自分のアドレスから自分のアドレスへ送られた詳細不明《しょうさいふめい》なメール。

だけど、あれだってシステムエラー関係の報告をする時に、似たような現象はあったような気がする。例えば送ったはずのメールが相手に届かなかった事を伝えてくる機械的なメール、とか。『ブルーストーカー』は関係なく、単に自分のデバイスの中で起きていた処理なのかもしれないのだ。

メールの送信エラーとは異なり。

ポータブルデバイスが上条《かみじょう》から何を読み取ってそんなメールを投げてきたのかは不明だが。

「……、」

表に見えている次世代競技バーチャロンは氷山の一角。

見えない水面下に、膨大《ぼうだい》なデータやスクリプトの群れが眠《ねむ》っている。

『亡命』が何かを追加するのではなく、セキュリティを切って元々の機能をフルで呼び出すためのもの、というのもぼんやりと実感できる。そう、そもそも普通《ふつう》のプレイヤーが問題なく行っているリングスキャンにはどんな意味があるのだ。インデックスは体を調べているみたい、と言っていたが、特に機体の操作を左右するとは思えない。あれはひょっとしたら機能不全に近い状態で、上条《かみじょう》が経験した『消える』方が本来の正しいリングスキャンなのではないか、と。

ただ。

そうすると『ブルーストーカー』の意図が見えない。ヤツはどうしてその秘密を自分だけのものにしない？　それはまあ、反則を使っている人間が優位に立つなら、反則を使っていない人間を狙《ねら》って襲《おそ》うのが一番なのかもしれないが、それで秘密が外に洩《も》れてしまうのなら巡《めぐ》り巡《めぐ》って優位性は崩《くず》れてしまう。

分からないほどの馬鹿《ばか》ではない、とは思う。

となると逆に何か意図があっての事なのか。

「何にしても追《お》っ払《ばら》えて良かったわ。あんなんにセンターの近くで延々張り付かれたらマジで店の客足に直結しかねんし」

（おっと、となると俺《おれ》も今後は対戦控《ひか》えた方が良《い》いのかな。一応『亡命』しちまってるからフエアじゃないし、俺《おれ》が『ブルーストーカー』から受けたみたいに変なインスピレーションの起《き》爆剤《ばくざい》になるのも避《さ》けたい。せっかく面白いの見つけたのにな）

「でも、あれで本当に終わるのか？」

「さあな。『ブルーストーカー』もその動きについていったカミやんも人間離《にんげんばな》れしとったけど、あの青いサイファー、結局一度も変形せんかったし。そんでおまけにあの驚異《きょうい》の連続回避《れんぞくかいひ》やろ。かなーり遊んでいたんと違《ちが》うか？　何より名前が名前やろ。延々個人に張り付かれたら、まあ厄介《やっかい》な事になりそうやん」

「うっく……」

「そもそもテムジンベースで変形したサイファーの一撃離脱《いちげきりだつ》についていけんのかも確約できへんけど、でもノーガードでほったらかしにしておくくらいなら、自衛策を講じておいた方がええんとちゃう？」

「うーん、例えばユーザーネーム変えて、別の機体《きたい》を選択《せんたく》し直すとか？」

自分で言ってカチカチ操作してみるが、何故《なぜ》か機体変更《きたいへんこう》の操作を受け付けてくれない。

「何やのんこれ？　エラーか何かか、再起動してみたらどうや」

（……いいや、ひょっとしたら『亡命』の弊害《へいがい》か？）

ひとまず保留にして、別案を出してみる事にした。

「それよりもさ、通信、いや電源切っちまうとか？」

「有効っちゃ有効かもしれへん。やけど相当生活不便になるで。今じゃもう電車乗るのにもこいつがいるし、ATMから金下ろすのにだって必要やん？　カミやんがどこまで浸《つ》かっとるかは知らへんけど、小銭《こぜに》の計算だの英単語の読み書きだのもできなくなっとるヤツもおるみたいやしな、ケータイの漢字変換依存症《かんじへんかんいぞんしょう》みたいに。逆にどっぷりハマっとる連中は訳分からん複雑漢字だのドイツ語どころやない厨二系《ちゅうにけい》外国語だのバンバン使ってくるからポータブルデバイスないとコミュ取れんで」

「いっ、今さらクーポンなしの生活なんて考えられない!!　……でも、だとしたら一つしかないか」

「やーっぱ、そのまっさらなテムジン徹底的《てっていてき》にカスタムするしかないんちゃう？　ルーキーって事はほとんどカスタムに手ぇ出してへんプレーン状態やろ。でも逆に伸《の》び代《しろ》も大きいって取れる訳やしな」

3

たまの連休の、その二日目。

わざわざ一日、間を空けたのはやっぱりそれだけ『ブルーストーカー』が不気味で怖《こわ》かったから、というのもあった。万全《ばんぜん》の対策ができる前にその辺をウロウロしている内にもう一度かち合ったらと思うと二の足を踏《ふ》んでしまうのだ。

でも、その内に気づく。

こちらから動かなければ、少しでも努力をしなければ、ずっと危険なままなのだと。何も成長しないし、何も強化されないのだと。万全《ばんぜん》の対策とやらは、誰《だれ》かがやってくれるものではない。自分の足で動いて、自分の手で施《ほどこ》さなくてはならないのだ。

だから、行動に出た。

連休二日目の今日は、バーチャロンの大会では二三学区の代表達《だいひょうたち》がかち合う本選に入ったらしい。ポータブルデバイスには広告用のメールが飛《と》び交《か》い、テレビの中でもちょっとしたイベントニュースとして紹介《しょうかい》されていた。

『中村《なかむら》メリーです！　本日からは待ちに待った本選大会!!　会場の人混みが苦手なアナタも各地のライブビューイングのバーで一杯《いっぱい》引っかけながら観覧するもよし、自宅でのんびりポータブルデバイスを眺《なが》めるもよしデス！　このライブＤＪが腕《うで》によりをかけて映像を「繋《つな》ぎ」マスからあるいは生で観《み》るより迫力《はくりょく》出るかも？　ちなみに閲覧者数《えつらんしゃすう》が増えると私の広告収入も増える仕掛《しか》けなのデスよろしくデース!!』

『あなた一体全体ナニをしているのアフィリ野郎《やろう》』

ファミレスの店内音楽のような感覚でそんな司会なり解説なりの会話を聞き流しながら、上条《かみじょう》はインデックスを連れて街へ繰《く》り出《だ》す。

街のあちこちにポスターが貼《は》られていて、何かの合図なのかポンポンと花火が上がり、路上にはグッズ系の屋台が並んでいた。ポータブルデバイスに取り付けるタイプの望遠レンズなんかも多い。あれだけ巨体《きょたい》のバーチャロイド同士が戦うっていうのにこんなものが売れるという事は、やはり本選の試合場所は人がごった返しているのだろう。予選の総当たりリーグ戦と違《ちが》い、本選は勝《か》ち抜《ぬ》きのトーナメント戦だ。試合自体はサクサク進むだろうが、特定のチームや選手を追い駆《か》ける場合、見学する方もあちこち移動しなくてはならず大変なはずだ。

テムジンやフェイ・イェンを模したボトルに入った色とりどりのドリンクに魂《たましい》を持っていかれそうになっているインデックスの手を引っ張り、上条《かみじょう》は歩き続ける。

「とうま、今日はどうするの？」

「うーん」

欲《ほ》しいのは機動性と安定性。

総じて言えば速度。

分厚い装甲《そうこう》を備えても、一発逆転の大技《おおわざ》を搭載《とうさい》しても、あの速度、あの世界についていけないのでは話にならない。それにサイファーは変形し、より大きな速度を得る事で爆発的《ばくはってき》に攻撃力《こうげきりょく》が増すバーチャロイドだ。死角からのラッシュを棒立ちで耐《た》えられるほど甘《あま》くはない。

そして幸い、バーチャロイドは簡単にカスタムできる。

専用の工具や整備機材などは必要ない。

『マテリアルアナライズっていうのがありますよ。……もう忘れてるかもですけど』

青髪《あおがみ》ピアスや、スリープから解き放った事でちょいちょい画面に顔を出してくるようになったリリナの説明によると、

『ポータブルデバイスをかざして操作するだけで、現実世界にある物質からその特徴《とくちょう》や性質を読み取ってバーチャロイドに組《く》み込《こ》むサービスです。機械的なもの、生物的なもの、例えばほんとにある兵器の構造を組《く》み込《こ》んでみたり、昆虫《こんちゅう》や動物の生態を取り入れてみたり。身近な所では、人間だって小さな宇宙と呼ばれていますからね。発想次第《はっそうしだい》でいくらでも可能性は広がります』

という事らしい。

手の中にあるポータブルデバイス一つあれば、後は無限に拡張できる。

「じゃあそこから始めるとして、どこを見に行くの？」

インデックスと二人で第七学区の街並みを歩きつつ、そんな会話があった。

こうしている今も、あちこちでは蛍光色《けいこうしょく》のバーチャロイド同士が激突《げきとつ》している。

本選大会、と言っても会場は一つだけでなく、やはりあっちこっちの学区で試合が同時に行われているらしい。

昨日までの予選と違《ちが》って人だかりも多く、試合会場もまたド派手に演出されていた。機体を空間に浮《う》かび上《あ》がらせるのと同じ技術なのか、フィールドを区切る青白いテープのような境界線や、機体耐久力《たいきゅうりょく》や残り時間などの表示、さらに別の会場ではどんな戦いが注目を集めているのかなどなど、様々な表示を空間に直接浮《う》かび上《あ》がらせている。

辺りに実況《じっきょう》や解説の声が入るが、こちらはドデカいスピーカーではなく、観戦者のポータブルデバイスから響《ひび》いているらしい。山彦《やまびこ》のような音の重なりは存在しない。

『やはり空中技《くうちゅうわざ》は華《はな》があるわね。ただし閲覧者数《えつらんしゃすう》を集めたいのか、少々動きに無理があるというか合理性に欠けているんじゃない？』

『そういうのは視聴者《しちょうしゃ》はすぐに気づきマスよ。というか閲覧者数《えつらんしゃすう》ランクの上位になってる試合だけをテキトーに「繋《つな》いで」いるとでも思ったか、動画の世界はそんなに甘《あま》くないっ。映像には緩急《かんきゅう》が必要なのデス、アナタ達《たち》は緩《かん》！　それはそれで必要な素材デスが思い上がるなよぐわははは!!』

上条達《かみじょうたち》としては、彼《かれ》らの間を縫《ぬ》って進むのも大変だ。派手に暴れるバーチャロイドはあちこちに流《なが》れ弾《だま》をばら撒《ま》いたり、押《お》し倒《たお》されて道路へ転がったりするが、黄色い声援《せいえん》や録画モードにしたポータブルデバイスを向け続ける学生達《たち》は動じない。むしろより一層興奮したように応援《おうえん》や野次《やじ》を飛ばして笑い合っている。

「速い、速さ、速度……。何だろうな、飛行機とかロケットとか？　だけど第二三学区まで足運んだって、流石《さすが》に触《さわ》らせてくれるものじゃないだろうしなあ」

とりあえず人混みの中で信号待ちしながら、すぐ近くに停まっている赤いスポーツカーにポータブルデバイスの背面スキャナを突《つ》き付ける。

懐中電灯《かいちゅうでんとう》、とはまた違《ちが》うのだろう。プロジェクターに映すような、淡《あわ》い光の輪がスポーツカーの表面を躍《おど》る。

（あれ……この光？　どこかで見たような？？？）

考えて、そして思い出した。

競技開始時にプレイヤーの体を通す、リングスキャンの光に似ている。

チカチカッ、という小さな点滅《てんめつ》と共に、画面上では競技中もナビやアラートを担当していたリリナが表示された。

『はいはーい、マテリアルアナライズ完了《かんりょう》、新規データに名前をつけて、格納プリセットを指定してくださーい。ずびし！』

「んー。データネームはスポーツカー赤、プリセットは新規で作って、名前はプリセットA」

『簡素ですねえ』

「無理に分かりにくい名前を付ける理由はないだろ。ごちゃごちゃして見つけられなくなりそうだし」

テムジンにはテムジンの、ライデンにはライデンの、それぞれの基本スペックがある。足が速いとか近接攻撃《きんせつこうげき》が強いとか、ジャンプが低いとかブレーキの利《き》きが弱いとか、まあ色々だ。

しかしそれとは別にあるのが、このマテリアルアナライズだった。

「どういう仕組みになっているんだか……」

簡単に言えば、デバイスについているスキャナをかざすと、その物体の持つ材質や特性を読み取って自前のバーチャロイドに組《く》み込《こ》んでしまう、という補整効果サービスだ。短所を埋《う》めようと思えば重装甲《じゅうそうこう》のドルドレイに速度を与《あた》える事もできるし、長所を伸《の》ばしたければライデンの火力をさらに高める事もできる。組み合わせはそれこそ千変万化《せんぺんばんか》で、故《ゆえ》に最強一択《さいきょういったく》というものを決められない要因にもなっていた。

ショートケーキから学園都市外周を囲む分厚い外壁《がいへき》まで何でもあり。日本刀だの爆薬《ばくやく》だの組《く》み込《こ》みましたー、なんてうっかり書《か》き込《こ》んで警備員《アンチスキル》に踏《ふ》み込《こ》まれたプレイヤーもいるとか。

「通り一遍《いっぺん》、とにかく足の速そうなものを片《かた》っ端《ぱし》から取《と》り込《こ》んでいくか」

「ん？　猫《ねこ》とか鳥とか？」

「そっち系もありか。どうも俺《おれ》は学園都市の人間だな、ジェット戦闘機《せんとうき》とかロケットエンジンとか機械系で絶対触《さわ》らせてもらえないようなもんイメージし続けるより、そういう身近な不思議の方が建設的かもしれん」

とりあえずインデックスの頭の上に乗っている三毛猫《みけねこ》も光の輪で捉えておく。……小さな口を開けてあくびしているこの子猫《こねこ》、どう見てもあの青いサイファーを打倒《だとう》する切り札になるとは思えないが、ストックはストックだ。

さて、他に鳥だの猫《ねこ》だの犬だのがいそうな場所と言えば。

歩道から溢《あふ》れるくらいの本選の人だかりにうんざりしている部分もあり、上条《かみじょう》はこう放っていた。

「そうだな、とりあえず大きな公園にでも行ってみるか」

4

「……、」

御坂美琴《みさかみこと》は顔いっぱいに汗《あせ》が浮《う》かんでいた。

チームのみんなとお揃《そろ》いの、明るい紫《むらさき》を軸《じく》としたチアリーダーのような衣装《いしょう》。それを纏《まと》ったまま、彼女《かのじょ》の体は固まっている。

ゆっくりと息を吸って、吐《は》く。

ポータブルデバイスの画面に目をやる。

(ない……)

指先を使ってあれこれ操作するが、やはり望んだような表示はない。

ゆっくりと歯を食いしばって、美琴《みこと》は眩暈《めまい》を抑《おさ》える。

(やっぱりいくら返事を待っても、あの子からの連絡《れんらく》がない)

ぽっかりと胸に穴が空いたような気分だった。

いつも傍《かたわ》らにあったはずのものが、ない。

どれだけ手を伸《の》ばしても、もう届かない。

そのありがたみが分からず、時には鬱陶《うっとう》しいと思ってしまうほどの、あの少女の影《かげ》が。

それから、空白の部分をじんわりと侵蝕《しんしょく》し、埋《う》めていくように、不気味な噂《うわさ》が形を持って入《はい》り込《こ》んでくるのを自覚した。

『亡命』ポータブルデバイス。

そのペナルティ。

『間もなくバーチャロン公式大会の本選が始まります。予選通過を果たした資格者の皆様《みなさま》には、ポータブルデバイス上から直接エントリーの作業が行えます。機体編成やチーム参加人数などの登録をお願いします』

小さな機材にはそんな事務的なメールも投げられていた。美琴《みこと》はより一層懊悩《おうのう》する。

チームのみんなで掴《つか》んだ本選進出だ。今日は良《い》い思い出になる日のはずだった。不気味な噂《うわさ》の真相を掴《つか》むには自分のポータブルデバイスも『亡命』化させる必要があるかもしれない。だがそんなデバイスを使って公式戦に臨《のぞ》む訳にもいかない。それでは台無しだ。

御坂美琴《みさかみこと》は目を瞑《つぶ》り、一人一人の顔を思《おも》い浮《う》かべていく。

そして目を開け、決断した。

誰《だれ》か一人でも欠けていたら意味がないと、そう結論付けた。

ポータブルデバイスに向けて彼女《かのじょ》は口を寄せる。

「リリナ、チームメンバーに一斉《いっせい》メール。私は本選には出られないって」

早口で言って、後悔《こうかい》してから、無理矢理に呑《の》み込《こ》んだ。

『亡命』。

噂《うわさ》レベルで良《い》いならば、手を伸《の》ばす方法は分かっている。

そして机上《きじょう》の空論で良ければ、『呑《の》み込《こ》まれた者』を助け出す方法についても。学園都市の人間が揃《そろ》いも揃《そろ》って馬鹿《ばか》でないなら、すでに似たような動きは出ているはずだ。

　まずは『亡命』を行い、先に行動している人間とコンタクトを取る。その上で最適化や方向《ほうこう》転換《てんかん》が必要ならアイデアを出し、戦力が必要なら直接手を貸すだけだ。

5

　公園。

　一口に言ってもビルの隙間《すきま》にある草ぼうぼうの空き地のような場所から希少動物の生態を保護するための広大な森林地帯まで色々あると思うが、上条達《かみじょうたち》がやってきたのは野外イベント広場といった雰囲気《ふんいき》の強い、第五学区にある自然公園だった。

　そこそこ大きな人造湖を中心に、緑がぐるりと取り囲む構造だ。さらにその周りに屋内プールやテニスコートなんかも併設《へいせつ》されている。

　滑《すべ》り台《だい》やブランコで子供達《たち》が遊ぶ……というよりは、ジョギングのコースや野外ライブの会場にされるような、ちょっと年齢層《ねんれいそう》高めなイメージがあった。

『おらーっ！　中村《なかむら》メリー様がやってきたデス！　とっとと本気バトルで観客沸《わ》かせないとよそ行きマスぞーっ!!』

『天狗《てんぐ》になった女の末路ね……』

　こちらも本選会場の一つらしい。少し離《はな》れた場所では、ロボットでも使っているのか、丁寧《ていねい》に刈《か》り取《と》りをされた芝生《しばふ》や人造湖の上を縦横無尽《じゅうおうむじん》にアファームドやドルドレイといったバーチャロイド達《たち》が飛《と》び跳《は》ねている。ドルドレイは巨大な土木マシンめいたわくわく感を与えてくる機体だが、アファームドはテムジンと同様スタンダードな印象がある。多少丸みがあってより人間に近いのと、扱う武器がマシンガンやトンファーなど、現代兵器に似たディティールを持っているのが特徴か。

開けた場所では連休を楽しむ学生や親子連れなんかでごった返していた。

ちょっと見通しの悪い、林のような場所に避難《ひなん》して、上条《かみじょう》は息を吐《は》く。

様々な表示が躍《おど》り、四角く区切られたフィールドを遠目に見るが、ひとまず後回し。『先輩方《せんぱいがた》』の挙動も参考になるだろうが、今はとにかくマテリアルアナライズだ。

「いるいる。鳩《はと》とか雀《すずめ》とかの小鳥系に、許可もらえば散歩している犬とかもスキャンさせてもらえるかな。どうせなら他にも生き物系がいっぱいいれば良いんだけど」

『マテリアルアナライズを実行する場合は、対象へ一メートルまで接近して一〇秒間維持してください』

「はと、すずめ、とりかわ、つくね、じゅるり……」

「お前、まさかバル・バドスに味覚データつけていないだろうな……？」

上条《かみじょう》はうんざり気味だが、しかしバーチャロンにおいてはインデックスの方が先輩《せんぱい》だ。

「ちなみにお前のバル・バドスって何を取《と》り込《こ》んでいるんだ」

「ソーダでしょ、ミントでしょ、ライムでしょ、ありそうでなかった清涼系《せいりょうけい》ミント風パフェっぽく仕上げて……」

「やっぱりとんでもない事になってた！　食べ物以外で‼」

「うん？　そうだね、ヤジロベエのバランス、紙飛行機の身軽さ、フライパンの硬《かた》さもあるけど……全体的にはスピード感かな。トリッキーなバル・バドスは本体の動きが優《すぐ》れている訳じゃないから」

「ふうん、色々あるんだな。変に自由度が高い分、最初に伸《の》ばす方向も決めておかないと迷走《めいそう》しそうだ」

そんなこんなでデータハンターの旅へ。

人間に対する危機意識がゼロどころかマイナスに傾《かたむ》いている鳩《はと》は簡単だった。バーチャロイド同士が激突《げきとつ》する閃光《せんこう》や爆音《ばくおん》を耳にしても全く逃《に》げる様子がない。というか、注意しないと歩いている内にうっかり蹴飛《けと》ばしてしまいかねないほど近づける。

雀《すずめ》は面倒《めんどう》だった。ただでさえ周囲の光や音に敏感《びんかん》だし、どうしても一メートルまで距離《きょり》を詰《つ》められない。頑張《がんば》っても二メートル辺りが限界だ。あれこれ考え、デバイスを芝生《しばふ》の上に放置し、糸や針金を使って離《はな》れた場所からボタンを押《お》す事で何とかする。

他にもバッタとかトンボとか、とにかく目についたものは片《かた》っ端《ぱし》から光の輪でスキャンしていった。『そのもの』ではなく『特性や構造』をバーチャロイドに組《く》み込《こ》む訳だから、こういう小さな虫も存外馬鹿《ばか》にできないかもしれない。蜘蛛《くも》の糸はとっても丈夫《じょうぶ》でうんたらかんたら……なんて話はあちこちで聞くし。

様々なものをスキャンしている傍《かたわ》ら、画面の中のリリナがふと怪訝《けげん》な声を出した。

『当麻《とうま》サマ、看板なんて撮《と》って何になるんです？　マテリアルアナライズで蒐集《しゅうしゅう》している方向性とは異なるようですが』

「良《い》いんだよ、これはこれで役に立つ時が来るかもしれない」

人造湖の傍《かたわ》らにあった看板から離《はな》れながら上条《かみじょう》は適当な調子で呟《つぶや》いていた。

〝水位調整用放水路に関するお知らせ〟とそこにはあった。

その内、ちょこちょこ後ろをついてきたインデックスが三毛猫《みけねこ》と一緒《いっしょ》に抗議《こうぎ》の声を上げてきた。

「とうまー、お腹《なか》がすいてきたよー。もうお昼だよー」

「ありゃ？　もうそんな時間か……」

家計も家計で心配だが、しかし学生寮《がくせいりょう》に戻《もど》って昼食作ってまた公園に向かって、というのも面倒《めんどう》過ぎる。

結局、公園の駐車場《ちゅうしゃじょう》の一角で半ば暗黙《あんもく》の了解《りょうかい》となっている屋台ゾーンに出向く事に。正直、人が多過ぎるのには多少辟易《へきえき》していたが、こういうお店がいっぱい出てきたのも大会のおかげだろう。

「リリナ、検索《けんさく》」

『うい。大会本部の公式サイトを発見しました。登録されている屋台全店舗《ぜんてんぽ》でポータブルデバイスの割引クーポンが使用できるみたいです』

それだけ分かれば一安心だ。

耳元に取り付ける目線カメラやシート式の無線キーボード、画面の指先操作で飛ばして簡単に撮影《さつえい》できる無人機など、ポータブルデバイスのアクセサリ関連の露店《ろてん》はひとまず無視。

食べ物の方を物色する。

ラーメンやおでんといった殿堂入《でんどうい》りから、ホットドッグやケバブといったレギュラークラス、さらには串焼《くしや》き深海魚やピーナツバターカレーといったダークホースまで。お店自体も人力で引くリヤカーからキッチンカーまで様々だ。

「食べ歩き！　食べ歩き‼」

「歩かない‼　ちゃんと一個に決めようインデックス‼」

色々見て回り、外道《げどう》専門の海鮮丼《かいせんどん》の屋台を覗《のぞ》く事に。もちろん外道《げどう》というのは人間的な意味ではなく、漁師さんが売り物にならないと言って捨ててしまう魚の事だ。誰《だれ》も食べないから勝手に増えて、生態系を荒《あ》らしてしまうものも少なくないらしい。

美味《おい》しく食べて社会貢献《しゃかいこうけん》！　とインデックスを丸《まる》め込《こ》み、マグロやアユと違《ちが》って捨てられる外道《げどう》だから値段が超安《ちょうやす》い、という本音をそっと忍《しの》ばせる上条当麻《かみじょうとうま》であった。

「うまっ、普通《ふつう》に美味《おい》しい！　でもこのマグロみたいなのなんて魚なんだろう⁉」

「考えたら負けだインデックス。きっと長ったらしい深海魚の名前を出されても分かんないし、ポータブルデバイス使って画像検索《がぞうけんさく》かけたらそのビジュアルで絶対後悔《こうかい》するだろうから！」

がつがつむしゃむしゃ‼　と立ち食いでかっこむ上条《かみじょう》とインデックス。ちなみに三毛猫《みけねこ》は三毛猫《けねこ》で、屋台の店主が別枠《べつわく》で用意してくれた猫用《ねこよう》のごはんを貪《むさぼ》り尽《つ》くしていた。メニューにないものはみんな時価扱《あつか》いなのか、実は費用対効果は人間サマの昼食よりもお高いのは秘密だ。

「とうま、これからどうする？」

「いっそ動物園とか水族館とか向かってみるのも悪くないかもなー、と思うんだけど、でもどうだろう？　ガラス越《ご》しじゃあマテリアルアナライズできないかも。普通《ふつう》にガラスがスキャンされそうっていうか……でも光や空気に遮られる感じでもないんだよな、あれ？」

ポータブルデバイスを使った決済用なのか、屋台のレジ横には無線ルーターが置いてあった。発泡《はっぽう》スチロールの丼《どんぶり》を手にしたまま上条《かみじょう》はそっちに目をやり、

（通信機器……。でも、流石《さすが》に光ファイバー取り込んで光の速さを手に入れられるとは思えないよな。そうなったらそうなったで制御不能《せいぎょふのう》になっちまうけど）

「はー、美味《おい》しかった。ごちそうさまなんだよ」

「こちらに背を向け、屋台のおっさんに手を合わせられると上条《かみじょう》さんはちょっと哀《かな》しい……」

お昼ご飯が終わると、上条《かみじょう》はインデックスの分のスチロール丼《どんぶり》も重ねて、ちょっと離《はな》れたゴ

ミ箱まで捨てに行く事に。

（しっかし、実際あの青いサイファーがもう一回出てきたら、どう戦う？　遠距離《えんきょり》から弾幕《だんまく》張って逃《に》げ道《みち》を封《ふう》じるか、近接で張り付いて変形の隙《すき》を与《あた》えずに畳《たた》み掛《か》けるか。それによってマテリアルアナライズの補整の組み合わせも変わっていくんだろうし……）

ポータブルデバイスの画面を開くと、猫《ねこ》や鳩《はと》から小さな虫まで、すでに二、三〇ものスキャンデータが並んでいた。だけど、これは所詮《しょせん》料理の食材だ。ここからさらに、どこを拡大解《かくだいかい》釈《しゃく》して何を切り捨てるか。むしろそちらの方が重要ではないだろうか。

記憶喪失《きおくそうしつ》の上条当麻《かみじょうとうま》には知る由《よし》もなかったが、まるで一昔前のワープロソフトや表計算ソフトにくっついてきたしゃべる水棲哺乳類みたいな感じでリリナは話しかけてくる。

『どうしました？　質問待機中でーす』

「いや別に」

（基本的にデータ調整はリリナ任せなんだよな。そういうの全部手動でやっちまう職人なんかもいるみたいだけど……。やっぱり勉強した方が良《い》いのかな。でも、下手《へた》の横好きで手を出すと、かえって持ち味を殺しちまいそうな気もするし）

そんな事を考えながらリサイクル用のゴミ箱まで辿《たど》り着《つ》く。本選当日で人がごった返している影響《えいきょう》なのか、本当に爆発寸前《ばくはつすんぜん》になっていた。だが学生暮らしの雑な家事を限界まで極《きわ》めた主夫の王上条当麻《かみじょうとうま》に遠慮《えんりょ》はいらない。そんな中へスチロール丼《どんぶり》を無理にぎゅうぎゅうと詰《つ》め込《こ》んでいる時だった。

不意に、横合いから声がかかった。

「むにゃむにゃ……」

いいや、それは上条《かみじょう》に向けられたものではなかったのかもしれない。

しかし思わず気になってそちらに目をやってしまったのは、おそらく場所が場所だったからだろう。

燃えるゴミや燃えないゴミのゴミ箱が並ぶ一角のすぐ横に、いくつものゴミ袋《ぶくろ》が積み上げられていた。半透明《はんとうめい》の袋《ふくろ》の中身は刈《か》り取《と》った芝《しば》や落ち葉のようで、少なくとも生ゴミじみた匂《にお》いはない。

とはいえ。

そこへ大の字でダイブしたまま眠《ねむ》りこけている少女はいかがなものか？

プラチナブロンドとでも呼ぶべきか、金髪《きんぱつ》と銀髪《ぎんぱつ》の中間じみた鮮《あざ》やかな髪《かみ》。基本はロングヘアだが、前髪《まえがみ》についても片目を覆《おお》い、顔半分を隠《かく》すほどに伸《の》びている。背は低く、その痩身《そうしん》を包んでいるのは青系の衣装《いしょう》だ。胸元に大きなリボンのついた、白のブラウスやミニスカートに深い青のベスト。全体的にバレリーナやフィギュアスケートをほうふつとさせる格好だった。

プリーツスカートがやたらと短いからかもしれないが。

それだけなら、思わず息を呑《の》む、とでも言っても良いかもしれない。

妖精《ようせい》じみた、言《い》い換《か》えればどこか非人間めいた美しさに溢《あふ》れる少女。

が、

「……、」

上条《かみじょう》は思わず両手で顔を覆《おお》った。

ロケーションが最悪過ぎる。何だろう、このどぶ川にくまのぬいぐるみが浮《う》かんでいるような場違《ばちが》い感は。

素直《すなお》に立ち去ろうと考え、背を向け、やっぱりもう一度向き直る。

放《ほう》っておけば良いのは分かる。

(だが何で大の字だし⁉　スカート死ぬほど短いのに大の字だし⁉　せめて、こう、なんていうのかなあ。放《ほう》っておいてもトラブルに巻《ま》き込《こ》まれない理由を一個でも用意してくれりゃあ安心して見捨てられるものを‼)

ゴミ箱エリアはあまり人の集まる場所ではないとはいえ、そもそも今はバーチャロンの大会の本選当日で、ちょっと離《はな》れた所ではそれこそ分厚い壁《かべ》みたいに人でごった返している。そして厄介《やっかい》な事に、ここは誰《だれ》でもすぐやってこられる可能性があるのに、とりあえず人気《ひとけ》のない陰《いん》気《き》な場所でもあった。

無防備極《きわ》まる女の子とあまり褒《ほ》められた生活をしていない人とが奇妙なコラボレーションを果たした時、何が待っているかはあんまり想像したくない。

そんな訳で。

ついに観念した上条《かみじょう》はゴミ袋《ぶくろ》に埋《う》もれて気持ち良く眠《ねむ》りこけている少女の肩《かた》を掴《つか》んだ。ちなみに正義の味方がここに現れたらそのまんま成敗《せいばい》されそうなビジュアルである。

「おい、ちょっと、おい！　全体的にどういう事よ行《ゆ》き倒《だお》れか何かか⁉」

「……すぴー……むぐむぐ、むにゃ？」

起きやがった。

驚《おどろ》くべき事に、瞳《ひとみ》はルビーのような真紅《しんく》だった。

カラーコンタクト……でもないと思う。

その表情に危機感が全くない所を見ると、どこぞの都市伝説みたいに『酔《よ》い潰《つぶ》されて内臓持っていかれた後』みたいな状態ではないらしい。明らかに自分の意思でここを寝床《ねどこ》に定めている顔だ。

パチリと赤い瞳《ひとみ》を瞬《まばた》きさせながら、少女は大の字のまま話しかけてくる。

「あふぁあ、あ……。一体、何があったのですか……？」

首が揺《ゆ》れ、ザラリと前髪《まえがみ》が揺《ゆ》れる。

改めてその顔を眺《なが》め、そこで上条《かみじょう》の背筋《せすじ》に奇怪《きかい》な感覚が走《はし》り抜《ぬ》けた。

その顔は、

「あれ……リリナ……？」

「ふえ？」

『何ですかー呼び出しましたー？』

二つの声が重なる。

ポータブルデバイス越《ご》しに風景と画面を重ねて眺《なが》めると、ほとんど……いや全く同じと言っても過言ではない少女の顔が二つ並んでいるのが分かる。

着ているものやカラーリングに差異はあれど、やはり二人の造形は驚《おどろ》くほど似通っている。

一瞬《いっしゅん》上条《かみじょう》の頭が混乱しかかるが、他人の空似という何にでも当てはまる思考放棄《しこうほうき》な可能性を排除《はいじょ》して関連性を考えてみると、三つの可能性が脳裏《のうり》をよぎった。

一つ、目の前の少女はポータブルデバイスから飛び出してきた。

二つ、目の前の少女はリリナを参考に衣類を整えたコスプレイヤーだ。

三つ、目の前の少女をモデルにリリナが作られている。

（……ま、常識的に考えれば二か三かな）

と、少女はこんな事を言う。

「あのう、誰《だれ》かと勘違《かんちが》いされてはいませんか……」

「何だって？」

「凛鈴《りりん》。富良科凛鈴《ふらしなりりん》です。私はリリナではありません……むにゃ……」

あんまり興味がなさそうな調子だった。

まるで真夜中に間違《まちが》い電話でもかかってきたかのような。

（大会にもバーチャロンにも興味はなさそう。だとすると好きでやってるコスプレイヤーでもない、のか……？）

となると残る可能性は三つ目、目の前の少女をモデルにリリナがデザインされた？　しかし、わざわざモデルにされているという事は、次世代競技のバーチャロンの開発者に近しい位置にいる人物なのだろうか？　バーチャロン自体、流行はしているものの、いつ、どこで、誰《だれ》が作ったのかは謎《なぞ》な部分も多い。何となく、生きる伝説と遭遇《そうぐう》したような気分にさせられた。

「むにゃー……」

「いやいやいやいや！　そうじゃない、そこじゃない！　寝入《ねい》るな寝入《ねい》るなゴミの山で!!　せめてこうベンチとか色々あるだろ!?」

「……私はこう見えてスプリングの硬《かた》いベッドでは眠《ねむ》れないセレブリティでして……」

「インフレで物価が崩壊《ほうかい》してんじゃねえのかそのセレブ。とにかく出ろってもーっ!!」

腕《うで》を掴《つか》んで引っ張るが、予想に反してびくともしない。そう、完全に脱力《だつりょく》した人間を担《かつ》ぐのは想像以上の労力を使うのだ!!

と、大の字で倒《たお》れる少女を掴《つか》んでひいはあ言ってる（心底挙動不審《きょどうふしん》な）上条《かみじょう》は、そこですぐ近くを見知った顔が歩いているのを発見した。

名門常盤台《ときわだい》中学のお嬢様《じょうさま》、御坂美琴《みさかみこと》だ。

何だか知らんが淡《あわ》い紫色《むらさきいろ》を基調にしたチアリーダーみたいな服を着ていた。流石《さすが》にあんなセンスで街を練り歩くようなヤツではなかったはずなので、ひょっとしたら大会本選に関係しているのかもしれない。

例えば知り合いの応援《おうえん》に来ているとか、あるいは自分自身が本選出場しているとか。

何にしても光明《こうみょう》だ。

(だっ、ダメだ。ちょうど良《い》いトコにいるんだし、素直《すなお》に助けを求めよう)

「おーい御坂《みさか》……」

諦《あきら》めて言いかけた時だった。

言葉が詰《つ》まる。ぐいっ‼ と。唐突《とうとつ》に富良科凜鈴《ふらしなりりん》の方から腕《うで》を引っ張られたのだ。予想外の力に思い切りバランスを崩《くず》す。まるで華奢《きやしゃ》な少女に覆《おお》い被《かぶ》さるような格好でゴミ袋《ぶくろ》ベッドへご招待された。

「ちょ、おま……もがっ‼」

「お静かに」

いまいち抑揚《よくよう》の足りない声で、富良科凜鈴《ふらしなりりん》は言う。ちなみに上条《かみじょう》は女の子の薄《うす》い胸へ頭からダイブしたまま、その頭部をガッツリ両手でホールドされるという未知のゾーンに突入《とつにゅう》している真っ最中だ。

が、続けざまに彼女《かのじょ》はこう言い放ったのだ。

「あれはまずい。いわゆる狩人狩《かりゅうどが》りです、あなたも気をつけた方が良《い》い……」

「もが、何だって？」

目を白黒させながら、上条《かみじょう》は疑問の声を放つ。

聞き慣れない言葉だが、美琴《みこと》の事を言っているのだろうか？

「狩人《かりゅうど》はNPCを専門に狩《か》ってスコアを伸《の》ばすプレイヤー、狩人狩《かりゅうどが》りはそのプレイヤーを仕留める専門のプレイヤーです。いずれも『亡命』モードの住人ですね、あなたと同様に」

心臓が、冷たい意味で一段跳《は》ね上《あ》がった。

上条《かみじょう》の『亡命』化を何故《なぜ》知っている？　それに美琴《みこと》も『亡命』化していると？

御坂美琴《みさかみこと》が大会に関係している場合、彼女《かのじょ》は周囲への危険を承知で戦いを挑《いど》み続けている事にはならないか。

そして富良科凛鈴《ふらしなりりん》はリリナのモデルとなっている以上、バーチャロンそのものの開発者とも近い位置にいるはずだ。

何を、どこまで知っている。

それは『ブルーストーカー』との諍《いさか》いに、何かしら有用なヒントになるか。

疑問ばかりが頭に浮《う》かび、一つ一つの価値が分からなくなってくる。頭はパンク寸前で、優先順位をつけている暇《ひま》もなかった。

「待て、待ってくれ。一から説明してくれ、アンタは一体……」

上条《かみじょう》がそう言いかけた時だった。

思わぬ横槍《よこやり》が入った。

「……とうま」

低く。

恐《おそ》ろしく低い、地獄《じごく》の底から吹《ふ》き付《つ》ける風のような言葉であった。

「ゴミ捨てにしては遅《おそ》いしまた何かトラブルにでも巻《ま》き込《こ》まれたのかなと思って心配してみればまさに今まさにという展開なんだよ」

「オゥ、インデックスサン」

「何でカタコトだし」

「チガウノデースイマダイジナハナシヲシテイルカラヒッカキマワサナイデクダサーイアッチイッテローッ!!」

「女の子をゴミの山に押《お》し倒《たお》してのしかかっている割に、よくよく聞いてみれば王様みたいな事を言っているねとうまーァァあああああああああああああ!?」

ひにゃーん、という叫《さけ》び声《ごえ》と共に。

世界は赤と黒に染まった。

6

人混みに紛《まぎ》れて、こんな少女達《しょうじょたち》の声が聞こえた。

「ひゃーっ、ついに来ちゃったねえ本選大会！　あたし達《たち》みたいなのが第七学区代表だなんて信じらんないよ!!」

「あうう……それよりほんとにこの格好じゃなきゃダメなんですか？　何でまたチアリーダーの服なんて着なくちゃならないんですか佐天《さてん》さーん……」

「ダメだよ初春《ういはる》！　今回はチーム戦なんだから、分かるトコから結束を固めていかなくちゃ!!」

「結束、って言えば……」

「うむ、不安なトコが一つ。御坂《みさか》さんがドタキャンするとはねえ」

「まあ、御坂《みさか》さんが何の意味もなくわがままで投げちゃうような人じゃないのは分かっているんですけど、でも何があったんでしょうかね」

「白井さんとも連絡取れないのも何か意味があるのかな。まあ案外、学校の人にバレて寮《りょう》から出られないーなんてオチかもしれないけど。やっぱりなんのかんのでお嬢様《じょうさま》学校だからなあ」

「だっ、大ピンチじゃないですか冷静に考えたら……。こっちは私と佐天《さてん》さんの二人だけ、相手がどこのチームになるか分からないけど基本四人フルセットでしょうし」

「問題ないって！　選手登録はしてあるんだし遅《おく》れて飛び入りしてくる事だってあるかもしれないし。あたし達《たち》は同じチームの仲間を信じて戦い続けるのみなのだよ！」

明るい紫色《むらさきいろ》をベースにしたチアリーダーの格好をした少女達《しょうじょたち》の背中が、雑踏《ざっとう》の中へと消えていく。

7

何とかしなくては、と上条当麻《かみじょうとうま》は思っていた。

富良科凜鈴《ふらしなりりん》と名乗った小柄《こがら》なプラチナブロンドの少女は、特に上条《かみじょう》やインデックスへ絡《から》んでくる事もなくいつの間にやらどこかへ消えていた。元々現世にあんまり興味がない人なのか、最低限の挨拶《あいさつ》も何もなく、ふらりといなくなってしまったのだ。追い駆《か》けようと思っても、この本選の人だかりの中ではあっという間に見失ってしまう。

『あっ、そちらの屋台で空撮用《くうさつよう》の無人機を三機、いえ六機ほどご購入《こうにゅう》いただければ、空から一挙に検索《けんさく》かける事もできますよ？　特徴的《とくちょうてき》な青い服にプラチナブロンドでしたからすぐ見分けはつくでしょうし』

「愚《おろ》か者《もの》め、上条《かみじょう》さん家《ち》のお財布《さいふ》事情を舐《な》めるなよ」

『ええと、上条当麻《かみじょうとうま》名義《めいぎ》の銀行口座によりますと現在の残高は』

「そういうストレートなリクエストって意味じゃねえんだよ！　ていうか怖《こわ》いっ、一体いつの間に通帳とリンクしてんだこのデバイス⁉　ガンガンネットと繋《つな》がっているっていうのに！」

『何にせよ、貧乏自慢《びんぼうじまん》で胸を張る人間の感性がちょっと見えなくなってきたんですけど……？』

だから、それでおしまいだと思っていたのだ。

が、

「……とうま」

「ああ」

まず手始めに、二分も歩かない内に公園の芝生《しばふ》の上で日向《ひなた》ぼっこする猫《ねこ》みたいに丸くなっている富良科《ふらしな》を発見。

肩《かた》を揺《ゆ》すって起床《きしょう》を促《うなが》すも、またも気ままに立ち去ってしまった少女がフィッシュ＆チップスを売っているキッチンカーの真下に潜《もぐ》り込《こ》んで眠《ねむ》りこけている所を確認《かくにん》。

とどめにジュースの自販機《じはんき》の横に置いてある金網製《かなあみせい》のゴミ箱の中に頭を突《つ》っ込《こ》み、ミニスカートで覆《おお》われた小さな尻《しり》を天高く突《つ》き上《あ》げたまま寝息《ねいき》を立てているに至って、ついに上条当《かみじょうとう》麻《ま》はこう思ってしまったのだ。

何とかせねば‼

「いい加減にしろお前ーっ!!　平和を愛する上条《かみじよう》さんの心をこんなにもざわざわさせやがって、一体何が望みなんだ!?」

「んふぇ……?」

かろうじてゴミ箱から顔を引《ひ》っこ抜《ぬ》いてこちらを見やる富良科凜鈴《ふらしなりりん》だったが、長く伸《の》びた前髪《まえがみ》の隙間《すきま》から覗《のぞ》く瞳《ひとみ》は何だかとろんとしていて、頬《ほお》も赤い。そして反応が激ニブだった。きっと話を聞いていない。

酔《よ》っぱらいの帰巣本能《きそうほんのう》よろしく、完全に反射だけで体を動かしている。

上条《かみじよう》はツンツン頭をガリガリ搔《か》くと、ため息をつきながらポータブルデバイスを取り出す。ゴミ箱の隣《となり》にあったジュースの自販機《じはんき》に目をやって、

「ああもう仕方ねえな。ほら、コーヒーやるからちょっと吞《の》んで眠気覚《ねむけさ》ましなって。逆に不思議だわ、テレビ局のADだってあんな寝方《ねかた》はできないぞ」

「あっずるいとうま!!　だらだらしているだけでおやつがもらえるだなんて破格な条件を吞《の》み込《こ》んだらこの国のケーザイは崩壊《ほうかい》してしまうんだよ!!」

「大体お前の生活そのものだけどな」

やはりこの人混みのせいなのか、ずらりと並ぶボタンはあちこち歯抜《はぬ》けのように売り切れ表示を出していた。が、どうやらブラックコーヒーは在庫があるらしい。ポータブルデバイスを読み取り機にかざし、ガコガコン、と鈍《にぶ》い音を立てて取り出し口へ落ちてきたホットの缶《かん》を摑《つか》

む上条《かみじょう》。

　が、ここで待ったがかかった。

「……すみません、熱いのも苦いのも大層苦手なものでして」

「だから眠気覚《ねむけざ》ましになるんだろ」

「苦手なものは苦手なものですし」

「買い損かよこれぇーっ！　ああほら、インデックス！　ちょっと口開けて!!」

「まさかの横槍《よこやり》チャンス!!　――――んぐっ、んぐっ、んぐっ、んぐっ――――ふう、シャッキリいたしました」

　ブラックコーヒー効果で何だかインデックスの顔が細長くなって凜々《りり》しくなった気がするが、今はそっちに注目している場合ではない。

　こういう小さな出費も積もり積もると馬鹿《ばか》にならないのだが、もう一本。

(眠気覚《ねむけざ》ましになれば何でも良《い》いんだよな)

　という訳で売り切れ表示のついていない中で、炭酸系のエナジードリンクをチョイス。割かしえげつない効果で知られる一品だったが、

「すみません、炭酸系もお腹《なか》が張って気持ち悪くなるのでパスで……」

「インデックス」

「ぎゃほヴぉばるはーっ!!　みぃなぎってきたぁーッッ!!!!!!」

スタッフが美味《おい》しくいただきました的処理をしてみた所、何だかインデックスがパンクな雰《ふん》囲気《いき》になってしまったが、やっぱり今はそっちではない。

とにかくこの金髪《きんぱつ》お昼寝《ひるね》バカの眠気《ねむけ》を何とかしないと、おちおち放置もできない。

「なんか上手《うま》い手はあったかな。こいつ激辛《げきから》とか喰《く》わせようとしても何やかやで拒否《きょひ》りそうだし」

「……というか根本的に私は寝《ね》るのが仕事というか眠《ねむ》り続けなければならない義務があると言いますか」

「自堕落《じだらく》ぶりが全人類の夢みたいなレベルになってやがる。ああそうだ、自販機《じはんき》の他になんか屋台が並んでいる一角があったな。ちょっとこっち来い!!」

黙《だま》っていても勝手に消えてどこかで寝《ね》てしまうであろう富良科《ふらしな》凜鈴《りん》を何とかするため、何だかやたら体温の高い彼女《かのじょ》の手を摑《つか》んで公園を歩く羽目に。ちなみにパンクな世界へ魂《たましい》が飛んでいったインデックスは先ほどから首振《くびふ》りに夢中でいつものツッコミのキレがない。

さっきも昼食を食べた場所だ。駐車場《ちゅうしゃじょう》にいくつものキッチンカーを集めたような屋台スペースを見て回り、上条《かみじょう》はちょうど良さそうなものを見つけた。

「コーヒーゼリーサンデー。ふうん、これなら大丈夫《だいじょうぶ》そうだな。……何分お祭り価格というか、ちょいとお高めなのが気にはなるが……」

「コーヒーは苦……」

「ほとんどシロップと生クリームの塊《かたまり》だろうがこんなもん‼　少しくらい譲歩《じょうほ》しろ‼」

強引《ごういん》に押《お》し切《き》り、上条《かみじょう》がポータブルデバイスを手に取って屋台のカウンターにある読み取り機にかざそうとした時だった。

感情の乏《とぼ》しいまま、ぷくうと頬《ほお》を膨《ふく》らませた富良科《ふらしな》が髪《かみ》で隠《かく》れていない方の赤い瞳《ひとみ》をわずかに細めたのだ。

「……ようは、『それ』が動かなくなれば苦いのを阻止《そし》できる、と」

「んっ？」

直後の出来事だった。

ブゥン！　と奇妙《きみょう》な音が鳴った。ポータブルデバイスの方からだった。

「わっ！」

「何だっ、こっちもエラー出てるぞ！」

「通信基地の異常……じゃないよな。データのやり取りするアプリじゃねえし」

見ればあちこちで小さな騒《さわ》ぎが起きている。

バーチャロンの大会自体は問題なく継続《けいぞく》しているようだが、この休憩所《きゅうけいじょ》、屋台の一角だけポータブルデバイスが動いていないのだ。

『あひゃらわるぶるにゃんにゃんれすかこのパケットー？』

画面の中ではリリナのヤツが目を回している。

まさか？

「お前っ、電気か情報系の能力でも使ってハッキングでもしているっていうのか⁉」

「能力とか言われましても……」

『い、いへ当麻《とうま》しゃま、理論上一般《いっぱん》の二進数ベース、フォンノイマン式に依存《いぞん》した攻撃方法《こうげきほうほう》ではポータブルデバイスは貫《つらぬ》けにゃいはずです。それが数式であれ能力であれ例外なく』

「なら何が起きているっていうんだ……」

改めてギョッとする上条《かみじょう》だったが、当の富良科凜鈴《ふらしなりりん》は特に胸も張っていない。

というか、全体的にしんなりしている。

寝《ね》る構えだ。

「ふわ、あ……。とりあえずこれで、安心して――」

「だが富良科《ふらしな》、上条《かみじょう》さんはいざという時のために靴下《くつした》に五〇〇〇円札を隠《かく》している事実を失念していたな⁉」

「……、――」

「そして今すぐこの訳の分かんねえトラブルを何とかしないとコーヒーゼリーサンデーは諦《あきら》めて特濃《とくのう》ブラックぬとぬと地獄《じごく》コーヒーに差《さ》し替《か》えだ！　嫌《いや》と言っても無理矢理流《なが》し込《こ》むから注意せよ‼」

脱力《だつりょく》しっ放しの富良科《ふらしな》の赤い瞳《ひとみ》が、わずかに収縮する。

それだけだった。

「あれっ？」

「戻《もど》った……」

「結局何があったか分かんないままってのも怖《こわ》いわね」

全《すべ》ては元通り。

訳が分からずに上条《かみじょう》はあちこち見回してしまうが、

「むにゃむにゃ、ぐー……」

「とっ、とうま。そろそろ私は潰《つぶ》れてしまいそうなんだよ」

一方的に体重を預けられているインデックスを助けるためにも、今は富良科凜鈴《ふらしなりりん》の方を何とかせねばなるまい。そのためには眠気覚《ねむけざ》ましのカフェイン、コーヒーゼリーサンデーは必須《ひっす》だ。

という訳でお一つくださいな。

順調に上条宅《かみじょうたく》の家計が圧迫《あっぱく》されていく中、ポータブルデバイスをかざして目的の品を手に入れる。そして簡素に組まれたフリーのテーブルスペースへ着席。あっちもこっちも混雑していたが、何とか座《すわ》る場所は確保できた。ご飯を食べている最中も試合の行方《ゆくえ》が気になるのか、テーブルの上にポータブルデバイスを置いて画面越《がめんご》しに観戦している人も多い。試合会場の中で動画サイトを開いている、というのも傍《はた》から見ればなかなか奇妙《きみょう》な光景だった。

『……すーん。中村《なかむら》メリーです、続いての注目カードはこちらになりマス』

『……、』

『スケートを履《は》かせた超重量《ちょうじゅうりょう》のドルドレイを軸《じく》として強引《ごういん》に機動性を付加する、さながら暴走トレーラーといった風格のチーム「コメットストライカーズ」。対するは設置式の盾《たて》を地面に突《つ》き刺《さ》して障害物を量産する妨害方向《ぼうがいほうこう》に進化したアファームドを軸《じく》としたチーム「殺戮塹壕《さつりくざんごう》」の組み合わせ。どう転がるか楽しみデスね！　しゅーん……』

『心を入《い》れ替《か》えたというか、人格がそれはもう見事にへっこまされているわ。やはりスポンサーって怒《おこ》らせると怖《こわ》いのね』

で、問題のコーヒーゼリーサンデーだ。

パフェとサンデーの区別がいまいちつかないツンツン頭だったが、こうして見る限り、幅広《はばひろ》の器《うつわ》の中にサイコロ状にカットしたコーヒーゼリーをどっさり入れ、さらに上からバニラアイスと生クリームで山を作り、その上からココナツシロップをぶっかけて、最後にスティック状のクッキーを斜《なな》めに突《つ》き刺《さ》したような代物《しろもの》だった。というか雪山や無人島で遭難《そうなん》してもこれを少しずつ切《き》り崩《くず》していけば救助が来るまで待てそうなくらいのカロリーの塊《かたまり》に見えなくもない。

別名女性の敵である。

「分かっていてオススメする俺《おれ》はいつの間にかワルになったもんだ。ほら良《い》いから食べちゃえよ。そして冷静になっておののくが良《い》い。体重計だろうが何だろうが、お前はちょっと危機感ってのを持たなくちゃダメだ」

「あっ、いつの間にか居眠《いねむ》り娘《むすめ》が次のステージに進んでいるんだよ！　ぐーたらしているだけでお菓子《かし》の家がもらえる、だと⁉」

「面倒臭《めんどうくさ》い場面で復活したなお前！　そしてやっぱりそいつはお前の暮らしぶりだ‼」

「そして居眠《いねむ》り娘《むすめ》が器《うつわ》に顔突《つ》っ込《こ》んでぐーぐー寝《ね》ているんだよ」

「いきなり台無しにしてんじゃねえーっ‼」

　ぶくぶくぶくぶく、と奇怪《きかい》な音を発して突《つ》っ伏《ぷ》していた富良科凛鈴《ふらしなりりん》の首根っこを摑《つか》んで大慌《おおあわ》てで持ち上げる上条《かみじょう》。眠気覚《ねむけざ》ましのために大量のコーヒーゼリーを買ったというのにそのまま永眠《えいみん》コースに向かってどうするというのだ。

「ほら顔拭《ふ》いてやるからこっち向け」

「んふうー？」

「すげえ勢いでハンカチに生クリームついていくな。木に縛《しば》り付《つ》けておいたらカブトムシとか集まってきそう……」

　そもそも小顔とはいえ富良科《ふらしな》の頭がすっぽり収まるくらいのビッグサイズだ。彼女《かのじょ》一人で完食するのは難しかろう、という訳で一つの器《うつわ》をみんなでつつく無礼講の家族鍋スタイルに移行。

「がつがつ‼　もぐもぐもぐ‼　とうまっ、そこのバニラの塊《かたまり》は私のなんだよ‼」

「お前が全部食べちゃったら何の意味もないだろうが！　そしてまたもや蚊帳《かや》の外に逃《に》げた富《ふ》良科《らしな》のヤツが勝手に眠《ねむ》りこけそうになってるし‼」

何につけても主体性がないというか、放《ほう》っておけば放《ほう》っておいた分だけ時間を空費するヤツだ。ついには上条《かみじょう》の手でスプーンを操《あやつ》り、コーヒーゼリーをすくってからの富良科凜鈴《ふらしなりりん》へお届けするデリバリースタイルへ食文化が発展していく。

傍《そば》で見ていたインデックスがそろそろ軽めにイライラしてきた。

「……とうま。まさか私はこんな所で古き良きはいアーンの構えを目撃《もくげき》する事になるとは思ってもみなかったんだよ」

「俺《おれ》だってこれが幻《まぼろし》となった伝説の古武術だってのは重々承知しているよ。でもこいつどうにもならん！　こいつがかの有名な肉を切らせて骨を断《た》つってヤツだぜ。いったん全部恥《はじ》を捨ててこれくらいやらなきゃ状況《じょうきょう》が全然動かないぞ‼」

そんなこんなでようやっとの一口目が入った。

んぐ、んぐ……と富良科凜鈴《ふらしなりりん》の口元が小動物みたいに動いた後、喉《のど》が動く。

「こくん」

「呑《の》ん、だ。やだ！　この子俺《おれ》のコーヒーゼリーを呑《の》んだわよインデックスさん‼」

「この程度で感極《かんきわ》まるなら私は三六五日ノンストップで全米を涙《なみだ》の海に沈《しず》める自信があるんだよ」

言いながらも、ちょっと興味が出てきたのかインデックスも小さなスプーンを使ってコーヒーゼリーをすくい取り、富良科凜鈴《ふらしなりりん》の口元に運び始めた。自分の意思でやってる、というよりやっぱり酔《よ》っ払《ぱら》いの帰巣本能《きそうほんのう》みたいな反射の動きでむぐむぐと少女の口が動く。

遅《おく》れに遅《おく》れてようやくカフェインの恩恵《おんけい》がやってきたのか、とろんとしっ放しだった富良科《ふらしな》凛鈴《りりん》の瞳《ひとみ》へ徐々《じょじょ》に活力らしきものが戻《もど》っていくのが分かる。

ふらふらと揺《ゆ》れる頭もピタリと止まっていった。

「む？　まずい、そろそろほんとに眠気《ねむけ》がなくなりそうです」

「それが全人類の正常値だ」

言い放つ上条《かみじょう》を放《ほう》って、富良科凛鈴《ふらしなりりん》は前髪《まえがみ》で隠《かく》れ気味な目元を手《て》の甲《こう》でごしごし擦《こす》ると、両手を真上に上げて背筋《せすじ》を伸《の》ばしていた。軽く弓なりになった事で、肉付きの未熟な少女のボディラインが、それでも青いベストの上から多少は自己主張してくる。どうやら眠《ねむ》っていようが起きていようがマイペースな所はあまり変わらないらしい。

ともあれ、これで車の下やゴミ箱に顔を突《つ》っ込《こ》んでぐーすか眠《ねむ》る事はなくなっただろう。

「ようやっとのミッションクリアだ……」

うんざりしたように言い放ち、上条《かみじょう》は椅子《いす》に座《すわ》ったまま両足を投げ出した。ついでにポータブルデバイスもテーブルの上へうっちゃる。腕時計《うでどけい》や携帯電話《けいたいでんわ》を外して置いておくような、合理性のない奇妙《きみょう》な脱力感《だつりょくかん》が全身を包む。

上条《かみじょう》はモバイル機器へ目をやって、

「こいつも早く何とかしなくちゃな。『亡命』とか『ブルーストーカー』とか色々面倒事《めんどうごと》が山積みだ、ほんとどうしよう……」

「……、」

富良科凛鈴《ふらしなりりん》は上条《かみじょう》の目線につられるように、ポータブルデバイスへ目をやっていた。

やや間を空けて、彼女《かのじょ》はこう質問してきた。

「嫌《きら》いなんですか、それ」

「んー？」

眠気覚《ねむけざ》ましという役割を終えた残りのコーヒーゼリーへがっつくインデックスを見やりながら、脱力《だつりょく》したまま上条《かみじょう》は考えなしに答えていた。

「嫌《きら》いだね」

突《つ》き刺《さ》すような言葉。

わずかに息を呑《の》む富良科凛鈴《ふらしなりりん》に、しかし上条《かみじょう》は続けてこう言った。

「『ブルーストーカー』だの何だの、余計なものを持ち込《もこ》みやがって。『亡命』？　そんなのどうだって良《い》いんだよ。何だってどういう理屈《りくつ》で『それ以上』を求めたがるんだ。面白《おもしろ》いだけで価値があるもんだろ。役に立つとか立たないとかなんてどうでも良《い》いし。蛇足《だそく》っつーかなんつーか、いらないものを付け足しやがって」

「……、」

微《かす》かに。

誰《だれ》の目にも分からないくらい微細《びさい》に、少女の目元が動く。

何かの夢でも見るかのように。

「あなた、お名前は？『とうま』とか呼ばれていたような気がしますけど」

「ああ、上条当麻《かみじょうとうま》。そういや名前も教えてないヤツに特大のデザート奢《おご》るなんてとんでもない道進んでやがるな俺《おれ》も」

「上条当麻《かみじょうとうま》君。私は本当は眠《ねむ》っていなければならない身なんですけど」

「？」

怪訝《けげん》な顔をする上条《かみじょう》へ。

前髪《まえがみ》で隠《かく》れ気味な瞳《ひとみ》を一つ向け、薄《うす》く淡い金髪《きんぱつ》の少女はこう告げた。

「そうと分かっていてもついつい覚醒《かくせい》に向かう何かを見せてくれた事には、感謝しておきます」

8

何がどうしてどうなったかは覚えていないが、気がつけば富良科凜鈴《ふらしなりりん》はいなくなっていた。

結局眠気《ねむけ》があろうがなかろうがふらりと現れてふらりと消えていくのは同じらしい。何というか、恐《おそ》るべきインパクトはあるのに不思議と存在感が希薄《きはく》な少女だった。

上条《かみじょう》は上条《かみじょう》で、空っぽになったコーヒーゼリーサンデーの器《うつわ》をキッチンカー屋台の方へ返《へん》却《きゃく》している真っ最中だ。さっきの発泡《はっぽう》スチロール丼《どんぶり》と違《ちが》って、ガラスの器《うつわ》はもうちょっとお高めなのだ。ちなみにインデックスはテーブルの方で待たせている。甘《あま》やかしているのではなく、彼女《かのじょ》を連れて屋台ゾーンを練り歩くとどれだけ出費が膨《ふく》らむか分かったものではないからだ。

と、その時だ。

ばったり出くわした。

「あれっ、アンタ……」

「御坂《みさか》？」

何気なく呟《つぶや》いてから、上条《かみじょう》はつい先ほど富良《ふら》科凜《しなり》鈴《りん》に言われたばかりの事を思い出した。

あれはまずい。

いわゆる狩人《かりゅうど》狩《が》り。

「こんな所で何してる訳？　やっぱり本選大会を見に来たとか」

「というかだな……」

上条《かみじょう》は怪訝《けげん》な顔で一歩後ろに退《ひ》いて、

「お前の方こそ、何なのその格好？　チアリーダー？？？」

美琴《みこと》は美琴《みこと》で上条《かみじょう》の視線の先を目で追い駆《か》け、自分の首元から上半身、おへその下まで眺《なが》めていって、ババッ!!　とミニスカートの辺りを両手で覆《おお》った。

左右の太股《ふともも》を擦《こす》り合《あ》わせるような格好で、顔を真っ赤にして彼女《かのじょ》は叫《さけ》ぶ。

「いっ、色々あるのよこっちには！　人付き合いとか、団結とか、遊びのつもりで始めてうっかり第七学区の代表選手になっちゃった事とか!!」

「？？？」

噛《か》み付《つ》くように言う美琴《みこと》だが、こうして見る限りいつもの彼女《かのじょ》だ。

富良科《ふらしな》のヤツが何を警戒《けいかい》していたのか、いまいち見えてこない。

美琴《みこと》は上条《かみじょう》がズボンのベルト辺りに引《ひ》っ掛《か》けてあるポータブルデバイスに目をやって、

「やっぱりアンタもやってるのね、バーチャロン」

「つい最近って感じだけどな。正直、始めたばっかりで右も左も分かんないよ」

「（……なるほど、ビギナーって事は、とりあえず『亡命』に手を出すほどどっぷりって訳でもないのか。良かった……）」

「御坂《みさか》？」

「何でもにゃい!!」

ぶんぶんと首を振《ふ》り、わたわたと両手を顔の前に突《つ》き出《だ》して彼女《かのじょ》は接近を拒《こば》む。

「機会があれば私がしごいてやっても良いんだけど」

「うん？　けど？」

「ああ、一応私お嬢様《じょうさま》学校の人間じゃない？　大っぴらにアドレスへ男の番号入れているのバレたら後が怖《こわ》いのよ。ケータイと違《ちが》っていまいちどういう経路でデータ管理しているかまだ分かっていない部分もあるからさ、勝手に連結しちゃうSNSみたいに実は繫《つな》がっている人のリストが知らない場所に保存されてたーとかってなっちゃうと寮監《りようかん》とかから大目玉を喰《く》らっちゃうかもしれなくて」

「なるほどなあ」

という感想しか出てこない。

上条《かみじよう》としても、今は『亡命』をしている身の上なので、できればまっさらなバーチャロンを遊んでいる人とのプレイは避《さ》けたい。『亡命』のきっかけはプレイ中に手元のデバイス、コントローラを破壊する事だが……彼自身《かれじしん》、それは『亡命』プレイヤーである『ブルーストーカー』との戦闘《せんとう》がきっかけでインスピレーションを得たのだ。必ずしも同じ事が起きるとは限らないし、他のきっかけで『亡命』化が起きる余地も十分にある。とはいえ、危険性が分かっているならよそ様のプレイヤーに強《し》いるのは避《さ》けたい。

「じゃあ私はもう行くわ。そうだ」

「なに？」

「私のこれ、同じ格好した女の子見かけても、私がここにいる事は言わないでおいてもらえる？」

何だか顔の前で両手を合わせている美琴《みこと》が奇妙《きみよう》な注文をしてきた。

上条《かみじよう》は怪訝《けげん》な顔をした後に、

「……そもそも、俺《おれ》って常盤台《ときわだい》中学に知り合いがいるって訳でもないはずなんだが」

「ううん、あの子達《たち》は厳密には常盤台《ときわだい》の生徒じゃないというか具体的に説明しまくると接点増えてかえってミラクルが発生しやすくなりそうで怖《こわ》いというかアンタは黙《だま》っていても勝手に交友関係を広げまくるから何一つ安心材料がないというか……まあ何でも良《い》いけど、とにかくお願いっ！」

「ああそう」

上条《かみじよう》は気軽に応じた後。

何となく言った。

「でも御坂《みさか》、ほんとにやばそうなら相談しろよ。もう『実験』だの何だのの時みたいな感じになるのはごめんだぞ」

「……、」

「あの時相談しなかったから機を逃《のが》したとか、都合が悪くなると勝手に巻《ま》き込《こ》むのかとか、そんなのは考えなくて良い。ヤバいと思ったら、そのタイミングで良《い》い。何か手を貸すのに、手《て》遅《おく》れって事はないいんだからさ」

「……、アンタは」

美琴《みこと》は何か呟《つぶや》こうとして、しかし、言葉を呑《の》み込《こ》んだ。

そして笑って言った。

「分かったわ。今度は遠慮《えんりよ》なく巻《ま》き込《こ》む。その時アンタがラーメン屋さんの行列に並んでいようが卵パックお一人様一個限りの争奪戦《そうだつせん》に参加していようがお構いなし。言質《げんち》は取ったからね、後になって泣くんじゃないわよ」

「おう」

ひらひらと手を振《ふ》って、上条《かみじょう》と美琴《みこと》は別れた。

ゴミ捨ても終わって一息ついて、見知った少女も見えなくなって。

ようやく、彼《かれ》はそもそもの疑問にぶち当たった。

（……でもあいつ、一体ここで何をやっていたんだ？）

答えの出ない問題だった。

今さらのように辺りへ目をやってしまう上条《かみじょう》。

だがそこで、美琴《みこと》とはまた違《ちが》った別の顔を見つけてしまった。

「よおカミやん。『亡命』ＰＤ触《さわ》って裏街道《うらかいどう》に片足突《つ》っ込《こ》みかけたって？」

そちらを振《ふ》り返《かえ》る。

金色に染めた短い髪《かみ》に、薄《うす》い青のサングラス。首回りにはじゃらじゃらとしたゴールド系のアクセサリー。土御門元春《つちみかどもとはる》。青髪《あおがみ》ピアスと同じく上条《かみじょう》のクラスメイトだが、こいつはこいつで別の顔を持っている。

学園都市の内情を探《さぐ》るため、『外』から潜《もぐ》り込《こ》んできた魔術《まじゅつ》サイドのスパイ。

その学園都市の中でも裏側に潜《もぐ》り、科学サイドの尖兵《せんぺい》としても機能する二重スパイ。

上条《かみじょう》は口をパクパクさせ、

「何を、どうして、どこまで……？」

「詳《くわ》しい仕組みなんぞ知らない方がお互《たが》い幸せだにゃー。それよりカミやん、ほんとに自分を取り巻く状況《じょうきょう》は分かってんのかな」

「状況《じょうきょう》？」

「何が危険で誰《だれ》が敵か。どこへ行って何をするとまずいのか。そもそも、『亡命』化っていうのはどんなものを定義するのか。まあ諸々《もろもろ》の事だぜい」

「……、」

言われてみれば、その辺は何とも、だ。

上条《かみじょう》の認識《にんしき》としては、『亡命』ポータブルデバイスを得るとバーチャロイドの動きの自由度が格段に上がる、ただし敗北すると何かしらのきな臭《くさ》いペナルティを受ける、くらいのものだ。そして対戦中、いくつかの条件が重なると『亡命』化を促《うなが》してしまうリスクがある、という事。もちろん一〇〇％の保証はないが、はっきりしないからこそ地雷源のような圧がある。

つまり当面の方針としては『自分から無闇《むやみ》に対戦を挑《いど》まず、また、再び襲《おそ》いかかってくる公算の高い「ブルーストーカー」が攻《せ》めてきた時は確実に勝つ』くらいしかなかった。

ペナルティとは何なのか。

具体的に、何がどう重なると発生するものなのか。

「ロードオブロードって検索《けんさく》エンジン開いて全検索設定《ぜんけんさくせってい》に変更《へんこう》したら、動画検索《どうがけんさく》で『不死鳥』って打ち込《こ》んでみな。『亡命』化している今なら、多分あのサイトがかろうじて引っかかる」

「ふしちょう？」

「『忘れられる権利』クソ喰《く》らえって管理人がいてな。削除依頼《さくじょいらい》の通った書き込《こ》み、動画、ストリーミング配信、事件記録、流出した機密データ、個人情報、そういったもんを専門にかき集めて保存している悪趣味《あくしゅみ》サイトさ。上手《うま》く見つけられたら、『亡命ＰＤ　末路』でサイト内《ない》検索《けんさく》すれば、カミやんが欲《ほ》しい情報はおおよそ全《すべ》て手に入る」

ただし、と土御門《つちみかど》は付け足した。

サングラスの奥《おく》から、ナイフよりも鈍《にぶ》い輝《かがや》きを突《つ》き付けつつ。

釘《くぎ》を刺《さ》すように、暗躍《あんやく》する者はこう告げる。

「これ以外は絶対検索《けんさく》するな、一文字たりとも打ち間違《まちが》えるな。あれは基本的に悪意の坩堝《るつぼ》だ、ネットの悪意が心地《ここち》良《よ》いと感じられる連中が作るフィールドだ。まともな人間が下手《へた》に長居するとマジで人格が壊れる。それだけ忘れないようににゃー」

「つまり……」

「くねくねやメリーさんと一緒《いっしょ》。カミやんも手を誤るとネットの薄暗《うすぐら》い伝説に登場しかねない位置に立っている、って事だぜい。……ここから先は本当に気をつけなよ、そろそろねーちんとかあの辺のも動き出している頃《ころ》だからにゃー」

「……、」

もはや二の句も継《つ》げなかった。

自分は一体何にどこまで関《かか》わっている？　『亡命』化なんて言っても、せいぜい自分の手で自分のセキュリティ設定を解除してスムーズにテムジンを動かせるようになった、それくらいのものではなかったのか……？

ドォ!!　と離《はな》れた場所で歓声《かんせい》が湧《わ》き上《あ》がった。

きっとバーチャロンの本選で何か大きな動きがあったのだろう。

だがその熱狂《ねっきょう》の余波が、余計にこの場の寒々しさを突《つ》き付けてくる。

土御門《つちみかど》がひらひら手を振《ふ》って立ち去った後も、上条《かみじょう》はしばらく屋台の前から動けなかった。ついさっきコーヒーゼリーを詰《つ》め込《こ》んだはずの胃袋《いぶくろ》が、冷たく重たい感触《かんしょく》を返す。

ポータブルデバイスへ、目を落とす。

得体《えたい》のしれないサイトに触《ふ》れてしまう事自体、ますます自分がアリジゴクへと放《ほう》り出されるような気がして、最初の一歩を踏《ふ》み出《だ》すのも気が引けていた。

ただし、情報の不足は確実な後手に回る。

上条《かみじょう》だけなら良《い》い。だけど『ブルーストーカー』を軸《じく》にした底の見えないこの問題が、インデックス達《たち》にまで及《およ》んだら……？

「やるしかない、か」

うんざりしたように呟《つぶや》き、上条《かみじょう》はポータブルデバイスを指で操作する。

土御門《つちみかど》に言われた通りに設定を変更《へんこう》して目的のサイトを見つけ出すと、さらにサイト内検索《ないけんさく》のボックスに文字列を打ち込《こ》んでいく。

『亡命ＰＤ　末路』。

どう見ても平穏無事《へいおんぶじ》に終わるとは思えない字面《じづら》に引き寄せられて表示されたのは、数十にも及《およ》ぶファイルの群れだった。検索結果《けんさくけっか》が画面の中だけで表示しきれず、スクロールさせても終わりが見えない。

しかし、意外な事に全部が全部、仄暗《ほのぐら》い悪趣味《あくしゅみ》なファイルばかりでもないらしい。

試《ため》しに開いてみたものは、短文系のＳＮＳの文章だった。

『ねこたーる〉今日、話題の「亡命」に手を出してみましたー。聞いた話じゃマテリアルアナライズがかなり強化される他、噂《うわさ》が本当に正しければリバースコンバートも使えるようになるんだとか。これから色々試《ため》してみますが今から楽しみーｗ』

アイコン代わりに表示されているのは、上条《かみじょう》と同い年くらいの女の子の顔だ。もっとも、これが当人そのものかどうかは流石《さすが》に分かりかねるが。

それより気になるのが、

（リバースコンバート……？）

聞いた事もない用語だった。

一瞬《いっしゅん》、つい癖《くせ》でサイト内検索《ないけんさく》のボックスに新しい文字列を打《う》ち込《こ》もうとしてしまったが、直後に土御門《つちみかど》からの警告を思い出す。これ以外は絶対検索《けんさく》するな、一文字も打ち間違《まちが》えるな。ゆっくりと息を吐《は》き、素直《すなお》に画面をスクロールさせて、今ある情報の群れから答えを導き出す事にした。

「あった」

形式としてはブログだが、実際にはオンライン百科事典か何かを個人で作っていたのでは？と思えるページだ。

『リバースコンバート。

分類、噂《うわさ》。

真偽不明《しんぎふめい》。

次世代競技としてのバーチャロンではマテリアルアナライズを活用して乗機バーチャロイドのパラメータ補整を行える機能がある。「亡命」化したPDでは逆に、カスタムしたバーチャロイドからプレイヤーへ補整データを移す事ができるらしい。

これについては真偽《しんぎ》、定義、共に不明。

RPGにおけるSTR、INT、VIT、AGI、MIN、LUKなどを人体に注入するようなイメージなのか、あるいは魔法《まほう》やスキルめいたものをそのまま引き出せるのか。肯定派《こうていは》の定義によって論破すべき項目《こうもく》も大きく変わってくるはず。

ただし、マテリアルアナライズがどのようにしてバーチャロイドへ補整効果を与《あた》えるのかについても謎《なぞ》が多く、このブラックボックス感から発展し、逆に「人に還《かえ》る」といった噂《うわさ》が生じたと想像するのは難《かた》くない。

仮に全肯定《ぜんこうてい》した上でマテリアルアナライズが有効だとすると、もう事はプレーンなバーチャロイドに留《とど》まらない。手持ちの機体に現実世界で手に入れたデータを注入し、それをプレイヤーに還《かえ》せば、鳥の羽や鉄の重さなど、現実世界のあらゆる物質、性質、条件などを人体に取《と》り込《こ》めるとも考えられるが……？』

「人に、還《かえ》る……？」

わざわざ口に出したのは、頭の中だけですんなり処理できなかったからかもしれない。

(ようは、ゲームの中でレベルアップすると現実の自分も力持ちになる、ってイメージか？でも、レベルアップで自分の体を鍛《きた》えるRPGと違《ちが》ってバーチャロンは機体だからなあ……)

流石《さすが》にバーチャロンをやると体がむくむく巨大化《きょだいか》するとか、垂直跳《すいちょくと》びで高層ビルの屋上に飛び移れるとか、そんな話をされても困ってしまう。この辺りの『定義』はやっぱり欲《ほ》しいか。

(……とはいえ)

ここは学園都市。

『定義』のある超常現象《ちょうじょうげんしょう》の存在なんて当たり前となった場所だ。

例えば、だ。一口にバーチャロイドと言っても十人十色、様々な機体がある。インデックスと戦っていた時に色んな機体を選択《せんたく》したが、一発の威力《いりょく》が強い、装甲《そうこう》が厚い、動きが速い。フットワークの軽い格闘戦《かくとうせん》に特化したアファームドなどはもちろん、精神を形にしたり、じかに干渉《かんしょう》して攻撃《こうげき》に結びつけるエンジェランやスペシネフなんていうのもあるようだった。

その『力』を直接的に引き出せるとしたら？

筋力が倍増する、肌《はだ》で金属バットを受け止められる、車よりも速く走れる。……どころじゃない。超常現象《ちょうじょうげんしょう》とでも呼ばなければ説明できない『力』まで手が届くとしたら。

それはもう、学園都市製の他にもう一つ、全く新しい『系統』を併用《へいよう》できる事にはならないか。

（超能力《ちょうのうりょく》と魔術《まじゅつ》の間だと副作用みたいなのが起きて共存はできないけど、こっちはそれができるとしたら厄介《やっかい》だぞ）

何しろ炎《ほのお》や氷など一系統だけでも様々な利用方法を見出《みいだ》すのが学園都市の学生達《たち》だ。それが複数を『混ぜる』としたら、どこまで複雑な枝分かれが発生する事か。

例えば、超電磁砲《レールガン》を撃《う》ち出す御坂美琴《みさかみこと》に、標的の足元を凍《こお》らせて身動きを封《ふう》じる力が加わったら？

例えば、握《にぎ》り拳《こぶし》しか武器のない上条当麻《かみじょうとうま》に、何でも良《い》いから新しい力が加わったら？

「……、」

一瞬《いっしゅん》、そんな風に思った上条《かみじょう》だったが、自分で首を横に振《ふ》っていた。

なんていうか、違《ちが》う。

たとえ新しい『系統』が楽々手に入ったとしても、それで無能力者《レベル0》なんて呼ばれる場所から這《は》い上《あ》がる事ができたとしても、何かが違《ちが》う。

簡単に手に入れた力は、簡単に使ってしまう。

長い時間をかけて向き合ってきた訳ではないから、加減の仕方も分からない。

そんな状態で野に放たれれば、きっとどこかで盛大《せいだい》に失敗する。自分の骨を折るくらいならまして。

高い授業料かもしれないが、それが周りに牙《きば》を剝《む》いたら取り返しがつかない。

マテリアルアナライズまで手が届くとしたら、流石《さすが》に何がどこまで広がるか予測がつかない。鋼鉄の硬《かた》さや猛獣《もうじゅう》のしなやかさ。組み合わせは思いつく限りで、しかも企業《きぎょう》商品《しょうひん》みたいな耐《たい》久《きゅう》テストやデバッグを何度も何度も繰《く》り返《かえ》した訳でもない。いきなり、一発で、人の身体《からだ》に組《く》み込《こ》む。自他ともにリスクは際限なしだ。

あまりにも途方《とほう》がなさ過ぎて、人伝《ひとづて》に聞いただけなら笑っていたかもしれない。

だけどそんな風に扱《あつか》っていられないのも上条《かみじょう》は理解している。

そう。

『亡命』後の不自然なリングスキャン。
そこで彼《かれ》は『消えて』いるらしいのだ。原理や仕組み次第《しだい》では、厄介《やっかい》な事になるかもしれない。
さらに別のデータには、掲示板《けいじばん》の書《か》き込《こ》みらしき羅列《られつ》もあった。
『未確認情報《みかくにんじょうほう》スレッド19
書《か》き込《こ》み113
リバースコンバートって言うほど便利なものでもなくね？　これさえあれば能力偏重《へんちょう》のピラミッド構造崩《くず》せるなんて鼻息荒《あら》らげているヤツもいるけどさ
書《か》き込《こ》み114
というかリスクがデカい。機体ごとの特徴《とくちょう》とか、他の動植物だの機械だのの構造を迂回《うかい》して取《と》り込《こ》むなんてまともじゃない。ちょっと考えれば分かるはずだけど、そのちょっとができないからリバースなんたらに釣《つ》られる。負ける子は負けるべくして負けるのね
書《か》き込《こ》み115
ま、機体から還《かえ》るのはプラスのデータばっかじゃないからなあ。魚の鰓《えら》とかマテリアルアナライズで取《と》り込《こ》んでからリバースコンバートしたら窒息《ちっそく》？　てか他の動物取《と》り込《こ》んで血管の順路変えちゃったら大抵即死《たいていそくし》じゃね？
書《か》き込《こ》み116

そこまで極端《きょくたん》な話は知らないけど、なんか動画サイトとか覗《のぞ》くとラフプレイばっかして審《しん》判役《ばんやく》に減点されまくるとヤバイらしいね。感覚遮断《かんかくしゃだん》に近い状態に陥《おちい》るんだと。逆に抜《ぬ》かれるって意味なのかもだけど、「自分だけの現実《パーソナルリアリティ》」とか考えると、これ結構ヤバいよ、ヤバいヤバい

書《か》き込《こ》み117

「自分だけの現実《パーソナルリアリティ》」も何も、そもそも才能ないからリバコンたんに頼《たよ》るのと違《ちが》うのかとw

書《か》き込《こ》み118

それが笑ってらんない話でさ。あ、感覚遮断《かんかくしゃだん》ってのは目《め》隠《かく》ししたり腕《うで》を筒《つつ》に通したりした状態で長時間放置すると、次第《しだい》に思考能力がぼんやり拡散していくってアレな。どうもラフプレイが重なったりして借金がかさむと少しずつ感覚が鈍化《どんか》していって、似たような状態になるんだと。つまりは人格崩壊《じんかくほうかい》パターンだよ。下手《へた》すりゃ運動神経や自律神経やられて筋力低下や臓《ぞう》器《き》不全《ふぜん》かも

書《か》き込《こ》み119

長文必死ｗｗｗ　臓器って言っても色々あるだろ盲腸《もうちょう》不全《ふぜん》でも起きるのか？

書《か》き込《こ》み120

こうやって笑ってるヤツに限って、面白半分《おもしろはんぶん》に動画見て顔真っ青にするもんだよな』

動画サイト。

顔を真っ青にする。

……いよいよ指先が重たくなる。そもそも上条《かみじょう》がサイト内検索《ないけんさく》をしている項目自体《こうもくじたい》が『亡命PD　末路』という不穏当《ふおんとう》なものだ。核心《かくしん》に迫《せま》れば迫《せま》るほど、自然と重圧は高まってくる。

何十もある候補の内、特に動画ファイルに偏重《へんちょう》して追い駆《か》ける。

すぐに、それらしきものが出てきた。

（これ、さっきの……？）

おそらくどこかの動画共有サイトにアップロードされたものだろう。ウィンドウの中に表示されているのは、短文ＳＮＳのアイコンにも使われていたあの女の子だった。

ただし、様子がおかしい。

画質は粗《あら》い。専門の機材などではなく、それこそ携帯電話《けいたいでんわ》やポータブルデバイスを使ってとりあえず動画を回しているような印象だ。ぐらぐらと揺《ゆ》れる画面はどこかのセンターのようで、多くの少年少女が何かを囲んでいるのが分かる。撮影者《さつえいしゃ》は野次馬《やじうま》の一人なのだ。

中心に、その女の子がいた。

自分の足で立つ事もできず、路上にへたり込《こ》んだまま。

胸と言わず首元と言わず、自分の体を五指で掻《か》き毟《むし》りながら。声とも音とも取れない何かを唇《くちびる》の端《はし》から洩《も》らし続けている。

『ひっ、ひしゅう……がっふ、ひきゅう……っ！　だっ、れか、誰《だれ》かぁ……っ‼』

自律神経に、臓器不全《ぞうきふぜん》。

掲示板《けいじばん》には、そんな事が書《か》き込《こ》まれていなかったか。

『戦っ……がはごほっ！　ひゅー、ひゅー……おねが、助……』

何かが足りない。

足りないから、足りないものを足りないだけ奪《うば》われた。

画質は粗《あら》くてブレブレで、上条《かみじょう》の手には映像分析用《えいぞうぶんせきよう》の特殊《とくしゅ》なソフトもない。が、小さなデバイスから溢《あふ》れてくる異様な緊張感《きんちょうかん》は、これが『作り』ではないのをひしひしと伝えてくる。

ヤバいヤバいと言っていた取り巻き達《たち》の中の数名が、やがて対戦に応じる動きを見せた。そういう要望なのか、不用意に寝《ね》かせると自分の唾液《だえき》を喉《のど》に詰《つ》まらせて窒息《ちっそく》しかねないほど衰《すい》弱《じゃく》しているからか。まともに歩けない女の子をセンター内の卵に似たクレードル筐体《きょうたい》へと運んでいく。ややあって、実際にバーチャロンの競技が始まった。

が。

『おい、何だ、あの子動かねえぞ⁉』

『ヤバい、ネガティブ判定でマイナスポイントがついてる。あんな戦い方じゃダメだ、遠距離《えんきょり》に頼《たよ》って慎重過《しんちょうす》ぎるから審判役《しんぱんやく》に嫌《きら》われてる。どれだけ撃《う》ったって当ててダウンを取らなきゃ意味ないし、その間にネガティブでポイント没収《ぼっしゅう》されているんじゃ世話ないし。試合展開のコマンドログもずぶずぶの真っ黒、これ以上ネガティブもらって削《そ》がれちまったら……っ！』

『もう良《い》い、とにかく出せ。あの子の回線切っちまえって！』

慌《あわ》てたようにクレードル筐体《きょうたい》に人が集まる。その扉《とびら》がスライドする。

そこには奇妙《きみょう》なものがあった。

いや、あるべきものがなかった、とでも言うべきか。

クレードル筐体《きょうたい》。他に出口もない小さな密室。


その中から、女の子は忽然と消えていたのだ。


すぐに消えたが、ほんのわずかに光の輪のようなものが見えた。

フラフープほどのそれは何かの錯覚《さっかく》のように、やはり忽然《こつぜん》となくなってしまう。

そう言えば、青髪《あおがみ》ピアスも話していたか。

二度目の不自然なリングスキャン。

光の輪のようなものが上条《かみじょう》を上から下へ通したと思ったら、その体が消えたと。

何となく。

形というよりそのサイズ感で、上条《かみじょう》には連想するものがあった。

(バーチャロイドの背中にある、Vディスク……だっけか?)

ゲーム自体初心者である上条《かみじょう》には、あれにどんな意味があるのか分からない。だがまとめられた資料の中には、そんな疑問に答えてくれるテキストもあった。

『まああくまでゲームの中の設定なんだけどさ』【どうもバーチャロイドって普通《ふつう》のロボットとは違《ちが》うみたいね】《背中の》「Vディスクってのに入っているデータを」（実体化させて、手で触《ふ》れるモノに組《く》み替《か》えているんだって）

上条《かみじょう》は眉《まゆ》をひそめた。

文体や論説が飛び飛びになっているのは、基本的に素人編集《しろうとへんしゅう》の百科事典でありながら、カーソルを合わせると膨大《ぼうだい》なネット上のブログやSNSから関連ワードに対する肯定《こうてい》・否定の両意見を蒐集《しゅうしゅう》し、最も齟齬《そご》のない滑《なめ》らかな一文に組《く》み替《か》えている仕組みだかららしい。

ビッグデータと言えばそれまでだが、これはあくまで『現時点で最も信用されている意見』であって『絶対に正答』とは限らない。書《か》き込《こ》み量が変動すればその都度《つど》文章もうねるように変化していくはずだ。あくまで参考程度、完全に鵜呑《うの》みにするのは危険かもしれない。

【なんかVディスクって時々赤く光るじゃん】「パカって蓋《ふた》が開く」（モーターデッキ）《あれも何か意味があるのかね》『ダッシュの時とか光っていたけど』

ただ、その内容に上条《かみじょう》はギョッとしたまましばらく動けなかった。

本当に正しいのか？

何か間違《まちが》った蒐集《しゅうしゅう》、連結の仕方をしていないか？

そんな風に思ってしまうほどだった。

「バーチャロイドって結構スリムっていうかコックピットが収まるような膨《ふく》らみなくない？」

【元々外からリモート設定なのかもだけど】〈確かに扉《とびら》というかハッチというか、とにかく装甲《そうこう》が開くトコ見た事ない〉〈全機体共通のパーツだと、やっぱり背中のアレが怪《あや》しいっぽいよな〉〈何にせよ、隠《かく》し扉《とびら》があってもそもそも内部スペースがないし。鮨詰《すしづ》めか〉『もう乗り込《の》《こ》んでいるっていうより、取《と》り込《こ》まれているというか、呑《の》み込《こ》まれているというか。うちらのカラダはどこ行ったんだ？？？』

あながち笑ってもいられない。何しろ青髪《あおがみ》ピアスは上条当麻《かみじょうとうま》が目の前で『消えた』と言っていたのだから。

そして今は『亡命ＰＤ　末路』という検索《けんさく》を掛《か》けている真っ最中だ。ここで出てきた設定情報も、当然ながらそのワードに引っかかったものでなければならない。

続きにこうあった。

何かしらの書き込《か》《こ》みロックがかかっているのか、ここだけは文章に変質がない。

『（私見）

素直《すなお》に考えるならば、プレイヤーの消失現象はこのバーチャロイド内部からの未帰還《みきかん》を象徴《しょうちょう》しているとみなすのが妥当《だとう》か。何かしらの副作用なのか、あるいはそれを模した物理現象なのか。ただし、誰《だれ》も知らない現象をさらに模倣《もほう》する事にどんなメリットがあるのかは不明。例えばコピーキャットは世間を賑《にぎ》わせる有名な事件を真似《まね》る事に価値を見出《みいだ》すはずである。

実際のところ、この消失現象が次世代競技バーチャロンに軸足《じくあし》を置いたものなのか、あるいは全く異なる事件、自然現象などが重なり合っているだけなのか。その辺りはさらなる議論の必要あり』

「…………………………………………………………………………………………

………………………………………………………………………………………

……………………………………………………………………………………………」

冗談《じょうだん》だろ、という言葉は掠《かす》れた声にもならなかった。

実際に、何かは起きている。

どんなレベルのものであれ、とんでもない事件にさらされている。

「……何が起きた？」

思わず、上条《かみじょう》は呟《つぶや》いていた。

だとすると、何だ？　どんな言葉を繋《つな》げようとしていた？？？

仮に青髪《あおがみ》ピアスの主観が正しかったとして、『亡命』ＰＤを使って戦う場合、光の輪……Ｖディスクの力？　とやらがプレイヤーの体をどこかへ運んでしまうとして。

この子は、どうなった？

まさか。

……『どこ』に行ったかは知らないが、ずっと、消えた、まま……？

そこに並んでいるのはあくまでも過去に起きたデータの群れだ。呼びかけても答えてはくれないし、そこで起きた事を変えるのも不可能だ。

だけど、決して他人事《ひとごと》ではない。

上条《かみじょう》自身も同じ世界に放《ほう》り込《こ》まれているのだから。

感覚《かんかく》が溶《と》けていく。

感覚遮断《かんかくしゃだん》に近い状態に陥《おちい》って、連続した思考の維持《いじ》や臓器の機能さえ支障が出る。

い、い、いや、いい、いか、
それどころではないのか？

「冗談《じょうだん》だろ、消失現象だか何だか知らねえが、正真正銘《しょうしんしょうめい》、『亡命』込《こ》みで次世代競技をやってると本当に人間が消えちまうっていうのか……っ⁉」

プラシーボ効果とか光や音の刺激《しげき》とか、そうしたものでは説明がつかない。

もっと人間の、いいや世界の法則の根幹に関《かか》わる何かに触《ふ》れられている。

そんな、得体《えたい》の知れない悪寒《おかん》が肌《はだ》を襲《おそ》う。

そう。

本来、

（……当たり前に使っていたマテリアルアナライズだってそうだ。物質をスキャンするって言うけど、あれ、具体的に、何をどうやって取《と》り込《こ》んでいるんだ……？）

他にもデータを追ってみるが、多くの情報を閲覧《えつらん》すればするほど情報の確度が下がるというか、煙《けむ》に巻《ま》かれる印象だった。この辺りはネット特有の問題かもしれないが。

しかし、並べられたデータの多くは陰鬱《いんうつ》なものだった。

あるいは短文のSNS、あるいは掲示板《けいじばん》の悩《なや》み相談、あるいはプレイ動画。フォーマットが雑多だからこそ、どこにでも転がっていて、街の隅々《すみずみ》まで蔓延《まんえん》しているような、そんなぞわぞわした感覚が指先を走る。絨毯《じゅうたん》をめくったら床一面《ゆかいちめん》びっしりと細かい虫だらけだった、といった風に。

『うそ、うそ、うそ！　五キロも走れなくなってる⁉』

『本を読んでも何にも浮《う》かばない。文字からイメージに繫《つな》げられない。私、どうなってるの……？　奪《うば》われたものって、帰ってくるの？？？』

『つーか、対戦なんだろ。競技なんだろ。だったらギャンブルと同じで、真っ当に勝ち続けるなんて絶対無理だ！　正々堂々やったってラフプレイのジャッジが下る事はある。どこかで必ず下り調子に転じるし、そこで致命的《ちめいてき》に奪《うば》われたらもう再起もできない。初めから、奪《うば》い取《と》る事しか考えてないじゃないか⁉』

長所、特技、才能。その人を支える中心のようなものを削り取られる、悲痛な声の乱舞。

バーチャロンは主として対人戦を楽しむ次世代競技だ。そしてマテリアルアナライズがあれば好きなように補整効果を生み出せる。つまり最強一択《さいきょういったく》のバーチャロイドは存在せず、勝ち組が気に入らなければそいつ個人に特化した機体を組む事もできる。

必勝法なんてない。

安全地帯もない。

一時的にそうしたものが生まれたとしても、対人戦の常で新しい戦術はより新しい戦術に潰《つぶ》される。つまり、どんなルーキーだろうがトッププレイヤーだろうが、誰《だれ》だっていつかは必ず負ける。正攻法で戦うプレイヤーを小突いてラフプレイに見せかけてしまう方法だってザラだ。問題なのは、真っ当に戦う時よりもラフプレイのジャッジが重なった時の方が変動が大き過ぎる所か。

もう、不便だの何だの言っている場合じゃないんじゃないか？

今すぐポータブルデバイスの通信を、いや電源を切って避難《ひなん》するべきなんじゃないのか？

そんな風に思い始めた上条《かみじょう》だったが、未確認《みかくにん》の情報が彼《かれ》を打ちのめした。

『そういや「亡命」後に電源切って雲隠《くもがく》れしたヤツがそのまいなくなった、なんて話もあったみたいだな。って事は対戦拒否《たいせんきょひ》だけでも消極的扱いのペナルティでじわじわ削《けず》られていくってのか？　そりゃ対戦中に負けがつくのを嫌って通信オフるヤツはムカつくけど。ま、そもそもリバースコンバート自体が眉唾《まゆつば》なんだから、みんながみんな怪《あや》しい噂《うわさ》でひとくくりだけどさ』

逃《に》げ場《ば》なんてなかった。

もしもそんなものがあれば、『末路』と検索《けんさく》して表示される結果など一件もないはずだろう。

過去のデータの群れから、そういう風に言われているような気分になった。

9

大々的なバーチャロンの大会で盛り上がる街の喧騒《けんそう》から外れた辺り。

うらぶれた暗がり。

路地の奥《おく》。

かつん、こつん、という硬《かた》い音が規則的に響《ひび》いていた。まるでT字のトンファーを大きく伸《の》ばしたような、現代的なデザインの杖《つえ》が地面を突《つ》く音だ。白い髪《かみ》に赤い瞳《ひとみ》。少しでも学園都市の事情を知る者なら絶対に街の裏側では出会いたくない存在。その怪物《かいぶつ》はゆったりとした歩みで、しかし迷いなく入り組んだ細い道を進んでいく。

学園都市第一位の超能力者《レベル5》。

一方通行《アクセラレータ》。

「ここか」

分厚い金属の扉《とびら》を、白い髪《かみ》の怪物《かいぶつ》は容赦《ようしゃ》なく蹴飛《けと》ばす。ありえない現象が起きた。爪先《つまさき》で軽く小突《こづ》く程度の一撃《いちげき》だったにも拘《かかわ》らず、一瞬《いっしゅん》で全《すべ》ての金具が弾《はじ》け飛び、扉《とびら》そのものが建物の内部へ砲弾《ほうだん》のように飛んでいったのだ。

扉《とびら》の素材は戦車などにも使われる複合素材で、厚さは表面から見た印象を覆《くつがえ》し五〇センチ以上あった。ロック用のボルトは一六本。何よりそこは単なる裏口ではなく、ビルのどこから入ろうとしても大金庫のようなその扉《とびら》をこじ開けない限り絶対に踏《ふ》み込《こ》めない建築学のねじれみたいな位置関係にある空間のはずだった。

全部無視した。

内部に窓はない。デイトレードのディーリングルームのように無数の液晶《えきしょう》モニタが規則正しく大量に並べられていたのだろうが、それらは全《すべ》て先ほどの扉《とびら》の砲弾《ほうだん》が突《つ》っ切《き》った事でメチャクチャに破壊《はかい》されていた。

そして。

ひしゃげた扉《とびら》の先。

押《お》し潰《つぶ》されたサンドイッチの具が、何やら汚《きたな》らしい呻《うめ》きを洩《も》らしている。

「う、うう……」

若い男だった。年がら年中エアコンの効いた室内で活動しているためか、季節感を見失っているのだろう。部屋着なんだか外着なんだかいまいちパッとしないシャツとハーフパンツを穿《は》いている。

「だ、誰《だれ》に雇《やと》われた？　望みはＶＩＰ様の不名誉《ふめいよ》なデータの削除《さくじょ》か……。だけど残念だったな、ここにあるのは端末《たんまつ》だけだ。ネットの財産は、知識という共有される文化は、絶対に誰《だれ》にも侵《しん》害《がい》されない……」

「参ったなァ……」

遮《さえぎ》るように一方通行《アクセラレータ》は小さく呟《つぶや》いた。

「オマエの人生に興味がねェンだ」

「……、」

「建前はどォだって良《い》いンだ。余計な詮索《せんさく》も必要ねェ。オマエはただ聞かれた質問に答えるだけで、このくそったれな状況《じょうきょう》から解放される。ルールは分かったか？」

言って。

杖《つえ》を突《つ》く一方通行《アクセラレータ》は一度だけ、メチャクチャになった部屋を見回した。

ほとんどのモニタは火花を散らして使い物にならなくなっていたが、それ以外にも特徴的《とくちょうてき》なものがいくつかあった。自前でデザインしてプリントアウトしたのか、ネット上でもちらほら見るロゴマークが壁《かべ》に飾《かざ》られている。

不死鳥。

ネットに蔓延《まんえん》する『不名誉《ふめいよ》なデータ』の永久保存、公開、共有のみを目的に掲《かか》げる悪趣味《あくしゅみ》極《きわ》まる裏サイト。

「オマエは誰《だれ》の意思で情報をばら撒《ま》いている？」

「なっ、なにを――」

言いかけた男の口が止まる。

現代的なデザインの杖《つえ》。とは逆の手。気がつけば、そこには身《み》の丈《たけ》よりも巨大《きょだい》な鎌《かま》のようなものが握《にぎ》られていたからだ。

鞘《さや》のような入れ物はない。そもそも大き過ぎて隠《かく》しようがない。

まるで虚空《こくう》から現れたような、それ。

いや。

いいや。

「オマエなら、これが何を意味するかピンときたンじゃねェのか？」

「……、」

「ま、その気になればベクトル操作でも頭ン中の電子だの何だの操《あやつ》る事はできるンだけどな。専門のオモチャがあるならそれに越《こ》した事はねェ」

一方通行《アクセラレータ》は適当に言いながら、ゆらりと鎌《かま》の先端《せんたん》を揺《ゆ》らす。

「確かスペシネフは精神攻撃特化のバーチャロイドで、数々のステータス異常で敵機を翻弄する機体なンだっけか？」

「まっ、待て、それちょっと待てぇえぶるもらぐじゃ!?」

へたり込《こ》んだ男の額《ひたい》を、大鎌状《おおがまじょう》の武装『アイフリーサー』の先端《せんたん》で軽く触《ふ》れただけだった。

言語は崩壊《ほうかい》し、表情は薄《うす》れ、そして数秒も保《も》たずに男は五体を投げ出した。

第一位は明らかにベクトル操作とは異なる超常現象《ちょうじょうげんしょう》を同時に起こしている。

しかも、そもそも学園都市製の超能力開発《ちょうのうりょくかいはつ》とは系統が違《ちが》う。

極《きわ》め付《つ》けに、副作用らしい副作用も特になし。

「……笑えねェ」

大鎌《おおがま》の柄《え》を肩《かた》で担《かつ》ぎつつ、白い髪《かみ》の怪物《かいぶつ》は吐《は》き捨《す》てるように言った。

床《ゆか》に身を投げた男はもはや言葉の蛇口《じゃぐち》だ。さっさと知りたい情報を吐《は》かせる事にする。

もう一度、全く同じ質問で。

「オマエは誰《だれ》の意思で情報をばら撒《ま》いている？」

劇的。

逆にスムーズ過ぎて気持ち悪いくらいに、男は虚《うつ》ろな瞳《ひとみ》で情報をさらけ出す。

従順で協力的……というよりは、食事も睡眠《すいみん》も制限され、暴力や薬物で抵抗力《ていこうりょく》を奪《うば》われた、ズタボロの瞳《ひとみ》の方が近かった。

「誰《だれ》かに依頼《いらい》されていた訳じゃない。バーチャロンの、もっと言えば『亡命』の記事を集めていかにも隠《かく》されたデータを公開していますって体裁《ていさい》で広めていたのには、ちょっとした狙《ねら》いがあったんだよ」

「話せ」

「財産だよ」

口調自体は素のままらしい。

銀行のＡＴＭのように、胡散臭《うさんくさ》い敬語にはならない。

それが逆にミスマッチで、意志を感じられなくて、聞く者に強烈《きょうれつ》な違和感《いわかん》を与《あた》えてくる。

「バーチャロンって次世代競技は急速に学園都市へ浸透《しんとう》しただろ。でもタダであんなムーブメントを起こせる訳がねえんだ。ポータブルデバイスって機材から専門施設《せんもんしせつ》のセンターまで。さらには情報の煽《あお》り方や拡散の手順、どう考えたって莫大《ばくだい》な金が動いている。ゴールデンにＣＭバンバン流すみたいにさ。気になる噂《うわさ》があったんだ。『ブルーストーカー』とかいうユーザーが全《すべ》ての発起人《ほっきにん》だって。じゃあそいつの懐《ふところ》にはどれだけの金があるっていうんだ。気になるだろ」

「……、」

「まあ実際、バーチャロンの注目度は半端《はんぱ》じゃねえ。情報発信力っていうの？　さっきテレビＣＭの話をしたけどよ。今やってるナントカ大会の会場看板とかバナー広告とかはさ、もうそのレベルを超《こ》えてんだ。もぎ取ってんだよ、シェアってヤツを。払《はら》った額もデカけりゃ返ってくる額はもっとデケえ。そりゃ重工業だの総合商社だの有名企業《ゆうめいきぎょう》がこぞってコンタクトを取りたがる訳だろ。想像以上に根を張ってるよ、あいつは」

無理矢理引き出している割に、話す勢いはどんどん上がっていく。

単純な命令の他に、本人の気質でも関《かか》わっているのか。

「中でもすげえスポンサーがついているってトコまでは掴《つか》んだ。ある老人だ。学園都市の重鎮《じゅうちん》ってヤツさ。統括理事会《とうかつりじかい》とか権力構造からはわざと外れちゃいるが、代わりにしがらみなく好き勝手に商売の幅《はば》を広げてやがる。じゃあそいつはどうして『ブルーストーカー』に金塊《きんかい》の山を与《あた》えてバーチャロンを成功させようとしているんだ。そこにはどんな利害がある？　そこまでの大物が絶対に成功させたいと思っている案件だ。アキレス腱《けん》を掴《つか》んじまえば、途方《とほう》もない山のおこぼれをいただけるかもしれねえ。そのためには広く情報を集める必要があったんだ。当然、周りには真意を気づかれない形でな」

「くだらねェ話だ」

吐《は》き捨《す》て、一方通行《アクセラレータ》は壁《かべ》に目をやった。

いくつもの写真が貼《は》り付《つ》けてあり、それぞれを赤い糸とピンが繋《つな》いでいる。おそらく金回りの関係図だろう。『ブルーストーカー』本人のデータはないのか、黒く塗《ぬ》り潰《つぶ》された紙で代用されていた。

そして、問題の『老人』。

まるで最初からオーダーメイドの礼服と一緒《いっしょ》に生まれてきたんじゃないかと疑いたくなるほどキッチリとした、正装に白髪《はくはつ》の老人だった。悪意らしい悪意は滲《にじ》んでおらず、博物館や美術館の前にいる鳩《はと》の群れへ餌《えさ》をやっていても不思議ではない『丸さ』がある。

だが世の中には、完全に真っ白な人間などいない。

そう『見える』人間ほど、身なりには気を配っているものだ。

（……ひとまず、次はこいつか）

一方通行《アクセラレータ》は息《は》を吐いて、そしてスペシネフの大鎌《おおがま》を虚空《こくう》へ消した。

途端《とたん》に、パチンとスイッチでも切《き》り替《か》えたように、倒《たお》れた男の瞳《ひとみ》に再び意志や感情が点灯する。UFOにさらわれた村人が得体《えたい》の知れないミステリーサークルのど真ん中で目を覚ましたような、そんな混乱に包まれた表情で。

気にせず、用を済ませた第一位はこれだけ言った。

「邪魔《じゃま》したな」

「うっ、うえあ!? 何だ、何が起きた……。そうだ、なっ、なあオイ！ アンタは、その、知ってきたのか？ これは何かの警告か？ もし、もしもだ。同じ獲物《えもの》を狙《ねら》っているとしたら、ええと、だな。協力させてもらうって手も……」

対して、怪物《かいぶつ》はもう一度大鎌《おおがま》『アイフリーサー』を浮《う》かび上《あ》がらせ、その柄《え》を握《にぎ》り込《こ》んだ。

精神の操作、いいや汚染《おせん》や破壊《はかい》を専門とする得物《えもの》。

手にして、囁《ささや》くように死神は告げる。

あるいは、もしかしたら単純な死よりも恐《おそ》ろしい事を。

「真ヽ人ヽ間ヽにヽさヽれヽてヽェヽのヽかヽ、クヽソヽ野ヽ郎ヽ」

10

上条達《かみじょうたち》は公園で白鳥や昆虫《こんちゅう》なんかを一通りスキャンすると、駅前に出かけて電車を撮《と》ったり、ロードレース仕様のメチャクチャ高そうな自転車を取《と》り込《こ》んだり。ここまで来るとそろそろ人混みの中をすいすい歩く方法もいくつか分かってきた。

そうこうしていると夕方になってきたので、今日の所は引き上げる事に。

連休はまだ終わらない。明日は決勝に駒《こま》が進むはずだから、今日以上の盛り上がりを見せるだろう。

そのどこに、あの『ブルーストーカー』が出てくるかは分からないが。

「とうま、私もその『亡命』とかいうのやった方が良《い》いのかな？　びゅんびゅーん、って速く動けそうだし」

「いいや、選択肢《せんたくし》の幅《はば》を広げておいた方が安全じゃないか。『亡命』しているのとしてないの。二種類あった方が良《い》い。だって、『亡命』を解除するのに正規のポータブルデバイスが必要、なんてなったら二人して共倒《ともだお》れだし」

そっかー……と呟《つぶや》くインデックスには内緒《ないしょ》にしている事があった。

この『亡命』化は、思った以上に危険なものだ。

（富良科《ふらしな》の話だと……御坂《みさか》のヤツも『亡命』しているらしいってのが気になるが）

彼女自身《かのじょじしん》も心配だし、美琴《みこと》が『亡命』デバイスをどう扱《あつか》っているかも引っかかると言えば引っかかる。今日、本選会場だった公園で見かけたあの服装。日常から切り離《はな》されたチアリーダー。単に知り合いを応援《おうえん》しているだけなら問題ないだろうが、試合に直接出場しているとなると、色々まずい事が出てくるのかも……？

そして、リリナのモデルとなったかもしれない、出所不明なバーチャロンの開発者に近しい可能性もある富良科凜鈴《ふらしなりりん》は不気味な事を言っていた。

彼女《かのじょ》は。

御坂美琴《みさかみこと》を見て、あれは何だと呟《つぶや》いていたか……？

できる事なら『亡命』には他の誰《だれ》にも関《かか》わって欲《ほ》しくない。もちろん噂《うわさ》は噂《うわさ》なので実は全然安全なものでした、なんていうオチもあるかもしれないが、その可能性はちょっと低いのではと上条《かみじょう》は睨《にら》んでいる。

その程度の事なら、土御門元春《つちみかどもとはる》が『裏の顔』で近づいてくるはずもない。

そして、土御門《つちみかど》はさらに気になる事も言っていた。

……そろそろねーちんとかあの辺も動き出している頃《ころ》だからにゃー。

ねーちん、神裂火織《かんざきかおり》、世界で二〇人といない『聖人』の一角にして、イギリス清教第零聖堂区《せいきょうだいゼロせいどうく》『必要悪の教会《ネセサリウス》』に属する対魔術戦闘《たいまじゅっせんとう》のエキスパート。

その実力、強さもさる事ながら、もっと根本的な問題がわだかまっている。

(事が、科学サイド、学園都市の中だけで収まらなくなりつつある……)

人知れず、上条《かみじょう》はごくりと唾《つば》を飲《の》み込《こ》んで、

(魔術《まじゅつ》サイドが動くような事態になりつつある？　となると、土御門《つちみかど》も魔術師《まじゅつし》として忠告に来たかもしれないって事か。バーチャロン、次世代競技、『亡命』化、リバースコンバート……。一体、俺《おれ》の周りで何が起きているんだ)

「とうま、どうしたの？」

「ん？」

こちらを下から覗《のぞ》き込《こ》んで来ようとするインデックスに、上条《かみじょう》は小さく笑って、

「流石《さすが》に二食も続けて外食ってのはナシだろ？　今日の晩ご飯はトンカツにするかハンバーグにするかで迷っててなー。イベント日ってのはみんな浮《う》かれていて羽目を外しがちだから、案外堅実《けんじつ》なスーパーのセールはがら空きの可能性だってあるぞ。つまりこれはチャンスだインデックス」

「と、とうま！　世の中にはミックスグリルって素敵《すてき》な言葉があるのを私は知っているんだよ!!」

「作る人の手間暇《てまひま》を考えなさい！」

「でもミックスグリルで二つだと微妙《びみょう》かも……。ハッ、じゃあカニクリームコロッケも乗せれ

ばとりにてぃで良《い》い感じに!!」

「ミックスに寄せなくて良《い》いじゃん、微妙《びみょう》なら一品ものにバックすれば良《い》いじゃん！」

「じゃあどうするの!?　今夜のメインディッシュはどうなるの!?」

「間を取って白身魚のフライに……」

「減ってる、ガリガリ減ってる!!　全然間を取っていないんだよとうま!!」

「魚のフライは普通《ふつう》に美味《おい》しいわ!!　七つの海のスケトウダラさんに謝《あやま》れ!!」

ぎゃあぎゃあ騒《さわ》ぎながらも学生寮《がくせいりょう》に帰る上条《かみじょう》とインデックス。

しかし部屋に戻《もど》ってから、より正確には冷蔵庫を開けてから気づいた。

「……ヤバい、キャベツが半玉と醤油《しょうゆ》のボトルしかない」

「と、とうま、お醤油《しょうゆ》は冷蔵庫に入れる必要はないんだよ」

「むあー、じゃあ面倒《めんどう》だけどまた出かけるしかないか。俺《おれ》ちょっとスーパーまで出かけてくるから、お前はここで待ってろ」

「私も行く！　何故《なぜ》ならすーぱーには美味《おい》し……」

「美味《おい》しい試食品コーナーからブラックリスト扱《あつか》いされている事にも気づこうかインデックス！　お前がいると特売品の情報聞きづらいの。だからスケトウダラさん買ってくるのを待ちなさい」

「うわーっ!!　トンカツかハンバーグかから話が始まったはずだったのにーっ!!」

床《ゆか》でバタバタ暴れるインデックスと三毛猫《みけねこ》を放《ほう》って、上条《かみじょう》は再び部屋を出る。

（さて）

インデックスについては、あれだけ白身魚フライ臭《しゅう》を漂《ただよ》わせてからのトンカツ肉を買って帰れば嬉《うれ》しいサプライズを演出できるだろう。上条当麻《かみじょうとうま》の主夫テクニックは留《とど》まる所を知らないのだ!!

そして目下気に留《と》めなくてはならないのは、

「リリナ」

『はいはーい。周辺の人混み情報や店舗《てんぽ》のタイムセールのリスト出しておきましょうか？』

「例のクーポン使えるかどうかも含《ふく》めてよろしく。ちなみに今日躍起《やっき》になってかき集めてみたプリセットAって、実際のトコどうなんだ？　使えそうなものなのか？」

『かなーり速度偏重《へんちょう》になってますけどねえ。これ、ようは薄《うす》い装甲分《そうこうぶん》は自力で回避《かいひ》して補う仕様ですから、玄人《くろうと》向けの構成になってますよ？　ぶっちゃけ、平均勝率だけ考えるとマイナス成長しちゃいそうな感じですけど』

「リリナ、『ブルーストーカー』戦のデータって残ってるか？」

『ええもちろん、リザルトはデータ領域の圧迫警告《あっぱくけいこく》が出ない限りは自動的に保存されますし。ユーザーである当麻《とうま》サマの癖《くせ》を知っておく事はサポートAIとしても有益ですから』

「……じゃあ質問なんだけど、あんな反則技《はんそくわざ》のオンパレードみたいなヤツをビギナー向けの機体で倒《たお》せると思う？」

『そりゃ、まあ、無理でしょうねえ。対「ブルーストーカー」特化、それ以外は何もできないくらいのプリセットを組むべきですか、やっぱり』

　エレベーターで地上へ降りて、オレンジ色に染まる街を歩く。

『パートナーを一時切《き》り離《はな》したのは、それだけじゃないんでしょう？』

「プリセットＡの調子を確かめたくてさ。使い物になるならよし、ならなければ今後はどういう方向に伸《の》ばすかの反省材料にしたいんだ。だけどインデックスの前でそれを言うと、自分が実験台になるとか言い出しかねない」

『ああ、当麻《とうま》サマも「ブルーストーカー」戦をきっかけに「亡命」化しましたしねえ』

「リリナ、ＣＰＵが動かしている、ええと」

『ＮＰＣ？』

「そうそれ。ＮＰＣのバーチャロイドだけ検索《けんさく》できる？　相手がプログラムなら心配ないだろうし」

『いえっさー、お任せあれ』

　小さな画面に周辺地図が表示され、あっという間に赤い光点で埋《う》め尽《つ》くされる。一つ一つに番号が振《ふ》られ、別枠《べつわく》のウィンドウにそれぞれ使用機体とＮＰＣネームが並べられる。

「ＮＰＣ戦でもラフプレイを繰《く》り返《かえ》すとペナルティ受けるのかな。借金がかさむと感覚遮断《かんかくしゃだん》に近い状態に陥《おちい》って人格崩壊《じんかくほうかい》、自律神経の破断で臓器不全《ぞうきふぜん》だの何だの、未確認《みかくにん》なトコまで含《ふく》めると肉体そのものが行方不明《ゆくえふめい》になるかもしれない、だっけ。条件次第《じょうけんしだい》で消失現象が起きて大の人間が戻《もど》って来《こ》られなくなるとか、そこまで行くと流石《さすが》に信じられない、というか信じたくないの方が正しいかもしれないけど。その辺どうなってんだろ」

『なら、一番弱いＮＰＣにしましょうか』

「できれば相手が使う機体はサイファーで」

『オッケー。マッチング条件を整え、周辺にいる公開ユーザーを機体名単位で無作為《むさくい》に検索《けんさく》します。ふむふむふむ……（検索中《けんさくちゅう》）……出ました。これなんていかがでしょ、当麻《とうま》サマ』

無数の赤い光点の一つが、緑色で色分けされる。

使用機体サイファー、ＮＰＣネーム『ストリングス』。

勝率は二割を切っている。そもそも対人競技が主であるバーチャロンにおいてプログラム通りに動くＮＰＣバーチャロイドの存在意義そのものが『練習台』に近いのだが、中でも初心者向けに設定されているＮＰＣのようだった。

『近くにフェイ・イェン型のＮＰＣが別にいますね。機体名「ワープシューター」。例のサイファーを釣《つ》ろうとするとこいつも引っかかって近寄ってくるかもしれません』

「……勝率は……どっちみち低そうだな」

『まあ、ＮＰＣ自体、ルーキーが対人戦に慣れるまでの踏《ふ》み台《だい》みたいなものですからね』

「よし、こいつらに付き合ってもらおう、リリナ。基本はサイファー、でもフェイ・イェンがくっついてきた場合も続行する」
『了解《りようかい》です、マッチング関係の設定諸々《もろもろ》はこちらに丸投げしてくださいませ』

11

いつもの声はもうない。
傍《かたわ》らにいた友達はもういない。
奪《うば》った元凶《げんきよう》は何だ。
助け出すのに必要なものはどこだ。
歯を食いしばり。
閉じていた瞼《まぶた》をゆっくりと開き。
少女は一つ、決断する。

12

ところが、上手《うま》くはいかなかった。

相手となるNPCバーチャロイドが見当たらない。

『おかしいですね、確かに簡易表示だと座標は重なっているはずなんですけど』

画面の中のリリナが首をひねっていた。

上条《かみじょう》も街並みの中で辺りを見回してみるが、あれだけの巨体《きょたい》だ。本当にここにいるのなら、見逃《みのが》してしまう方が難しいだろう。時刻は夕暮れから日没《にちぼつ》へ切り替《か》わりつつある時間帯だが、それでも大会本選の余熱が残っているのか、人はかなり多い。どこかにバーチャロイドがいれば多少は歓声《かんせい》が起きそうなものだが、そういうのもない。

少し考え、ようやく思い当たる事があった。

「リリナ、マップは簡易表示なんだよな。平面的な情報しか出てこない」

『えっ？　まさかどっかのビルの屋上にでも潜《ひそ》んでいるって可能性じゃないですよね？』

「逆だ」

上条《かみじょう》は足元を指差した。

「地下深くに紛《まぎ》れ込《こ》んでいるとしたら？」

ポータブルデバイスを操作し、写真画像を収めるフォルダを展開する。中にあった一枚を拡大表示した。それは隣《となり》の学区にある公園の、人造湖のほとりに立っていた看板だ。

そこにはこうあった。

水位調整用放水路に関するお知らせ。

「大雨で川が氾濫《はんらん》しないように大量の水を誘導《ゆうどう》するための地下施設《ちかしせつ》があるって話はぼんやり聞いた事がある。動きの速い『ブルーストーカー』を閉《と》じ込《こ》めて有利に戦えないかなって考えていたんだけど、ひょっとしたらそういう場所にいるのかも。リリナ、近くに出入口がないか確《かく》認《にん》」

『はいはいっと。うわ、ほんとにあるよメンテナンス口』

「……じゃあそこまで出向いてみるとしますか。しっかし良《い》いのかね、ゲームでこんな事までやっちゃって。歩きスマホどころの騒《さわ》ぎじゃなくなっているような気もするんだけど」

街並みの中にひっそりと埋《う》もれるように用意されていた鉄の扉《とびら》を開けて、打ちっ放しの灰色のコンクリートの階段を延々と下る。どこかで作業員にでも見つかったら素直《すなお》に頭を下げて帰ろう、とでも考えていた上条《かみじょう》だったが、そういう事にはならなかった。単に運が良《い》いとは思わない。何しろ上条当麻《かみじょうとうま》は不幸な人間なんだから。途中《とちゅう》の道案内をリリナに任せていたから、きっと人の少ないルートを選んでくれたのだろう。

最後の最後にやってきたのは、複数の太い柱が立ち並ぶ広大な空間だった。

全体としては学校の敷地《しきち》よりも大きい。

機能性だけを追求したその場所は、しかしどこか古代の神殿《しんでん》のような雰囲気《ふんいき》さえ漂《ただよ》っていた。

そして、

『今度こそ発見しました。ＮＰＣバーチャロイドです。当麻《とうま》サマのご要望通りのサイファー型

「ストリングス」、後はやはりフェイ・イェン型「ワープシューター」も近くに張り付いています。挑戦《ちょうせん》を挑《いど》めば一対二の構図になりますが、いかがしますか？』

「そうか」

バキリと上条《かみじょう》の手の中で音が鳴った。

ポータブルデバイスの下面から、超薄型《ちょううすがた》のゴーグルを取り外した音だった。

「それじゃあちょっと、あいつらの胸を借りようか」

13

目や耳どころか、鼻や口まで冒《おか》すリアル。

何らかの方法を使って表示しているというより、本当に『ここ』へ飛ばされたのではと錯覚《さっかく》するほどの安定感。

人工筋肉の束が収縮する異音に、ゴリゴリという自動車のシフトレバーじみた関節の鳴る複合音。

全身の皮膚《ひふ》を突《つ》き刺《さ》して体内に潜《もぐ》り込《こ》んでくるような鮮烈《せんれつ》さは、かえって現実世界では体感できないほど濃密《のうみつ》なものだった。

「……、」

上条当麻《かみじょうとうま》は狭苦《せまくる》しいコックピットから、本当の自分が立っているはずのコンクリートの床《ゆか》へ目をやった。

そこには、あるべきツンツン頭の少年はいない。

もちろん、単に設定をいじって非表示にされているだけかもしれないのだが……青髪《あおがみ》ピアスの言葉が脳裏《のうり》をよぎる。

彼《かれ》は確かに言った。

目の前で上条当麻《かみじょうとうま》がいきなり消えた、と。

だとすると、『自分』は今どこにいる？

バーチャロイドの中、外？　……あるいは、全く予想もつかない第三の可能性？？？

得体《えたい》の知れない動画ファイルの中にあった、少女の消失した空虚《くうきょ》な空間が脳裏《のうり》に浮《う》かぶ。

まるで気ままにネットサーフィンで次々リンクを踏《ふ》んでいく内に、気がついたら『戻《もど》る』ボタンも『閉じる』ボタンもうんともすんとも言わなくなったような、奇怪《きかい》な不安感。

『目の前のバトルに集中してください、当麻《とうま》サマ。始まりますよ？』

「っ、そうだな」

ゲットレディ、のアナウンスと共に機体が自由を得る。

今回は『亡命』化したテムジンがどこまで動くのかの再チェックだ。被弾率《ひだんりつ》だの敵機との位置関係だのはひとまず無視して、とりあえずその場で大きく垂直に跳《と》び上《あ》がる。地下である事を忘れさせるほどのこの空間なら、頭をぶつける心配もない。

ヒュン、と火器管制《FCS》に制御《せいぎょ》されたカーソルが自動的に揺《ゆ》れ、地面の一角で固定される。

『ロックしました、サイファーまで距離《きょり》三〇〇。カーソルは一つしかありません、フェイ・イエンをフリーにしないよう、常に意識に入れておいてください』

リリナからの報告を無視する。

空中で斥力《せきりょく》の補助を切り、身をひねり、機体を振《ふ》り回《まわ》し、長大な近接剣《きんせつけん》『ブリッツ・セイバー』を手にした右腕《みぎうで》を振《ふ》り回《まわ》す事で重心を不規則に移動。縦に横にと機体を回す。まるで体操選手のようにぐるぐると機体を回転させ、無数に立ち並ぶ太い柱の側面へと柔《やわ》らかく足を置く。

そこから別の柱へ。次々と三角跳《さんかくと》びを繰《く》り返《かえ》していく。

空中に浮《う》かぶ審判役《しんぱんやく》の球体すら目を回すようなその動き。

「すごい……」

不可能領域の挙動に、後ろの方からガリガリガリ!!　という異音が響《ひび》く。おそらく機体のVディスクが恐《おそ》ろしい勢いで赤熱しているのだ。

改めて思うが、自由度が全然違《ちが》う。

次世代競技としてのバーチャロンの移動方法は、ダッシュキャンセルやバーティカルターンなどの応用技《おうようわざ》もあるものの、基本的には点と点を直線で結び、その組み合わせで、直角やジグザグ、Uターンなどの変則的な流れを生み出していくのが主流と言える。

でもこっちは違《ちが》う。

『亡命』化した後にはその区切りがない。というか、オートで制御《せいぎょ》されているターボの斥力《せきりょく》をかなり自由に調整できるような気がする。重心をわざとずらす事での高速反転やターボの向きを細かく変えて上半身や下半身の個別の振《ふ》り回《まわ》し。それが体操選手やブレイクダンスにも似た凄《すさ》まじい挙動へ繋《つな》がっていくのだ。

前後左右と斜《なな》めの八方向、それにジャンプを使った上下移動の概念《がいねん》というのが従来のイメージだが、『亡命』化した後はその制限がない。三六〇度全周、自由という名の矢印がハリネズミのように飛び出している印象だ。アイデア次第《しだい》でどんな動きでもできる、とは少し違《ちが》う。アイデアがそのまま形になる、と言った方が感覚的には近い。

「これじゃあ普通《ふつう》のバーチャロイドじゃ太刀《たち》打ちできない訳だ。ターン制で決まった動きしかできないチェスの盤《ばん》の中に、一つだけリアルタイムで好き放題ぬるぬる動く駒《こま》があるようなものだぞ……」

『当麻《とうま》サマ。テストプレイは結構ですが、あまり無駄《むだ》な行動を続けて戦闘《せんとう》を引き延ばすとネガティブ判定の対象となりかねません。というかこちらの目的は「練習」なのでパーフェクト勝ちを狙《ねら》いに行く必要はありませんし、コケてダウンさえ取られなければ大きな問題にはならないので、わざと何発かもらって弱者のふりをするとかもオススメです。とにかく「ルール」に気をつけてくださいねー』

「そうだなっ、と！」

ダンッ!!　と柱の側面から勢い良く飛び、さらに空中で舞《ま》い踊《おど》る。ジャンプ中に行われる空中ダッシュの限界を明らかに超《こ》えていた。『距離《きょり》に応じて、時間に応じて』均等に速度が上がるのではなく、手足を自由に折《お》り畳《たた》んで空力特性を把握《はあく》し、風向きや大気の状況《じょうきょう》に応じてターボの斥力《せきりょく》を集中させる事で、あらかじめ設定された最高速度を突《つ》き抜《ぬ》ける事さえできてしまう。

火器管制《FCS》のカーソルの先、敵機サイファーのいる場所までは一瞬《いっしゅん》だった。

別口から迫《せま》るフェイ・イェンなどもはや無視して構わない。動きの差は歴然で、こちらに追いすがる事すらできない。

サイファーは意思を持たないNPC機だからか、良くも悪くもペラペラとした重みを感じさせないビジュアルだった。乗っている人間のイメージが反映されていない、プレーンでナチュラルな機体なのだ。

上条《かみじょう》は流星のように突撃《とつげき》し、まずは空中から飛びかかる格好で近接剣《きんせつけん》『ブリッツ・セイバー』を直撃《ちょくげき》させる。

やはり『あらかじめ決められたモーション』の枠《わく》に収まらない。

カラフルなボタンに滑《なめ》らかなスティック。これだけなのに、テムジンの指の一本一本にまで操作の自由度が及《およ》ぶ。どうやって、と言われても上手《うま》く説明できない。まずコマンドがあるのではなく、やりたい事が先にあって、後から必要なコマンドが頭に浮《う》かび上《あ》がるような、そんな感覚だ。

ＮＰＣが怯《ひる》んだ隙《すき》に着地、そのままぐるりと真横から背後へ回《まわ》り込《こ》み、本来ならば遠距離《えんきより》で使うべき光弾《こうだん》の群れを超至近《ちょうしきん》から連続して叩《たた》き込《こ》む。武器ゲージの消費と引《ひ》き換《か》えに、つんのめるようにサイファーが倒《たお》れていく。

『有効判定、ポイント２』

ようやくもたもたと起き上がった無人のサイファーが振《ふ》り返《かえ》りざまに近接剣《きんせつけん》を横薙《よこな》ぎにした。速度は同じ。

だけど自由度が段違《だんちが》い。まるで決まったレールの上をカクカク動くその近接攻撃《きんせつこうげき》を、上条《かみじょう》のテムジンは同じく近接剣《きんせつけん》で強引《ごういん》に押《お》さえ込《こ》む。

さらに、足が飛んだ。

本来ならコマンド表のどこにも記述のない、武器ゲージさえ存在しない攻撃《こうげき》。

ツッツゴン!!!!!!　と、腹のど真ん中を蹴《け》飛《と》ばされたサイファーが路上をどこまでもゴロゴロと転がっていく。

完全に蚊帳《かや》の外に追いやられていたフェイ・イェンと激突《げきとつ》する。

二機がいっしょくたに転倒《てんとう》していく。

『有効判定、二機同時にダウンで一挙に４ポイント。現在６対０。優勢です、当麻《とうま》サマ』

一歩後ろに下がり、遠距離《えんきより》の武装でロックし直す。

しばらくサイファーとフェイ・イェンは広大な空間のど真ん中でもぞもぞと蠢《うごめ》いていた。

『両機共にダウンから三秒以内に復帰しなかったため、さらに追加で2ポイント。現在8対0』

あれがビギナー用の練習台だからか、上条《かみじょう》の知覚がテムジンに引きずられてもどかしく感じているのかはもはや区別がつかなかった。

『サイファー、変形プロセスに入りました。妨害《ぼうがい》可能です』

「いいや、敢《あ》えて待ってみよう。向こうの最高速度を肌《はだ》で知りたい」

起き上がるのも忘れたサイファーは、ガキガキバキン、と手足を折《お》り畳《たた》むと鋭《するど》いシルエットの戦闘機《せんとうき》のような形へ切《き》り替《か》わっていく。主翼《しゅよく》の縁《ふち》をなぞるように両サイドへ近接剣《きんせつけん》が展開され、その速度にものを言わせて上条《かみじょう》のテムジンを切《き》り裂《さ》きにかかる。

暴風が唸《うな》りを上げた。

ただしそれは直線的にしか動けないサイファーを巻《ま》き込《こ》む、テムジンの竜巻《たつまき》であった。

轟《ごう》!!　という爆音《ばくおん》が遅《おく》れて炸裂《さくれつ》する。

鋭《するど》い足運び、近接剣《きんせつけん》『ブリッツ・セイバー』を振《ふ》り回《まわ》す事で得られる遠心力、おまけにジャンプやダッシュに使う見えざる斥力《せきりょく》まで巻《ま》き込《こ》んで、ダンスでも踊《おど》るようにぐるりと回転するテムジン。ギリギリの所で腰《こし》を折ってサイファーの突貫《とっかん》を切《き》り抜《ぬ》けつつ、交差するように最高速度の一撃《いちげき》をお見舞《みま》いする。

両手近接。

剣《けん》で斬《き》るというより、もはやバットでホームランする感覚にも近かった。

ゴッッッキン!!　という凄《すさ》まじい金属質な音と共に、サイファーが勢い良く吹《ふ》き飛《と》ばされる。

なまじ元の速度が速度だったためか、途中《とちゅう》で戦闘機《せんとうき》にも人型にもなれず中途半端《ちゅうとはんぱ》に『ぐしゃっ』となった状態のまま、またもやフェイ・イェンを巻《ま》き込《こ》み、サンドイッチにして、手近な柱の側面へと激突《げきとつ》する。

『有効判定、二機同時にダウンで4ポイント。現在12対0。決定的です』

壁《かべ》に叩《たた》きつけたピザがずるずると床《ゆか》へ向かうように、フェイ・イェンともどもサイファーが崩《くず》れ落《お》ちていく。

圧倒的《あっとうてき》だった。

こちらはマテリアルアナライズで補整効果をつけ、さらには『亡命』化もしている。初心者向けのNPCバーチャロイドではついてこられないのも無理はないだろう。

近接剣《きんせつけん》『ブリッツ・セイバー』を一度水平に振《ふ》り、上条《かみじょう》は言う。

「これ以上は練習にならないな」

『なら、さっさとシメてしまってはいかがでしょう？　今なら二機一緒《いっしょ》に貫通《かんつう》できそうな位置取りですし。今ならダブル全損で一挙に10ポイント取れそうですよ』

ひとまず新たに組んだ速度重視の『プリセットA』がきちんと機能する事、操縦する側の上《かみ》条《じょう》が振《ふ》り回《まわ》されないできちんと使いこなせるレベルのものであってくれた事さえ分かれば、上々の収穫《しゅうかく》だ。

インデックスもお腹《なか》を空《す》かしているだろうし、さっさと既定《きてい》のポイントを奪《うば》ってトドメを刺し、ゲームセットにしてしまおう。

そう思っていた時だった。

『当麻《とうま》サマ。乱入者あり、対人戦です。方位南西、距離《きょり》五〇〇、来ます』

ゴッッッ!!!!!! と空気を焼くような特大の閃光《せんこう》が迸《ほとばし》った。

その寸前には、すでに上条《かみじょう》のテムジンは動いていた。フィギュアスケートのように回転し、身を翻《ひるがえ》し、ギリギリの所で高火力のレーザー兵器を回避《かいひ》していく。

ひとまず射撃元《しゃげきもと》の方角だけを概算《がいさん》し、柱の裏へ回《まわ》り込《こ》みながら、上条《かみじょう》は舌打ちした。

(ライデン系……ッ!? でも相当火力を尖《とが》らせているな!!)

入りにくい地下のはずだが、わざわざこんな場所まで一体誰《だれ》が?

『亡命』化した今は、極力対人戦は控《ひか》えておきたい所だった。上条《かみじょう》が『ブルーストーカー』に巻《ま》き込《こ》まれたのと同じように、今度は上条自身《かみじょうじしん》が他のプレイヤーの『きっかけ』になりかねない。かと言って、上条《かみじょう》の方がわざと敗北するのにもハードルがある。『亡命』プレイヤーが試合放棄的なラフプレイを重ねると感覚《かんかく》が鈍化《どんか》していき感覚遮断《かんかくしゃだん》に近い状態に陥《おちい》る、人格崩壊《じんかくほうかい》から最後には臓器や自律神経まで危機にさらされる。さらに条件次第《じょうけんしだい》では消失現象が起きて戻《もど》ってこられなくなる……なんて真偽不明《しんぎふめい》の噂《うわさ》もあるが、その規定回数や定義は未《いま》だに不明な部分も多いのだ。流石《さすが》にどれだけ残っているか分からない寿命《じゅみょう》のカウントを不用意に支払《しはら》うのは躊躇《ためら》われる。

となると、

「リリナ！　ナビ変更《へんこう》、高速戦闘《こうそくせんとう》サポート、速攻《そっこう》シフトで!!　相手が俺みたいに『亡命』へ転がる前に全損扱《ぜんそんあつか》いでNPCごと二セット共に秒殺する!!　こんな危険な状況《じょうきょう》で向こうにだらだらと付き合わせてたまるか!!」

『あいさー、そういうの嫌《きら》いじゃないです。思いやりの和の心でもって容赦《ようしゃ》なく殴《なぐ》りかかるとかー、いかにも当麻《とうま》サマのルーチンぽくて』

「ひい!?　俺《おれ》はそんな子じゃありません!!」

冷却期間《れいきゃくきかん》はない。

マテリアルアナライズで相当強化しているのか、立て続けに埋《う》め尽《つ》くすような光線が襲《おそ》いかかってくる。遠距離《えんきょり》での撃《う》ち合《あ》いでは不利だ。上条《かみじょう》はテムジンを操《あやつ》り、斥力《せきりょく》を利用した高速ダッシュで一気に距離《きょり》を詰《つ》めるべく機体をかっとばす。

推定到達時間《すいていとうたつじかん》は五秒。

軍艦《ぐんかん》に迫《せま》る対艦《たいかん》ミサイルのような格好で、低空ギリギリを突《つ》き進《すす》みながら敵方ライデンの砲《ほう》撃《げき》を回避《かいひ》する。

そのはずだった。

すぐ横を突《つ》き抜《ぬ》けたはずのレーザー砲《ほう》『バイナリー・ロータス』が、巨大《きょだい》な柱を振《ふ》り回《まわ》すように軌《き》道《どう》を変えたのだ。

「ッ⁉」

『あっぶな！　ライデンのレーザーは一発もらえば機《き》体粉砕《たいふんさい》レベルです、気をつけて‼　バランスを保持してください‼』

通常のライデンではありえない動き。

無理な負荷《ふか》に、互《たが》いの背中にあるVディスクが急激な赤熱を始める。

超高火力《ちょうこうかりょく》の代償《だいしょう》として機体の動きを止めて一方向に撃《う》ち出すはずのレーザー砲《ほう》『バイナリー・ロータス』を、強引《ごういん》に振《ふ》り回《まわ》してきた。

だとすると、

「ヤツも『亡命』、っか‼」

極太《ごくぶと》の光の束が愛機テムジンの左腕《ひだりうで》を削《けず》るように接触《せっしょく》してくる。

『当たったら即死《そくし》です！　何としても避《さ》けて‼』

もう体裁《ていさい》も何もなかった。

上条《かみじょう》のテムジンは自分から正面へダイブし、地面に転がる。

『ダウン判定です、向こうに2ポイント。ですが全損よりはマシ！　よくやりました‼』

そしていつまでも転んでいられない。追撃《ついげき》でもう一発やられたらアウトだ。上条《かみじょう》のテムジンはうつ伏《ぶ》せの状態から両足を広げ、ぐるりと回転し、ブレイクダンスにも似た動きで機体の挙動を取《と》り戻《もど》し、流れるような動きで起き上がる。

間近にライデンの巨体《きょたい》があった。

どんな意図があるのか、薄《うす》い紫《むらさき》をベースにスポーティな配色で固めたカスタム機。

「なっ⁉」

(近い‼　どうやって……ッ⁉)

普通《ふつう》に考えれば、砲撃《ほうげき》してから斥力《せきりょく》を使った高速ダッシュに移っても間に合わない。マテリアルアナライズで徹底的《てっていてき》に速度系の補整効果を極振《ごくふ》りしているとでも言うのか。

『集中してください！　近接警報‼』

「っ‼」

近接用とは呼ばれるが剣《けん》というより鈍器《どんき》に近い、バズーカ砲《ほう》のようなシルエットの塊《かたまり》を横薙《よこな》ぎされた。腰《こし》を折り、上半身を屈《かが》めてやり過ごす。斥力込《せきりょくこ》みのダッシュを短く繰《く》り返《かえ》し、すり足のように滑《なめ》らかな動きでライデンの背後へぐるりと回る。

完全無防備な背中へ、逆に上条側《かみじょうがわ》の近接剣《きんせつけん》『ブリッツ・セイバー』が唸《うな》る。

直後の出来事だった。

ライデンが手にした鉄塊《てっかい》のようなバズーカ砲《ほう》『Zig-18』を勢い良く下から上へ跳《は》ね上《あ》げた。

今さら何かを狙《ねら》うのが目的なのではない。

さらに超重《ちょうじゅう》のバズーカは半月を描《えが》くように真後ろへ。釣《つ》られるようにライデン自身の上体もまたブリッジを描《えが》くように大きく弧《こ》を描《えが》いていく。

つまりは。

ぐるん‼ と。
ライデンの巨体《きょたい》が引きずられるように真後ろを向き、そのバズーカを上条《かみじょう》のテムジンに突《つ》き付《つ》ける。

喉《のど》が干上《ひあ》がる。

解き放たれた爆発物《ばくはつぶつ》を、テムジンは全力で真横へ跳《は》ねてギリギリでかわす。

背後で大爆発《だいばくはつ》が起こるより先に、テムジンとライデンは次の動きに移る。

上空、審判役《しんばんやく》の球体すら目を回す中、

「そういう、こと……っ、か‼」

上条《かみじょう》は歯噛《はが》みしながら叫《さけ》ぶ。

武装による攻撃《こうげき》どころか高所からの落下で道路が傷つく事さえない、次世代競技バーチャロン。だからこそついつい忘れがちになるが、根本的にライデンは重い。だがその巨体《きょたい》を動かすためのパワーがある。後はその活用だ。巨体《きょたい》を動かし、馬鹿《ばか》デカい武器を振《ふ》り回《まわ》して、重心をわざと移動させ、自分自身を翻弄《ほんろう》させてでも強引《ごういん》に鋭角《えいかく》な挙動を実現させる。単に機体のフットワークで右に左に移動するテムジンとは勝手が違《ちが》う。

先ほどの砲撃《ほうげき》直後の不自然な急接近も、何かしら『重さ』を利用して硬直《こうちょく》を解いたのだ。例えば近くの壁《かべ》や柱をバズーカ砲《ほう》『Zig-18』で殴《なぐ》りつけて、その反動でピンボールのような『初速』を手に入れるとか。

本来なら重量級であるはずのライデンが縦横無《じゅうおうむ》尽《じん》に駆《か》け、短く跳《と》び、すぐ真上から流星のように襲《おそ》いかかる。目まぐるしく動き回るその挙動に火器管制《FCS》のカーソルがついていけず、ロックの表示があるのに撃っても当たらない。追いつかない。たまらず上条《かみじょう》は叫《さけ》んでいた。

「リリナ！　オートロック解除!!　手動で狙う方がマシだ!!」

『あいさー、言うようになったじゃないですか。ただしリスクはお忘れなく!!』

ゴッキイイイイン!!　という金属質な轟音《ごうおん》が炸裂《さくれつ》した。

上条《かみじょう》の近接剣《きんせつけん》『ブリッツ・セイバー』と、ライデンのバズーカじみた鈍器《どんき》『Zig-18』とが鍔《つば》迫《ぜ》り合《あ》いした音だ。

ひやりとする。ダメージはないが、一発が大きい高火力の敵機の前で余計な硬直《こうちょく》は避《さ》けたい。行動の自由度が減って得する事は何もない。

（……こいつは一体何なんだ……？）

拮抗《きっこう》は望めない。単純な馬力であれば上条《かみじょう》のテムジンより敵方のライデンの方が上だ。少しずつ押《お》されていく。

（NPC戦に割《わ》り込《こ》みをかける『亡命』化プレイヤー……あれ……どこかで聞いたな。対人戦をやらないで弱いNPCだけ狙《ねら》ってスコアを稼《かせ》ぐ狩人《かりゅうど》と、その狩人《かりゅうど》を専門に倒《たお》す狩人狩《かりゅうどが》り……）

そこまで考えて、上条《かみじょう》はギョッとした。

富良科凛鈴《ふらしなりりん》は言っていたではないか。

あれは狩人狩《かりゅうどが》りだからあなたも気をつけた方が良《い》い、と。

その台詞《せりふ》は、誰《だれ》を見ながら放っていたものだった……？

「ま、まさか、御坂、だ、だって、い、いうのか⁉」

紫《むらさき》のカラーリングにも見覚えがあった。本選会場の公園で見かけた、彼女《かのじょ》のチアリーダー衣《い》装《しょう》だ。

応じるように、通信のリクエストがあった。

ただし、ひょっとしたら向こうはこちらの素性《すじょう》を知らないかもしれない。

『アンタがどこの誰《だれ》かは知らない……』

そう思わないとやっていられないくらい、底冷えする声だった。

『アンタが何を目的にしているかはどうでも良《い》い……』

　だけど、と彼女《かのじょ》はそこで区切った。

　何かを突《つ》き付《つ》けるように。

『もしもアンタが今やったみたいな格好で、今後も何度も何度も私の友達を踏《ふ》み台《だい》にして遊ぶっていうなら、アンタがぶっ壊《こわ》れるまでバーチャロンで削《けず》り倒《たお》すわよ？』

　ツッツゴン!!　と、均衡《きんこう》が破られた。

『いい、警告はしたからね』

「待て、みさ……ッ!!」

　ライデン側が上条《かみじょう》のテムジンの近接剣《きんせつけん》『ブリッツ・セイバー』を押《お》し切《き》る。さらに腹部に向けて強烈《きょうれつ》な蹴《け》りを放つ。上条《かみじょう》は後ろへ下がりながら衝撃《しょうげき》を殺し、バランスを取るのに精一杯《せいいっぱい》だった。

　その間に、ぐあば!!　とライデンはパラボラのような両肩《りょうかた》のレーザー砲《ほう》『バイナリー・ロータス』を改めて展開させる。

　思わず恐怖《きょうふ》で心臓を鷲掴《わしづか》みにされる上条《かみじょう》の視界が真っ白に埋《う》まる。

　が、向こうの目的は目眩《めくら》ましだったらしい。見当違《けんとうちが》いの場所を薙《な》ぎ払《はら》ったのは、彼女《かのじょ》の言う警告の意味もあったのか。気がついた時には火器管制《FCS》のカーソルはライデンを見失っていた。

御坂美琴《みさかみこと》はどこにもいなかった。

友達。

踏《ふ》み台《だい》。

練習用のＮＰＣ機。

「……何が……どうなっているんだ？」

思わず呟《つぶや》いた上条《かみじょう》に、意外な所から声が掛《か》かってきた。

『あのうー、ひょっとしてこういう事じゃないですか？』

「？」

『先ほどのＮＰＣサイファー、及《およ》びフェイ・イエンとのレコードを洗っていたんですけどね、ここ、この部分』

リリナが新しいウィンドウを開き、戦闘記録《せんとうきろく》の映像を呼び出した。

何気なく上条《かみじょう》はそちらに目をやった。

そこで、心臓が凍《こお》りつくかと思った。

14

サイファーは可変機能を持つ、特殊《とくしゅ》なバーチャロイドだ。

人間形態と戦闘機《せんとうき》形態を使い分けて戦う。

先ほどの戦闘《せんとう》では戦闘機《せんとうき》形態となったサイファーの突撃《とつげき》へ、逆にカウンターを決める格好で上条《かみじょう》のテムジンが近接攻撃《きんせつこうげき》を放ち、近くの柱の側面へと叩《たた》きつけたはずだった。

猛攻《もうこう》を受けたサイファーは人型に戻《もど》る事もできず、中途半端《ちゅうとはんぱ》に『ぐしゃっ』としたままずるずるとコンクリートの床《ゆか》へ崩《くず》れ落《お》ちていたはずだった。

人の身でも、鳥の身でもない。

どちらでもない、変形途中《へんけいとちゅう》の状態だったからこそ、普段《ふだん》は装甲《そうこう》の下に隠《かく》されているべき内部構造が露出《ろしゅつ》していた。

歪《いびつ》な方向に突《つ》き出《だ》したのは、巨大《きょだい》な円盤《えんばん》。本来だったら機体背部へ奇麗《きれい》に収まるはずだったVディスク。すっかり回転を止めて冷え切った、それ。

そこから。


ずるり、と。

全身を血まみれにした、女の子のものらしき上半身がはみ出ている。


「なんだ、これ……？」

上条《かみじょう》は、呆然《ぼうぜん》と呟《つぶや》いていた。

ポータブルデバイスを握《にぎ》る二つの手が、不自然に震《ふる》えているのが分かった。

『映像分析《ぶんせき》、九四・九％で人体と推測されます』

「そんなのは分かってる！　この円盤《えんばん》って何なんだ？　いいや、理屈《りくつ》の話じゃないか。どうしてプログラム制御《せいぎょ》のＮＰＣサイファーに人間が乗っているんだ⁉」

四角いカバンのようなＶコンバータ。内部にあるＶディスク。まるで得体《えたい》の知れない手品を思わせる格好で、精霊《せいれい》の泉みたいに生身の体を飛び出させた、それ。

原理も事象も一切《いっさい》不明。

だがひとまずは『機体の中に誰《だれ》かいた』という結果だけを明確に突《つ》きつける光景。

そもそも、バーチャロイドには人が『乗る』ものなのか？　という疑問もある。上条《かみじょう》がこうしているのは、本当にテムジンの中にいるのか、それとも別の場所から遠隔《えんかく》でモニタリングしているのか。そこからもう分からないのに、今度は無人機、やられ役の練習台であるはずのＮＰＣサイファーの中から女の子が顔を覗《のぞ》かせていた。

しかも、尋常《じんじょう》じゃない血を流して。

いいや、上条《かみじょう》がああしたというのか……？

（ちょっと待てよ、あいつ……）

何かが引っかかる。

そう思った上条《かみじょう》は、直後に『不死鳥』というサイトを思い出した。

（あの動画ファイルの中に出てきた……ペナルティで『消えた』女の子か⁉）

「ッ！　そうだリリナ、競技の残り時間は⁉」

『残二〇秒です。その前にダメージの蓄積《ちくせき》で瓦解《がかい》し、全損するかも。そうなった場合はカウントダウン関係なく即終了《そくしゅうりょう》です。いえ、これぐらいイレギュラーな状況《じょうきょう》だときちんと次のセットに移れるかどうか』

「くそっ‼」

とにかくターボを押《お》し込《こ》み、高速ダッシュで突《つ》っ込《こ》む。改めて、崩《くず》れ落《お》ちているサイファーの待つ地点を目指す。そうこうしている内にも、レコード映像の中では少しずつサイファーが人型へと変形しつつあった。自身の中核《ちゅうかく》であるVディスクを格納し、その中に、生きた人間を閉《と》じ込《こ》めようとするように。

『どうするんですか？』

「引きずり出す‼」

叫《さけ》んだ直後だった。

ポン、と軽い電子音が響《ひび》いた。

試合終了《しあいしゅうりょう》の合図。

上条当麻《かみじょうとうま》の見ている前で、景色に変化があった。薄型《うすがた》のサブモニタから場違《ばちが》いに明るいファンファーレじみた音響《おんきょう》が流れてくる。周囲を取り囲むフィールド用の壁《かべ》が取《と》り払《はら》われ、弾丸《だんがん》のように突《つ》き進《すす》むテムジンの挙動がロックされる。がくんっ!! という急制動に息が詰《つ》まる上《かみ》条《じょう》の目の前で、それは起きた。

「ま、て」

NPCサイファーが、用済みとばかりに空間へ溶《と》けていく。

動きを止めたVコンバータからはみ出ていた少女の上半身が、再びずぶずぶと沈《しず》み込《こ》んでいく。

ここであのバーチャロイドが消えたらどうなる。あの子を引きずり出せなかったら。他のプレイヤーが何も知らずに上条《かみじょう》と同じ事を繰《く》り返《かえ》すのか。ただ呼び出され、ただ破壊《はかい》され、ただ消失して、ただ再生して……。

いいや。

すでに、ずっとずっと繰《く》り返《かえ》してきたのか。

まるでゾンビのように。

人間NPC、という存在自体が矛盾《むじゅん》した役割を背負わされて。

「待てェエエえええ!!!!!!」

音なんてなかった。

そういう機械的な処理です、と言わんばかりに、ＮＰＣサイファーは消失した。

あと少しで届いた。その手の先から、永遠に。

続けてＮＰＣフェイ・イェンにも。

あちらもあちらで、同じように『誰《だれ》か』が詰《つ》め込《こ》まれていたんだろうか？　つい最近まで当たり前のように学校に通い、当たり前のようにバーチャロンで遊んで、しかしもう、そんな当たり前を徹底的《てっていてき》に奪《うば》われてしまった『誰《だれ》か』が。

御坂美琴《みさかみこと》が異様な雰囲気《ふんいき》を漂《ただよ》わせていたのは、何故《なぜ》だ。

こういう話だったのか。


そしてモニタいっぱいに単調なアルファベットの羅列《られつ》が広がっていく。

『ＹＯＵ　ＷＩＮ』

15

「くそっ‼」

繭《まゆ》のような紡錘形《ぼうすいけい》のコックピットの中、ガン！　と何かを叩《たた》く音が響《ひび》き渡《わた》った。御坂美琴《みさかみこと》は見えないシートに腰掛《こしか》けたまま、意図してゆっくりと深呼吸する。気持ちを落ち着けていこうとしたが、大した効果はなかった。

NPCバーチャロイドの真実を知らない人が多過ぎる。

呑気《のんき》なプレイヤーにとって、閉《と》じ込《こ》められた彼《かれ》らは格好の的でしかない。

「……何なのよあのテムジン……」

結局今回も助けられなかった。

これまでだって助けてあげられなかった。

だけど諦《あきら》める訳にもいかない。

バーチャロンのシステムを落とし、美琴《みこと》は目線を覆《おお》っていたゴーグルをぐいっと額《ひたい》に上げる。

夕暮れの風が汗《あせ》だくの彼女《かのじょ》の肌《はだ》から体温を奪《うば》っていく。ゴーグルをポータブルデバイスにはめ込《こ》み、そして機材本体を両手で弄《もてあそ》んで、彼女《かのじょ》はアドレス帳を開く。

連絡先《れんらくさき》が並ぶが、結局、誰《だれ》ともコンタクトは取らなかった。

いいや、取れなかったのか。

美琴《みこと》は目を瞑《つぶ》り、眉間《みけん》に皺《しわ》を寄せて、思《おも》い浮《う》かべる。

同じチーム。消えた少女。

いつでも傍《かたわ》らにあった声は、もうない。

巨大《きょだい》なシステムに呑《の》み込《こ》まれ、延々とサンドバッグにされるだけ。

必死の訴《うった》えも悲痛な叫《さけ》びも全《すべ》て封殺《ふうさつ》されて。

（何とかしないと……）

奥歯《おくば》を噛《か》んで、改めて美琴《みこと》は思う。

何とかしないと。

16

「……、」

上条当麻《かみじょうとうま》は、しばらく口も利《き》けなかった。

打ちのめされていた。

今はバーチャロンの試合が終わり、上条《かみじょう》もテムジンを離《はな》れて表の世界へ放《ほう》り出されていた。とぼとぼと階段を上がり、地上の街並みへと戻《もど》ってきた。

だけど。

さっきまで、この街にもう一人、いや二人はいたはずだった。

いいや、ひょっとしたら、今も『いる』には『いる』のか。学園都市のどこかで、誰《だれ》かにやられるためだけに。永遠に倒《たお》され続けるゾンビ役にでもなって。

「何だよ、あれ……」

どうしようもない結果を前に、呆然《ぼうぜん》と口に出していた。

「酷過《ひど》すぎるだろう。あっちゃいけないだろう。あんな、あんなの……っ!!」

怒《いか》りを覚えるからと言って、向けるべき矛先《ほこさき》もない。あの女の子がどこへ消えたのか、そしてどこに現れるかは上条《かみじょう》には摑《つか》みようがないのだから。

かと言って、美琴《みこと》のようにNPCを狙《ねら》う他のプレイヤーを襲《おそ》うのが正しいのか。『亡命』化したバーチャロイドへ無理についていこうとする事が、新たな『亡命』を生み出す『引き金』になりかねない、という話を肌《はだ》で実感しておきながら。

「……リリナ」

『はい何でしょ』

「御坂《みさか》はこう言っていたよな。私の友達を踏《ふ》み台《だい》にするなら、みたいな事を」

『ミサカさんですか？　人名リスト呼び出し中……ん？　んん？？？』

そういえば、先ほどの一方的な通信では、向こうの口から『御坂美琴《みさかみこと》』という名前は出ていなかったか。

「さっき割《わ》り込《こ》みをかけてきた紫《むらさき》のライデンだよ」

『ああっ！　関連付けしました。これ以降は対応可能です、当麻《とうま》サマ』

（あいつの言う『友達』っていうのは、あの子の事なのか……？）

上条《かみじょう》は心の中で少し考え、

（いいや、『亡命』絡《がら》みでドロップアウトした連中がみんなああなるとしたら……NPC化したプレイヤーはどれだけいるんだ。さっきのサイファーとかフェイ・イェン以外の機体でも、御坂《みさか》にとってもっと近しい人物が詰《つ》め込《こ》まれている可能性だって否定できないだろ）

例えば、同じ常盤台《ときわだい》中学の誰《だれ》かとか。

例えば、いつも傍《そば》を歩いていた誰《だれ》かとか。

例えば、同じ寮《りょう》で生活している誰《だれ》かとか。

……それこそ、絶対に消えて欲《ほ》しくないと思っている人物が。

（考えろ……）

上条当麻《かみじょうとうま》は眉間《みけん》に皺《しわ》を寄せながら、思考に没頭《ぼっとう》する。

（もう他人事《ひとごと》なんかじゃない。『亡命』している以上、選択《せんたく》を誤れば俺《おれ》だっていつかああなるんだ。だから考えろ、あれは何だ？　そもそもまだ助けられるのか、もう駄目《だめ》なのか。あの子達《たち》を助けられるかどうかは、その方法を確立できるか否《いな》かは、いつかの自分に対する命綱《いのちづな》を用意できるかもしれない鍵《かぎ》になるんだ。だから、どうすれば良い。どこから始めるべきなんだ……？）

思《おも》い浮《う》かぶ人物が何人かいた。

青髪《あおがみ》ピアス、土御門元春《つちみかどもとはる》、御坂美琴《みさかみこと》、富良科凜鈴《ふらしなりりん》、そして『ブルーストーカー』。

いわゆる事情通。

上条《かみじょう》よりも深くバーチャロンを知る者達《たち》。

『当麻《とうま》サマ、もしもーし？　省電力モードにしてもよろしいですか？』

「あっ、悪い」

『あと四時方向からおかしな反応が接近してきます』

「?」

『バーチャロイドの反応があるんですよね。でも近くで競技をしている様子もないし』

報告の直後だった。

遠くの方から、乱暴な男女の声がこちらまで響《ひび》いてくる。

「早く運びなさいって!」

「やっぱヤバいよ、頭冷えたら分かったけどこれ絶対ヤバいよ!!」

リリナに言われ、怒声《どせい》の聞こえてくる方へ振《ふ》り返《かえ》った上条《かみじょう》は、少し離《はな》れた場所に見知った顔を発見した。

(リリナ……いや、富良科《ふらしな》とかいうヤツだっけ……?)

しかしのんびり声を掛《か》けている暇《ひま》もなかった。

空気が変わる。

夕暮れの寂《さび》れた街並みの中、不自然に写真を切《き》り抜《ぬ》いて貼《は》り付《つ》けたように、その一角だけが奇怪《きかい》なまでに硬質《こうしつ》な緊張《きんちょう》に覆《おお》い尽《つ》くされていく。

当の富良科凛鈴《ふらしなりりん》は一組の男女に両脇《りょうわき》をがっちり固められていた。しかも猛《もう》スピードでやってきたワンボックスカーが派手なスリップ音を立てて彼《かれ》らのすぐ近くで急停車する。側面にはバーチャロンの大会本選関連で動いている資材搬入業者《しざいはんにゅうぎょうしゃ》の名前があったが、どう考えたって本物ではないだろう。

あっという間に後部座席へ詰《つ》め込《こ》まれていくのが分かる。

「おいおいおいおいおい！　何だどうした、またトラブルに巻《ま》き込《こ》まれやがって‼」

『一応録画モードオンですけど、ナンバー警備員《アンチスキル》に送りますか？』

「そっちはよろしく。じゃあこっちは大人がやってくるまで時間を稼《かせ》ぐか！」

『うん？　ちょ、当麻《とうま》サマ何を⁉』

幸い、進路上富良科凜鈴《ふらしなりりん》を詰《つ》め込《こ》んだ車は上条《かみじょう》の方へ突《つ》っ込《こ》んでくる。その上で、対話処理プログラムのリリナが素《す》っ頓狂《とんきょう》な声を上げたのはこんな理由があった。

ちょっと路地に入った上条《かみじょう》が、落ちていた鉄パイプを拾ってカムバックしてきたからだ。

『いやいやいやいや！　赤外線計測で概算時速《がいさんじそく》六〇キロですよ。死にます、立ち向かったら普通《ふつう》に死にます！　せめてクラウドにバックアップ取ってーっ‼』

「そうでもない」

上条《かみじょう》は野球のバットのように鈍器《どんき》を構える。

ギュギュギュリ‼　と結構な音を立ててワンボックスカーが迫《せま》りくる。

「別に鋼《はがね》の塊《かたまり》をグシャグシャにしなくたって、『当てれば』車は止められるんだ」

標的の車が真横を通《とお》り抜《ぬ》ける瞬間《しゅんかん》だった。

冗談《じょうだん》のように上条当麻《かみじょうとうま》が鉄パイプを真横にスイングした。

一見して、自《みずか》らの両腕《りょううで》を犠牲《ぎせい》に捧《ささ》げるような動き。

しかし。

直後に。


ぼむっっっ!!!!!! と。

バンパーに浴びた衝撃《しょうげき》を検知し、車内のエアバッグが容赦《ようしゃ》なく起動する。


どうにもならなかった。

ハンドルのエアバッグは搭乗者《とうじょうしゃ》の命を守る事を最優先するが、それ以外は割とおろそかだ。大きな風船は視界全面を塞《ふさ》いでしまうし、両腕《りょううで》を内側から外側へ大きく弾《はじ》き飛《と》ばしてしまう。

つまり、車は制御《せいぎょ》不能になる。

S字に蛇行《だこう》したワンボックスカーだったが、結局バランスは取《と》り戻《もど》せなかった。近くにあった風力発電のプロペラの支柱へと激突《げきとつ》し、動きを止める。

上条《かみじょう》は左手を右肩《みぎかた》に上げ、腕《うで》全体をぐるりと回して言った。

「始めるか」

『ナチュラルにバケモンめ……。普通《ふつう》、そこまでやったら両腕脱臼《りょううでだっきゅう》モノでしょ!?』

「流石《さすが》に『打撃《だげき》の中心』を合わせて衝撃《しょうげき》をゼロにするなんて離《はな》れ業《わざ》はしてないぞ。俺《おれ》は平凡《へいぼん》な高校生なんだ、せいぜいインパクトの直前に鉄パイプから両手を離《はな》すくらいが限界だ」

言い合いながら、上条《かみじょう》は事故を起こした車へ駆《か》け出《だ》していく。と、そこで彼《かれ》は上空に何か球体のようなものがふわふわ浮《う》かんでいるのを見かける。バーチャロンの審判役《しんぱんやく》だ。

（？）

気になるが、今はワンボックスカー、そして車内の富良科《ふらしな》だ。

中から誰《だれ》かが出てくる様子はない。

（エアバッグの衝撃《しょうげき》を考えれば運転席は無視して良い。となると、後ろに何人乗っているかだ。二人くらいまでだと嬉《うれ》しいんだけど）

仮に三人以上でも、狭《せま》い車内に押《お》し込《こ》められている状態ならさほど怖《こわ》くはない。何人いようがろくに身動きが取れないからだ。彼《かれ》らが外に出て、上条《かみじょう》を全周から取り囲むようになると、死の危険はぐっと高まる。

そんな風に考え、上条《かみじょう》は潰《つぶ》れた車の後部スライドドアへ張り付く。

元々施錠《せじょう》されていなかったのか、衝撃《しょうげき》で鍵《かぎ》の機構が壊《こわ》れたのか。とにかくドアは意外なほどスムーズに開いた。

その先に。

ガシャリ、と。

つるりとした質感の、奇妙《きみよう》な光沢《こうたく》を放つ巨大《きよだい》な銃身《じゆうしん》が待っていた。

それは、富良科凜鈴《ふらしなりりん》を詰《つ》め込《こ》んだ男の肩《かた》を呑《の》み込《こ》むような形で展開されていた。

全体的にはサブマシンガンに似た意匠《いしよう》。だが質感のためか、奇妙《きみよう》にふわふわしていて現実味がない。

「あ……？」

その銃口《じゆうこう》が、虚無《きよむ》の瞳《ひとみ》のような暗さでもって上条当麻《かみじようとうま》の顔を静かに見据《みす》えていた。

銃器《じゆうき》よりも、異質な質感よりも。

殊更《ことさら》に『兵器』である事を主張するその匂《にお》い。

まず真っ先に浮《う》かんだバーチャロイドを、上条《かみじよう》は口に出していた。

スタンダードだが、丸みを持ったシルエットはより人間に近く、扱う兵器もマシンガンやトンファーなど、どこか現代兵器に寄せた機体。

「アファームド⁉」

直後だった。

パパパパパパパパン‼　という乾《かわ》いた銃声《じゆうせい》が連続する。

とっさに右手をかざそうとし、しかし途中《とちゆう》で首を横へ振《ふ》る動作へ全力で切《き》り替《か》える。何故《なぜ》そうしたのかは上条《かみじょう》にも分析《ぶんせき》できなかった。間近にある危機が、オカルトじみた剣《けん》や杖《つえ》ではなく銃《じゅう》の形をしていたからかもしれない。

まさしくアファームド。

マシンピストル、ダキアス・ガン・システム。

だが、それが功を奏した。

灼熱《しゃくねつ》が肌《はだ》を掠《かす》める。右手の掌《てのひら》、小指側の端《はし》と、自分自身の頬《ほお》。そこに弾丸《だんがん》が擦過《さつか》する。

異能の力を打ち消すはずの右手から、赤い鮮血《せんけつ》が滲《にじ》む。

(消せない、い、ない⁉　くそっ‼)

どんな原理かは知らない。だがこれは、例えばステイル＝マグヌスの『魔女狩りの王《イノケンティウス》』のように、上条《かみじょう》の幻想殺し《イマジンブレイカー》を押《お》し返《かえ》すほどの物量、干渉力《かんしょうりょく》、とにかく何だか良く分からない力をいい、い、い、い、い、いしこたま抱えている⁉

転がるようにスライドドアの『正面』から離《はな》れる。

リバースコンバートの話は耳にしていた。『亡命』の報酬《ほうしゅう》、フットワークの軽いアファームドとか、精神汚染《せいしんおせん》を攻撃《こうげき》に転化するスペシネフとか、そういう『力』を生身の人間に組《く》み込《こ》んで強化できるかもしれない可能性を。

でも。

だけど。

(武器をそのまま取り出せるのか⁉　いくら何でも直接的過ぎるだろ‼)

相手はのんびりドアから出てくる事はなかった。

バガンッ‼　と轟音《ごうおん》が炸裂《さくれつ》したかと思ったら、ワンボックスカーの屋根全体が内側からめくれ上がった。濡《ぬ》れた菓子箱《かしばこ》を裂《さ》くくらいの気軽さだった。

車内で立ち上がったのか、ひょっこりとショートヘアの少女が顔を出す。

その周囲で何かが瞬《またた》いたかと思ったら、その両肩《りょうかた》の近くで何かが浮遊《ふゆう》していた。それぞれ、五角柱を三つほど束ねた金属塊《きんぞくかい》が一つずつ。

(アファームドだけじゃないっ。やっぱりバーチャロイドの武器が現実世界にまで飛び出してきている⁉　でも何で、どうし――――)

混乱しかけた上条《かみじょう》の頭に、何か嫌《いや》な単語が浮《う》かんだ。

リバースコンバート。

「冗談《じょうだん》だろ、そこまで……？」

そもそもバーチャロイドの特徴《とくちょう》や性質が人に還《かえ》る……と言われても、いまいちピンと来なかった。RPGや野球ゲームほど『人間寄り』には見えなかったからだ。

だけど、これはストレート過ぎる。

武器をそのまま引っ張り出せる、火力を自分のものにできる。

一つ一つの真偽《しんぎ》を確かめている暇《ひま》もない。

目の前の少女の『それ』が、上条《かみじょう》の知る通りなら、小さな機体の周りを徹底的に分厚い装甲で覆い、あたかも巨大な機体に取り込まれたかのような、大小四本腕の……。

（バーチャロイド……グリスボックを象徴《しょうちょう》する両肩の部品、ＧＲＹＳユニット）

「大型誘導《ゆうどう》ミサイルランチャーかよ、くそ⁉」

叫《さけ》んだ直後だった。

ドガドガドガッ‼　と、噴射煙《ふんしゃえん》が尾《お》を引いて、誘導式《ゆうどうしき》の爆発物《ばくはつぶつ》が一挙に解き放たれた。

17

ショートヘアの少女は舌打ちした。

自《みずか》らが撒《ま》き散《ち》らした爆炎《ばくえん》と粉塵《ふんじん》のせいで視界が埋《う》まったからだ。しかしそんな中でも視界に重なる形で表示されている火器管制《FCS》のカーソルは移動している。

派手な動きを気にする素振《そぶ》りはない。

これもバーチャロンの大会の恩恵《おんけい》だ。街中で日常的にバカスカ閃光《せんこう》や爆音《ばくおん》が鳴《な》り響《ひび》いているおかげで、多少おかしなものが混ざっていても誰《だれ》も気に留《と》めない。

「リリナ！　敵性標的は⁉」

『え、あ……はい、まだ反応があるから、生きていると思います、たぶん……』

「多分⁉」

『ひいっ‼　生きています訂正《ていせい》します生きています‼』

もう一度舌打ち。

とんっ、とその足が軽く車体を蹴《け》る。浮《う》かぶ。いいや、飛ぶ。今度は『亡命』ＰＤやバーチャロイドに依存《いぞん》した現象ではない。彼女自身《かのじょじしん》がイオン粒子《りゅうし》を操《あやつ》って肉体を宙に支える能力『励起飛行《アウタートラベル》』を頼《たよ》ったものだ。

分類で言えば大能力《レベル4》相当。

そこまでの人間でも、やはり『亡命』ＰＤは魅力的《みりょくてき》に映るのか。

審判役《しんぱんやく》の球体のすぐ傍《そば》に滞空《たいくう》しつつ、近くにいる男の方へは視線も投げず、しかし言う。

「上に飛んでロック情報を更新《こうしん》、そのままミサイル撃《う》ち下ろしてケリをつける。水平方向には遮蔽物《しゃへいぶつ》があっても、垂直方向はがら空きだからね。人間の足じゃ誘導兵器《ゆうどうへいき》からは逃《に》げられない。アンタは別の輸送ルートと手段を検索《けんさく》して、そしたら……」

「おい」

と、男の方から遮《さえぎ》られた。

何度でも舌打ちするショートヘアの少女に、男はさらに続けてこう言ったのだ。

「どこ行った？　富良科凜鈴《ふらしなりりん》のヤツが消えてるぞ⁉」

「ああ⁉」

そこまで言われて、初めて少女は男の方へ振《ふ》り返《かえ》った。

確かに、いない。

そしていつの間にか、窓の一つが不自然に開いている。

一組の男女は顔を見合わせた。

最後に一等不機嫌《ふきげん》な舌打ちをすると、エアバッグに顔を叩《たた》かれて気を失っている仲間など放《ほう》っておいて、アファームドのマシンピストルを持つ男は地上を、グリスボックのランチャーを肩《かた》の近くに備えたショートヘアの少女は大空へ舞《ま》い上《あ》がる。

二方向からの追撃戦《ついげきせん》が始まる。

18

「何だありゃ……？」

上条当麻《かみじょうとうま》は裏路地に逃《に》げ込《こ》んでいた。

大会中だろうが何だろうが、流石《さすが》にここまで来ると人気《ひとけ》もなくなる。

薄汚《うすよご》れた壁《かべ》に背中を押《お》し付《つ》けながら、ごくりと喉《のど》を鳴らす。

「何だありゃ何だありゃ何だありゃあ!?」

『映像記録を分析中《ぶんせきちゅう》……反応は紛《まぎ》れもなくバーチャロイドのそれですね。ただし次世代競技としてのバーチャロンの体裁《ていさい》は取れていません』

「……どうせ言葉を使うなら、分かりやすく言ってくれ」

『つまり、フィールドを区切る壁《かべ》や安全基準のレギュレーションが存在しません。周囲のオブジェクト、つまり街並みが破壊《はかい》されないのは余計な証拠《しょうこ》を残さないためでしょう。ですが標的としてロックされた物体については……』

「スペック通りの火力で吹《ふ》き飛《と》ばされるって訳か」

上条《かみじょう》はじくじくと痛む右手に目をやりながら言う。

頭上の空には例の審判役《しんぱんやく》の球体がふわふわと浮《う》かんでいた。だが何にペナルティを与《あた》えるでもない。完全にシステムは遊ばれている。

そしてアファームドからの銃撃《じゆうげき》を掠《かす》めた今なら、破壊力《はかいりよく》については疑う余地もない。剣《けん》で斬《き》られれば真っ二つにされ、レーザービームで貫《つらぬ》かれれば火柱と化すだろう。

リバースコンバート。

バーチャロイドからの補整効果の逆流。

学園都市製の超能力《ちようのうりよく》開発の序列を崩《くず》すとも噂《うわさ》されていたモノ。

『それより当麻《とうま》サマ、相手を殺傷型バーチャロイドと仮定した場合、こうしていても危険です。壁越《かべご》しでもロックは有効ですから、当麻《とうま》サマの位置は相手にバレています』

「冗談《じようだん》だろ……」

『方角を意識していただいた上で、いったん敵性グリスボックス、及《およ》びアファームドの視界の外へ逃《に》げてください。建物越しに再ロックされるリスクはありますけど、ええと、地下街でも下水道でも、例えば高低差などを使えば、相手を撹乱できるかも……』

「本当に持ち出しているのは武器だけか？　バーチャロイド丸々持って来られたら踏《ふ》み潰《つぶ》されちまうぞ!!」

その時だった。

ぐいっと、いきなり横合いから肩《かた》を掴《つか》まれた。

驚《おどろ》いて目を剝《む》く上条《かみじょう》だったが、そちらに立っていたのは、

「富良科《ふらしな》……ッ!?」

「……本当は寝《ね》ていたかったのに」

ぼそりとプラチナブロンドの少女は呟《つぶや》いたのち、

「逃《に》げるにしても戦うにしても、生き残りたいなら動いてください。バーチャロンには様々な戦術がありますが、『立ち止まる』のが有効策になる事はまずありえません」

「え、な、ちょっと……」

「来ます」

ドンバン!!　という遠方から派手な噴射音《ふんしゃおん》が炸裂《さくれつ》したのはその時だった。

またミサイルでも発射されたかと思った上条《かみじょう》だが、そういう訳ではないらしい。オレンジ色

の空に、異物が一つ。

「グリスボック⁉」

「という事はアファームドは別口です。おそらくは地上を移動中。派手な方だけでなく、そちらにも気を配ってください」

厳密には、それらの武装を手に入れた一組の男女。

……亡命ポータブルデバイスで『あれ』ができるという事は、上条《かみじょう》もまたテムジンから武装を引き出して借りられる訳、か？　そうすれば条件は五分になる。反撃《はんげき》すれば、生き残る事もできるかもしれない。

代わりに。

どちらかが死んでどちらかが生きる条件を丸呑《まるの》みする羽目になるが。

「こっちです」

ぐい、と富良科《ふらしな》凜鈴《りりん》に手を引っ張られて、上条《かみじょう》はハッと我に返った。

後頭部の辺りで煮《に》えていた熱が、急速に引いていく。

しかも連《つ》れ込《こ》まれた先は、予想外だった。

遠くへ逃《に》げるためではない。遮蔽物《しゃへいぶつ》に隠《かく》れるためでもない。わざわざ彼《かれ》らのいる方に向けて走り出したのだ。

「富良科《ふらしな》！」

「これで良《い》いんです、バーチャロンの鉄則なら」

大空を浮遊《ふゆう》するグリスボックの真下へすっぽりと収まった直後だった。

ドガドガドガッ!!　と轟音《ごうおん》が連続した。肝《きも》を冷やす上条《かみじょう》だが、予想に反して誘導兵器《ゆうどうへいき》であるはずの大型ミサイルはこちらへ来ない。周囲へ撒《ま》き散《ち》らされて爆炎《ばくえん》を炸裂《さくれつ》させるが、上条達《かみじょうたち》には届かない。

「バーチャロンでは上を取った方が有利になりますが、本当にピッタリ真下に張り付かれるとロックを維持《いじ》できません。自分の体が邪魔《じゃま》をしてしまうからです」

「バーチャロンでは……?」

ようやく、上条《かみじょう》も少しずつ合点《がてん》がいった。

確かに幻想殺し《イマジンブレイカー》は通用しない。鉄パイプを振《ふ》り回《まわ》す程度ではどうにもならない。火力やロック性能、何を取っても相手が上。空を飛んでいるのはターボ由来の大ジャンプではなく何か別口……例えば学園都市製の能力のようだが、それにしたって脅威《きょうい》は変わらない。バーチャロンと同じ挙動で人を殺せる連中だ。

だけど彼《かれ》らはバーチャロンの縛《しば》りの中からは抜《ぬ》け出《だ》せない。

それならば、

「リリナ！　お前のサポートがあれば生身の人間を直接ロックする事はできるか？」

『無理ですよー、バーチャロイドはバーチャロイドと戦う事しか想定されていませんから』

「だろうな。ならヤツは何を基準に俺達《おれたち》をロックしてる？」

上条《かみじょう》と富良科《ふらしな》は弾《はじ》かれたように目を合わせた。

できる事はまだあるかもしれない。

19

「ストップ、ストップだ真理華《まりか》‼　爆炎《ばくえん》が広がり過ぎている、いったん止めろ！」

アファームドの武装を顕現《けんげん》させた男がオレンジ色の空で叫《さけ》ぶが、『亡命』ＰＤから聞こえる声は冷徹《れいてつ》そのものだった。宙を舞《ま》うショートヘアの少女は両肩《りようかた》のミサイルランチャーを構えながら告げる。

『砂煙《すなけむり》はどうでも良《い》い、ロックカーソルが獲物《えもの》を追い駆《か》けていれば攻撃《こうげき》は続行できる！』

「富良科《ふらしな》はどうする？　巻《ま》き込《こ》まれるぞ‼」

『分かっているなら回収に行け！』

特大の舌打ちをもらって、アファームドの男はうんざりした。

（俺《おれ》も一緒《いっしょ》に殺す気か⁉）

声に出せばお望み通りにそのまま実行されかねないため、これぱかりは呑《の》み込《こ》んでおいた。

獲物《えもの》といっしょくたに死の領域を走り回らされる羽目になる。

こうしている今も、頭の上からは大量のミサイルが放たれている。

風景の何も削《けず》らないが、敵味方だけを選別して破壊《はかい》する死の炎《ほのお》。どうやら真理華《まりか》のミサイルまで自力で回避《かいひ》しなくてはならないようだった。

（どうなっているんだ、全く）

簡単な仕事のはずだった。写真の少女を捜《さが》して、さらって、指定の場所まで運べば良い。『ブルーストーカー』からネット銀行経由で受け取っていた前金はなかなかのもので、それだけで今回の仕事は恵《めぐ》まれていると断言できるほどだったのに……。

（どのみち、同じか）

どれだけ精巧《せいこう》であっても汚《よご》れが全くないからか、どこか現実味のないデータのようなマシンピストルを摑《つか》み直しながら、アファームドの男は心の中で呟《つぶや》く。

彼《かれ》らにとっての成功とは富良科凜鈴《ふらしなりりん》を生きたまま連れ去る事で、失敗とは富良科凜鈴《ふらしなりりん》を殺してしまう事だ。こちらがやられる可能性は万に一つもない。正面に立てば一方的に虐殺《ぎゃくさつ》できる。

火器管制《FCS》のカーソルもまだ生きている。

壁《かべ》の向こうを蠢《うごめ》いているのが分かる。

（さっさと男の方を殺そう。そうすれば、空から降ってくるミサイルの方も止まる。後はじっくり富良科凜鈴《ふらしなりりん》を捜《さが》せば良い）

だから、男は躊躇《ちゅうちょ》しなかった。

入り組んだ路地の角から無造作に飛び出し、連射型の武装をそのまま突《つ》き付《つ》ける。

そこで頭が真っ白になった。

カーソルは存在するのに、そこにはツンツン頭の少年はいなかった。

代わりに立っていたのは富良科凜鈴《ふらしなりりん》だった。

彼女《かのじょ》は眠《ねむ》たそうな目で、片手に持った小型機器を小さく振《ふ》っていた。

視界に重なるカーソルは、ポータブルデバイスを捉《とら》えていた。

(しまっ……いったん合流した後、お互《たが》いのポータブルデバイスを交換《こうかん》したのか⁉)

バーチャロイドはバーチャロイドと戦うための兵器だ。

競技用モデルでは、それ以外のものをロックする機能はない。

だから『バーチャロン関連』の機材であるポータブルデバイスを追い駆《か》けるしかなかったのだ。携帯電話《けいたいでんわ》の反応を見て容疑者を追い駆《か》けるのと同じように。

しかし、だとすると、

「くっ、本来の持ち主はどこに……ッ⁉」

言葉は最後まで続かなかった。

ゴンッ‼ と。

真後ろから、後頭部目がけて勢い良く突《つ》き刺《さ》さる鈍痛《どんつう》。

それこそ、電源を切ったようだった。

ぐらりと揺《ゆ》れたアファームド男は、そのまま前のめりに倒《たお》れていく。受け身を取る事もなく、手足を投げ出されたオモチャのように伸《の》ばして。

上条《かみじょう》は路地裏に束ねて捨ててあった分厚い漫画雑誌《まんがざつし》を適当に放《ほう》り捨てる。やはりテムジンだのアファームドだのより、これくらいのスケールがお似合いだと息を吐《は》きながら、

「ひとまず一丁上がり」

「上のグリスボックスはどうします？」

ポータブルデバイスを再び交換《こうかん》し、自分のものを取り返しながら二人は言う。

「逃《に》げ切《き》れれば何でも良《い》いよ、無理に倒《たお》す必要はないんだけど」

『でもバーチャロンのルールに則《のっと》るなら厄介《やっかい》ですよ。視界一面であれば、遮蔽《しゃへい》の裏にいてもロックされてしまいます。つまり相手が上にいる限り、ぐるりと周囲を見回すだけで三六〇度地平線の向こうまで検索範囲《けんさくはんい》です』

「どうしろってんだ……」

上条《かみじょう》が片手で前髪《まえがみ》をぐしゃぐしゃと掻《か》き毟《むし》っていると、横の富良科凜鈴《ふらしなりりん》が控《ひか》え目《め》に提案してきた。

「三〇秒時間を稼《かせ》いでください」

「?」

「それで上のグリスボックは何とかします。できますか?」

「……、」

上条《かみじょう》はわずかに思案して、

「リリナ」

『はいさー、何でしょう』

「確認《かくにん》する。バーチャロイドで確認《かくにん》が取れる情報は、敵味方の機体と交戦区域の壁《かべ》だけだったよな」

『あと超強力《ちょうきょうりょく》な攻撃《こうげき》とかは事前察知して警報出せますけど』

「そしてグリスボックのミサイルは、どんな障害物であれ当たれば起爆《きばく》する。不発弾《ふはつだん》みたいな現象は起こらないし、あれが壁《かべ》を突《つ》き破《やぶ》って標的を追い駆《か》ける事もない」

『ですけど、それがどうかしたんですか?』

「それだけ分かれば十分だ、一泡吹《ひとあわふ》かせよう」

言いながら上条《かみじょう》が手に取ったのは、路地の片隅《かたすみ》にまとめてある……、

「ゴミ袋《ぶくろ》、ですか……?」

「飛《と》び込《こ》んで昼寝《ひるね》する以外にも使い方はあるってのを教えてやろう」

20

真理華《まりか》と呼ばれたショートヘアの少女は自前の能力でオレンジ色の空を滞空《たいくう》したまま、不機嫌《ふきげん》そうに舌打ちしていた。

アファームドの方から連絡《れんらく》がない。

呼び出しても応答がないし、カーソルから情報も消えている。

「やられたか……？」

呟《つぶや》いたが、危機感は抱《いだ》いていなかった。自分がこうして撒《ま》き散《ち》らしているミサイルが誤爆《ごばく》したのだと判断したからだ。

実際の所、大きく開けた公園のような場所でない限り、グリスボックのミサイルは長所を生かせない。迷路《めいろ》のように入り組んだ路地では、発射後に相手が壁《かべ》の向こうへ隠《かく》れてしまうだけで簡単に防がれてしまう。『誘導兵器《ゆうどうへいき》』は便利だが、あまり頭は良くないのだ。

なので、できる事なら天空から撃《う》ち下ろしていられる内に仕留めて、安全を確保した地上を進んで富良科凛鈴《ふらしなりんりん》を捜索《そうさく》したかったのだが……。

「リリナ、残弾《ざんだん》チェック」

『は、はい、マテリアルアナライズによるカスタム効果もあり、肩部位《かたぶい》ミサイルは左右合わせて三〇、撃《う》ち尽《つ》くした場合は両手武器ゲージの再装塡《さいそうてん》シークエンスに入ります』
(それだけあれば十分か)
地上を睨《にら》む。
火器管制《FCS》のカーソルを強く意識する。
そして大量の爆発物《ばくはつぶつ》を改めて大きく解き放つ。
直後の出来事だった。

ドゴァッッ!!!?? と。

目の前で誤爆《ごばく》したミサイルが、グリスボックと同化した真理華《まりか》自身を呑《の》み込《こ》んだ。


「なっ、ん……ッ!?」

次世代競技のバーチャロンでは自機が放った攻撃《こうげき》の爆風《ばくふう》に巻《ま》き込《こ》まれても耐久力《たいきゅうりょく》は削《けず》られない。あくまでも激しい光と音、煙幕《えんまく》などの目眩《めくら》まし程度の効果しかないが、それでも不意打ちとなればやはり心臓を締《し》めつける。

それにしても、今のは何だ?

バーチャロイドの兵装に誤爆《ごばく》や故障、弾詰《たまづ》まりなどはありえない。ミスの可能性を極限まで減らしているというよりも、わざわざミスが起こる確率を用意していない、という方が正しい。

ポリゴンで作った人形は風邪《かぜ》を引かない。それと同じはずなのに……。

ひらり、と黒い布のようなものが視界の隅《すみ》を流れていった。

「何が起きた……？」

呆然《ぼうぜん》と呟《つぶや》いた真理華《まりか》だったが、それどころではないと気づかされた。

どんな現象で、あるいは小細工だったとしても、やるべき事は変わらない。逃《に》げた二人を追《お》い詰《つ》める事だ。そしてこちらは上空にいる。相手がどんな物陰《ものかげ》に隠《かく》れていても、視界一面のどこかにいれば遮蔽《しゃへい》越《ご》しにだってロックはできる。

居場所が分かれば問題ない。

上から回り込《こ》んで再度ミサイルの雨を降らせれば良い。

そう思っていた。

なのに。

「……？」

そこで、今度こそ真理華《まりか》は信じられないものを見た。

何が起きた。

その台詞《せりふ》をついさっき考えなしに放ってしまった自分が間抜《まぬ》けに思えてしまうくらいのものを。

21

上条《かみじょう》が放った小細工はシンプルなものだった。

『はえー、あんなに上手《うま》く舞《ま》い上《あ》がるものなんですねえ……』

リリナが感心したように呟《つぶや》いている。

ポータブルデバイスのスキャナなりカメラレンズなりを通して眺《なが》めているのだろう。

セレブ向けのプライバシーサービスとして復古した、複数の黒いゴミ袋《ぶくろ》を切《き》り貼《ば》りして大きな袋《ふくろ》を作っただけだ。後は中の空気を温めれば、熱気球と同じ効果で袋《ふくろ》は浮《ふ》力《りょく》を得る訳だ。

夕暮れだったので陽の光は使えなかったが、幸い、アファームド男を殴《なぐ》り倒《たお》した時に使った漫画《まんが》雑誌《ざっし》の束があった。

詳細《しょうさい》は省くが、ポータブルデバイスの予備バッテリーと金属クリップがあれば火は熾《おこ》せる。後はツギハギした袋《ふくろ》に燃え移らない程度の至近から温めた空気を送《おく》り込《こ》んで、パンパンに膨《ふく》らませてから口を塞《ふさ》ぐだけ。

そして、頭上のグリスボックスはバーチャロイドやポータブルデバイス以外の反応は捉《とら》えられない。

ヤツの放つミサイルはどんな障害物であれ、当たった瞬間《しゅんかん》に起《き》爆《ばく》する。

真下からスッと視界を塞《ふさ》ぐようにゴミ袋《ぶくろ》気球が浮《う》かび上《あ》がった場合、それに気づかずミサイルを放ち続ければどうなるか。

その結果があれだ。

グリスボックはゼロ距離《きより》で自《みずか》ら放ったミサイルの爆発《ばくはつ》に巻《ま》き込《こ》まれた。

テープの留めが甘かったのか、巨大袋《きよだいぶくろ》は勝手に空中分解したようだが。

『でもでもバーチャロンでは自機の攻撃《こうげき》の爆発《ばくはつ》に巻《ま》き込《こ》まれてもダメージが入りません。あくまで目眩《めくら》まし程度のもの。ここからどうするんですか⁉』

「大丈夫《だいじようぶ》」

と、横から口を挟《はさ》んだのは富良科《ふらしなり》凜鈴《りん》だった。

彼女《かのじよ》は夕暮れの空を赤い瞳《ひとみ》で睨《にら》みつけていた。

約束の三〇秒だった。

「もう終わっています」

22

がくんっ‼　と。

空中の真理華《まりか》の挙動がおかしくなった。

より正確に言えば、両肩《りょうかた》の近くに浮《う》いている大型ミサイルランチャーのＧＲＹＳユニット。そちらが全く反応しない。

そしてナビを務めるリリナがおかしな事を言い始めた。

『ネガティブ判定、マイナス１です』

「はっ？」

『気をつけてください、ネガティブ判定、マイナス1、ネガティブ判定ネガティブ判定ネガティブ判定ネガティブ判定ネガネガネガネガネガネガネガネガ……!!』

「ち、ちょっと!?」

そもそも今はバーチャロンの試合をしている訳ではない。そういうフォーマットを利用しているものの、やっているのは裏稼業《うらかぎょう》の殺し合いだ。

なのに何でこんな事になっている？

頭の中がパニックで埋《う》め尽《つ》くされようとしていた真理華《まりか》は、そこで見た。

やはり空の上。自分と同じ高さに浮《う》かぶ審判役《しんぱんやく》の球体がギョロついた動きであちこちに注視を投げている事に。

明らかに普通《ふつう》の状態ではない。

真理華《まりか》の背筋《せすじ》に嫌《いや》なものが走る。

（まさか……レフェリーを直接サイバー攻撃《こうげき》してる……!?）

そんな話は聞いた事もない。

だが実際に可能なら、バーチャロンのシステムを利用して戦い続けるのは危険だ。今もスコアを勝手に変動させられているし、火器管制《FCS》が狂《くる》っているかもしれないなら眼下のロックも当てにならない。

そもそも、バーチャロンには謎《なぞ》が多過ぎる。

『亡命』にしてもペナルティの『消失』にしても、きっとこうだという予測しかない。それが根底から崩《くず》れてしまえば、後は泥沼《どろぬま》だ。何を信じて良いのか分からなくなる。

裏稼業《うらかぎょう》は勝手なイメージよりも小心者がのし上がる世界だ。

というか、でなければ自然淘汰《しぜんとうた》される。

何しろ安全基準もメーカー保証もない業界。武器や防具の一つも自己責任で見繕《みつくろ》わなくてはならない。いつ手首を吹《ふ》っ飛《と》ばすか分からない改造拳銃《かいぞうけんじゅう》や、どこに穴が空いているか分からない化学防護服を掴《つか》んで『俺《おれ》なら私なら大丈夫理論《だいじょうぶりろん》』でぶつかればどうなるかは言うに及《およ》ばず。

だから、立ち止まった。

最大の武器の中に紛《まぎ》れ込《こ》んだ、ほんのわずかな『納得《なっとく》できない部分』のために。

「くそ……」

ターゲットは、いる。

普通《ふつう》に考えればカーソル位置に着目してミサイルの雨を降らせれば決着はつく。

だが真理華《まりか》は激昂《げっこう》しながら冷静だった。

両方を同居させられる人物だった。

「くそ!!」

役立たずの審判役、宙に浮かぶ球体へ大量のミサイルを叩《たた》き込《こ》む。

これ以上泥沼《どろぬま》の中を手探《てさぐ》りで動き回るくらいなら、一回仕切り直してシステムが安定するのかどうか待った方が良《い》い。それが真理華《まりか》の嗅覚《きゅうかく》に従った結論だった。

23

何がどうなったのか。

助かってなお、上条《かみじょう》には判断ができなかった。

どこまで逃《に》げれば良いのかは分からないが、とにかくグリスボックが追ってくる様子はない。

「なあリリナ、あれ、やっぱり富良科《ふらしな》のヤツがやったのか……?」

『分析《ぶんせき》したくないですう……。絶対ヤブヘビだって、下手《へた》に探《さぐ》ったらこっちのシステム構成を破壊《はかい》されるに決まってます』

そもそも彼女《かのじょ》が狙《ねら》われている理由もいまいち見えない。

が、『あれ』の存在は理由そのものになりえるかもしれない。

正規のバーチャロンを楽しむ側にとっても、『亡命』で何かを企《たくら》んでいる側にとっても。

一方、当の本人は気軽なものだった。

「どうにかできたみたいですね……ふぁわ……あ……」

「寝《ね》るな寝《ね》るな寝《ね》るなオイ、早く逃《に》げなきゃまずいんだって！」

「……私は、眠《ねむ》っている状態の方が正しいですから……むにゃ」

「ああもう‼」

どうにもならなかったので、上条《かみじょう》は富良科凜鈴《ふらしなりりん》の小さな体を担《かつ》いで移動する羽目になった。

腰《こし》に提《さ》げたポータブルデバイスから、同じ顔のリリナの呆《あき》れたような声が飛んでくる。

『おんぶするなりお姫様抱《ひめさまだ》っこするなりすれば良いものを、どうしてわざわざ古き良き米俵《こめだわら》スタイルを採用しますかね。ギリシアの彫刻《ちょうこく》みたいになっていますよ』

「アート‼　良《い》いね、アートって言っておけば大抵《たいてい》許されるから！　それ以外だと犯罪者にしか映らないしーっ‼」

『でも抱《かか》えてみたらあったかいわ柔《やわ》らかいわ良《い》い匂《にお》いするわで内心ちょっと頭に血が集まっているでしょ？』

「何の事だか分からないよ」

『ええと、ヘルスチェックで心拍数《しんぱくすう》を計測するサービスは……』

「分かったよ認めるよ‼」

入り組んだ路地を進み、現場から迅速《じんそく》に立ち去る人身運搬業上条当麻《じんしんうんぱんぎょうかみじょうとうま》。

どこまで逃《に》げれば良いものかと思ったが、それについてはリリナが答えをくれた。

『一キロ経過しました。もう大丈夫《だいじょうぶ》でしょう、競技レベルのバーチャロンの交戦区域からも外れたはずですし』

「やれやれ……」

米俵《こめだわら》を下ろし、ずるずると適当なベンチに腰掛《こしか》ける上条《かみじょう》。女の子というのは、純粋《じゅんすい》な荷物として換算《かんさん》するとやはり重たい。

「にしても、立て続けに色々起き過ぎだろ……」

『何だったらTo Do起動してまとめてみますか？』

「『ブルーストーカー』の一件に、NPCバーチャロイドの中に入っていた無限バトルのゾンビプレイヤーに、『亡命』化していた御坂《みさか》のヤツ、次はリバースコンバートでバーチャロイドの武装を一部組《く》み込《こ》んで自分のものにしてやがった連中に、そいつらがさらおうとしていた富《ふ》良科《らしな》、こいつが備えている変な乗っ取りスキル、か」

一応全《すべ》てが次世代競技バーチャロン絡《がら》みであるのが共通項《きょうつうこう》。だが全《すべ》ての案件が本当に一本の糸で繋《つな》がっているのか？　すでにそこから判断がつかない。巻《ま》き込《こ》まれた事件の数は多くても、一つ一つを精査するための情報に恵《めぐ》まれていないのだ。

一通り並べた上で、優先順位をつけるとすれば、

「御坂《みさか》と富良科《ふらしな》、か」

ＮＰＣバーチャロイドの中に入っていた女の子も気になるが、あれはおそらく彼女《かのじょ》一人を追い駆《か》けても解決しない。学園都市全体でどれくらいＮＰＣバーチャロイドが展開されていて、内どんな割合でゾンビ化したプレイヤーが詰《つ》め込《こ》まれているかも分からない。

もちろん、最悪、全《すべ》てのＮＰＣバーチャロイドが有人機だった可能性もあるが。

一人と考えず、全員を救うような抜本的《ばっぽんてき》な何かが必要だ。

これについては、ノーヒントで消えてしまった女の子よりも、事情を知っていそうな御坂《みさか》から話を聞いた方が手っ取り早そうだが……。

「……後は御坂《みさか》まわりの問題に、富良科《ふらしな》の一件が関《かか》わっているのかどうか、かな」

ここが繋《つな》がっていると、全《すべ》ての案件はぎゅっと凝縮《ぎょうしゅく》される気もするが、さて、そこまで都合良く回ってくれるか。

と、ベンチでぐったりしていた富良科凛鈴《ふらしなりりん》が、パチリと赤い瞳《ひとみ》を瞬《まばた》きさせた。

目元を億劫《おっくう》そうに手《て》の甲《こう》で擦《こす》りながら、彼女《かのじょ》はこんな風に言ってくる。

「御坂《みさか》というのはあの御坂《みさか》で良《い》いんですか……？」

「知ってるのか」

返事はなく、代わりにポータブルデバイスの方から異音が鳴った。

画面の中でリリナが悲鳴を上げている。

『ぎゃっ、ぎゃわーっ‼　勝手に当麻《とうま》サマのアドレス帳にアクセスしないでくださいっ。くそー、経路が全く見えない……！　機体構築用の言語を直接操《あやつ》っているとでも言うのか……‼』

次々スクロールする画面を見ながら、上条《かみじょう》は思い出した。公園では御坂《みさか》に声を掛《か》けようとした直後に、富良科凜鈴《ふらしなりりん》から身を隠《かく》すよう指示されていたのだ。あれは狩人狩《かりゅうどが》りだからあなたも気をつけろ、と言って。

「いや、言い直す。お前はどこまで知ってる？　御坂《みさか》がNPCバーチャロイド、そこに詰《つ》め込《こ》まれた『友達』とやらを助けようとしているのは分かっていたんだよな。そもそも今起きている事全体は何なんだ。『亡命』しているって言っても、元はみんなで楽しく遊ぶためのゲームだったんじゃないのか」

「ん。本当は、こんな所で起きている場合ではないんですが」

むにゃむにゃと口の中で呟《つぶや》きつつ、富良科《ふらしな》は質問に答えていく。

画面の異変がピタリと止まる。

「NPC化プレイヤーの問題を何とかしようと考えている集団は存在します。そして、彼《かれ》らのやり方でも一定の効果は期待できるでしょう。例えば、身近にいる極少数《ごくしょうすう》の被害者《ひがいしゃ》を救済するだけであれば」

「？」

「結局、『亡命』していようが何だろうが、ベースとなっているのは次世代競技としてのバーチャロンです。であればそこでのルールを活用できる……」

例えば、と彼女《かのじょ》は前置き。

やっぱり何にも操作していないのにポータブルデバイスの画面が切《き》り替《か》わる。

表示されたのはトイレの表示のようないくつかの簡易的なシルエットと、丸い枠《わく》。

「まず大前提として、『亡命』プレイヤーはバーチャロンでの試合結果に応じて様々なパラメータがフィードバックします。プラスに働けば肉体や思考が強化されるでしょうが、マイナスならそれらを奪《うば》われていき、ついには存在そのものも『消失』してしまう」

画面の中でジグソーパズルのようにシルエットが少しずつ毟《むし》り取《と》られていく。

富良科《ふらしな》凜鈴《りんりん》は淡々《たんたん》とした声で恐《おそ》ろしい事を説明していく。

「ここで重要なのは、これらの値《あたい》は最終的なランキングの順位や勝敗の数ではなく、あくまでも試合展開の記録に依存《いぞん》する、という点です」

「試合展開、だって？」

「バーチャロンは本質的にはポイントの奪《うば》い合《あ》いであり、機体全損もまた一つの稼《かせ》ぎ方でしかありません。そして審判役《しんぱんやく》がジャッジするネガティブ判定にも心当たりはあるのでは？」

「つまり……ダウンとか追《お》い討《う》ちとか、ネガティブ判定とか……そういう履歴《りれき》のリストに従って人間の方が書《か》き換《か》えられちまうってのか」

「近接、遠距離《えんきょり》の使い分け、ダッシュやジャンプの頻度《ひんど》、対戦相手との距離《きょり》の取り方、あらゆる行動が精査の対象となりますが」

ゾッとする話だった。

トレーニング用のコマンドログを呼び出した時にある、自分に有利な行動を取った青色と、不利な行動を取った赤色の色分け。あの積み重ねで寿命《じゅみょう》を削《けず》り合っている訳だ。

「で、でも、確かポイントってそのセットが終わったら仕切り直しになるだろ。審判《しんぱん》に判定してもらって、勝ち星をもらったらまっさらな状態からまたポイントを奪《うば》い合《あ》うっていうか」

「コマンドログ自体は残りますから、累積《るいせき》の計算はそう難しい事ではありません。元々システムの裏側で行っていた処理を表に持ち出して活用しているだけでしょう」

富良科《ふらしな》はそんな風に言った。

確かにここ最近のゲーム機は、本当に遊ぶのに必要かどうかも分からないデータを計上している事がある。どのソフトを何回起動したとか、近くの人はどんなゲームで遊んでいるとか。そんな感じだろうか。

「バーチャロンにはポイント判定用のルールが用意されていますが、それは必ずしも全《すべ》てのプレイヤーを保護するために機能するものでもありません。競技展開に派手なうねりを生むため、敢《あ》えて『安定』を切《き》り崩《くず》すように振《ふ》る舞《ま》う事もあります」

勝った数負けた数、ランキングの順位などなら一時的に追《お》い詰《つ》められていても最後に逆転すれば帳尻《ちょうじり》を合わせられる。だけどこれは違《ちが》う。フィールドでモタモタ動いたり卑怯《ひきょう》と呼ばれる戦い方をしたり、そうした一つ一つで勝手に体の中身を組《く》み替《か》えられていくだなんて正気ではない。近接攻撃《きんせつこうげき》を一回当てるか外すか、そこまで徹底的《てっていてき》に監視《かんし》されているのでは『自由度の高い「亡命」後』の機体の方がかえって危ないくらいだ。

「つまり全損、連敗を重ねる事でNPC化プレイヤーに身を落とす人もいれば、勝ちにこだわるあまり一回の競技の中でラフプレイを繰《く》り返《かえ》し過ぎて身を落とす人もいる、という訳です」

「負けるのも悪いって判断されるのかよ」

「ポイントの増減、という意味では。また、わざと負け続ける、ボタンやスティックから手を離《はな》して試合を放棄《ほうき》するというのも競技をつまらなくする、妨害《ぼうがい》すると取られるのでしょう」

画面の中では、再びジグソーパズルのピースが集まって人影《ひとかげ》を作っていく。

ふう、と富良科《ふらしな》はゆっくりと息を吐《は》いて、

「Vディスクからの悪影響《あくえいきょう》が極限まで極《きわ》まると、シャドウなどと呼ばれる人喰《ひとく》いの機体になるのだとか。今回の場合はその方向性がちょっとよそへ逸《そ》れたのでしょうね。プレイヤーを呑《の》み込《こ》みつつ、延々と戦わせるサンドバッグに変わっている」

「……、」

それはそれでゾッとする話だが、今の柱はそこではない。

御坂美琴《みさかみこと》は何をしようとしている？　そのおぞましい結末に対抗《たいこう》するために。

「ようは、負債《ふさい》の分散です」

富良科凜鈴《ふらしなりりん》はあっさりと結論を言った。

「亡命プレイヤーは敗北を含《ふく》む『悪い行動《ラフプレイ》』の積み重ねによって、やがてはNPC化へと追《お》い込《こ》まれていきます。ダウンを取られてポイントを奪《うば》われ、ネガティブ判定を受けてポイントを奪《うば》われ……。しかし今回の場合、バーチャロンはチーム戦、最大四人まで一つのくくりにまとめられるはずなのです」

「ちょっと待て……まさか」

「四人の内の誰《だれ》がポイントを奪《うば》われても、それはチーム内全員のポイントとして計上されます。つまり一人がミスしても、周りがそのセット内でフォローを続ければ取《と》り戻《もど》せる。敵からダウンを取り、ネガティブ判定で失った分を埋《う》め合《あ》わせられる」

『あっ、なるほど。「消失」済みのNPC化プレイヤーをチームの中に引《ひ》き込《こ》み、実質的に三対四で試合を続けていけば……』

富良科《ふらしな》が操作しているのか、ポータブルデバイスの中では丸い枠《わく》の中に四人のシルエットが収まっていた。一つだけ灰色にくすんだものが混ざっている。

「そこで得られた有利な試合展開の記録は、NPC化プレイヤーにもチームメイトとして連帯で書《か》き込《こ》まれていく……？　たとえ一回卑怯《ひきょう》なラフプレイをして履歴《りれき》が汚《よご》れても、一〇〇回フェアプレイを繰《く》り返《かえ》せば全体の比率で言えば希釈《きしゃく》できる。履歴《りれき》を洗えば転落した『消失』の状態から普通《ふつう》の状態へ戻《もど》してやれる事だって……ッ!!」

希望が見えてきた気がした。

確かにそれなら美琴《みこと》が怒《おこ》るのも分かる。みんなで協力してNPC化プレイヤーの履歴《りれき》や戦績を吊《つ》り上《あ》げようとしているのに、上条《かみじょう》が横から入ってボコボコにしてしまったら再び試合展開の履歴《りれき》が汚《よご》れ、水の泡《あわ》になるかもしれないのだ。

ダッシュ一回、遠距離《えんきより》攻撃《こうげき》一発さえ管理したい側としては、この引っかき回しは許せないだろう。

が、ここで違和感《いわかん》があった。

富良科《ふらしなり》凜鈴《りん》の表情に、特に誇《ほこ》らしげな色がなかったからだ。

「そう簡単な話でもありません」

「どうして？　履歴《りれき》の希釈《きしゃくか》化ができるならNPC化プレイヤーは助けられる！　閉《と》じ込《こ》められたNPCをチームに組《く》み込《こ》んで、後はそいつが復活するまで何も知らない他のプレイヤーに狩《か》られないように守ってやれば」

「その一人分の『希釈化《きしゃくか》』に、一体何百何千回競技に付き合わなくてはならないのですか？」

「……、」

呼吸が、止まった。

画面の中の灰色のシルエット。その重みが、変わる。

「それにバーチャロンに絶対はありません。ＮＰＣを救いたい他のプレイヤーだって、ミスを繰《く》り返《かえ》せばラフプレイとみなされ、連帯で履歴《りれき》を汚《よご》してしまう。常に必ず勝てる勝負とは限らないんです。救われるNPC化プレイヤーよりも、失敗して転落するプレイヤーの方が多い」

一人を助けるために一〇人が犠牲《ぎせい》になって、その一〇人を助けるために一〇〇人が立ち上がる。

今はそういう状況《じょうきょう》だと言いたいのか。

「まるでねずみ講だ……」

「仮に同じ志を持ったチーム同士で結託《けったく》して八百長《やおちょう》試合に臨《のぞ》んでも難しいと思います。バーチャロンでは引き分けは両者敗北としてカウントされますから、必ずどちらかが勝たなくてはならないので」

「だけど、『亡命』していないプレイヤーに協力してもらったら？　普通《ふつう》に遊んでいる分にはリバースコンバートは起こらないし、そもそも両方棒立ちのままボタン連打で遠距離攻撃《えんきょりこうげき》撃ちまくるだけなら、ミスも何もないだろ」

「『亡命』しているプレイヤーとそうでないプレイヤーでは危機に対する温度感が違《ちが》うので、大前提となる素直《すなお》に協力を仰《あお》ぐまでが難しいですね。別に何の役に立たなくても、スコアを汚《よご》される事を嫌《きら》うプレイヤーは多いですし。また、実際に起きている問題を見せれば、関《かか》わりたくないと安全圏《あんぜんけん》から踏《ふ》み出《だ》そうとしなくなるでしょう」

「……、」

「何より、バーチャロンのルールは競技内容をより刺激《しげきてき》的にするために機能しています。棒立ちでの連射合戦や、そもそも示し合わせての八百長《やおちょう》が発覚した場合に、どのような裁定が下るかはあまり想像して面白《おもしろ》いものではないのでは？」

「……実際には、そんなの何もないかもしれない」

「ですけど、試《ため》すなら誰《だれ》かの人生を天秤《てんびん》に載《の》せる事になります。それもまだ『亡命』をしていない、何も踏《ふ》み外《はず》していないプレイヤーの」

　そもそも、試合中の全《すべ》ての行動がリバースコンバートに影響《えいきょう》し、プレイヤーにドルドレイのタフさやスペシネフの精神攻撃《せいしんこうげき》（……どころかアファームドの銃器《じゅうき》やグリスボックのミサイルといった、直接的極《きわ》まる武装まで）を与《あた》えるプラスから、運動神経や自律神経の制御《せいぎょ》まで奪《うば》うマイナスまで、様々な効果の付与《ふよ》と剝奪《はくだつ》を担《にな》うとしたら。『本気で戦いたがらない』『慎重《しんちょう》に距離《きょり》を取り続ける』行為《こうい》を審判役《しんぱんやく》の球体が裁いてしまう可能性もある。そうなれば参加者全員が借金生活に転落だ。NPC化プレイヤーを引きずり上げる余裕《よゆう》なんてなくなる。

「それじゃあどうにもならない。一見まともな方法に見えるけど、実際には話を進めれば進めるほど借金は増えていく。そもそも『亡命』化したプレイヤーに勝負を挑《いど》むと、そいつを『亡命』化に促《うなが》してしまう危険だってあるのに……っ‼」

　その程度、美琴《みこと》だって分かっているのかもしれない。

　分かっていて、悩《なや》み抜《ぬ》いて、もうそんなものしか選べなくなったのかもしれない。

実際、彼女《かのじょ》は『亡命』した状態でバーチャロン大会の本選に出場している可能性さえ浮上《ふじょう》している。だとしたら『亡命』の牙《きば》を他の参加者に押《お》し付《つ》けている事になる。

何があった、と尋《たず》ねるのは野暮《やぼ》だろう。

おそらく身近な『誰《だれ》か』が巻《ま》き込《こ》まれた。その件を追う内に、奥《おく》にもっと深い闇《やみ》がわだかまっているのを見てしまった。

「でも、それなら、どうすれば良い……？」

上条《かみじょう》はベンチに腰《こし》掛《か》けたまま、呻《うめ》くように呟《つぶや》いていた。

「借金の肩《かた》代《が》わりも使えない。それは分かるけど、だったら抜本的《ばっぽんてき》な解決方法は他にあるのか。そっ、そうだ。確かお前ならポータブルデバイスとか審判役《しんぱんやく》の球体とかも攻撃《こうげき》できるんだよな。だったら……」

「確かに、一人二人ならそうして救済する事もできる可能性はあります。ですが次から次へと『亡命』プレイヤーが増え、『消失』、NPC化が続く状況《じょうきょう》では根本的な解決になりません。最悪、助けたはずのプレイヤーが他のNPC化プレイヤーを助けるためにもう一度死地へ赴《おもむ》いてしまうかも。……そもそも、私はあくまで抜《ぬ》け穴《あな》を利用しているだけで、巨大《きょだい》なシステムそのものは横たわり続けているのですから」

『一人助けている間に一〇〇人呑《の》み込《こ》まれているんじゃどうしようもないって訳ですね。うへへえ』

グシャグシャになったサイファーと、その中に埋《う》もれていく女の子の顔が脳裏《のうり》をよぎる。美琴《みこと》でなくても分かる。あれは、そのままにしておけるものではない。

何もできないからと、目を背《そむ》けて笑っていられるものではない。

「……、……」

富良科凜鈴《ふらしなりりん》はベンチに体を預けたまま、眠《ねむ》たそうに目を細めた後。

言った。

「……『ブルーストーカー』を捜《さが》してください」

「何だって？」

「正しい意味では、あれが最初の起点です。終点という意味では、私も他人事《ひとごと》ではいられなくなるんですが……」

「おいちょっと待て、さっきから何を言っているんだ⁉」

「限界、です……。この辺りが、関の山……ぐう……」

冗談《じょうだん》みたいな寝息《ねいき》が聞こえてきた。

だがこんな所で中途半端《ちゅうとはんぱ》に話を打ち切られても困る。こっちも知り合いが直接絡《から》んでいるかもしれない事が分かってきたのだからなおさらだ。

「おい富良科《ふらしな》、起きろって、おい！」

「……むにゃむにゃ……ふわあ……」

「まだ行ったり来たりしているな。させんっ‼　今日は上条《かみじょう》さんが寝《ね》かせませんよ‼」

『警告、表現に卑猥《ひわい》と受け取れるニュアンスが混ざっています。ゲーム的にはC判定かなー？』

「うるせえなもう！　つかこんだけ騒《さわ》いでもダメなのかよ！」

背中に氷の塊《かたまり》でも放《ほう》り込《こ》んだり、鼻に香辛料《こうしんりょう》でもぶち込《こ》んでやれば事情も変わるかもしれないが、生憎《あいにく》と手持ちがない。

そして、今ある物だけで、揺《ゆ》さぶって大声を出す以外に眠気覚《ねむけざ》ましとして使えそうなアイデアと言えば……、

「確か、膝《ひざ》の裏に強い光を当てると起床時間《きしょうじかん》を調整できるとかって話があったな。朝日を浴びると眠気《ねむけ》が飛んでいくっていうのと同じ。旅客機《りょかくき》の時差ぼけ解消サービスとかで実用化もされていたはずだ」

『そういう無駄《むだ》なトピックスってどこから拾ってくるんです？　クイズ番組とか？』

「テレビを点《つ》けながら家事に勤《いそ》しむ上条《かみじょう》さんを舐《な》めるな。そして光源ならここにある！　リリナ、お前の手を借りるぞ。画面ちょっとこっち貸して‼」

『えっ、ああ⁉』

とりあえず少しでも可能性のある事は全部試《ため》す。

そんな想《おも》いで上条《かみじょう》は突《つ》っ立《た》ったまま器用に揺《ゆ》れている富良科凜鈴《ふらしなりりん》の膝裏《ひざうら》にポータブルデバイスの画面を近づけていくのだが、

『あのー、当麻《とうま》サマ』

「何だこっちは真剣《しんけん》なんだ」

『これだと世《せ》間《けん》一般的《いっぱんてき》には居眠《いねむ》りしているいたいけな女の子を超《ちょう》ローアングルから狙《ねら》っている変態野郎《へんたいやろう》と受け取られかねない訳ですが、ほんとに大丈夫《だいじょうぶ》なんですかね？』

「あ、そういやこれレンズついてたっけ⁉」

『本体機能忘れられすぎでナビ役としては少々へこむんですけど。というかマテリアルアナライズで何を取《と》り込《こ》もうとしてんだかって受け取られるかもですね。いやあ、白いボディに小さなリボンの飾《かざ》りがついた女の子臭《しゅう》のするテムジンかあ、画期的ですねえ……』

「俺《おれ》真っ当な考えで行動しているだけなのに何でこんな結末にしかならねえんだ……ッ⁉」

そうこうしている内に富良科凜鈴《ふらしなりりん》は完全に寝息《ねいき》を立ててしまった。

流石《さすが》にこれ以上は手の施《ほどこ》しようがない。

『ブルーストーカー』。

全《すべ》ての起点。

そして終点という意味では、富良科凜鈴《ふらしなりりん》も無関係ではない……？

「……どうなってるんだ、くそ」

24

一方通行《アクセラレータ》がやってきたのは、第七学区の端《はし》だった。

廃棄《はいき》された地下鉄駅だった。階段を一段一段降りていき、あらゆる店舗《てんぽ》が撤退《てったい》した地下街の広大な空間へ目をやると、そこには一際《ひときわ》不自然な影《かげ》が鎮座《ちんざ》していた。

まるで砂浜《すなはま》に迷《まよ》い込《こ》んだクジラだ。

ざっと見て全長一五〇メートル以上の鋼《はがね》の塊《かたまり》の正体は、豪華《ごうか》客船《きやくせん》だった。水を張っていない代わりに、何百何千という木の柱でもって下から支えられている。造船所などでも見られる重量分散方法だった。おそらく使い方も間違《まちが》っていない。地下鉄駅の狭《せま》い出入口から少しずつ部品を持ち寄って、まるでボトルシップのように巨大《きよだい》な豪華《ごうか》客船《きやくせん》を駅構内で造り上げたのだろう。

端から海へ出る事を期待されなかったその船は、ある『老人』の城だった。

『ブルーストーカー』に莫大《ばくだい》な金を与《あた》え、バーチャロンという次世代競技を推進させ、そして何かを企《くわだ》てているらしい重鎮《じゆうちん》。

側面に張り付いたタラップから甲板《かんぱん》に上がり、幽霊船《ゆうれいせん》のように静まり返った船内を進む。途《と》中《ちゆう》で護衛や使用人などには遭遇《そうぐう》しなかった。それどころか、セキュリティの電源も切れている。流石《さすが》に怪訝《けげん》になった一方通行《アクセラレータ》だが、すぐに答えは分かった。

「……勝手にくたばってやがる」

　思わず吐《は》き捨《す》てていた。

　厳密には違《ちが》うのかもしれない。天蓋《てんがい》付きの豪奢《ごうしゃ》なベッドの上にはカプセル状の機材が置いてあり、その中に『老人』はすっぽりと収まっていた。コールドスリープにも似ているが、どうも違《ちが》うようだ。ガラスかプラスチックのような透明《とうめい》な素材で全身をくまなく固めてある。エジプトのピラミッドにミイラを置いていた頃《ころ》から、人体の保存と言えばまず防腐《ぼうふ》処置《しょち》と相場は決まっていた。

　一方通行《アクセラレータ》はベッドの近くにあったサイドテーブルへ目をやる。日記帳のようなものがあったが、中には人名らしきものが乱雑に書き殴《なぐ》ってあるだけだった。筆圧も一定ではない。そして病院から処方されたものと思《おぼ》しき医薬品の袋《ふくろ》がいくつもあった。

（記憶能力《きおくのうりょく》の問題か。何かを忘れちまう前に、自分の時間を止めよォとした訳だ）

　わざわざ得体《えたい》の知れない相手に金塊《きんかい》の山を託《たく》して目的の成就《じょうじゅ》を願っていたのに、その目的が何であるかを覚えていられないのでは世話はない。ある意味で、『ブルーストーカー』は見限られた形になる。目的が果たされるより、自分が忘れてしまう方が早い、と。

（……『これ』があれば話を聞けるかもしれねェが）

　第一位の怪物《かいぶつ》は虚空《こくう》から大鎌《おおがま》『アイフリーサー』を取り出す。精神を蝕《むしば》む、あるいは破壊《はかい》する事を旨《むね》としたスペシネフの力があれば、細胞《さいぼう》の活動自体が凍結《とうけつ》した相手からでも強引《ごういん》に情報を引き出せるかもしれない。

『これ』は、脳細胞《のうさいぼう》だの電気信号だのを通《とお》り越《こ》した『精神』そのものに触《ふ》れるデバイスなのだ
(まあ、相手が動かねェのは分かっているンだ。時間に余裕《よゆう》があるなら、聞き出す内容も吟味《ぎんみ》してみるべきか)

いったん本丸から離《はな》れて他の部屋を見て回る。

異様な内装が多かった。壁《かべ》、床《ゆか》、天井《てんじょう》を問わず幼い少女の写真でびっしりと埋《う》め尽《つ》くされた部屋。『老人』には不釣《ふつ》り合《あ》いなぬいぐるみやオモチャで溢《あふ》れ返った部屋。子供用の菓子《かし》のレシピばかりが貼《は》り付《つ》けられた厨房《ちゆうぼう》。ホームシアターでも、並べてあるフィルムのリストは軒《のき》並《な》みある少女を映した活動記録のようなものばかりだ。

それだけ見ると圧倒《あつとう》されるが、バックボーンを把握《はあく》していれば途端《とたん》に人間味が滲《にじ》み出《で》てくる。

ようは、『これ』を忘れたくなかったのだろう。

写真立ての中で一緒《いつしよ》に笑っている『老人』と少女を見やる。『これ』だけは覚え続けるという努力の結果が、異様な反復行動として表面化しているだけなのだ。

(孤独《こどく》なじいさんと孫娘《まごむすめ》、か。いかにも分かりやすい)

痕跡《こんせき》をなぞっていく内に、いくつか取得できた情報がある。

(ある日消えた……いや、目鼻立ちは全く同じ他人と入れ替わった孫娘《まごむすめ》を追う内に、おかしな

道に足を突《つ》っ込《こ》んだクチか。まともな線を一つ一つ潰《つぶ》していって、最後に残ったもんが……何だこりゃ、タングラム？　何かの隠語《いんご》か）

しかし。

その内に。

毛色の違《ちが》う部屋にぶつかった。ここだけ、並べられているのが少女に関するものではなかった。壁一面《かべいちめん》に貼《は》り付《つ》けられたグラフや表、数式や化学式、何かしらの模式図。科学技術のお勉強に見えなくもないが、どうにもはっきりとしない。学園都市第一位の能力者という事は、学園都市第一位の頭脳という事だ。その一方通行《アクセラレータ》からして、見当もつかない事ばかりなのだ。

ショービジネス化された限定戦争、バーチャロイド、Vディスク、電脳虚数空間《でんのうきょすうくうかん》、情報の実体化、アースクリスタル、シャドウ、オリジナル・フェイ・イエン、並行世界《へいこうせかい》、プラジナーの娘《むすめ》、そしてタングラム。

「おいおい……」

一方通行《アクセラレータ》は思わず呟《つぶや》いていた。

一面にあるものをぐるりと見回す。

「……いつからこの街の暗がりはおとぎ話の世界と繋《つな》がっちまったンだ？」

問題なのは、そのおとぎ話が荒唐無稽《こうとうむけい》なものではなく、一つ一つを吟味《ぎんみ》すれば全《すべ》ての論が繋《つな》がって説明できてしまうという事。

そしてこの『老人』の持つ莫大《ばくだい》な資材とコネクションが、実際に『ブルーストーカー』なる人物へ引《ひ》き継《つ》がれてしまっている事だ。

となれば聞きたい事は一つ。

一方通行《アクセラレータ》はカプセル状の機材の中で、ガラスかプラスチックのような透明素材《とうめいそざい》で全身を固めた老人と向き合う。ケース越《ご》しに、大鎌《おおがま》の『アイフリーサー』の先端《せんたん》を突《つ》き付《つ》ける。

現実を切《き》り離《はな》してでも思い出を守ろうとした老人を、強引《ごういん》に揺《ゆ》さぶる。

「話せ。『ブルーストーカー』ってのは何なんだ?」

いっそ冒瀆的《ぼうとくてき》ですらあった。

元から全身を標本のように固めているのだから、しわがれた五体は動かないしどんな声も放てない。はずだった。にも拘《かかわ》らず、パキパキペキペキと乾《かわ》いた音を立てて、強引《ごういん》にでも口元が動く。どれほどのリスクを無視してでも。

肉声はなかった。

だが唇《くちびる》の動きは終えた。

『あれは一人ではない』

「?」

個人ではなく組織という事なのか。

そんな風に考えた一方通行《アクセラレータ》だが、老人は続けてこう言ったのだ。

『個人に見えても本質は違《ちが》う。我々の知る理《ことわり》では説明をつけられないが、彼《かれ》らの理屈《りくつ》ではまた変わってくるのだろう。必要ならば資料を読み返せ、そして思考を巡《めぐ》らせろ。出《だ》し惜《お》しみはしない、できない。断片《だんぺん》しか放てぬ言葉より、そちらの方がより多くそして確実な情報を取得できると言っているだけだ』

確かに、嘘《うそ》はないはずだ。

しかし、だとすると？

『あやつは孤独《こどく》だ、あるいはわし以上に。だがその飢《う》えを満たす方法はない、やはりあるいはわし以上に』

「……、」

『何故《なぜ》ならヤツは個人ではないからだ。パーソナルな起点を持つわしと違《ちが》い、ヤツには達成すべき目的がない。ねじれて矛盾《むじゅん》しているように聞こえるかもしれんが、これは事実だよ。ヤツは誰《だれ》よりも孤独《こどく》に苛《さいな》まれている』

そこまでが限界のようだった。老人は精神を蝕《むしば》むスペシネフの影響《えいきょう》下でも関係なく、肉体的な限界によって沈黙《ちんもく》してしまう。

一人残された一方通行《アクセラレータ》は、静かに思う。

これは何だ？

『ブルーストーカー』とは一体、誰《だれ》だ？

25

「で、とうまは晩ご飯の食材を買いに出かけたはずなのに、気がつけばまた意識もはっきりしていない女の子を連《つ》れ込《こ》んできた、と。そういう扱《あつか》いでオッケーなんだね？　何それ、どうするの、美味《おい》しくいただいちゃうの？？？」

「おおっとう、人助けってのは基本的に報《むく》われないの法則がやってきたぞう！　そろそろマジでバトル巻《ま》き込《こ》まれるたびにバイト料とか取っても良いと思うんだ俺《おれ》は」

「古き良き米俵《こめだわら》スタイルの人攫《ひとさら》いが何を言っているのかなとうまは⁉」

「それリリナにも言われたわー。ところでインデックス」

「何ですかな⁉」

「俺《おれ》の手にあるビニール袋《ぶくろ》に入ったトンカツ用ロース肉はなーんだ？」

「うほほーい‼　サプライズが完璧過ぎるんだよとうま‼」

上条当麻《かみじょうとうま》の主夫テクニックの前には、インデックスの胃袋《いぶくろ》などチョロいものであった。

そんなこんなで、眠《ねむ》りっ放しの富良科《ふらしな》凜鈴《りりん》はひとまずベッドへ下ろして、上条《かみじょう》は今晩のご飯に取《と》り掛《か》かる。

「半分はトンカツでしょー、もう半分はカツ丼《どん》でしょー。むはー、私は今から楽しみで仕方がないんだよ！」

「それ『トンカツをおかずにカツ丼《どん》を食べられる人』って変換《へんかん》すると横綱《よこづな》クラスに聞こえるぞ」

インデックス。まあ準備が楽だから何でも良《い》いけど……」

ちなみに油分全開の揚《あ》げ物系《ものけい》は子猫《こねこ》にはちと難易度が高過ぎるので、三毛猫《みけねこ》は三毛猫《みけねこ》でいつものキャットフードなのだった。匂《にお》いだけ嗅《か》がされてボルテージを無駄《むだ》に上げてしまったせいか、今は床《ゆか》の上でバタバタ暴れて猛抗議《もうこうぎ》の真っ最中である。

一応富良科《ふらしな》の分も用意しておいたが、目を覚ます様子は全くない。仕方がないのでこちらについてはラップを掛《か》けてから、三毛猫《みけねこ》がイタズラしないようにプラスチックの籠《かご》を被《かぶ》せておく事にする。

「とうま、世の中にはカツのミルフィーユっていうのがあるってテレビで言ってた！」

「ああ、どうなんだろうなあれ。そんな薄《うす》切り肉ならしゃぶしゃぶにしちまった方が楽しめそうな気もするけど」

「あと噛《か》むと中からとろっとチーズが溢《あふ》れてくるカツがあるんだって！」

「……、」

「他にもあっさりした大根おろしとチキンのカツでしょー、半熟の目玉焼きをのっけてクリーミーにしたカツカレーでしょー、それからデミグラスソースで食べるリッチな牛カツなんていうのも！」

「男料理に不満があるなら口に出そうじゃないかインデックス」

そんなこんながありつつも、和気あいあいと晩ご飯を平らげていく二人。

そうこうしている内に、食べ物の匂《にお》いにつられたのか、寝《ね》ていたはずの富良科凜鈴《ふらしなりん》がぱちりと目を開けた。

上体を起こして目元を擦《こす》りつつ、こちらに目をやっている。

「今夜はトンカツな訳だがお前どうする?」

「いただきます」

「……昼間、熱いのも苦いのもダメだとあれこれうるさかったのに何でかここだけ即答《そくとう》じゃないか。寝起《ねお》きでトンカツとか普通《ふつう》じゃないだろ」

「えっ、何で? とうま、私は出されれば何でも美味《おい》しく食べちゃうんだよ」

この空間には常識が足りないようだった。

とりあえずラップで包んで残しておいた富良科《ふらしな》の分を用意してやり、彼女《かのじょ》が食べている間にお風呂《ふろ》を沸《わ》かす。ちなみに富良科凜鈴《ふらしなりん》は千切りキャベツから食べる派のようだった。目についた肉系からごっそり一瞬《いっしゅん》でやっちまうどこぞのシスターさんにも見習ってもらいたい。

「順番は決まっているのですか?」

「別に。俺《おれ》は洗い物があるから後回しで良《い》いよ、お前達《まえたち》でどうするか決めちゃって」

上条《かみじょう》がそう提案すると、話し合いののち、何故《なぜ》だかインデックスと富良科凜鈴《ふらしなりん》が同時にユニットバスに向かってしまった。

（……あれ？　そういや富良科《ふらしな》のヤツ、寝間着《ねまき》はどうするんだろ）

まさか青いワンピース状の私服を着直す事はないだろうが……となるとやっぱりインデックスと一緒《いっしょ》で人様のワイシャツを強奪《ごうだつ》する構えなんだろうか。

テレビの音声と壁越《かべご》しに聞こえるシャワーの水音を耳にしながら、上条《かみじょう》は食器洗いに勤《いそ》しむ。

そして傍《かたわ》らに置いてあったポータブルデバイスに声を掛《か》けた。

「リリナ」

『スリープモードから復帰しました。何でしょ？』

「頼《たの》みがある」

『……この水音、シャワーの音から察するに……嫌《いや》だなあスケベなユーザーにぶつかっちゃうのって。まあ画素には自信がありますけども、ここは撮影失敗《さつえいしっぱい》を装《よそお》ってピンボケ処理にしておきますか、はあ……。規範《きはん》に則《のっと》ってスペック疑われる行動取るって疲《つか》れるなあ』

「何を勘違《かんちが》いしているかは知らないが深くはツッコまないぞ。あいつらに気づかれないように外へ出る」

『どしてです？』

「一戦交えるために。お前も準備してくれ」

『……ええっと、どなた様と？　「ブルーストーカー」、あるいは人攫《ひとさら》い？』

「御坂美琴《みさかみこと》」

上条《かみじょう》はそう答えた。

「NPC化プレイヤーを助けるためにそれを増やしているようじゃ本末転倒《ほんまつてんとう》だ。それにあいつからも情報を仕入れたい。何にしたってコンタクトを取るべきだ。……たとえバーチャロンで捻《ね》じ伏《ふ》せてでも」

『ふうむ、でもどこにいるか分かっているんですか？　マッチング関係の検索《けんさく》では探《さく》れる範囲《はんい》も限られますよ』

「確かに、俺《おれ》は御坂《みさか》の位置は分からない」

まずはそれを認めた上で、

「だけど向こうは俺《おれ》の動きが分かるらしい。現にそれで一度、NPC戦に割《わ》り込《こ》まれているからな。何か能力を使ったものか、バーチャロン関係のルールを逆手に取っているのか、あるいは同じ考えの味方が街中にいて、連中で目撃談《もくげきだん》を共有しているのかは知らないけど」

『だとしたら？』

「一度は向こうから割《わ》り込《こ》んできた。辛《つら》いけど、同じ状況《じょうきょう》を再現すれば良い。俺《おれ》が懲《こ》りずにNPC化プレイヤーを攻撃《こうげき》すれば、御坂《みさか》のヤツはすっ飛んでくる」

『はへえ……。パッと見熱血なのに、たまに悪魔《あくま》みたいな事考える人ですねえ』

「そんなんじゃないよ。目的を見据《みす》えているだけだ」

言いながら、上条《かみじよう》はユニットバスの扉《とびら》の方へ目をやる。

あの調子ならまだしばらく出てくる様子はなさそうだ。上条《かみじよう》はゆっくりと玄関《げんかん》の扉《とびら》へ向かい、そして外の世界へと抜《ぬ》け出《だ》していく。

表から施錠《せじよう》しつつ、少年は意識を切《き》り替《か》えるように告げる。

「リリナ、そういう訳で検索《けんさく》してくれ。まずは俺《おれ》にとっても御坂《みさか》にとってもホームグラウンドの第七学区にいるNPCバーチャロイド、そうだな、前と同じヤツ」

『サイファーとフェイ・イェンがいたはずですけど』

「うーん……」

根拠《こんきよ》はなかったが、上条《かみじよう》はとりあえず先に進んだ。

「条件が堅《かた》い方から始めよう。あの時はサイファーに戦いを挑《いど》んだらフェイ・イェンがついてくる格好だった。だからまずは第七学区のサイファーを集中的に狙《ねら》う。それでもあいつを釣《つ》れないなら、他の学区にも範囲《はんい》を拡大、サイファー型のNPCを全部狩《か》る」

『そこまでやってもダメなら？』

「標的をNPCフェイ・イェンに移す。あいつが反応するまで徹底的《てつていてき》にやる」

『あいさー。じゃあちゃちゃっと始めますか！』

26

第二一学区では、無骨《ぶこつ》なダムの上で火花が散った。

『第二セット終了《しゅうりょう》、サイファー型に全損で勝利』

第一七学区では、無人工場の屋根の上を巨大《きょだい》な影《かげ》が疾走《しっそう》した。

『サイファーに勝利、やっぱりNPCだと緊張感《きんちょうかん》ないですねえ』

第二二学区では、広大な地下街を下りながら剣戟《けんげき》を交《か》わした。

『またまたサイファーです。すぐそこにいますけど狩《か》っちゃいますか』

第一五学区では、繁華街《はんかがい》の真上を飛びながら次々と射撃《しゃげき》を繰《く》り返《かえ》した。

『うへえ、もうルール無用って感じでぐっしゃぐしゃですねえ。恐《おそ》るべき「亡命」PD……』

どこまで行っても世界は呑気《のんき》なもので、工場観察だの夜景デートだのの合間にきゃーきゃー言いながらポータブルデバイスのレンズを向けてくる少年少女も多かった。ブログやSNSとも繋《つな》がっているはずだ。つまりそれだけ上条達《かみじょうたち》が戦っているという情報は必ず拡散する。

実際にこれがどれだけ歪《いびつ》で異様なものなのかに気づきもせずに。

可愛《かわい》らしい着ぐるみに腐乱死体《ふらんしたい》を詰《つ》め込《こ》んでベンチに座《すわ》らせ、何も知らない小さな子供達《たち》に笑顔《えがお》で抱《だ》き着《つ》かせるようなえげつなさ。

「……、」

恐《おそ》るべき挙動で次々にポイントを稼《かせ》ぎ、試合に勝利していく上条《かみじょう》のテムジン。だが対照的に左右の手でポータブルデバイスを包《つつ》み込《こ》むように握《にぎ》る少年は奥歯《おくば》を噛《か》み締《し》めていた。あの『NPC機』のどれに生身の人間が入っていたか、外からは見えない。最悪、全員ゾンビ化して戦わされている可能性もある。必要な事とはいえ、一機一機を叩《たた》いていくたびに胸の辺りに嫌《いや》なものが溜《た》まっていった。科学の街に住む上条《かみじょう》らしくもない表現だが、魂《たましい》が削《けず》れていくのが良く分かる。

だから、願っていた。

一刻も早く、終わりが来る事を。

そして、そんな自己矛盾《じこむじゅん》を孕《はら》んだ上条当麻《かみじょうとうま》の願望は、やがて果たされる事になる。

第二三学区。

複数の誘導灯《ゆうどうとう》に彩《いろど》られた夜の国際空港。その滑走路《かっそうろ》。

夜空に浮《う》かぶ審判役《しんぱんやく》の球体が一足先に何かを捉《とら》えたようだった。

『当麻《とうま》サマ、八時方向より敵機。ライデン型のカスタム機です。キャッシュデータの履歴《りれき》で画像と挙動の双方《そうほう》を確認《かくにん》、九三・八％で一致《いっち》！　想定目標です‼』

「やっと来たか、こっちはもうギリギリだっての……」

上条当麻《かみじょうとうま》は額《ひたい》に浮《う》かんだ汗《あせ》を拭《ぬぐ》い、スティックの頭を親指で撫《な》でて、微《かす》かに笑う。

予定通りの状況《じょうきょう》を作れたからか。

分かっていながら、なお耐《た》えられそうもなかった地獄《じごく》から解放してくれたからか。

とにかく彼《かれ》は、見知った少女の名を叫《さけ》ぶ。

「御坂美琴《みさかみこと》!!」

27

これまでのNPCとは次元が違《ちが》う。

火を見るより明らかだった。

夜の国際空港滑走路《かっそうろ》を、オレンジ色のラインが引《ひ》き裂《さ》く。テムジンとライデン。お互《たが》いのVディスクが極限挙動を受けて強引《ごういん》に赤熱させられ、その光がテールランプのように夜闇《よやみ》に残留しているのだ。

ゴッ!!　と、ライデンという名の超重量《ちょうじゅうりょう》の風が唸《うな》る。遠距離《えんきょり》重視《じゅうし》型《がた》などというコンセプトを完全に無視した突撃戦術《とつげきせんじゅつ》。本来なら邪魔《じゃま》になる重さを活用し、バズーカ砲《ほう》『Zig-18』を振《ふ》り回《まわ》して重心の位置をずらしたり、明らかに膨大《ぼうだい》な磁力を使って牽引車《けんいんしゃ》や燃料ホースなどを引っ張って足場となる『壁《かべ》』を作ったり、とにかく変則的な鋭角挙動《えいかくきょどう》をバンバン使ってくる。何度も宙で身を翻《ひるがえ》しながら次々と上条《かみじょう》のテムジンへ鈍器《どんき》じみたバズーカ砲《ほう》を振《ふ》り回《まわ》しての近接攻《きんせつこう》撃《げき》を放たれる。まるで竜巻《たつまき》の中心にでも放《ほう》り込《こ》まれたような気分だ。

次世代競技バーチャロンではどれだけ流《なが》れ弾《だま》が飛んでも周囲へ被害《ひがい》は出さない。だが大質量の塊《かたまり》が動き回っているのは事実だし、夜の空港で立て続けに閃光《せんこう》が瞬《またた》けば旅客機《りょかくき》の管制誘導《かんせいゆうどう》にも悪影響《あくえいきょう》を及《およ》ぼすだろう。分かっている。それでも周りに気を配る余裕《よゆう》もない。

『さっきと同色のテムジン……性懲《しょうこ》りもなく!!』

「言うと思った。話を聞け御坂《みさか》！　お前が大体何をしようとしているかは分かってる!!」

一方的ではなく、互《たが》いの声が交差した事で、美琴《みこと》も自分が戦っている相手の正体が分かってきたようだった。

それでも、攻撃《こうげき》の手が緩《ゆる》む事はない。

いいや、一瞬《いっしゅん》歯車に楔《くさび》でも刺《さ》さったように挙動が歪《ゆが》んだが、直後に倍する勢いで苛烈《かれつ》な攻《こう》撃《げき》が襲《おそ》いかかってきた。

上空の審判役《しんぱんやく》だけが、彼《かれ》らの挙動を正確に精査していた。

『アンタが、どうして……。事情を知っているって言ったわね、だったらなおさらどうして!?　分かってやっていたって言うの!?』

「ああそうだ。乱暴な方法だけど、今すぐお前を止めなくちゃならなかったからな!!」

振《ふ》り回《まわ》される鈍器《どんき》を近接剣《きんせつけん》『ブリッツ・セイバー』で押《お》さえ込《こ》み、そのまま鍔迫《つばぜ》り合《あ》いに持《も》ち込《こ》む事もなく、バズーカ砲《ほう》『Zig-18』をなぞるように刃《は》を滑《すべ》らせる。切っ先を美琴《みこと》のライデンの頭へと突《つ》きつける。

主兵装『スライプナー』が形を変える。近接剣《きんせつけん》から遠距離用《えんきよりよう》のライフル『ニュートラル・ランチャー』へと。

迷わず撃《う》つ。

ドドドドン!! と立て続けに放たれた光弾《こうだん》を、ライデンは首を振《ふ》って回避《かいひ》する。だがそれでバランスを崩《くず》した。普段《ふだん》であればパワーで勝つ事のない上条《かみじょう》のテムジンが、改めて鍔迫《つばぜ》り合《あ》いに持《も》ち込《こ》む。そのまま一気に押《お》し切《き》る。

『当麻《とうま》サマ、間もなく九〇秒経過、判定に持《も》ち込《こ》めます』

「今のままなら――――」

『ぐっ!!』

『五、四、三、二、一』

ゼロ。

テムジンとライデンがガクンと動きを止める。夜空に浮《う》かぶ球体状の審判役《しんぱんやく》が迅速《じんそく》に集計を行い、今のセットの勝敗をつけていく。

『一セット先取、このまま押《お》し切《き》りましょう、当麻《とうま》サマ!』

言われずとも。

だが上条《かみじょう》は待っている時間ももどかしい。

そのまま通信を使って美琴《みこと》に必死の訴《うった》えを飛ばしていく。

「お前がやっている方法じゃ被《ひ》害者《がいしゃ》を増やすだけだ!!　同じ考えを持った協力者が集まったってそいつらの過半数以上がじり貧《ひん》でNPC化プレイヤーに身を落としちまうんじゃ危険過ぎる。NPC化プレイヤーを守るために『亡命』化したお前が出てきたら、『ブルーストーカー』の時みたいに新しいプレイヤーに「亡命」のきっかけを与《あた》えかねない！　一本の木を植えるために森を燃やしているようなもんだろうが!!」

『っ!!　アンタに、何が……』

「『ブルーストーカー』を捜《さが》せって言われた！　どういう意味かは分からねえけど、確かにあいつが『亡命』だのNPC化プレイヤーだのの中心、騒《さわ》ぎの元凶《げんきょう》だとしたら、そっちを放《ほう》っておく方がまずい！　手を貸せ、御坂《みさか》。あいつはきっと俺達《おれたち》も知らない何かを知……ッ!!」

『アンタに、何が分かる⁉』

咆哮《ほうこう》があった。

同時に第二セットが始まった。

リスクは大きいが、この距離《きょり》なら近接のラッシュで畳《たた》みかけられる。いっそ開始早々ライデンを押《お》し倒《たお》し、一方的に近接剣《きんせつけん》『ブリッツ・セイバー』を振《ふ》り下ろして決着をつけようと思っていた上条《かみじょう》の思惑《おもわく》は、あっさりと覆《くつがえ》された。

原因はライデンの、重機のような指先。

その親指が何かを弾《はじ》くような挙動を見せた途端《とたん》、

(ま、ずい)

ほとんど本能的な危機と共に。

上条当麻《かみじょうとうま》は全力でテムジンを下がらせる。

直後の出来事だった。

『当麻《とうま》サマ、何か来ます。分類不能!!』

(まずい!!)


ゴッッ!!!!!! と。

空気をまとめて引《ひ》き裂《さ》き、恐《おそ》るべき速度で金属砲弾《きんぞくほうだん》が突《つ》き抜《ぬ》けていった。


「超電磁砲《レールガン》……だと!?」

愕然《がくぜん》とした。

当然ながら、ライデンにはそんな武装は存在しない。だとすれば、マテリアルアナライズで追加組《く》み込《こ》みをした以外には考えられないが……。

ゾゾゾゾゾゾゾゾ!! という連続的な摩擦音《まさつおん》が鳴《な》り響《ひび》いていた。

紫《むらさき》ベースの特殊《とくしゅ》なカラーリングを施《ほどこ》したライデンの周りを、黒い霧《きり》のようなものが囲んでいた。それは強大な磁力によって形を整えられ、剣《けん》のような、翼《つばさ》のような、そんな威容《いよう》を形作る。

『何なんですか、あれ⁉』

「砂鉄の剣《けん》。御坂《みさか》のヤツ……自分自身をマテリアルアナライズで分析《ぶんせき》して機体に組《く》み込《こ》んだっていうのか……？」

言われてみれば、『ブルーストーカー戦』で割《わ》り込《こ》んできた第一位、一方通行《アクセラレータ》の操《あやつ》るスペシネフもそんな節《ふし》があったか。確かに、学園都市でも七人しかいない超能力者《レベル5》の特性や性質をバーチャロイドに組《く》み込《こ》む事ができれば、大きな利点になるかもしれない。

しかし、

（なんて事だ……。リバースコンバートで機体の一部を引《ひ》き継《つ》いだ人攫《ひとさら》いだけじゃない。こっちもこっちで人間とバーチャロイドの境目が溶《と》けかけているじゃないか‼）

『私の「友達」が、消えたの……』

低く。

いっそ何かを呪《のろ》うような声で、御坂美琴《みさかみこと》はそう言った。

『あの子は今もこの街のどこかをさまよっている。何も知らない普通《ふつう》のプレイヤーに、サンドバッグか何かのように叩《たた》かれて血反吐《ちへど》を吐《は》いて！　それでも文句一つ言えずに次の戦いへと駆《か》り出《だ》されてる‼　それはもう私が八方手を尽《つ》くしたって検索《けんさく》できない、見つけられない、止めてあげられない！　こんな気持ちがアンタに分かるの⁉』

「……、」

『だったら助けるしかないじゃない。たった一人を見つけられないなら、NPC化した全員をまとめて救う方法を探すしかないじゃない!! たとえ夢物語であっても、天文学的な確率の話であっても、そこに一筋の光があるならもうすがるしかないでしょうよ!!』

もう反則だった。

四方八方から迫《せま》りくる『砂鉄の剣《けん》』や『雷撃の槍《らいげきのやり》』、そして『超電磁砲《レールガン》』。ただでさえ重武装のライデンの、各々《おのおの》の攻撃《こうげき》の隙《すき》を埋《う》めるように手数を増やされてはどうにもならない。上条《かみじょう》のテムジン側も必死に回避《かいひ》を続けていくが、どんなにターボの斥力《せきりょく》を再調整、最適化しても振《ふ》り切《き》れるとは思えない。

このセットはやられるな、と冷静に判断する。

とにかく第三、最終セットが勝負。それまでは相手の癖《くせ》や手数の種類などを目で盗《ぬす》む事だけ考えろ、と。

そうしながらも。

ああ、と上条《かみじょう》は思った。

気持ちは分かる、と返すのは簡単だ。だけどそこには何の重みもないし、美琴《みこと》には一ミリも響《ひび》かないだろう。そもそも上条《かみじょう》は、美琴《みこと》が『誰《だれ》を』失ったのかも分からないのだから。

だけどそれが、黙《だま》って背を向ける理由にはならない。

HBV-502-H8
RAIDEN

奇麗《きれい》ごとを言うのはやめよう。丁寧《ていねい》にまとめるのはやめよう。

無責任でも、不合理でも、何でも構わない。

ここにいたい。

介入《かいにゅう》したい。

これ以上美琴《みこと》が道を踏《ふ》み外《はず》す前に、この場所で食い止めたい。

ぶつけるべきは、きっとそうした『本音』でなければならないのだ。

「リリナ」

『はい』

激しい応酬《おうしゅう》の中、しかし上条《かみじょう》はゆっくりと息を吐《は》く。

「悪いな、もうちょっとだけガチで付き合ってもらうぞ」

『お気になさらず。プレイヤーを選べるなんて思っていませんし、バーチャロイドは当麻《とうま》サマのアイデアと指先であらゆる挙動を実現します。本気で願っているなら、ただ突《つ》き進《すす》めば良い。必ずこのテムジンは応えてくれます、当麻《とうま》サマの望む動きを』

覚悟《かくご》を決めた。

改めて正面を見据《みす》えた。

「分かったよ御坂《みさか》……。俺《おれ》の道とお前の道は、きっと違《ちが》ったものなんだろう」

『っ』

「その上で、俺《おれ》がお前の道を潰《つぶ》す方法は簡単だ。借金の均一化、平均化、肩代《かたが》わり。それに必要なのは莫大《ばくだい》な貯蓄《ちょちく》だからな。……つまり、お前を倒《たお》して、ラフプレイを誘って、スコアを汚《よご》してしまえばお前の策は使えなくなる」

『こいつ……ッッ!!⁉⁇』

がくんっ！　と再びテムジンとライデンの動きが止まる。

審判役《しんぱんやく》が獲得《かくとく》ポイントを計上し、

『っ！　予想通りです。一対一、次の最終セットで全《すべ》て決まります!!』

リリナの警告さえ無視した。

無視して彼《かれ》はこう切り出した。

「だから来いよ、御坂《みさか》」

超電磁砲《レールガン》、砂鉄の剣《けん》、そしておそらくは雷撃《らいげき》の槍《やり》も……。ただでさえ恐《おそ》ろしいバリエーションの手札の数々をバーチャロイドの中に組《く》み込《こ》んだ、恐《おそ》るべきラインナップを揃《そろ》えたライデンを前にして。

上条《かみじょう》はテムジンの指先を手前に引いて、軽く挑発《ちょうはつ》する。

「お前の道を進みたければ、俺《おれ》の道を潰《つぶ》してみせろ」

28

爆音《ばくおん》が連続した。

夜の滑走路《かっそうろ》で、上条《かみじょう》のテムジンと美琴《みこと》のライデンとが激突《げきとつ》を繰《く》り返《かえ》す。

最終セット。

機体全損だろうがポイント判定だろうが、確実に勝敗が決まる最後の戦い。

元より障害物、遮蔽物《しゃへいぶつ》の少ないロケーションだ。そしてライデンは高火力が売りの機体で、回避《かいひ》に失敗すればポイントを奪《うば》われるどころか一発で機体ごと吹《ふ》き飛《と》ばされかねない。本来なら足の遅《おそ》さを突《つ》いて遠距離《えんきょり》から連射し、各種の武器ゲージの残量に気を配りながら削《けず》りで足を止めてポイントを奪《うば》うのが常道だろうが、美琴《みこと》に限って言えば常識を超《こ》えた高速挙動でぐいぐい喰《く》らいついてくるので命は預けられない。

互《たが》いの背部にあるVディスクが紅蓮《ぐれん》に赤熱し、凄《すさ》まじい挙動に合わせてテールランプのように尾《お》を引いていく。

時に総合格闘技《そうごうかくとうぎ》のように近接《きんせつ》ラッシュを打ち合い、時に離《はな》れて遠距離《えんきょり》の狙撃《そげき》に繋《つな》げ、ライデンから放たれたバズーカ砲《ほう》『Zig-18』をかわしたと思った途端《とたん》に『雷撃《らいげき》の槍《やり》』が爆発物《ばくはつぶつ》を貫《つらぬ》き、テムジンの至近で炸裂《さくれつ》する。しかしダメージと引《ひ》き換《か》えに煙幕《えんまく》の中へと身を隠《かく》したテムジンが、美琴《みこと》の虚《きよ》を突《つ》いて急接近し、その近接剣《きんせつけん》『ブリッツ・セイバー』を右足へと叩《たた》き込《こ》む。

目まぐるしくスコアが変動し、各種の武器ゲージが増減を続ける。

全損でいきなりセットを取られるのを第一に避《さ》けつつの、ダウン判定の取り合い。

ポイントの奪《うば》い合《あ》い。

もっと言えば、コマンドログに羅列《られつ》されるラフプレイの完全集計、総チェック。

『亡命』化を施《ほどこ》した二人にとって、それは単なるスポーツの得点ではない。文字通り、己《おのれ》の命に直結する『寿命《じゅみょう》のカウント』そのものだ。

『うひい⁉　な、なななんっ、なん、何なんですかあれえ⁉』

「リリナ‼　データが間に合わないなら全カット！　こっちの目測で狙《ねら》いを定める‼」

『ああもうあああもう‼　何かカスタム化されたライデンの全身がバチバチ鳴ってるし、関連するのか表はＥＣＭだらけだし、いつ防壁《ぼうへき》ぶち抜《ぬ》かれてサイバー攻撃仕込《こうげきしこ》まれるか分かったもんじゃないですよこれ⁉　二進数方式なら大丈夫って分かっててもゾクゾクするう！』

「そうか、一番厄介《やっかい》なのはあいつのハッキング能力か。あのライデンに反映されてたらヤバいな……」

『分かってるならさっさと黙《だま》らせてくださーい‼』

逆に言えば、ハッキングのような裏技を使ってでも、やはりＮＰＣ化プレイヤーを正気に戻《もど》す事はできない、という話なのかもしれない。確か、それが最も得意そうな富良科凜鈴《ふらしなりりん》もできる事に限界があるような台詞《せりふ》を言っていたし。

神裂火織《かんざきかおり》といった魔術《まじゅつ》サイドの人間が動き始めている、と土御門《つちみかど》は言っていたし、いよいよ心だの命だの、形のないものが顔を出してきそうな雰囲気《ふんいき》だ。

『そっちは自慢《じまん》の能力は使ってこない訳？』

「生憎《あいにく》、こっちは初めから無能力者《レベル0》なんだよ」

『あまり甘《あま》く見《み》ていると、ここで破滅《はめつ》一直線よアンタ。私が「こういうの」見たら、滅法頭《めっぽう》に来るのは知ってんでしょ』

かもしれない、と上条《かみじょう》は思った。

『亡命』化やその先にあるNPC化プレイヤーの増殖《ぞうしょく》に、（おそらくは『ブルーストーカー』が）何を意図しているのかはまだ分からない。だが印象だけで言えば、二万人の軍用量産クローンを使い倒《たお》す第一位の『実験』と似通った『命の弄《もてあそ》び方』であるのも事実だ。

だから刺激《しげき》された。

しかも、身近な『誰《だれ》か』を巻《ま》き込《こ》まれる形で。

「……だけどそっちも忘れたのか」

そこまで思って、しかし、断《た》ち切《き》るように上条《かみじょう》は言い返した。

「俺《おれ》だって、『そういうの』を前に一歩でも引くような人間じゃないって事を」

『ッ!!　だったら、何なのよ!!』

ゴッ‼　とライデンの周囲から四本もの『砂鉄の剣《けん》』が鞭《むち》のように襲《おそ》いかかる。逃《に》げ場《ば》を封《ふう》じた上で真正面から『超電磁砲《レールガン》』を解き放つ。

対して、上条《かみじょう》は思い切り不可視の斥力《せきりょく》を使った高速ダッシュで切《き》り込《こ》んだ。

真横や後ろへ逃《に》げる行為《こうい》に意味はない。狙《ねら》うは真正面。最大最悪のリスクを紙一重《かみひとえ》で避《さ》けた先に、自身最大の攻撃《こうげき》を放った反動でわずかに硬直《こうちょく》した、無防備なライデンが待っている。

ツッッドン‼　という爆音《ばくおん》が発せられた。

リリナから送られる警報の全《すべ》てを無視して上条《かみじょう》は前へ。

聞いた話ではデータの塊《かたまり》を実体化させたものらしいが、テムジンは人間よりもはるかに重たくて頑丈《がんじょう》だ。それが幸いした。『超電磁砲《レールガン》』本体と、その周囲で撹拌《かくはん》される殺人的な衝撃波《しょうげきは》と暴風。生身の人間なら余波だけで絶命していてもおかしくない。半ば削《けず》り落《お》とされるような格好になりながらも、それでも上条《かみじょう》のテムジンが金属砲弾《きんぞくほうだん》そのものはギリギリで避《さ》ける事に成功し、ライデンへと襲《おそ》いかかる。

『ぐ……っ⁉』

「御坂《みさか》‼」

近接剣《きんせつけん》『ブリッツ・セイバー』を構える。

強く意識する。

まず光の交差があった。そして一刀を放ったテムジンが勢い良く一八〇度振《ふ》り返《かえ》り、美琴《みこと》のライデンは振《ふ》り返《かえ》りすらせずに『砂鉄の剣《けん》』を複数真後ろへ解き放ち、第二撃《だいにげき》が交差する。交差して、交差して、交差して、交差する。

だが気づいているだろう。

体ごと振《ふ》り返《かえ》って近接剣《きんせつけん》を薙《な》ぎ払《はら》う上条《かみじょう》と、その場を動けずに『砂鉄の剣《けん》』に頼《たよ》り切りになっている美琴《みこと》。やはり、テムジンとライデンでは速度や瞬発力に違《ちが》いが生じているのだ。その差は切り結ぶたびにじりじりと広がっていき、やがては無視できない域にまで達する。

すなわち。

やがては、攻撃《こうげき》を捌《さば》き切れなくなる。

『どうしてよ』

バズーカ砲《ほう》『Zig-18』の重さを利用したり、鉄板や鉄骨などを磁力で操《あやつ》って足で蹴《け》るための壁《かべ》を用意する無理矢理な方向転換《ほうこうてんかん》は、最高速度だけならカスタムしたテムジンをも上回る。だが機動性や安定性の面ではテムジンの方が上だ。

『どうして好きにやらせてくれないのよ⁉　痛みを散らす方法がある、今も血まみれで戦い続けるあの子をバーチャロイドの外に出してあげられる力がある！　それだけなのに、それだけを使いたかっただけなのに‼』

「これは、どっちが正しいかの話じゃないんだ、御坂《みさか》‼」

テムジンの近接剣《きんせつけん》『ブリッツ・セイバー』が、唸《うな》る。

「ただ、どっちを選びたいかっていう話でしかない！　その上で俺《おれ》はこう言っているんだ。お前が誰《だれ》かを助けたいと思ったその気持ちが、結果としてより多くの命を危険にさらすのが耐《た》えられないって！　いいや!!　本当に伝えたいのはこんな堅苦《かたくる》しい言葉じゃない!!　俺《おれ》は!!」

『砂鉄の剣《けん》』はもはや間に合わない。

真正面を避《さ》け、真横や後方など、大火力のレーザー兵器『バイナリー・ロータス』や『超電磁砲《レールガン》』が届かない位置を常にキープしているため、テムジンがここから潰《つぶ》される事もありえない。

だから。

「お前が悪者になる所を見たくないって言っているんだよ、御坂《みさか》!!　そのためなら、俺《おれ》が悪者になったたって良《い》いってな!!!!!!」

もはや、上条《かみじょう》のテムジンが敗北する理由など一つもなかった。

近接剣《きんせつけん》の軌跡《きせき》をなぞって青白い閃光《せんこう》が複雑なラインを描《えが》き、超高火力《ちょうこうかりょく》で固められたライデンを迅速《じんそく》に黙《だま》らせた。

いかに『亡命』化を施《ほどこ》しているといっても、ベースになっているのは次世代競技のバーチャロンだ。

攻撃《こうげき》を当てるのは相手を破壊《はかい》するためではなく、スコアを競《きそ》うため。そしてスコアに準じて勝敗が決定される。

29

たとえどれだけの想《おも》いがあっても、試合が終わってしまえば機体は動かせない。

ライデンは、沈黙《ちんもく》していた。

上条《かみじょう》も上条《かみじょう》で、リザルトの結果待ちの間はテムジンをロックされている。

『……「ブルーストーカー」ってユーザーネームとの対戦中に「亡命」化が頻出《ひんしゅつ》するっていうのは知ってる。煽《あお》り方が上手《うま》いんでしょ。もっとも、条件はあいつだけじゃないから、「元凶《げんきょう》」を潰《つぶ》した程度じゃ問題は解決しないかもしれないけど』

「だから、大元を潰《つぶ》す以外の方法を考えた？」

『元々、「ブルーストーカー」自体が神出鬼没《しんしゅつきぼつ》で、強襲《きょうしゅう》のしようがなかったっていうのもあったしね』

となると、美琴《みこと》も『ブルーストーカー』の居場所は分からないし、コンタクトも取れない、という訳か。

『自分の方法が間違《まちが》っている、っていうのも分かってる。でも現状、これ以外にまともな手はないのも事実。「ブルーストーカー」は何か知っている、一発で止める手段を持っている、っていうのも希望的観測でしょ。あいつは単に、ただ混乱を楽しんでいるだけかもしれないんだから』

「……分かってる」

『その上で尋《たず》ねるけど、これからアンタ、どうすんの？　具体的には、どうやって「ブルーストーカー」にアタックを仕《し》掛《か》ける訳？』

「御坂《みさか》にやったのと同じだよ」

『？』

「俺《おれ》には『ブルーストーカー』の位置は分からない。なら向こうから出てきてもらう。あいつが最も嫌《いや》がる事をやれば良い」

『……それって、例えば？』

「どんなメリットがあるのかは知らないけど、あいつは学園都市で流行しているバーチャロンを利用して、『亡命』化プレイヤーを増やして、さらにそこからNPC化プレイヤーを増やしている。どれが本命でどれが副産物かは分からないけど、食い止めるだけなら簡単だ。……隠《かく》れていない所から、正規のバーチャロンの方から攻撃《こうげき》すれば良い。誰《だれ》もバーチャロンで遊ぶ事ができなくなれば、そこから派生する『亡命』もご破算だ。『ブルーストーカー』は最初のステップを踏《ふ》めなくなるんだから」

『マジかよ……。つまりそれって、バーチャロン自体のシステムを止めるって言ってんの⁉ 二三の学区全部で情報ブラックアウトを起こしたらどれだけの経済損失が出るか想像もつかないわよ！　お店の評価とか最新情報の取得とかそんな次元じゃない、ほんとにどっぷり浸《つ》かってる人達《ひとたち》なら漢字の読み書きだの簡単な暗算だのだって機械任せにしているケースもあるってくらいなのに‼』

「幸い、バーチャロンに使うポータブルデバイスはセンターに寄らないとファームウェアのアップデートもできないくらいに依存《いぞん》しているからな。手っ取り早く、センターを叩《たた》けばサービスを維持《いじ》できなくなる。……とはいえ、ホントにやるかどうかは分からない。そう匂《にお》わせて『ブルーストーカー』を釣《つ》り上《あ》げられればそれで良《い》いんだから」

わずかな沈黙《ちんもく》があった。

美琴《みこと》は呆《あき》れているのかもしれなかった。

だがややあって、彼女《かのじょ》はこう言った。

『仕方がない……。私としても他人事《ひとごと》じゃないんだし、「ブルーストーカー」を釣《つ》るまでなら協力してやっても良いか』

「御坂《みさか》……？」

『センターを叩《たた》くって言っても、具体的な方法がないでしょ？　まさかガソリン撒《ま》いて火を点《つ》ける訳でもあるまいし。だったら、データを直接いじれる私がいた方が良《い》いんじゃない』

「おい、俺《おれ》は」

『ストップ。アンタ、自分の口で言ったわよね。私を悪役にしたくないから戦っているって。だったらこっちも同じよ、アンタ一人を悪役にするつもりはないわ。それに、これはあの子のためでもあるんだしね』

上条《かみじょう》は思わず額《ひたい》に手をやった。

状況《じょうきょう》が予想を超《こ》えた方向へ動こうとしている。

素直《すなお》に流れに乗ってしまうのが少し怖《こわ》くて、上条《かみじょう》は思わず話題を変えていた。

「そういえば、あの子っていうのは……？　悪い、聞いても良い話だったか、これ」

『大丈夫《だいじょうぶ》』

自分が解くべき難問ともう一度向き合うような声で、美琴《みこと》は答えた。

あの子。

それは常盤台《ときわだい》中学に通う『誰《だれ》か』か、いつも美琴《みこと》の傍《そば》にいる『誰《だれ》か』か。

そんな風に予想を立てていた上条《かみじょう》は、そこで彼女《かのじょ》の口から思わぬ言葉を耳にしていた。

『あの子っていうのは、富良科凛鈴《ふらしなりりん》ちゃんって言うの』

30

「あーっ！　白井《しらい》さん今までどこに行っていたんですか⁉」

「お姉様を捜《さが》していると何度も定時で連絡《れんらく》入れていたはずでしょう初春《ういはる》？」

「うへえ。空間移動《テレポート》を極《きわ》めた白井《しらい》さんから容赦《ようしゃ》なく行方《ゆくえ》を晦《くら》ましちゃうくらいぶっ飛んでいるんだ御坂《みさか》さん。けどこっちもこっちで大変だったんですからね！　今日はしのいだけど明日はどうなるか分からない！　決勝戦に向けてがんばってみよーっ‼」

やいのやいの言いながら自然素材ばかり取《と》り扱《あつか》う若干《じゃっかん》お高めなコンビニのガラス扉《とびら》を開けて中へ入っていく三人の少女達《たち》。

そのすぐ近く。

入口の傍《そば》にある壁《かべ》へ背中を預ける少女が一人。

「ああ……」

蜂蜜色《はちみついろ》の金髪《きんぱつ》をたなびかせる食蜂操祈《しょくほうみさき》は、ポータブルデバイスの小さな画面を見ながらうんざりした声を出していた。彼女《かのじょ》は彼女《かのじょ》で『お嬢様《じょうさま》らしく』特注のウッドコーンを組《く》み込《こ》んだホームシアター級の密閉映像音響《みっぺいえいぞうおんきょう》ゴーグルを備えていたが、今はいちいちネットに没入《ぼっにゅう》したいと思う遊びの気持ちはないらしい。

野菜チップスを摘《つま》みながら、彼女《かのじょ》は呻《うめ》くように言う。

「なぁーんで、こんな存在しない噂《うわさ》の少女を助けよう、とかいう話がまことしやかに広まってしまうのかしらねぇ。心を操《あやつ》る私が心の摩訶不思議《まかふしぎ》さに嘆《なげ》いたって仕方がないんでしょうけど」

富良科凜鈴《ふらしなりりん》という少女がいるらしい。

バーチャロンをこよなく愛していた少女らしい。

『亡命』化を経てNPC化プレイヤーとなり、望まぬ戦いを何度も強《し》いられているらしい。

らしい、らしい、らしい、ばかり。

よくよく考えれば不自然な情報だというのは分かりそうなものだが、ネット上の人間は『複数の情報源』に弱い。いくつものブログや掲示板《けいじばん》へ立て続けに同じ情報が出回れば、その信《しん》憑性《ぴょうせい》は無駄《むだ》に吊《つ》り上《あ》げられてしまう。

あっちでもこっちでも同じ事を言っているんだから、きっとこの情報は正しいんだろう、普《ふ》遍性《へんせい》のあるものなんだろう、と。

「女王」

すぐ近くで、長い髪《かみ》を縦ロールにした少女が控《ひか》え目《め》に声を掛《か》けてきた。

食蜂《しょくほう》はくりくりとした大きな瞳《ひとみ》を動かして、

「って訳で状況力《じょうきょうりょく》は分かってもらえた？」

「はい。ですが、説明されてなお、摩訶不思議《まかふしぎ》としか……」

「そうよねぇ。どう考えたって学園都市の基軸《きじく》から外れた理論とテクノロジーが噛《か》んでいる感じよねえ、これ」

彼女達《かのじょたち》が首をひねったのには理由がある。

もしもの話をしよう。

感覚遮断《かんかくしゃだん》に近い状態から人格が崩壊《ほうかい》の危機にさらされ、二足歩行も自律呼吸も難しくなったプレイヤーが陥《おちい》るNPC化。消失現象だか何だかの真偽《しんぎ》は分からないが、少なくとも行方不明《ゆくえふめい》になり、機体と運命を共にさせられるのは確定。これを救済する方法として提唱されているのが、対象者とチームを組む事で汚《よご》れたスコアの均一化、平均化、肩代《かたが》わりを行うといった方法だ。一つのラフプレイを一〇〇のフェアプレイで稀釈化させるために。

つまり、ゾンビを生者に戻《もど》すプロセス。

……ではいったん消失した人間さえ呼《よ》び戻《もど》すこの方法論を、最初から存在しない、噂《うわさ》の中にしか登場しない少女へ投入したら、一体何が起こるのか。

富良科凜鈴《ふらしなりりん》。

そう呼ばれる『何か』は、この街のどこかで本当に産声《うぶごえ》を上げているのか……？

「あーあ」

野菜チップスの袋《ふくろ》を縦ロールの従者へ預けると、食蜂《しょくほう》は自分のこめかみを人差し指でぐりぐりしながら重たい息を吐《は》いた。

「だーかーらー、昨日の内に御坂《みさか》さんがさっさと負けてくれれば『亡命』に手を出そうなんてどっぷりはまっちゃう前に『目が覚めた』かもしれなかったのにぃ、どぉーしてあぁいう時だけ負けん気の強さが出ちゃうのかしらねぇ」

31

意味が分からなかった。

言われた事の意味が一ミリも理解できなかった。

「ま、て」

上条《かみじょう》はテムジンのコックピットの中で、思わずそう呟《つぶや》いていた。

「富良科《ふらしな》、凜鈴《りりん》？　お前、今、そう言ったのか」

『そうよ。それがどうかしたの』

「いや、おかしいだろ。だって、富良科《ふらしな》のヤツは今も俺《おれ》の部屋にいるぞ！　あいつがＮＰＣ化してバーチャロイドの中に閉《と》じ込《こ》められているなんて話はありえない!!」

『なん、ですって……？』

「もう一度情報を整理してみろ、何かがおかしい！　でもこの矛盾《むじゅん》は、きっと何か大きな鍵《かぎ》になる。だから御坂《みさか》、頼《たの》む、お前の知ってる事を全部話すんだ!!」

『全部も何も』

戸惑《とまど》ったように、途切《とぎ》れ途切《とぎ》れに美琴《みこと》は言ってきた。

『富良科凜鈴《ふらしなりんりん》ちゃんって子がいるの。私達《わたしたち》にバーチャロンって次世代競技の事を教えてくれて、色んな戦い方のアイデアを出してくれて、私達《わたしたち》が食蜂《しょくほう》のヤツを下して本選大会に出場できたのだって、あの子のおかげなのよ』

違和感《いわかん》があった。

そのまま口に出した。

「アイデアを出してくれて？　お前の言う富良科《ふらしな》は一緒《いっしょ》に戦ってくれた訳じゃないのか？」

『でも同じチームよ‼　五人目の！』

「つまり実際に会った事はないんだな？　相手は富良科凜鈴って名乗っているだけで、別に本人って確証があるとは限らない！」

『え、ちょっと待って。話がどこに飛ぼうとしてんのよ⁉　だって確かに……ッ‼』

言いかけた言葉が、唐突《とうとつ》に途切《とぎ》れた。

理由は単純だった。

ガギュンッッッ‼‼‼　と。

空《あ》き缶《かん》を噛《か》み潰《つぶ》す音を数百倍に膨《ふく》らませた轟音《ごうおん》が、ライデンの胸部をまともに貫《つらぬ》いたのだ。

「……あ？」

上条当麻《かみじょうとうま》の、思考が停止した。

『亡命』化していようが何だろうが、ベースは次世代競技のバーチャロン。だからどれだけ殴《なぐ》り合ったって命に危険が及《およ》ぶ事はない。

……そんな大前提を、美琴《みこと》の乗るバーチャロイドを一撃《いちげき》でぶち抜《ぬ》いた尾を引く光弾が全否定してしまった。

胸を突《つ》き抜《ぬ》けた光線は、そのままライデンの背中から飛び出す。

四角いカバンのようなVコンバータを突《つ》き破《やぶ》り、上蓋《うわぶた》のモーターデッキを内側から歪《ゆが》ませ、吹《ふ》き飛《と》ばし、内部に収まっていたはずの中核《ちゅうかく》、Vディスクまで砕《くだ》いて。

キラキラと。

赤熱したまま叩《たた》き割《わ》られたいくつもの破片《はへん》が宙を舞《ま》っていた。

まるで消えゆく命の灯《ともしび》のように、それらは地面へ落ちる前に光を失っていく。

『……ば……ザザザ、あう、ざざざざざざざ……』

「おい、御坂《みさか》」

『ザザザザザ!!　ざざざざ!!　ザザザザザザザザザザザザザザザザザ!!』

「御坂《みさか》!!」

『ブツッ!!　——、』

単調な電子音しか鳴らなくなった。

それが何を意味するかは分からなかった。

ただ、まるで心電図の信号が途切《とぎ》れたような音だと、そう思ってしまった。

「う、ああ」

そして。

「うわああ!!⁉??」

消えていく。

遠方からの狙撃《そげき》で巨大《きよだい》な風穴を空けたライデンが、空気に溶《と》けるように消えていく。

分かっていて、それが分かっていて、上条《かみじょう》には何もできない。

上空の審判役《しんぱんやく》の球体も何もしてくれない。

リザルト待ちの状態から復帰しない。どれだけポータブルデバイスのボタンやスティックを無茶苦茶《むちゃくちゃ》に動かしても、テムジンは指先一本反応を返さない。

単なる全損、とも違《ちが》う。

撃《う》ち抜《ぬ》かれた。

倒《たお》された。

死んだ。

死ん⁉

『当麻《とうま》サマ、通信リクエストです。ユーザーネーム「哇k怩*驊j5俾祇瑠l9」……ん？ん？』

「文字化けの名前……まさか⁉」

ジッ、と小さなノイズが走った。

直後に、若い男の声が流れてきた。

『どちらを残しても構わなかったが、気紛《きまぐ》れは君の生存を選んだ』

「ブルーストーカーッ‼」

上条《かみじょう》が叫《さけ》ぶと、視界の端《はし》に別の小さなウィンドウが表示された。

チャットの申請《しんせい》だった。

そこにはこうあった。

『ふらしな／基本的には噂《うわさ》をばら撒《ま》いて存在しない富良科凛鈴《ふらしなりんりん》に輪郭《りんかく》を与《あた》えていく方針ですが、火のない所に煙《けむり》は立たないというか、最初に火種を投じる必要もあった訳でして。アパートの空き部屋を偽名《ぎめい》で登録したり、存在しない生徒の情報を学校のサーバーに埋《う》め込《こ》んだり、待ち合わせはしたけど行き違いで会えなかったと思わせてるためにわざと集合場所にゴミやハンカチなどを置いてきたりも。ネット上での活動もその一環《いっかん》。もちろんメッセージを投げるだけではリアリティがないので、あちらこちらの痕跡と組み合わせて存在感を匂わせ続けました。とはいえ、今では噂《うわさ》も大きく膨《ふく》らみましたから、私が活動しなくても勝手に富良科凜鈴《ふらしなりりん》の知り合い、友達の友達を名乗りたがる輩《やから》も増えてくれましたが。ここまで言えば、何が起きていたかはお分かりなのでは？』

「ッッッ‼」

歯噛《はが》みする。

これが今さら富良科凜鈴《ふらしなりりん》の本性《ほんしょう》だ、などとは思わない。明らかになりすまし。御坂美琴《みさかみこと》は『亡命』のトラブルから友人を助けようとして、当の元凶《げんきょう》張本人の『ブルーストーカー』に振《ふ》り回《まわ》され続けていたのだ。

チャットの画面は閉じ、元の通信音声でその男は語る。

『こちらとしては、一定数の収穫《しゅうかく》さえあれば、後は雪崩《なだ》れ込《こ》むように結果が訪《おとず》れるのを待つばかりだ。最後の時までゆっくりと自由を謳歌《おうか》したまえ。どの道、どちらを残しても辿《たど》る末路に違《ちが》いはないがね』

視界の先、はるか遠方、複数の誘導灯《ゆうどうとう》に彩《いろど》られ、それでも拭《ぬぐ》い切れない闇《やみ》に紛《まぎ》れる形で、青地に黄色いラインを走らせる特徴的《とくちょうてき》なカラーリングのサイファーを見つけた。

身《み》の丈《たけ》を超《こ》える長大極《きわ》まる凶悪《きょうあく》な近接剣《きんせつけん》を備える、『ブルーストーカー』。

しかしテムジンの指先は動かない。
相手はゆっくりと背を向けると、人型の形態を戦闘機《せんとうき》じみたものへと変化させていく。
立ち去るためのプロセスだ、と気づいて上条《かみじょう》は思わず吼《ほ》えていた。
「待て!!」
『未練があるなら、足掻《あが》きたいなら、ついて来いよ』
ツッドン!! という斥力《せきりょく》の圧が返礼だった。
全《すべ》てを知る者は、また一つ上条《かみじょう》から何かを奪《うば》い、そして目の前で立ち去っていった。
終わって。
静寂《せいじゃく》に包まれて。
狂熱《きょうねつ》に埋《う》まる頭が冷えて。
ようやく、今ある状況《じょうきょう》を理解して。
上条当麻《かみじょうとうま》は絶叫《ぜっきょう》した。
いつまでもいつまでも、なくしたものの重圧に押《お》し潰《つぶ》されるように。

行間二

コードフェニックスは第二段階を超《こ》える目途《めど》がついた。

プラジナーの芽は本来あるべき、タングラムに愛されたあの女のそれとは言動に大きな差があるように見受けられるが、これもまた、無数に分かたれた『道』の先であるが故《ゆえ》だろう。

人間のNPC化もまた予想外の変質ではあったが、いわゆるシャドウ化の異なる可能性と見れば受け入れられる部分もあると判断する。

実の所、第三段階を乗《の》り越《こ》える勝算はついていない。

プラジナーという世界最大クラスのブラックボックスをまず手に入れる。後はその力でもって第三段階の解決法を任せる、といった方が近い。

我ながら情けない。プラジナーの束縛《そくばく》を逃《のが》れると謳《うた》いつつ、結局はプラジナーをある種神格化している訳だ。これでは動物学者は使い魔《ま》を操《あやつ》る魔女《まじょ》だと糾弾《きゅうだん》する輩《やから》と同じではないか。

私の生まれた場所は、すでに詰《つ》んでいた。何もかもが数値化され、演算可能で、故《ゆえ》に可能性の輪が閉じた世界。いくつかの肥大化したプラントが完全に富を掌握《しょうあく》し、下克上《げこくじょう》の芽を完全に封殺《ふうさつ》してしまった冷たい檻《おり》。

中でも象徴的《しょうちょうてき》な存在が一つある。Vクリスタル、電脳虚数空間《でんのうきょすうくうかん》、バーチャロイド、オリジナル・フェイ・イェン、そしてタングラム。あらゆるオーバーテクノロジーのその先に、ある一つの研究者の名前が立《た》ち塞《ふさ》がる。すなわちテクノロジーとはその名であり、その名が選んだ存在がテクノロジーの恩恵《おんけい》を受ける。勝ち組となる。そんな、神格化や神聖視された開発者が。

リリン・プラジナー。

かの少女の形をした世界の天秤《てんびん》を、粉々に破壊《はかい》する。もう一度、世界に可能性をもたらす。
そのためにこそ、私はタングラムの拒絶反応《きょぜつはんのう》をも利用して他の『道』へとやってきた。
たとえ、それがもう一つのプラジナー、富良科凜鈴《ふらしなりりん》を頼《たよ》るものであったとしても。

さあ、最後のゲームを始めよう。

第三章

1

「ええっ？　どういう事ですのんそれ？？？」

てんやわんやになっているのは上条達《かみじょうたち》だけではなかった。

夜の帳《とばり》が下りて、ようやく大会本選の全試合も終わり、今日の分は撤収《てっしゅう》となった頃《ころ》。同時に明日の決勝まで含《ふく》めたミーティングの最中。

青髪《あおがみ》ピアスは、他にも多く集まっていたバイトや店員達《たち》と一緒《いっしょ》に、センターのフロアの中で素《す》っ頓狂《とんきょう》な声を上げていた。

責任者らしい大人の男も困ったような顔をしていて、

「だから。バーチャロイドの挙動を改めて精査してみた所、一般的《いっぱんてき》なマテリアルアナライズを駆使《くし》しても理論上不可能な動きをしている機体がかなり多く見られたという話だ。平たく言えば『亡命』ＰＤを利用している。……今まで露見《ろけん》していなかったのは、影武者《かげむしゃ》を立てたり密閉型のクレードルを利用していたりと、いろいろ工夫《くふう》していたんだろうね。『亡命』プレイヤーはリングスキャン時に体が消える、なんておかしな伝説もあるみたいだから」

当然ながらそんなの反則行為《こうい》だ。

分かり次第《しだい》処分すれば良い。平たく言えば不戦敗扱《あつか》いだ。

ただし、

「かなりの数、と言っただろう」

「まさか……」

「二三組のチームが本選出場を果たしたが、過半数以上で見つかった。チームの誰《だれ》かが何かしら『亡命』デバイスを利用している。そりゃあそうだ。正規品のバーチャロイドと『亡命』した機体となら、どう考えたって好き勝手やっている方が強くなるに決まっているからな。本選出場の内、大多数が『亡命』の使い手だっていうのも頷《うなず》ける」

「でも、だとすると、こいつら全員罰則《ばっそく》を与《あた》えてしまうと……」

「そう、大会自体が維持《いじ》できなくなる。数組のチームは残るにしても、そんな状態で決戦まで進めて何になる？　圧倒的《あっとうてき》に白けるよ」

とはいえ、このまま進めて茶番を見せる訳にもいかないだろう。

バイトの身分で言うような事ではないのかもしれないが、青髪《あおがみ》ピアスは思わず口を開いていた。彼《かれ》もそれくらいには、バーチャロンが好きだった。

「何にしても、そいつらと連絡《れんらく》取るんが先じゃありません？　どんな形にせよケジメはつけてもらわなあかんでしょうし」

「それがな」

と、またもや責任者の男性は暗い顔になった。

まだ何かあるのか、と青髪《あおがみ》ピアスも暗澹《あんたん》たる気持ちになったが、

「繋がらないいんだ」

「は？」

「連絡《れんらく》がつかない。こちらも何度かコンタクトを取っているが、全く反応がない。みんなヤバいと気づいて居留守を決め込《こ》んだり、逃《に》げ出《だ》したのかとも思った。でも不安になってみてな、数組残っていた安全なチームにも連絡《れんらく》してみた。聞いて驚《おどろ》け、こっちについてもダメだった。彼《かれ》らは『亡命』をしていないから、居留守や逃《に》げ出《だ》す必要がないのにだ」

「それって、つまり……どういう事ですのん？」

「さあな」

責任者は肩《かた》をすくめて、

「分かっているのは、本選出場者がことごとく消えてしまった、っていう結果だけだ。まるで得体《えたい》の知れない亡霊《ぼうれい》にでも次々狩《か》られているみたいにさ」

もう大会なんて話じゃない。

選手が集まらないのでは本選も決勝も水の泡《あわ》だ。

きっと明日は大荒《おおあ》れになる。バイトの身分だろうが何だろうが、センターに属する青髪《あおがみ》ピアスだって群衆に説明を求められるのは変わらないだろう。下手《へた》をすれば押《お》し問答《もんどう》だ。

だけど、そんな常識的な問題が霞《かす》んでしまいそうな『何か』が迫《せま》っていた。

青髪《あおがみ》ピアスは破綻《はたん》した大会の奥《おく》に潜《ひそ》む『何か』を想《おも》って、ごくりと喉《のど》を鳴らしていた。

（……一体、この街では何が起きているって言うん？）

2

「……、」

ようやく『競技』は終了《しゅうりょう》した。

テムジンの巨体《きょたい》は消失し、一人、上条当麻《かみじょうとうま》は夜の空港に取り残されていた。

先ほどまでこの場にいたはずの少女は、もういない。

その静寂《せいじゃく》に。

どうしようもない寒々しさに。

ツンツン頭の少年は、もう自分の足で立っていられなかった。ふらふらと体のバランスを崩《くず》すと、そのまま左側へ二歩、三歩とよろめく。給油車の壁《かべ》にぶつかる。吐《は》きかけた唾《つば》が重力に引かれるように、地面にへたり込《こ》んでいく。

どこで間違《まちが》えた？

何を選択《せんたく》していれば、こんな未来を回避《かいひ》できた？

いくら考えても、答えが出ない。あまりにも理不尽《りふじん》で、全《すべ》ては一瞬《いっしゅん》の出来事で、自己分析《じこぶんせき》さえもままならない。

倒《たお》すべき敵。

『ブルーストーカー』。

それを思《おも》い浮《う》かべても、上条《かみじょう》の胸に火が点《つ》かない。黒々とした煤《すす》のようなものがびっしりとこびりついているのは分かるが、そんなものでは少年を奮《ふる》い立たせる力に転化できない。

喪失《そうしつ》が大き過ぎて、まともな怒《いか》りにすらシフトしない。

できない。

感情の作り方を、上条当麻《かみじょうとうま》は忘れかけていた。

「……見てらンねェな」

声が、聞こえた。

しばらく、上条《かみじょう》はそちらを見る事すらなかった。相手も動かない。こちらの反応を待っている。やがて、ゆっくりとゆっくりと、ギリギリと人形の首をひねるようにして、上条《かみじょう》はようやく音源を視界に収めた。

白い髪《かみ》に赤い瞳《ひとみ》の怪物《かいぶつ》。

学園都市第一位、七人しかいない超能力者《レベル5》の頂点。

現代的なデザインの杖《つえ》で体重を支える、一方通行《アクセラレータ》と呼ばれるその影《かげ》は、手にしたレポートらしき紙束をバサリと揺《ゆ》らした。

「一つだけ確認《かくにん》するけどよォ。オマエ、まだ前へ進む気概《きがい》は残ってやがンのか？」

「……、」

のろのろと、上条《かみじょう》は投げかけられた言葉を必死に頭で理解しようとする。どんなに寝不足《ねぶそく》であっても、ここまで頭の速度が遅《おそ》くなる事はないと思いながら。

「……前へ進んで、どうする？」

やがて、計算を途中《とちゅう》で放棄《ほうき》するように、上条《かみじょう》は呟《つぶや》いていた。

「戦って、戦って、戦って……。その先に、一体何があるって言うんだ。俺《おれ》はその道半ばで、ひょっとしたら最初の入口で躓《つまず》いて、絶対に失っちゃいけないものを目の前で失ったかもしれないのに……」

「知るかよ」

いっそ冷酷《れいこく》なほど、怪物《かいぶつ》は切り捨てた。

「そいつは実際にそこへ辿《たど》り着《つ》いたヤツだけが吐《は》ける台詞《せりふ》だ。少なくとも、山の途上《とじょう》で諦《あきら》めたヤツが山頂の景色を語るモンじゃねェ」

気がつけば、現代的なデザインの杖《つえ》とは逆の手に、大きな鎌《かま》のようなものが握《にぎ》られていた。まるで虚空《こくう》から突然《とつぜん》出てきたような『それ』。おそらくはスペシネフの兵装である『アイフリーサー』。

富良科《ふらしな》凜鈴《りりん》を襲《おそ》ったアファームドやグリスボックと同じ。

だとすれば。

スペシネフは何に特化した機体だったか。

「何だったら、こいつで精神を汚染《おせん》してオマエの記憶《きおく》をト、バ、す事もできる。どォする、得体《えたい》の知れねェ麻酔《ますい》で背中にばっくり開いた傷を忘れて生きるって道もあるぞ」

「――、」

キリキリと、頭の奥《おく》で小さな痛みがあった。

痛みは訴《うった》えていた。

ここで進んでも、諦《あきら》めても、どの道痛みが癒《い》える事はない。だから、後は……どの種類の痛みだったら耐《た》えられるか、という問題でしかない。

進んで傷つくか。

へらへら笑って傷つくか。

お前はどっちが良《い》い、上条当麻《かみじょうとうま》？

「……、そう、だな」

カチリと、ようやく胸の中で歯車が噛《か》み合《あ》ったような気がした。

寄りかかっていた薄汚《うすぎたな》い壁《かべ》から、音もなく体を離《はな》していく。重力の重さに、今一度抗《あらが》う。二本の足へ力を込《こ》めて、少しずつでも、確実に立ち上がっていく。

「ぐだぐだ悩《なや》むのは、最後の一欠片《ひとかけら》まで全《すべ》て終わらせてからにするよ。俺《おれ》にはまだ、やるべき事が残っているはずだ」

一方通行《アクセラレータ》は、手を貸さなかった。

最後まで、それを待っていた。

「本当は、オマエには必要ねェはずだったモンだ」

そんな前置きと共に、胸板《むないた》へと押《お》し付《つ》けられたのは、例のレポートの束だった。

「オマエが踏《ふ》み込《こ》ンできたから必要になった。自分の立ち位置を忘れンなよ」

「これは……」

「『ブルーストーカー』とかいう頭のネジの外れた野郎《やろう》の内部調査資料さ。もっとも、どこかしこもぶっ飛ンでて、どこまで信用できるかは怪《あや》しいモンだが」

「……、」

レポートと聞いて良い思い出はほとんどない。その大半は際限のない闇《やみ》へ引《ひ》きずり込《こ》む底なし沼《ぬま》のよう。しかもそれが学園都市の頂点、あるいは裏側に位置する存在からもたらされたものだとすればなおさらだ。

「こんなもん、どうやって手に入れたんだ？」

「オマエとは別の道から入って、同じ地点に到達《とうたつ》しただけだ」

「……？」

上条《かみじょう》は一瞬《いっしゅん》、一方通行《アクセラレータ》が浸《ひた》っている真っ黒な世界を思《おも》い浮《う》かべたが、

「……そっち絡《がら》みで話が回ってきたンなら普通《ふつう》に無視してるっつの」

ガラガラゴトン、といくつもの乾《かわ》いた音が鳴《な》り響《ひび》いた。

一方通行《アクセラレータ》がぞんざいな手つきで床《ゆか》へ放《ほう》り出したのは、複数の電子機器だった。

ポータブルデバイス。

液晶《えきしょう》画面《がめん》が砕《くだ》け、内部の基板も露出《ろしゅつ》して、一つとして生きていないのが見て取れる。

「お前……」

「そういう、い、い、のは全部こっちで叩《たた》いて潰《つぶ》しておいた。予言者気取りの裏サイトの管理人だの、勝手に仕掛《しか》けて勝手に人生諦《あきら》めたじいさんだの、そういう連中の根城の周りにゃ物騒《ぶっそう》な連中も多くてな」

言外に。

上条当麻《かみじょうとうま》が見ていないだけで、この事件には全く別のもう一本の道があったと開示されていた。上条《かみじょう》と同じくらいの波乱を超《こ》えて、同じ厚みを持って、ここまで踏《ふ》み込《こ》んできたのだと。

「バーチャロンってのはどォにも『ブルーストーカー』の利に適《かな》うよォに広まっているモンら

しい。情報を拡散させているヤツ、スポンサーとして金をばら撒《ま》いているヤツ、まあ色々調べてきた。結局間に合わなかったみてェだがな」

では、他に何があったのか。

この怪物《かいぶつ》には、日の当たらない以外の世界があったのか。

接点となるものが。

上条《かみじょう》が純粋《じゅんすい》な疑問の目線を送るが、向こうも向こうで全《すべ》てに答えるつもりもないらしい。

うんざりしたように目線を外し、舌打ちして一方通行《アクセラレータ》は言う。

「逆に言えば、だからこそ面倒臭《めんどうくさ》せェ話でもあったンだが。例のオリジナルがＮＰＣ化しちまった以上、あのガキの願いを叶《かな》えるにゃ敗者復活戦に切《き》り替《か》えなくちゃならねェみてェだしな」

それ以上、第一位は何かを語ろうとはしなかった。

きっと彼《かれ》には彼《かれ》で、何よりも優先すべき何かがあったのだろう。

上条《かみじょう》と共に動けば、達成できるような何か。

「……、」

それでも掴《つか》んで、目を落とし、びっしりと並べられた文字列を追い駆《か》けていく。

紛《まぎ》れもない、自分自身の意志で。

3

調査報告資料、対象『ブルーストーカー』。

本名不明、推定性別男性、推定年齢《すいていねんれい》二五歳《さい》、推定血液型A型、国籍《こくせき》・出身地不明、学歴・職歴不明……。

推定される項目《こうもく》は全《すべ》て目撃情報《もくげきじょうほう》周辺から採取したサンプルによるものですが、遺伝子等《など》の明確な個人識別情報までは取得できませんでした。何かしらの方法で解析《かいせき》を妨害《ぼうがい》されているというよりは、遺伝情報そのものが曖昧《あいまい》に滲《にじ》んでいる印象です。引き続き分析作業《ぶんせきさぎょう》は進めますが、申し訳ありませんが結果の確約は難しい状況《じょうきょう》とご報告させていただきます。

対象となる人物に関する記録は全くと言っていいほど存在しない、というのが率直《そっちょく》な感想となります。これは電子情報はもちろん、アナログで保管されているペーパー、マイクロフィルムなども同様で、ここまで徹底《てってい》した情報の隠匿《いんとく》は通常の手段では考えられません。

ご懸念《けねん》の通り、情報は隠《かく》しているのではなく初めから存在しないのかもしれません。

無から有を生み出す方法にはいくつかの仮説が存在しますが、例えば風斬氷華《かざきりひょうか》のような現象ともまた異なるようです（余談ですが、そちらはむしろ富良科凜鈴《ふらしなりりん》の方に当てはまる風にも感じられます。詳細《しょうさい》は別紙参照)。

『ブルーストーカー』は我々とは完全に系統の異なる技術を有しており、こちらは現在バーチャロンという形で学園都市の表舞台《おもてぶたい》にも広く浸透《しんとう》しております(なお、何段階かに分けて流行を人工的に終息させようとしましたが、いずれも失敗に終わっています。詳細《しょうさい》は別紙参照)。これらが一朝一夕《いっちょういっせき》で偶発的《ぐうはつてき》に誕生するとは考えられず、『ブルーストーカー』には『ブルーストーカー』なりの厚みを感じさせます。

統括理事会《とうかつりじかい》の皆様《みなさま》も仮説の一つとして挙げておられます並行世界説《へいこうせかい》ですが、現在、我々の主流となる『歴史のゴム紐説《ひも》』では説明不能な状況《じょうきょう》です。

ゴム紐説《ひも》では世界は一本であり、しかしいくつかの分岐《ぶんき》を掛《か》け違《ちが》える事により、様々な並行《へいこう》世界《せかい》を新たに作り出す、といったものです。ピンボールやパチンコの台など、大量の釘《くぎ》を打った板の上にゴム紐《ひも》を通し、様々に屈折《くっせつ》させて一本の道を作る、といったイメージに近いもので、『一本しかない歴史を自由に操作する』方式に近いものです。

対して、『ブルーストーカー』を説明するには、『複数の世界が文字通り並行的《へいこうてき》に並んで存在する』仮説が必要になってきます。

あくまでも一つしかない歴史の軸を動かしていく『歴史のゴム紐説《ひも》』ですが、ひょっとすると、平たいゴム紐のように振る舞うそれは、実際には無数の細い糸の集合なのか。あるいは記憶媒体としてのテープのように、裏面が存在するのか。

机上の空論や哲学の領域はひとまず保留にしますが、ともあれ『ブルーストーカー』はそこを飛《と》び越《こ》えてやってきた。

バーチャロンと呼ばれるものが、それこそ一般的《いっぱんてき》に取《と》り扱《あつか》われるような世界から。

『ブルーストーカー』が世界を渡《わた》ってまで、一体何をしようとしているかは不明です。

ですが、この揺《ゆ》らぎはあまりにも大きい。

量子論を拡大解釈《かくだいかいしゃく》させる事で限定的に場の事象を変化させる学園都市方式の超能力《ちょうのうりょく》開発とバッティングする恐《おそ》れがあり、学園都市の存在そのものに対する脅威《きょうい》となりかねません。

『木原《きはら》』の実戦投入も視野に。

富良科凜鈴《ふらしなりりん》同様、早急《さっきゅう》な対応を求めます。

4

「何だ、こりゃ……?」

しばらく、上条《かみじょう》は何度もレポートをめくり、文字を追ったり巻《ま》き戻《もど》したりしながら内容を反芻《はんすう》しようとしていた。実際にはその半分も理解できていなかったと思う。

一方通行《アクセラレータ》も肩《かた》をすくめて言った。

「今度の敵は異世界の住人サマだとよ。ジョークにしても笑えねェよな」

「そっちじゃない」

「あァ？」

「どうして富良科《ふらしな》のヤツが、『ブルーストーカー』と同じくらい危険視されているんだ？」

『富良科凜鈴《ふらしなりりん》という少女については戸籍《こせき》情報がない。ネット上の情報を追う限り、いくつかの掲示板《けいじばん》やブログへ立て続けに書《か》き込《こ》みされたのが初めての登場となる』

最初は、何の事か分からなかった。

だが読み進めていく内に、顔全体に嫌《いや》な汗《あせ》が浮《う》かんでくる。

『その後、いくつかの箇所《かしょ》で富良科凜鈴《ふらしなりりん》を名乗る少女が実際に目撃《もくげき》される』

手が震《ふる》える。

実際にこの目で見てきた光景と、レポートの中の無機質な文字に強烈《きょうれつ》な乖離《かいり》を感じる。

『おそらくは学生達《たち》の間で蔓延《まんえん》しているNPC化プレイヤーの救済手段、身を落とした人間を「引きずり上げる」技術を存在しない少女に注ぐ事によって存在を固着させているものと推測』

トドメとなる結論があった。

眩暈《めまい》を堪《こら》えて、上条《かみじょう》はその一文を読み進めていく。

『噂《うわさ》を撒《ま》く初期段階からして「ブルーストーカー」の痕跡《こんせき》があり、富良科《ふらしな》凜鈴《りん》の存在そのものが同人物の思惑《おもわく》に大きく影響《えいきょう》を及《およ》ぼすものと考えられる。要警戒《ようけいかい》』

「……なんて事だ」

夕暮れの街で、攫《さら》われそうになっていた富良科《ふらしな》凜鈴《りん》の事を思い出す。

あれもまた、『ブルーストーカー』絡《がら》みの案件だった？

何かしらの悪意ある計画を回す『ブルーストーカー』が、ある法則に従って泳がせていた富《ふ》良《ら》科凜鈴《しなりりん》を最初から『収穫《しゅうかく》』する前提で考えていたとしたら。

ヤツの目的が富良科《ふらしな》凜鈴《りん》だった場合、ヤツはこのまま黙《だま》っているか。そうでない場合、『ブルーストーカー』はどこを襲《おそ》って富良科《ふらしな》凜鈴《りん》を手に入れようとする？

「ちくしょう、インデックス……っ!!」

5

金属でできた玄関《げんかん》のドアは外れていた。

ベランダのガラスも割れていて、生活空間にしてはいやに冷たい夜風が吹《ふ》き抜《ぬ》けている。

真っ暗なままの部屋には、人の息遣《いきづか》いは感じられなかった。

誰《だれ》も、いなかった。

インデックスも、富良科凛鈴《ふらしなりりん》も。

今さら、こんな段になって『どこの誰《だれ》が』といった問答はしない。『ブルーストーカー』は無関係で、富良科凛鈴《ふらしなりりん》が暴れてインデックスに危害を加えた、なんて可能性も考えない。今回のケースの場合、一番怪《あや》しい人物がそのまま犯人だ。それ以外に考えられない。

「……、」

メチャクチャにされた学生寮《がくせいりよう》で、上条当麻《かみじようとうま》はゆっくりと息を吐《は》いていた。

もう、感覚が麻痺《まひ》していた。

富良科凛鈴《ふらしなりりん》は『ブルーストーカー』に攫《さら》われたただろう。

では、インデックスはどうだったか。

富良科《ふらしな》とは初対面だった。話す機会がなかったのだから、それほど仲良くもなかったはずだ。

だけど、今まさに目の前で連れ去られそうになっている富良科《ふらしな》を見て、インデックスは黙《だま》っているか。

黙《だま》っていなければ、何がどうなった？

抵抗《ていこう》したインデックスに、『ブルーストーカー』は何をやった？

今回の敵は魔術師《まじゅつし》ではない。故《ゆえ》に、彼女《かのじょ》の頭の中にある一〇万三〇〇〇冊の魔道書《まどうしょ》に執着《しゅうちゃく》する事もない。攫《さら》って情報を吐《は》かせよう、などと考えない場合、単純な邪魔者《じゃまもの》を処理するために、『ブルーストーカー』は何をどうする。

胸のど真ん中を貫《つらぬ》かれたライデンの影《かげ》が、脳裏《のうり》をよぎる。

機体ごと消失したであろう、御坂美琴《みさかみこと》の顔も。

ここでも、か。

『ブルーストーカー』は容赦《ようしゃ》をしなかったのか。

「……」

……………………………………………………………………………………………………

…………………………………………………………………………………………………」

一瞬《いっしゅん》。

本当に一瞬《いっしゅん》。

上条《かみじょう》の胸の内を、夜風よりも冷たい何かが吹《ふ》き抜《ぬ》けたような気がした。

……にあ、という小さな鳴き声が耳に入ったのはその時だった。

「スフィンクス？」

壊《こわ》れたベッドの下から顔を出したのは、例の三毛猫《みけねこ》だった。どうやらこいつだけは難を逃《のが》れたらしい。上条《かみじょう》を見つけると、トコトコと近づいてくる。

意味なんてなかったかもしれない。

三毛猫《みけねこ》が残っていても、インデックスや富良科凜鈴《ふらしなりりん》が返ってくる訳ではない。

でも。

だけど。

唯一《ゆいいつ》残った『当たり前と思っていたもの』との繋《つな》がりを見て、上条《かみじょう》の全身の筋肉がわずかに弛緩《しかん》した。

胸の中から、本当にどうしようもない真っ黒な何かが去るのを、わずかに感じる。

身を屈《かが》め、子猫《こねこ》を抱《かか》え上《あ》げて、そして言った。

「悪いな、スフィンクス。部屋の掃除《そうじ》にはもう少し時間がかかる。ちょっとだけ、俺《おれ》に時間をくれないか」

猫《ねこ》に人の言葉など通じるはずもない。

だから、これは自分で自分のリミッターを切る確認作業《かくにんさぎょう》でしかない。

三毛猫《みけねこ》をもう一度床《ゆか》に下ろすと、上条《かみじょう》はドアもない部屋から出ていった。

学生寮《がくせいりよう》を出て少し歩くと、一方通行《アクセラレータ》が待っていた。彼《かれ》は現代的なデザインの杖《つえ》に体重を預けながら、

「どォすンだ?」

「『ブルーストーカー』をぶっ飛ばす理由が増えた。だから望み通りにやってやる」

「具体的にどォやって?」

「使えるものなら何でも使うさ。……それがたとえ、お前の手だとしてもな」

「火力を貸せってのか、この俺《おれ》に」

「いいや」

上条《かみじよう》が即答《そくとう》で遮《さえぎ》ったのを耳にして、一方通行《アクセラレータ》はわずかに眉《まゆ》をひそめた。

続けてツンツン頭の少年はこう言い放ったのだ。

「……俺《おれ》が、本当に『ブルーストーカー』を殺しそうになったらお前が止めてくれ。そういう意味での協力だ」

静かな声だった。

だがそれは、感情の起伏《きふく》が存在しない声ではない。

これまでも一方通行《アクセラレータ》は色々な怪物《かいぶつ》と渡《わた》り合《あ》い、様々な悪意と触《ふ》れてきた。

にも拘《かかわ》らず、その瞳《ひとみ》の昏《くら》さだけは、決して素通《すどお》りできなかった。

(……仕方がねェな)

「何でも構わねェが、どこから当たるつもりなンだ？　ノーヒントで街中をひっくり返す訳でもねェンだろォが」

これで何も出てこなければぶん殴《なぐ》って一人で解決しようと考えていた一方通行《アクセラレータ》だが、意外にも上条当麻《かみじょうとうま》はこう切り返してきた。

「一つだけ、心当たりがある。警備員《アンチスキル》が動いていたらおしまいだけどな」

6

深夜の病院だった。

交通事故を起こしたワンボックスのドライバーが一人、緊急外来《きんきゅうがいらい》で運《はこ》び込《こ》まれていた。

しかし実際には命に関《かか》わる重傷という訳でもなく、せいぜい首に軽いむちうちが見られる程度のものだった。それでも入院を強く勧《すす》めたのは、警備員《アンチスキル》からの要望による所が大きい。つまり『なーんか事件の匂《にお》いがするから、逃亡防止《とうぼうぼうし》のために何らかの建前をつけて入院させ、足止めしておいてほしい』という訳だ。

軽傷にしては入院なんておかしいし、入院にしたっていきなり個室をあてがわれるなんて不自然極《きわ》まりないが、それでも医者に脅《おど》されたら突《つ》っぱねて自宅に帰れる人間は少ない。

そして男の元へ、面会時間をガッツリ無視した来訪者が二人いた。

上条当麻《かみじょうとうま》に一方通行《アクセラレータ》。

無遠慮《ぶえんりよ》な闇夜《やみよ》の訪問を受けて、ベッドの上の男が笛のような音を洩《も》らす。

「ひっ、ひっ」

「初めまして、じゃないのは分かっているんだよな？　その反応を見る限り」

「ひっひぃ！　ひぃいいいいいいいいいいいいいいいいい!?」

慌《あわ》てたようにナースコールのボタンへ手を伸《の》ばし、カチカチカチカチと何度も何度もスイッチを親指で押《お》し続ける男。

しかし反応がない。

ベッドの枕元《まくらもと》に何かが刺《さ》さっていた。

さながら、死神の大鎌《おおがま》。

一方通行《アクセラレータ》が虚空《こくう》から呼び出した『アイフリーサー』が、マットレスとスプリングごとまとめてナースコールのコードを引《ひ》き裂《さ》いていたのだ。

白い怪物《かいぶつ》は告げる。

「『これ』で頭壊《こわ》しながら聞き出すって手もあるぞ？」

「あ、あぶあ!?　あぶればっ！　待ってくれ、俺は入院してるんだ!!」

「まあ、まあ、まあ」

上条《かみじょう》はあくまでも笑顔《えがお》のまま、見舞《みま》い客用のパイプ椅子《いす》をずるずると引っ張り、ベッドサイドへ向かう。振《ふ》り下ろせば人間の頭蓋骨《ずがいこつ》くらいは砕《くだ》けそうな鈍器《どんき》を手に。

「一人はグリスボックだった。もう一人はアファームドだった。で、アンタは？　テムジンか、それともフェイ・イエン？　ああっ！　そうか、病院は通信機器ダメなんだっけ。だとすると、今のアンタにはアンタを特別にする『亡命』ポータブルデバイスがない訳だ。得意のバーチャロイドの武装は取り出せない」

丸腰《まるごし》。

それを殊更《ことさら》に示唆《しさ》された男が、全身を震《ふる》わせながら質問してくる。

「なっ、何を、何しに来た、何を!?」

「別に！　何もしないよ、俺《おれ》は何もしない。たとえアンタと仲良しこよしの『ブルーストーカー』が俺《おれ》の知り合いの女の子を二人も『殺した』としても、それでアンタに何をする訳でもない。あいつは例外だもんな、ラフプレイのチェックだのNPC化プレイヤーだの無視して、バーチャロイドの背中のVコンバータ貫通《かんつう》させて、一発でプレイヤーを消失させる所は見てきた。でもアンタがそうなっても俺《おれ》は何もしない。あれ、生身の体で受けてもNPC化するのかな。それとも直《ちょく》で消し炭？　なあ、一体どうなるんだ？」

「…………………………………………………………………………………………

…………………………………………」


口をパクパクと開閉させたまま、男は救いを求めるように一方通行《アクセラレータ》の方を見上げた。

直接的な得物《えもの》を振《ふ》り回《まわ》すあの怪物《かいぶつ》の方がまだマシだと思えるほどの圧迫感《あっぱくかん》があったからだ。

ゆっくりと椅子《いす》に腰掛《こしか》けながら、上条《かみじょう》は笑顔《えがお》で続けた。

「その上でこっちからも質問したいんだけど、アンタは『ブルーストーカー』の事をどこまで知ってる？　富良科《ふらしな》のヤツを攫《さら》って届けるつもりだったろ。少なくとも、赤の他人じゃないはずだ」

「い、言えるかよそんな事。分かってんだろ、俺《おれ》が殺される!!」

「一つ、根本的な確認《かくにん》をするんだけど」

上条《かみじょう》は一つ一つ、噛《か》んで含《ふく》むような調子で、

「どうして俺達《おれたち》がここを突《つ》き止《と》められたか、まだアンタ分かってないのか？」

「え、あ……、それは」

「この学園都市にどれだけ病院があると思っているんだ。ここ、第七学区だけでも良《い》い。事故を起こして救急車でどこの病院に運ばれるか、普通《ふつう》なら調べようがない。ああ、よっぽど反則的な、中から情報が洩《も》れない限り。とはいえ、俺達《おれたち》にできて『ブルーストーカー』にできないなんて話はどこにもないんだけど」

「ま、まさか」

「言ったろ、一人はグリスボックス、もう一人はアファームド。あいつらがどうなったか、アンタ知らないのか？」

知る訳がない。

この病院に連《つ》れ込《こ》まれた後はずっと個室に籠《こも》り切りだし、テレビのニュースでは簡単な事故だった事以外は何も報じられていないのだから。

ただし。

もしもこの二人が、本当に一発でこの病院を突《つ》き止《と》めたとしたら……。

「誰《だれ》だって生き残るのに必死だ」

上条《かみじょう》はそう言った。

「俺達《おれたち》に情報を売ったって事は、他にも売る事だってあるかもな。何しろアンタ達《たち》三人は仕事に失敗して、富良科《ふらしな》凜鈴《りんり》を取《と》り逃《に》がした。『ブルーストーカー』は完全にキレてる。自分に繋《つな》がる情報が警備員《アンチスキル》に洩《も》れるのもまずい。雲隠《くもがく》れしているグリスボックとアファームドには敗者復活のチャンスがあるかもしれないが、アンタはもうない。前の二人だって、ご機嫌《きげん》を取るための手土産《てみやげ》が欲《ほ》しいだろう」

「嘘《うそ》だろ……。そんなの嘘《うそ》だ‼　真理華《まりか》と鷹斗《たかと》はずっと前から組んでた、上手《うま》くやってたんだ！　そん、そんなっ、そんな風に人を売る訳……っ⁉」

「だそうだ。じゃあ帰ろう」

あ、え？　とうろたえる男を無視して、上条《かみじょう》は一方通行《アクセラレータ》にこう語りかけた。

パイプ椅子《いす》から立ち上がりながら、さらに続けて言う。

「こいつは自分で何とかできるらしい。グリスボックとアファームドも心配だ、一人で何とかできるなら俺達《おれたち》は他に回ろう」

「……良《い》いのかよ？　十中八九《じっちゅうはっく》こいつ死ぬぞ」

「死ぬ訳ないと思っているんじゃ仕方がない。俺達《おれたち》が怪我人《けがにん》に無理強《むりじ》いできる事は何もないんだから」

「馬鹿《ばか》なヤツ。ここで『ブルーストーカー』を潰《つぶ》しておけば自分は助かったかもしれねェのに、みすみす死ぬコースに乗っかりやがって」

「だから、それをこいつが何とかしてくれるんだろ、俺達《おれたち》の代わりに。こっちは安心して、嵐《あらし》が過ぎるまでグリスボックとアファームドを守《まも》り抜《ぬ》くとしよう。俺《おれ》とお前、一人ずつで対応できるよな？　犠牲《ぎせい》は少ない方が良《い》い、たとえゼロにはできなくてもだ」

各々《おのおの》呆《あき》れた息を吐《は》きながら、あっさりと病室の出口を目指す。

そのぞんざいな扱《あつか》いに、男の胸の中で急速に不安が膨《ふく》れ上《あ》がってきた。

……譬《たと》えるなら、さして欲《ほ》しくもない商品に季節限定というシールを貼《は》り付《つ》けられたように。

「まっ、まままっ待て待って待ってくださいいいいっ!!」

「……、何か？」

振《ふ》り返《かえ》る上条《かみじょう》に、蛇口《じゃぐち》をひねったように男はまくし立てていた。

「知ってる事は少ない、そもそも俺《おれ》は別に『ブルーストーカー』の知り合いって訳じゃない！　ただ富良科凛鈴《ふらしなりりん》ってガキを攫《さら》って連れてくるよう依頼《いらい》されただけだ!!」

「はあ、それだけで先回りして倒《たお》してくれって言われてもなあ」

「話す、全部話す!!　入金方法はネット銀行経由だった。もちろん痕跡《こんせき》は消そうとしているけど、完璧《かんぺき》じゃないと思う。データは渡《わた》すよ。あっ、あと、ガキの受《う》け渡《わた》しの場所もあった！　当然、今じゃもう取引失敗とみなされているだろうから待《ま》ち伏《ぶ》せしたって誰《だれ》もやってこないと思うけど、でも……っ!!」

「『ブルーストーカー』はある『老人』の遺産を受《う》け継《つ》いで学園都市で地盤《じばん》を固めてやがる。だが金はともかく人間はそォ簡単に引《ひ》き継《つ》ぎできねェ。『老人』は使える部下をランクごとにリスト化してやがったが、結局『ブルーストーカー』に使えるのはこの手の末端《まったん》だけって訳だな。おそらくこいつは、自分が『老人』の手駒《てごま》として登録されている事さえ知らねェよ」

「えっ、はえ……？」

「案外、取引現場の全景を見渡《みわた》せる場所に『ブルーストーカー』自身が張り付いていたかもしれねェぞ。長時間伏《ふ》せていたとしたら、そこに痕跡《こんせき》が残っている可能性もある」

「お、俺《おれ》は、助かる、のか……？」

「そうなるように祈《いの》ってろ。ああそうだ」

「な、何だよ」

脅《おび》える男に、上条《かみじょう》は最後にこう尋《たず》ねた。

「お前、富良《ふら》科凛《しなり》鈴《りん》についてはどれくらい知っていたんだ」

「ほとんど何も。顔写真と行動範囲《はんい》の地図を添付《てんぷ》で渡《わた》されたくらいだ。後は……」

「?」

「見た目と違《ちが》って頑丈《がんじょう》だから、ちょっとやそっとじゃ死なないって」

「……、」

必要な情報を得ると、上条《かみじょう》と一方通行《アクセラレータ》は今度こそ個室を出る。

杖《つえ》を突《つ》いて真っ暗な廊下《ろうか》を歩きながら、第一位の怪物《かいぶつ》は半ば呆《あき》れたようにこう言った。

「おっかねェヤツ」

「こっちが何度お前みたいな怪物《かいぶつ》に揉《も》まれてきたと思ってんだ。ハッタリの組み立て方に使える怖《こわ》いお兄さんの造形なら嫌《いや》ってほど思い知らされているんだよ」

肩《かた》の重荷に苦しめられるような口調で上条《かみじょう》は吐《は》き捨《す》てた。

だが彼《かれ》は知らない。

指一本触《ふ》れずに必要な情報を全《すべ》て吐《は》き出《だ》させる。そこまでの配慮《はいりょ》をしつつ、実際に十分な成果も兼《か》ねるような人物はこの街の『暗部』にもなかなかいないという事を。

7

まずは第七学区のゴミ処理工場に向かった。

学園都市ではゴミの大半がリサイクルに回されるが、その稼働時間《かどうじかん》には極端《きょくたん》な変動がある。平たく言えば、早朝から夕方までがピークで、夜半は完全に停止している。さほど高価な資材を扱《あつか》っている訳でもないのでセキュリティも甘《あま》く、敷地内《しきちない》に侵入《しんにゅう》するのは難しくない。『犯罪の温床《おんしょう》』としてあらかじめマークされている廃《はい》ビルよりも、こうした場所の方が物騒《ぶっそう》な取引に使える事もあるのだ。

その上で、

「収集車とは関係ねェタイヤの跡《あと》があるな」

一方通行《アクセラレータ》が屈《かが》み込《こ》み、アスファルトの上へ指を這《は》わせながら言った。

「しかも痕跡《こんせき》の重なり具合から来るとこれが一番上……比較的《ひかくてき》近い。操業時間後かもしれねェ」

「そんなの本当に追い駆《か》けられるのか？」

「今ならオマエにだってできるさ」

嘲《あざけ》るように言いながら、一方通行《アクセラレータ》は自分のポータブルデバイスを取り出した。

背面のスキャナを地面に向けている格好からすると、

「マテリアルアナライズ？」

「リリナ、タイヤの跡《あと》をスキャン選択《せんたく》しやがれ。ただし再定義、選択範囲《せんたくはんい》はこのタイヤの跡《あと》『全《すべ》て』に広げちまえ」

ブゥン‼　と小型機器が唸《うな》りを上げた。

リングスキャンに似た光の輪が放たれる。

まるでAR。画面を通して風景を眺《なが》めると、肉眼では確認《かくにん》のできない微弱《びじゃく》なタイヤの跡《あと》が蛍光塗料《こうとりょう》でなぞったように浮《う》かび上《あ》がっていた。文字通り、選択範囲《せんたくはんい》を視覚化しているのだ。

マテリアルアナライズは対象に接近して扱《あつか》う必要があるが、それが『一本の線で繋《つな》がっていれば』どこまで広がっていても選択範囲《せんたくはんい》の中に収める事ができる。例えば車を横からスキャンした時に、反対側のドアの情報が取れない、といった現象は起こらない。車は車でワンセットとなる。

つまり『タイヤの跡《あと》』で選択《せんたく》すれば、街中どこまでも選択範囲《せんたくはんい》が広がっていく。

「行くぞ。途中《とちゅう》でアシを変えてねェ限りは、この先にクソ野郎《やろう》がいる」

実際に画面の中のタイヤの跡《あと》を追い駆《か》けていくと、随分《ずいぶん》あちこちぐるりと回った上で、最終的には無人工場ばかりが立ち並ぶ第一七学区まで出向く羽目になった。ただし、工場とは違《ちが》う。同じようなデザインの建物がいくつも並んでいる、巨大倉庫《きょだいそうこ》の方だった。

その一つの前に立ち、上条《かみじょう》は見上げて言う。

「ここ、なのか？」

「間抜《まぬ》けな質問飛ばす暇《ひま》で警戒《けいかい》くらいしたらどォだ」

巨大《きよだい》なシャッターの横には人間用の通用口があったが、どちらも施錠《せじよう》に意味はなかった。一方通行《アクセラレータ》がノブを摑《つか》んでひねった途端《とたん》に、バキン！　という金属音と共に内部構造が破壊《はかい》されてしまう。

当然のように明かりはなかった。

杖《つえ》を突《つ》いて移動する一方通行《アクセラレータ》の持つポータブルデバイスのバックライトだけが光源。

広大な空間には複数の鉄パイプや斜《なな》めに立てかけた鉄板を組み合わせた、ジャングルジムみたいなものがあった。ただし倉庫のスペースいっぱいを使っている訳ではなく、何だか端《はし》の方に寄っている。

「何だ……？」

真ん中にぽっかりとした居心地《いごこち》の悪い空欄《くうらん》が鎮座《ちんざ》しているような印象だった。上条《かみじよう》は少し考え、ポータブルデバイスを取り出し、画面を倉庫の中央へかざした。

上条《かみじよう》は小型機器に向けて言う。

「リリナ、青いサイファーのデータはあるか。画面に原寸大で重ねてみてくれ」

『あいさー』

ARで疑似的《ぎじてき》に風景を合成してみると、ピタリと当てはまった。

巨大《きょだい》なジャングルジムは、片膝《かたひざ》をつく格好で収まったサイファーを取り囲むように展開されていた。ようは足場だ。背面のVディスクの辺りに小さな階段があり、まるでトンネルに乗《の》り込《こ》む形になっているのも分かってくる。

ただし。

(何のために……?)

通常、バーチャロイドはポータブルデバイスの画面上で組《く》み替《か》えや整備を全《すべ》て行える。こうした実寸大のハンガーは必要ないはずだが、『ブルーストーカー』は妙《みょう》なこだわりでも持っていたんだろうか。

「足跡《あしあと》が一つ」

一方通行《アクセラレータ》は一方通行《アクセラレータ》で、何かを調べている。

「リリナ、足跡《あしあと》をサンプル保存。風景の中から近似値《きんじち》となるものを選ンで再表示」

画面の中で、あっという間に『ブルーストーカー』と思《おぼ》しき足跡《あしあと》が全《すべ》て網羅《もうら》されていく。そのルートをゆっくりとなぞって歩きながら、第一位は周囲を細かく見回していた。

上条《かみじょう》は感心半分呆《あき》れ半分といった調子で、

「なんか、向こうのリリナすごいな。いや、俺《おれ》が使いこなせていないのか?」

『でもなーんでブスッとしているんでしょうね、あっちのリリナ。育て方っていうか愛の部分が間違《まちが》っててね?』

　と、一方通行《アクセラレータ》が少し離《はな》れた場所から声を掛《か》けてきた。

「見ろ」

　青いビニールシートをめくった奥《おく》に、一抱《ひとかか》えほどの金庫があった。例によって一方通行《アクセラレータ》が爪《つま》先《さき》で軽く蹴飛《けと》ばすと、扉《とびら》が内側から破裂《はれつ》したように開く。中から出てきたのは紙束だった。ただし、今度は日本語ではない。一六進数……で良いんだろうか？　0～9までの数字とa～fまでのアルファベット。それがびっしりと埋《う》まっているのは、なかなかの光景だ。

　こいつを抱《かか》えていた持ち主は、『ブルーストーカー』は、機械を通さなくてもシラフでこれを読めたのだろうか？

「リリナ、全紙面をスキャン、暗号解読を頼《たの》む。できるかどうか分からないけど日本語に翻訳《ほんやく》してみてくれ」

「違《ちが》う、そォじゃねェよクソが」

　とりあえず床《ゆか》に資料を広げてポータブルデバイスで指示を飛ばす上条《かみじょう》に、一方通行《アクセラレータ》は今度こそ馬鹿《ばか》にしたような調子でそう言った。

「本当に洩《も》れちゃならねェ情報なら頭ン中にでも隠《かく》しておけば良い。金庫にしてもお粗末《そまつ》だ。資料を暗号化する暇《ひま》があったら燃やしちまった方が確実。そもそも単独犯なら情報共有のための計画書なンか必要ねェ。わざわざ、こンな風に『残して』おく理由が一個もねェだろォが」

「ちょっと待て、だとしたら……」

「これみよがしな金庫、開けたとしても意味ありげな暗号文。『ブルーストーカー』の意図は明確だ。侵入者《しんにゅうしゃ》を長時間、ここに足止めしておくためだろォさ」

つまり、

「来るぞ!! 倉庫ごとまとめて吹《ふ》っ飛《と》ばすくらいの『何か』がなァ!!」

舌打ちがあった。

元々、調査用としてポータブルデバイスを手にしていたのは幸いだった。

ブブゥン!! と視点が大きく揺《ゆ》らいで、意識がテムジンのコックピットへと放《ほう》り込《こ》まれる。

直後の出来事だった。

カッッッ!!!!!! という凄《すさ》まじい閃光《せんこう》が迸《ほとばし》った。

凄まじい光弾の連射。外から倉庫の分厚い壁《かべ》を貫《つらぬ》いた上、射線全体が勢い良く真横に振《ふ》るわれた。上条《かみじょう》のテムジンは転がるようにして下をすり抜《ぬ》け、一方通行《アクセラレータ》のスペシネフはその攻撃《こうげき》を無視する。大鎌状《おおがまじょう》の武器『アイフリーサー』を構えさえしない。針のように尖《とが》った機体の表面に触《ふ》れた途端《とたん》、プリズムでも通したように光線の軌道《きどう》が捻《ね》じ曲がる。さらに複雑に倉庫の壁《かべ》が引《ひ》き裂《さ》かれ、バラバラと落下していく。

単なる『亡命』とも違《ちが》う、『そいつ』は明らかにバーチャロイド以外の……一般《いっぱん》の建物までダイレクトに破壊《はかい》している。

そして。

その先に、『そいつ』……倒《たお》すべき敵が立っていた。

青地に鮮烈《せんれつ》な黄色いラインを描《えが》いた、特異なサイファー。

改めて凝視《ぎょうし》すれば、何もかもが異質だった。

いいや、確かに機体だけならそう変わらないだろう。この世のどんな金属や鉱物とも違《ちが》う、バーチャロイド特有の流線、曲線で構成されたフォルム。テムジン、スペシネフ、サイファーと機体ごとの個性はあっても、総評でバーチャロイドという一個のくくりの中に収められるはずだ。

だが。

何か、芯《しん》のようなものが、核《かく》のようなものが、違《ちが》う。

滲《にじ》み出《で》ている。

たとえるなら、真剣《しんけん》を握《にぎ》っている子供と、竹刀《しない》を握《にぎ》っている達人と同じ。相対した時にどちらを恐《おそ》れ、どちらに死の恐怖《きょうふ》を感じるのかという話。乗っている人間が変わると、ここまで印象が塗《ぬ》り替《か》えられるものなのか。

「ブルーストーカーッ!!」

上条《かみじょう》が吼《ほ》える。

しかし返答が来るより先に、予想外の場所から変化が生じた。

『ジジ、処理速度……過負荷《かふか》……、深刻……オーバーフロー……』

「リリナ？」

『亜倶67負s痲毘＊綬wh砺蟲＊＊歯観gu:i獲＊蒄1駈堕kl:i誌邪546吾＊濡＊＊c
di葡＊＊＊誤90雅＊＊＊散ピ――――――』

ザザザガリガリガリ!!　と後ろの方から凄《すさ》まじい摩擦音《まさつおん》のようなものが響《ひび》いてきた。

おそらく機体後部にあるVディスクが急激に赤熱しているのだ。

「おい、リリナ!?　くそ!!」

視界自体は確保できているが、重ねるように表示された文字列全《すべ》てが文字化けしていた。各種のカーソル自体もあちこちにワープを繰《く》り返《かえ》し、全くあてにならない。

そもそも交戦区域全体もおかしい。

倉庫の壁《かべ》が切《き》り裂《さ》かれた事で視界が一気に開けたが、交戦区域を区切る壁《かべ》がない。フィールドオブジェクト……つまり上条《かみじょう》達《たち》の暮らす学園都市を保護するためのブロックノイズも存在しない。

これまでのルールは通用しない。

ここは『ブルーストーカー』の領域。美琴《みこと》やインデックスを、安全基準のレギュレーションを無視して『殺した』、あの法則に支配されている。

ルールを書《か》き換《か》える。

レギュレーションを乗っ取る。

「何をした……。一体お前は何をしたんだ!?」

『何も。強《し》いて挙げるならば、私はバーチャロンを旧来の形に戻《もど》した、といった方が正しいのかもな。そもそも、これは次世代競技用などというものではなく』

ブゥン、と青いサイファーの各部が黄色くぬめった輝《かがや》きを走らせる。

『効率的に人を殺し、限定戦争に打ち勝つための最新兵器だったのだから』


真横に雷撃《らいげき》が迸《ほとばし》った。

それが『ブルーストーカー』の残像だと気づいた時には、第一の交差は終わっていた。向こうが手にするのは、機体の身《み》の丈《たけ》に匹敵《ひってき》する、恐《おそ》るべき長さの近接剣《きんせつけん》。一発もらえばそれだけで両断されかねないほどの、身の毛もよだつ凄味《すごみ》を備えた得物《えもの》。

とっさに構えたテムジンの近接剣《きんせつけん》『ブリッツ・セイバー』に、凄《すさ》まじい火花が散る。

動きは見えなかったが、体は勝手についていった。

ガンゴンバギン!! と立て続けに激突《げきとつ》があった。コックピットの中にいるのに、びりびりと頬《ほお》を震《ふる》わせるような振動《しんどう》が上条《かみじょう》の体を叩《たた》く。

一方で、彼《かれ》の視界の邪魔《じやま》にならない位置で、小さなウィンドウがポコポコと表示されていた。リリナとの対話は不可能だが、彼女《かのじよ》は任された仕事をこなしているらしい。倉庫で見つけた資料のいくつかが、早くも日本語に変換《へんかん》されている。

目で追うたびに上条《かみじよう》の頭の中に噛《か》み砕《くだ》かれた『私見』が躍《おど》る。いきなり訳の分からない単語を並べられても自分なりに組《く》み替《か》えられるのは、どんな形であれバーチャロイドに触《ふ》れ、その息吹《いぶき》を肌《はだ》で感じてきたからか。

知りたい。

ジリジリと炙《あぶ》られながらも、上条《かみじよう》の心の中心で何かが疼《うず》く。

勝つために必要なら、どんなに些細《ささい》な事であっても。『ブルーストーカー』という人物の骨子《こつし》を読み解き、次のアクションを先読みするだけの力を与《あた》えてくれるのなら。

どんなものでも。

瞼《まぶた》の震《ふる》え、唇《くちびる》の歪《ゆが》み。些細《ささい》なデータの切《き》れ端《はし》であっても今は欲《ほ》しい!!

――タングラムはあらゆる事象の中心点とでも呼ぶべき存在だ。

(世界全体を見渡《みわた》す主観の持ち主とか、観測者の事? 何にしても偉《えら》そうな感じだ)

――それは単一の存在でありながら、あらゆる並行世界《へいこうせかい》で同時にアリバイを持つ。

(超能力開発《ちようのうりよく》にも使われている量子論っぽく言えば、観測次第《かんそくしだい》で揺《ゆ》らぐifの結果を全部共

有しているようなトンデモ存在？　一つ一つを自分の意思で選べるとしたら、もうカミサマみたいなものかも）

――接触《せつしょく》に成功すれば、文字通り世界を手中に収める事ができる。時間、因果、運命、そうした手の届かないもの全《すべ》てを掌《てのひら》の上で転がす事が可能になる。

（接触《せつしょく》？　カミサマを人の手でコントロールできる方法がある？　火とか水とかじゃなくて、世界全体をまるっと全部操《あやつ》れる万象能力者《ばんしょうのうりょくしゃ》みたいな存在になれる、なんて……）

――一方で、タングラムには意思のようなものがあり、たとえ接触《せつしょく》しても、タングラムがそれを認めなければ拒絶《きょぜつ》される。

（そんなものが暴走すれば、まあ、ろくでもない事にはなりそうだけど。タングラムってカミサマ自体には自分の心みたいなものがあるのか？）

――その方法は極《きわ》めてシンプル。無限に広がる並行世界《へいこうせかい》のいずれかに、タングラムの力でもって永遠に放逐《ほうちく》される、別次元に存在する同一人物との入《い》れ替《か》えが発生する。

（ようは、タイムマシンを使って『自分が生まれてこなかった事』にされる……いや、全く同じ顔の別人が『自分自身として入《い》れ替《か》わる、乗っ取られる』って感じかもしれない）

『私のいた場所がどんな所だったか、想像がつくかな』

青い敵機がブレる、右に左に細かく斥力《せきりょく》を使った高速ダッシュを繰《く》り返《かえ》している……と思った時には、すでに『ブルーストーカー』は視界から消えていた。ぐるりと回る殺気。

しかし上条《かみじょう》が振《ふ》り返《かえ》るよりも早く、流星のように一方通行《アクセラレータ》のスペシネフが飛び蹴《け》りを放つ。外からの攻撃《こうげき》というより、内側から破裂《はれつ》しそうな『何か』を押《お》さえ込《こ》むべく膨張《ぼうちょう》と収縮を不気味に繰《く》り返《かえ》す、悪魔《あくま》のような機体。その渾身《こんしん》の一撃《いちげき》が。

対して青いサイファーは人型の形態を崩《くず》した。人間でも戦闘機《せんとうき》でもない、半端《はんぱ》にぐしゃっと潰《つぶ》れたシルエットが、スペシネフの蹴《け》りをギリギリの所で避《さ》ける。特異なシルエットが本来ならばありえない重心移動を生み出し、機体に急ブレーキをかける。まるで弾《はじ》ける液体を逆回しにしたように再び人型を取《と》り戻《もど》し、奇襲《きしゅう》をやり過ごした『ブルーストーカー』が再び上条《かみじょう》を狙《ねら》う。

ようやく、上条《かみじょう》の動きが追い着く。

振《ふ》り返《かえ》りざまに近接剣《きんせつけん》『ブリッツ・セイバー』を振《ふ》るうテムジンと、その背中を狙《ねら》おうとしていた青いサイファーの長大極《きわ》まる凶悪《きょうあく》な刃物《はもの》とが、真っ向から鍔迫《つばぜ》り合《あ》いに突入《とつにゅう》する。

(こいつ……二対一でも全く動じない……ッ!! というより、バーチャロイドの扱《あつか》い方が全く違《ちが》う。スポーツ用の空手と殺しの古武術みたいな……ッ!!)

『酷《ひど》いものだった、本当に酷《ひど》いものだったよ。いくつかの企業体《きぎょうたい》が頂点を独占《どくせん》し、天に蓋《ふた》をされた世界。戦争さえ娯楽《ごらく》の道具にされて擦《す》り減《へ》っていく資源と大地。こんなにも分かりやすい搾取《さくしゅ》の構造から全力で目を逸《そ》らし、自分は勝ち組なのだと信じたがる民衆。……そんな中でも何より酷《ひど》かったのは、優《すぐ》れた科学技術がほぼ一点集中していて、その恩恵《おんけい》を得られない者はそれだけで転落させられるといった所か』

——我々ではタングラムには選ばれない。それはやはりリリン・プラジナーの役割なのか。

（選ぶ、役割？　指紋認証《しもんにんしょう》みたいに、決まった人間じゃないとタングラムってカミサマは認めてくれないのか）

——だが選ばれないなら選ばれないなりに利用の仕方もある。

（……？）

——タングラムは、選ばれなかった者を別の並行世界《へいこうせかい》に放逐《ほうちく》する。その世界にいるAと、別の世界にいるAとを入《い》れ替《か》える事で。

（さっきもあったパラドクス？　今、俺達《おれたち》がいる世界から『別人が同じ名前で生まれてきた事にする』ような感じの現象。主観的には追放って感じなんだろうけど）

——元の世界からすれば、存在自体を抹消《まっしょう》されるにも等しい行いだ。

（わざわざこの追放に注目している理由は何だ？　しかもポジティブに、利用価値があるみたいな口振《くちぶ》りで）

——だが我々は決して消滅《しょうめつ》する訳ではない。

（まさか……）

――別の世界へ、可能性のある世界へ旅立てる。

（別の、可能性のある）

――そう、例えば。

（って事は）

――世界で一人しかいない、あの忌々《いまいま》しいリリン・プラジナーの別の形、もっと利用しやすい形態のソレと遭遇《そうぐう》する事だってできるかもしれない。

（『ブルーストーカー』は、わざとタングラムってカミサマの暴走に巻《ま》き込《こ》まれるのも織《お》り込《こ》み済みで間違《まちが》った接触《せっしょく》をして、あるかどうかも分からない異世界に吹《ふ》っ飛《と》ばされる方に賭《か》けたっていうのか⁉　元あった世界の自分の居場所を、別の世界の誰《だれ》かに譲《ゆず》り渡《わた》してでも⁉）

『リリン・プラジナー。これが我々の世界の科学技術を一手に引き受け、発掘《はっくつ》し、利用し、開発し、扱《あつか》う者を選別する、科学技術の提供者にして門番でもあった。……こちらの世界にもあっただろう、極《きわ》めて良く似た役割を負った、別の何かが』

富良科凜鈴《ふらしなりりん》、ではない。

別の単語が、上条当麻《かみじょうとうま》の脳裏《のうり》をよぎった。

「嘘《うそ》だろ、学園都市……ッ⁉」

『それが、こちらにおけるプラジナーの芽だった訳だ。ははっ、流石《さすが》の私も一人の小娘《こむすめ》が都市の形態に様変わりしていたのを知った時には、並行世界《へいこうせかい》の自由度に唖然《あぜん》としたものだがね!!』

――我々は第二のリリン・プラジナーを手に入れる。

（つまり富良科凛鈴《ふらしなりりん》の事、だよな？）

――入手して、元の世界へ持ち帰る。

（どこに？　本来バーチャロイドを一から発明した世界に？　でもタングラムってカミサマに弾《はじ》かれた状況《じょうきょう》から、もう一度帰る方法があるっていうのか）

――可能性の輪が閉じているのは、あの小娘《こむすめ》が全《すべ》ての科学技術を掌握《しょうあく》した番人、門番として君臨しているからだ。

（学園都市が科学サイドを牛耳《ぎゅうじ》っているような……。『向こう』じゃそれをリリン・プラジナーとかいう個人で背負っているって感じなのか？）

――もしもプラジナーが二人いれば、世界の均衡《きんこう》は崩《くず》れるはずだ。

（学園都市がいきなり二つに増えたら。まあ、どこまで混乱が広がるかは分かんないよな）

――我々を飛ばしたタングラムは、どこの並行世《へいこうせ》界《かい》にでも同時に存在する。

（……、）

――そしてどのような形であれ、プラジナーの芽を開花、掌握《しょうあく》する事ができれば、タングラムは一人目のリリン・プラジナーと全く同じ固有実存値を持つ『彼女《かのじょ》』を受け入れる事だろう。

（こゆう……？　流石《さすが》に見えなくなってきたな。本来はリリン・プラジナーじゃないとタングラムのロックは開かない。だからこいつは全く同じ生体認証《せいたいにんしょう》を持った二人目を用意して、カミサマにアクセスしようとしたって感じで良《い》いのか）

――だから我々は、先へ進む事だけを考えれば良い。

（『帰る』事が前提なら、こいつは俺達《おれたち》のその後なんて気にしない）

――後の事は、完成した二人目のリリン・プラジナーに任せ、タングラムの力を制御《せいぎょ》して元の世界へ戻《もど》れば良い。

（富良科凛鈴《ふらしなりりん》を使ってタングラムってカミサマを操《あやつ》れるならどうだって良《い》いんだ）

――作為的《さくいてき》に放逐《ほうちく》されたメンバーは私を含《ふく》めて一〇〇三名。つまり一〇〇三通りの並行世《へいこうせ》界《かい》の果てに、どこかで誰《だれ》かが一つでもプラジナーの芽を開花させる事に成功すれば、あらゆる因果と事象を操《あやつ》るタングラムを制圧できる。

（参加者は『ブルーストーカー』一人じゃなかった？　都合の良《い》い条件の揃《そろ》った異世界へたまたまの偶然《ぐうぜん》で辿《たど》り着《つ》けるように、弾幕《だんまく》でも張るみたいに人間を使い潰《つぶ》してきたっていうのか）

――失敗した者についても、成功した一人が残り全員を元の世界へ引きずり戻《もど》せば未帰還《みきかん》者《しゃ》ゼロで目的を達成できる。

（どこか別の世界へ放《ほう》り出された連中も、『全《すべ》ての世界に繋《つな》がっている』タングラムを使えば

回収できる、つまりはチャラにできる、そんな仮説にすがり続けて）
――だからこれは、コードフェニックス。
（復活が前提の、死出《しで》の旅）
――一度その存在を完全に抹消《まっしょう》してでも目的を果たす、不死鳥の計画。
（でもそんな天才なら気づけよ、全部間違《まちが》ってるって事くらい!!）

テムジンとスペシネフ、そして青いサイファーが一度完全に動きを止める。

（っ、ポイントの判定自体は、ある？　美琴《みこと》のヤツは一発で吹《ふ》き飛《と》ばされたのに）

九〇秒経過、第一セット消化。

判定結果は火を見るよりも明らかだった。

（いいや、機体が動き続ける限り、か。一刀両断されればその時点でおしまいだ！）

『ブルーストーカー』に取られた。

だが上条《かみじょう》は気にも留《と》めない。そのまま胸の内にある言葉をただ叫《さけ》ぶ。

「だとすると!!　お前の目的は!!」

『ああ！　富良科凜鈴《ふらしなりりん》を手に入れる、ではない。プラジナーの芽たる学園都市、一つの街を、少女の形に折《お》り畳《たた》む。形を整えた上で捕獲《ほかく》して、元の世界へと連れ帰る!!　学園都市とリリン・プラジナーはドッペルゲンガー以上に同一の存在だった。ただ並行世界《へいこうせかい》の可能性の中で、街となったか人となったかの違《ちが》いでしかなかった。だから作《つく》り替《か》える。その上で、所有する。

二つ目の鍵《かぎ》、セカンドプラジナーでもって、あのタングラムとフルアクセスするためになあ!!』

そして第二セットが始まった。

青いサイファーの背後で、再び一方通行《アクセラレータ》のスペシネフが動いた。

大鎌状《おおがまじょう》のデバイス『アイフリーサー』を振《ふ》りかぶる。

御坂美琴《みさかみこと》と同じように自身の超能力《レベル5》を組《く》み込《こ》んでいるのであれば、そのスペシネフは『反射』を備えているはずだ。

しかしスペシネフが突撃《とつげき》した直後、『ブルーストーカー』が動いた。

ギリギリという鍔迫《つばぜ》り合《あ》いの中、わざと近接剣《きんせつけん》を手前に引きながら半身を後ろへ下げたのだ。まるで道を譲《ゆず》るような動きに、『前へ』強い力をかけていた上条《かみじょう》のテムジンがつんのめる。バランスを失い、前方へと踏《ふ》み出《だ》したテムジンの横をすり抜《ぬ》け、青いサイファーはその背中を思い切り蹴飛《けと》ばした。

『反射』を維持《いじ》した一方通行《アクセラレータ》のスペシネフへと。

「……っ⁉」

このままでは激突《げきとつ》する。『反射』をもろに受けてバラバラにされる。

だがどちらかが生き残れば青いサイファーは撃破《げきは》できる。『ブルーストーカー』自身がルールやレギュレーションを改ざんした以上、撃破《げきは》されれば向こうもただでは済まないだろう。

ならば、どちらでも良《い》い。

たとえここで上条《かみじょう》が撃破《げきは》され、全損し、NPC化プレイヤーとなってでも、第一位の怪物《かいぶつ》が返す刀で青いサイファーを潰《つぶ》してくれれば。

インデックスや美琴《みこと》が元に戻《もど》るのであれば、何だって。

だから、叫《さけ》んだ。

「良《い》いから、やれえええ!!!!!!」

応じるように、一方通行《アクセラレータ》は動いた。


ふっ、と。

全身を完全に覆《おお》っていた『反射』を、自《みずか》らの力で解除したのだ。

激突《げきとつ》する。わずかに両者の動きが止まる。だが上条《かみじょう》のテムジンがバラバラに引《ひ》き裂《さ》かれる事はない。それでようやく、上条《かみじょう》は第一位の選択《せんたく》を知った。

ここはもう負け続けの第二セット。

しかも『ブルーストーカー』の支配する特別ルールの中。つまり機体全損してしまえば、奪《うば》ったポイント数やラフプレイのチェックなど関係なく即《そく》リタイヤだというのに。

(ばっ……)

「馬鹿野郎《ばかやろう》ッッッ!!!!!!」

直後の出来事だった。

青いサイファーの尾を引く光弾が迸《ほとばし》った。その瞬間《しゅんかん》、スペシネフはテムジンを突《つ》き飛《と》ばしてすらいた。直後に、機体の胸の真ん中を凄《すさ》まじい閃光《せんこう》が貫《つらぬ》く。ぶち抜《ぬ》かれる。スペシネフの動きが、今度こそガクンと確実に停止する。

全損。

いいや、御坂美琴《みさかみこと》の時と同じ……、

『……ジジ……』

ノイズがあった。

『どっちだろォが、同じ事だ』

その雑音は、人の声であった。

『だったら、オマエが成《な》し遂《と》げろ。おそらくこれは、俺《おれ》が助けても意味がねェ問題なンだからな』

ザザザザザザザザザザザザザザ!!　と全《すべ》てが壊《こわ》れたような大音響《だいおんきょう》の中に消えていく。擱座《かくざ》したスペシネフの機体が、中に取《と》り込《こ》んだパイロットごと虚空《こくう》へ消えていく。

「お」

そして。

上条当麻《かみじょうとうま》は、一瞬《いっしゅん》だけ完全なチャンスを獲得《かくとく》していた。

『ブルーストーカー』が一方通行《アクセラレータ》の撃破《げきは》を優先したが故《ゆえ》に、隙《すき》の多い狙撃《そげき》に走った事。そのわずかな硬直《こうちょく》を最大限に活用できる場に恵《めぐ》まれた事。

「おお!!!!!!」

だから、後は連射するだけだった。

右手の主兵装『スライプナー』、それを遠距離用《えんきょりよう》のライフル『ニュートラル・ランチャー』の状態で銃口《じゅうこう》を真正面へ突《つ》き出《だ》し、その先端《せんたん》から眩《まばゆ》く輝《かがや》く閃光《せんこう》を立て続けに叩《たた》き込《こ》む。青いサイファーは人型とも戦闘機型《せんとうきがた》とも違《ちが》う、変形途《と》中《ちゅう》のぐしゃりと歪《ゆが》んだシルエットを利用して次々に光弾《こうだん》を回避《かいひ》していく。

それを上条《かみじょう》は許さない。

『ブルーストーカー』を、ではない。決死の覚悟《かくご》で託《たく》されたチャンスを無為《むい》にする事を。

全力で前へ。高速ダッシュで空間すらも切《き》り込《こ》むように。

ゴッッッ!!!!!!　という爆音《ばくおん》と共に、テムジンが一直線に突《つ》き進《すす》む。今度こそ近接で、近接《きんせつ》剣《けん》の破壊力《はかいりょく》でもって、半端《はんぱ》に形を変えた青いサイファーを横薙《よこな》ぎにする。なまじ不自然なシルエットであったため、本来あるべきモジュールに大きな隙間《すきま》が開いている、無防備極《きわ》まる姿になっていた。

一発当たれば致命的《ちめいてき》な結果を与《あた》えかねないほどの無防備。

だが、

『浅い……ッ‼』

手応《てごた》えを逃《に》がした直後、『ブルーストーカー』は完全な戦闘機形態《せんとうき》へと切《き》り替《か》わる。

いよいよ本領。

圧倒的《あっとうてき》な速度でもって標的を切《き》り裂《さ》く、烈風《れっぷう》そのものと化したバーチャロイドが迫《せま》りくる。

そのはずだった。

しかし実際には、直後にガギュン‼　と歯車を割るような音と共に、青いサイファーの動きが止まった。変形が完了《かんりょう》しない。何かが目詰《めづ》まりを起こしている。

詳細《しょうさい》を確認《かくにん》し、さしもの『ブルーストーカー』も目を剝《む》いたはずだ。

『な、に……。テムジンの近接剣《きんせつけん》が‼』

挟《はさ》まっている。

変形によって奇麗《きれい》に折《お》り畳《たた》まれるはずだった装甲《そうこう》と装甲《そうこう》の間に、近接剣《きんせつけん》『ブリッツ・セイバー』の先端《せんたん》が挟《はさ》まっている。まるで青いサイファーを頭にした、巨大《きょだい》なハンマーのように。

「……、」

もはや、上条《かみじょう》は言葉もなかった。

全力で体を振《ふ》り回《まわ》し、遠心力を最大に使って、最後には上から下へと一直線に。

ゴドンッッッ!!!!!! と。

空飛ぶ鳥を地面に叩《たた》きつけ、極大のクレーターを形作った。

8

青いサイファーは、バラバラに飛び散っていた。

優《すぐ》れた変形機構を持つために、一つ一つのパーツが何を意味しているものかは分かりにくかった。手足に近い何かもあれば、翼《つばさ》や武器にも似た何かも転がっている。

どのみち、戦闘続行《せんとうぞっこう》は不可能、という事だけは分かる。

御坂美琴《みさかみこと》や、おそらくインデックスに富良科凜鈴《ふらしなりりん》も。全損一発で吹き飛《ふと》ばす、こいつ独特の『本来の戦争』。それが自分自身にも翻《ひるがえ》った訳だ。

もっとも。

仮に何事もなかったように第三セットが始まったとしても、もう退《ひ》かない。

ここで終わりか、次で終わらせるか。

それだけの違《ちが》いでしかない。

『ブルーストーカー』は、倒《たお》せる。それが分かっただけでも、大きい。

「……これで、全部。元に戻《もど》るのか……？」

上条《かみじょう》はテムジンの中で、思わず呟《つぶや》いていた。

直後に返答があった。

『ああ、終わりさ。私の望んだ形でな』

「……ブルー、ストーカー？」

思わず上条《かみじょう》はグシャグシャになったサイファーのなれの果てに目をやっていた。

潰《つぶ》れたVコンバータ、そこから飛び出したVディスク。

『学園都市は、別の次元では単一の少女だった。リリン・プラジナー。あらゆる最先端技術《さいせんたんぎじゅつ》を開発し、管理する世界単位のジョーカー。どちらかが正しいのではない、二つはどちらも同じ正解だった。並行世界《へいこうせかい》、分岐《ぶんき》する可能性の中で異なる形を得ただけで。だから私としては、戻《もど》せれば良い。タングラムへフルアクセスできる彼女《かのじょ》と同じ形を、取《と》り戻《もど》せれば、他は何でも良《い》い。それだけで、私の完勝だ』

「何を言っているんだ。望む形も何もないだろう？　学園都市が丸ごとなくなるんだ。お前自身も巻《ま》き込《こ》まれるっていうのに!!」

『富良科凜鈴《ふらしなりんりん》、セカンドプラジナーさえ完成すれば問題ない。彼女《かのじょ》が一定以上の段階を超《こ》えれば、後は外から手を加えなくても変化は進む。もう誰《だれ》にも止めらない。私は帰る。死と諦観《ていかん》で埋《う》め尽《つ》くされたプラントと限定戦争に支配されたあの宇宙へ、もう一度風穴を空けるために。学園都市や、そこに立つ私自身も含《ふく》めて、全《すべ》ては離脱速度《りだつそくど》を得るためのロケットエンジンに過ぎない。何を切《き》り離《はな》してどこを捨ててでも、ペイロードを軌道《きどう》に乗せられれば成功だ』

ずるり、と。

ひび割れ、傷ついたVディスクから、一瞬《いっしゅん》だけ何かが飛び出した。

それは奇怪《きかい》なスーツを纏《まと》う若い男……のように見えた。

断言はできなかった。

何故《なぜ》ならそいつの両目は真っ黒に染まり、不自然な闇《やみ》がわだかまっていたからだ。

「お、まえ……？」

『「私」が何だろうと構わない』

闇《やみ》は嗤《わら》っていた。

目の中の黒が全身へ広がる。いいや、剝落《はくらく》し、崩壊《ほうかい》していく。

『コードフェニックスを実行に移した男はいつかどこかで失敗し、「私」の一つとなったに過ぎない。過去にタングラムから拒絶《きょぜつ》され、あらゆる並行世界《へいこうせかい》へ散り散りに飛ばされた同胞達《どうほうたち》の、ただただ帰還《きかん》を望む統一された妄念《もうねん》。あるいはその始まりから、もはや別箇《べっこ》の何かへ分離《ぶんり》したモノ。それらは問題ではない。ここにいる「私」が、プラジナーの娘《むすめ》を追い求める、「ブルーストーカー」を維持《いじ》できるのであれば、何だって』

「……、」

　学園都市の報告書の中にはこうあったではないか。

『ブルーストーカー』の素性《すじょう》は完全に不明だと。だけど別の資料では、タングラムに拒絶《きょぜつ》された人間Aは別の並行世界《へいこうせかい》の人間Aと入《い》れ替《か》えが発生するとあった。つまり、完全に消滅《しょうめつ》したり虚空《こくう》から現れる訳ではない。にも拘《かかわ》らず、『ブルーストーカー』だけルールが違《ちが》う。

　そこにはこういう事情があったのか。

ある種の妄念《もうねん》の塊《かたまり》。だから入《い》れ替《か》え、交換《こうかん》を行うべき人物をタングラムでも見つけられなかった。

『私を殺した程度で変化が止まると思ったか。君はもう変化の中心を見ているはずだ。それは当然私ではない。時限爆弾《じげんばくだん》のカウントは、もう終わる。余計な戦闘《せんとう》を繰《く》り返《かえ》していた今この時にも。たとえ一度敗北しようとも、最終的に二つ目のプラジナーを得て向こうに帰れるなら何だって構わない。だからチェックメイトだ。この街は、変わる。特等席で眺《なが》める権利は失ったが、それは勝者に席を譲《ゆず》ろう』

　ざざざ
ざざ

ざざざざざざざざざざざざざざざざざざざざざざざざざざざざざざざざざざざざざざざ!!　と。

台詞《せりふ》も、機体も、人物も、生命も。全《すべ》てが雑音の中に消えていく。

上空に浮《う》かぶ審判役《しんぱんやく》の球体すらも状況《じょうきょう》についていけず。

『ブルーストーカー』が空気の中へと溶《と》けていく。

9

直後の出来事だった。

『ブルーストーカー』の末路などお構いなしに、学園都市が大きく変質した。

行間三

私はプラジナーの芽。

いいや、今は二人目……セカンドプラジナーとでも呼ぶべき個体。

本質的に、リリン・プラジナーと学園都市の間に優劣《ゆうれつ》や雌雄《しゆう》は存在しない。両者共に一つの世界を束ねる科学技術を開発、運用、管理する役割を持った特異点として機能し、情勢全体を自由に操《あやつ》るポジションを保つため、各々《おのおの》が別々の先鋭化《せんえいか》を遂《と》げていったというだけで、本来であれば並べて比べる行為《こうい》には何の意味もない。

『ブルーストーカー』……私の（というより、プラジナー全体をか）衣服を参考に名乗った男の目的は、様々な並行世界《へいこうせかい》、分岐《ぶんき》を経てバラバラの進化を遂《と》げたプラジナーを（そう、例えば予言書、スパコン、エイリアンの惑星《わくせい》、まあ世界ごとに色々な可能性があったはず）、自分の良く知る一つの形、リリン・プラジナーなる少女の肉体へ組み直そうとする行為《こうい》に他ならない。

例えばこの世界に学園都市が二つあれば世界情勢が崩壊《ほうかい》するのと同じように、彼《か》の世界にリリン・プラジナーが二人いれば、オーバーテクノロジーや巨大企業体《きょだいきぎょうたい》に圧迫《あっぱく》され、タングラムの存在を強く意識する社会秩序《しゃかいちつじょ》は瞬《また》く間《ま》に崩壊《ほうかい》していくだろう。

私はその混沌《こんとん》を破滅《はめつ》と定義したが、『ブルーストーカー』には救いと認識《にんしき》されたらしい。

故《ゆえ》に、か。私は眠《ねむ》っている状態が正しかった。この現実を知覚し言動を繰《く》り返《かえ》すのは、それだけで整った世界を撹拌《かくはん》し、セカンドプラジナーの完成を促《うなが》す。傷を負えば止血のために血液が固まるのと同じく、私が不足を感じれば補うため街が動く。私がVディスク内に書《か》き込《こ》まれた言語を直接操作できるのも、徐々《じょじょ》に『完成』へ近づいているというサインなのだろう。


起きた結果を鑑《かんが》みれば、私はもっと自重すべきだったか。

大となる結果の前に、小となる雑事は切り捨てるべきだったか。

しかし不思議と、あの少年と巡《めぐ》り合《あ》った事に後悔《こうかい》はない。助けたのか助けられたのかは判断が難しいが、発生からここに至る短い時間の中で、有意義な記憶《きおく》であったのは肯定《こうてい》しよう。

さようなら、優《やさ》しい世界。

敵対者をそう定義できた事が、私にとっては幸福だったのか。

……………………………………………………………………………………………………

……………………………………………………………………………………………………

………………………………………………………。

何それ。

全然納得《なっとく》できない。意味が分からない。

格好《かっこう》つけて、真面目《まじめ》ぶって、お利口さんのふりをして。そうして自分の置かれた状況《じょうきょう》に論理的な結論をつけようとしたけど、でもどうしても頭の中がノイズで埋《う》め尽《つ》くされる。

だって、何で？

どうして私はこうなったの？

この世界で目を覚ました時には私はもう学園都市を滅《ほろ》ぼす存在だった。選択権《せんたくけん》なんてなかった。拒否権《きょひけん》なんてどこにもなかった。リリン・プラジナーとかいう他人の猿真似《さるまね》を完成させる事だけを願われて、タングラムなんて訳の分からないもののマスターキー呼ばわりされて。それだけのために。何が成功して、どこが失敗しても、私の望むものなんて何も手に入らないのに。

私は戦う。

何と？　誰《だれ》のために？

学園都市の崩壊《ほうかい》を防ごうとする意思を持つ者全《すべ》てと闘争《とうそう》を繰《く》り広《ひろ》げるのなら、やっぱりあの公園で出会った男の子とも刃《やいば》を交えなければならないの？

何で？

何それ？

私だって好きでやっているんじゃない。こんなの今すぐ降りたい。でも、降りたところで何が待っているの。私はみんなと同じように生きていけるの。『ブルーストーカー』とかいう訳の分からない男の思惑《おもわく》から外れた途端《とたん》に体がグズグズに溶《と》けて崩《くず》れ落《お》ちたりはしないの。聞いてよ。敵愾《てきがい》の目を向けるよりも、恐怖《きょうふ》の中心に据《す》えるよりも、まずは私の話を聞いてよ。

ううん。

助けてよ。

どうせ誰《だれ》にも聞こえない、聞かれたとしたって応《こた》えてくれる人なんかいない、そんなものを実現する方法だってどこにもない。それでも言うよ。

誰《だれ》か。

助けてよ。

第四章

1

変化は一瞬《いっしゅん》だった。

ぐじゅり!! とテムジンの足元で何か粘質《ねんしつ》な音が聞こえた。そう思った時には、すでに地面はアイスクリームを炎天下《えんてんか》の道路に落としたように形を崩《くず》していた。

いいや、地面だけに留《とど》まらない。

風力発電のプロペラが、建物の壁《かべ》が、街路樹が……風景全体が、チョコレートをガスバーナーで炙《あぶ》ったように、表面から色と形を崩《くず》していく。全《すべ》ては混ざり合っていく。今でこそシルエットだけはかろうじて残っているが、それさえもいつまで保《も》つか保証は全くなかった。

『ザザザザザ!! ……ジジ、ざざ……。当麻《とうま》サマ、変化は下の方から順番に生じているようです。背の高い建物なら変化はありません、壁《かべ》の突起《とっき》などに引っかからないよう注意しつつ、斥力《せきりょく》を使ったジャンプで屋上まで跳躍《ちょうやく》する事を推奨《すいしょう》します!』

「リリナ、戻《もど》ったのか？」

『あーうー……自己スキャンの結果、異変ゼロなのが逆に超怖《ちょうこわ》いんですけどねえ。これ大丈夫《だいじょうぶ》なんじゃなくて絶対原因特定できてないよーっ！　だって明らかにエラーは起きているはずなのにい‼』

とにかくサポートを受けられるなら何でも良《い》い。

ターボで助走をつけてから。

ダンッ‼　と見えざる斥力《せきりょく》を利用したテムジンの巨体《きょたい》が野球の遠投じみた軌道《きどう》で勢い良く跳《と》び上《あ》がる。途中《とちゅう》で何度か粘《ねば》つくビルの壁《かべ》を蹴《け》り、さらに上を目指し、高層ビルの屋上へと辿《たど》り着《つ》く。

リリナの言う通り、屋上付近はまだまともな形を保っていた。

しかし、眼下に広がる世界は最悪の一言だった。

何もかもが溶《と》けている。混ざり合い、少しずつ形を変えていく。まるで得体《えたい》の知れない巨大《きょだい》生物の腹腔《ふくこう》を胃カメラか何かで覗《のぞ》いているような気分にさせられた。

こんな時にバーチャロンの試合なんて続いている訳はないが、何故《なぜ》だかあちこちに審判役《しんぱんやく》の球体がたくさん浮《う》かんでいた。だが、一つとして正常と分かるものはない。どれもこれもが目を回し、意味のない場所をギョロギョロと精査しているだけだ。

「リリナ」

『はい何でしょ』

「……『ブルーストーカー』は、設計段階からバーチャロンをセカンドプラジナーのために組み直していた、みたいな事を言っていた。本来は戦争の道具だったバーチャロイドを次世代競技の形に整えて配布していたって。つまり、基幹構造全般《ぜんぱん》にあいつの匂《にお》いが残るはずだ。リリナ、お前もそうなのか？」

『検索《けんさく》しても何も情報は出てきませんけど、でも、そうと言われれば否定できないかもしれませんね』

リリナはそう返答した。

『私はバーチャロンを円滑《えんかつ》に進めるための対話処理プログラムです。「円滑《えんかつ》に進める」目的がみんなで楽しく遊ぶためでも、得体《えたい》のしれない計画を成就《じょうじゅ》させるためでも、私には拒否権《きょひけん》がありません。私はそういうプログラムでしかないんですから。凛鈴《りりん》とリリナでいくつか共通《きょうつう》項《こう》が見られるようですし、平たく言えばセカンドプラジナーを外部制御《がいぶせいぎょ》するためのエミュレートコントロールプログラムだった可能性もあります』

「そうか……」

『対話《わ》処理プ《た》ログラムを削除《さくじょ》しますか？』

それは自身の否定とも言える言葉だった。

そして、質問を投げかけられた上条《かみじょう》は首を横に振《ふ》った。

「いいや、今のままで行こう」

『良《い》いんですか。「ブルーストーカー」から生じたものに命運を託《たく》して』

「それを言ったらバーチャロイドだって同じだ。こんだけのドロドロの街の中を、右手一本で渡《わた》り歩《ある》けるなんて流石《さすが》に都合の良《い》い事は考えないよ」

ゆっくりと息を吐《は》いて、

「だったら、使えるものは何でも使うって方向に切《き》り替《か》える。リリナ、それはお前も含《ふく》めてだ」

『へーい、了解《りょうかい》しました、当麻《とうま》サマ』

と、その時だった。

状況《じょうきょう》が一変した。

比較的《ひかくてき》安全と思われてきたビルの屋上全体が、ぐらりと揺《ゆ》れたのだ。まるで砂場に立てた木の棒が、大量の水を掛《か》けられてゆっくりと倒《たお》れていくように。

『当麻《とうま》サマ!!』

「っ!!」

とりあえず斥力《せきりょく》を使って目《め》一杯《いっぱい》真上へ跳躍《ちょうやく》するが、バーチャロイドは無限に飛び続けていられるような構造はしていない。あくまでもジャンプの延長線上だ。

そして周囲では次々にビルが倒《たお》れていく。

手近に着地できそうな場所はない。足場がなければゆっくりとでも落ちていくだけだ。

それどころか、

「何だ……あれ？」

ぐあば!! と世界に穴が空いていた。

黒々とした重油のような地上世界に一点の穴ができたかと思ったら、それがどこまでもどこまでも拡大していくのだ。あるいは、学区を一つ丸々呑《の》み込《こ》みかねないほどに。

どうしようもなかった。

かろうじて残っていたいくつかのビルも大穴の拡大に巻《ま》き込《こ》まれて落ちていく。深さはどれだけなんて想像もつかないが一度落ちればそれまでなのは嫌《いや》でも伝わってくる。

『マップを再スキャンしました。当麻《とうま》サマ、大穴の中央付近に反応があります。浮遊《ふゆう》……しているんでしょうか。とにかく陸地のようなものが！』

「何なんだそりゃ!?　向かって良いものなのか!?」

『バーチャロイドは空中を飛び続けられるものではありません。早く決断しないとふんわりした速度のまま、延々足場のない暗闇《くらやみ》へ降下し続ける羽目になりますよ!!』

言われてみればその通りだ。

選択《せんたく》の余地などなかった。

どんな場所であれ、地獄《じごく》の底まで続いているような大穴へ落ちていくよりはマシだろうと判断し、上条《かみじょう》はターボを意識してテムジンの挙動を変える。大穴中央にある唯一《ゆいいつ》の安全地帯へと降下していく。

　上から眺《なが》めても、奇妙《きみょう》な場所だった。

　三六〇度、周囲全《すべ》てが黒々とした滝《たき》となった中で。負けず劣《おと》らず、数キロ単位の巨大《きょだい》な何かが浮《う》かんでいた。いいや、浮《う》かぶ、とは違《ちが》うのか。やはり漆黒《しっこく》に濁《にご》った太い血管のようなものがいくつも水平に伸《の》びていて、外周の壁《かべ》と接続されている。それらは不気味に脈動し、今も何かを吸《す》い込《こ》んでいるようだった。

『警告、遠近感に注意して下さい。大き過ぎる基準は体感距離を狂わせます』

　目の前あるのに、適切に説明する言葉が見当たらなかった。

　巨大《きょだい》な金属の塊《かたまり》のように見える。全長数キロ台の直方体をした何か。分厚いシェルターのようにも、太陽系を脱出《だっしゅつ》する宇宙船のようにも見える。何より特徴的《とくちょうてき》なのはあらかじめある程度整ったシルエットを台無しにする形で埋《う》め込《こ》まれた、中央付近の巨大《きょだい》な球形の膨《ふく》らみか。

　それが何なのか、上条《かみじょう》は知らない。

　だけど直感で、こう思った。

　まるで巨大な目玉か何かが埋まっていて、こちらへじっとりとした視線を投げているような
　……？

　ごくりと喉《のど》を鳴らす上条《かみじょう》は、別の何かを見た。

　ピン、と視界の一点、正体不明の構造体の上部に火器管制《FCS》のカーソルが生じた。

テムジンが何かの反応を捉《とら》えている。

「何かいるな」

『分類不能、敵機の反応で間違《まちが》いありませんが……あれはバーチャロイドじゃ、ない？』

「おいナビ役が疑問を持つのはやめてくれよ！」

『私も自分の存在意義がぐらついてくらくらしています。少なくとも、アーカイブに存在する全《すべ》てのデータと照らし合わせても該当《がいとう》する機体は見つかりません。でも一方で、そもそもバーチャロイドは同じバーチャロイドしかロックオンできないはずなのに……』

「マテリアルアナライズで原形を失うほど改造しているとか？」

『というより、そもそもゼロから完全に新しい機体を構築しているとしか思えません。機体の構築を支えるVディスクが存在しない以上、何であれバーチャロイドとは分類できませんけど』

「だとすると」

上条《かみじょう》は一つの名を思《おも》い浮《う》かべた。

根本的に、今この学園都市に上条当麻《かみじょうとうま》と彼女《かのじょ》以外の誰《だれ》かが生存しているのだろうか。

そんな風に考えながら、少年は叫《さけ》ぶ。

「セカンドプラジナーか!!」

2

第七学区、という原形さえも失った巨大《きょだい》な大穴。

漆黒《しっこく》の滝《たき》に四方八方全《すべ》てを覆《おお》われたその奥《おく》で待っていた、宇宙船のようにも巨大《きょだい》な目玉を埋め込んだ棺のようにも見える数キロ台の構造体の上。

奇怪極《きかいきわ》まる最後の陸地。

他の全《すべ》てがドロドロに蕩《とろ》けた腹腔《ふくこう》と化した学園都市の中で、テムジンは四角い生存圏《せいぞんけん》へとゆっくりと着地する。

こちらに背を向ける、たった一つの機体。

その異形。

そもそも、バーチャロイドはいくつかの共通パーツを持つものの、全体のシルエットとしては一つとして同じものはない。全身を分厚い装甲《そうこう》で覆《おお》った兵器然としたものから、まるで少女の体軀《たいく》のような細い流線形のシルエットまで実に多彩《たさい》なもののはずだ。

だがその全《すべ》てを並べてなお異質。

そもそも装甲《そうこう》のようなものが何もない。ペラペラのベルトのような手足の先に掌《てのひら》や足首が繫《つな》がっているだけ。胴体《どうたい》についても背骨のようなパーツが繫《つな》がっているだけ。肋骨《ろっこつ》じみた滑《なめ》らかな装甲《そうこう》や、骨盤《こつばん》じみたそれが、かろうじて『女性形』をモチーフにしているらしき事が分かるくらいだ。

極《きわ》め付《つ》けに。

どの機体にも存在するはずのVディスクを収めた背中のVコンバータが、存在しない。

中心が、ない。

だとすれば、あれは何に支えられている機体なのだ……？

あるいは、だからこその異常性。

限りなくバーチャロイドに近いのに、決してバーチャロイドにはなれなかった、何か。

普通《ふつう》に考えたら絶対にありえない構成だからこそ、普通《ふつう》に考えたら絶対にありえない事象を司《つかさど》り、支配するに相応《ふさわ》しいのか。

あるいは、それもまた、未完成である証《あかし》か。

未完成の人間。そんなイメージを汲《く》み取《と》った果てに、こんな形を手に入れたのか。

この街の全《すべ》てを溶《と》かして組み込み、完全な血肉を得たその時に、セカンドプラジナーは美しいフォルムを世界へ見せつける事になるのか。

上条《かみじょう》からすれば、皆《みな》の破滅《はめつ》を決定づけ、二度と元に戻《もど》せなくなる最期《さいご》のシグナルだ。

『当麻《とうま》サマ、通信のリクエストがあります。ユーザーネームは……』

「良《い》いよ、そのまま繋《つな》いでくれ」

二人きりの世界で、言葉を待たずに少年はそう言った。

レコードに針を下ろすように、静かにその声は流れてきた。

『……ごめんなさい』

「お前が謝《あやま》る事じゃない」

『だけど私は、あなたの世界をこんなにしました……』

「それはアンタの罪じゃない」

倒《たお》さなければならない敵が目の前にいた。

土地も、建物も、機材も、人物も、全《すべ》てを呑《の》み込《こ》んで成立する自我《じが》。これを倒《たお》さなければ、インデックスも、御坂美琴《みさかみこと》も、上条《かみじょう》に勝敗を託《たく》した一方通行《アクセラレータ》も、誰《だれ》も戻《もど》ってこない決定的な分《ぶん》水嶺《すいれい》。

もはや戦う事は避《さ》けられない。絶対に、何があっても勝たなくてはならない。

でも。

だけど。

それでも。

この子を憎悪《ぞうお》するのは、何かが決定的に間違《まちが》っていると、上条《かみじょう》は判断した。

『分かっていますよね』

「ああ」

『もはや「ブルーストーカー」の有無《うむ》は状況《じょうきょう》に関係ありません。私は私を完成させるレールに乗っかってしまった。故《ゆえ》に、私の意思で戦闘《せんとう》を終わらせる事もできません。私は、あなたを含《ふく》めた全《すべ》てを飲み干さなくては完成できないのですから』

「分かってる。つまりこれは、サナギが羽化《うか》するか、幼虫に戻《もど》るか。そういう選択《せんたく》を強《し》いる戦いなんだろう？」

そのテムジンは、ゆっくりと近接剣《きんせつけん》『ブリッツ・セイバー』を構え直す。

告げる。

「ただささ」

全《すべ》てを理解した上で、なお。

「たとえお前が世界の天敵だとしても、やっぱりお前は知り合いの女の子だよ。富良科凜鈴《ふらしなりん》っていう存在は、何があっても絶対に変わらない」

『……、』

束《つか》の間《ま》、通信が沈黙《ちんもく》した。

くすりとした息遣《いきづか》いから、相手は小さく笑っていたかもしれなかった。

直後の出来事だった。

今の今まで右往左往していた街中の審判役《しんぱんやく》の球体が、一斉《いっせい》に注視する。

ゴバッッッ!!!!!!　と。

溶《と》けた世界の全《すべ》て、すなわちセカンドプラジナーの血肉が上条当麻《かみじょうとうま》に牙《きば》を剝《む》いた。

最後の戦いが、始まった。

3

制限時間、獲得《かくとく》ポイント数、セット数、何もかも。

『うう……表示が軒並《のきな》み狂《くる》っています。もうまともな戦闘《せんとう》じゃありませんよ当麻《とうま》サマ』

「んなもん街の様子を見れば分かるだろ」

ルールどころか世界さえ溶《と》けたこの場所で、唯一《ゆいいつ》感じられるのはテムジンとセカンドプラジナー、二つの機体だけ。

ならば、決着の方法もまた互《たが》いを潰《つぶ》し合う全損狙《ねら》い以外はありえないのか。

今あるサナギが羽化《うか》するか、あるいは幼虫に押《お》し戻《もど》すか。

ペラペラの人工骨格しか持たないセカンドプラジナーは、そもそも武器らしい武器を何も持っていなかった。

ただ、その掌《てのひら》をすいっとこちらに向ける。赤く光る掌《てのひら》が、突《つ》き付《つ》けられる。

睨《にら》まれるような、見えざる圧。

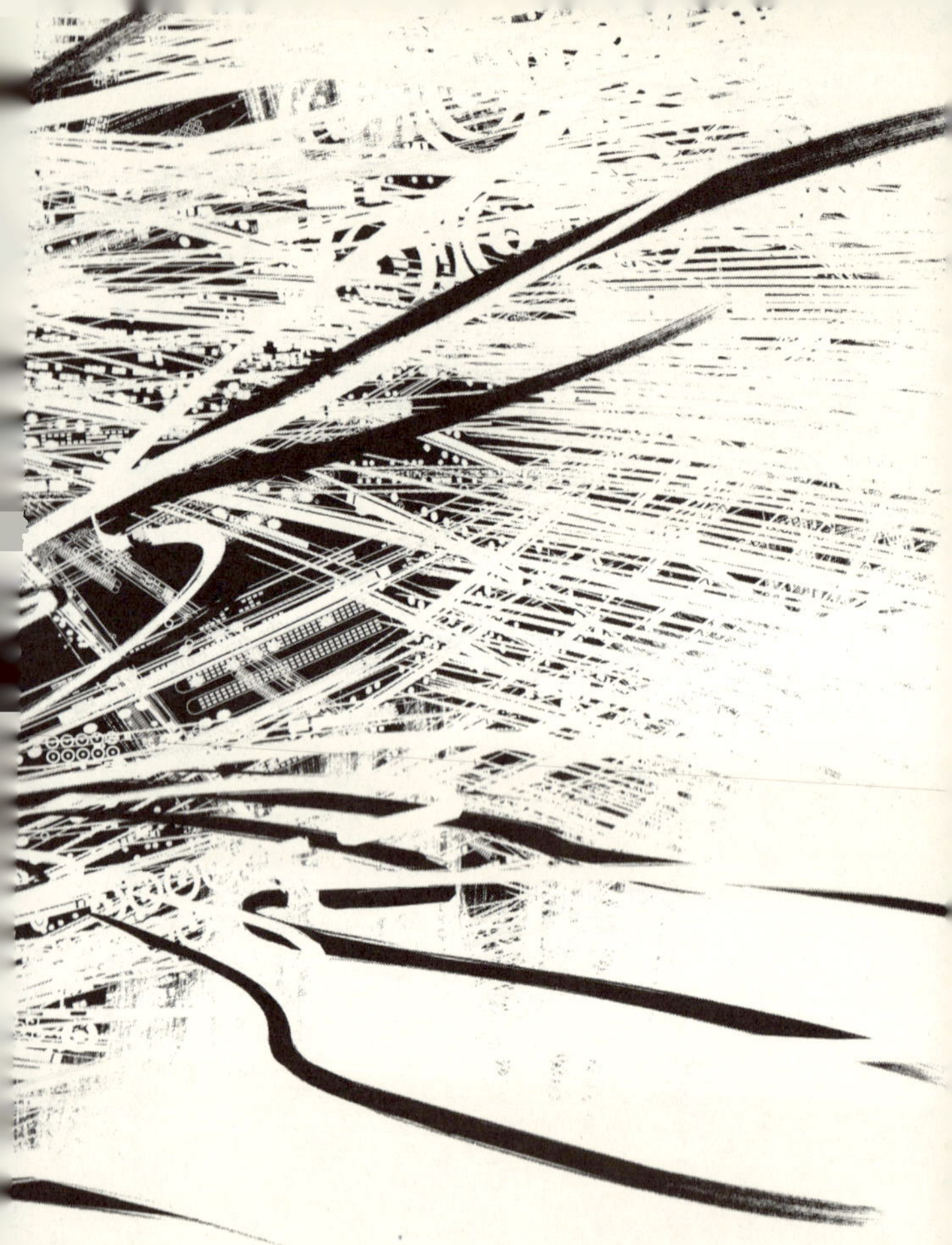

それだけだった。

そのはずだった。

しかし直後に、風景全体が引きずられるように変質した。足元の地面が巨大《きょだい》な槍《やり》のように尖《とが》り、せり上がり、上条《かみじょう》のテムジンを貫《つらぬ》きにかかったのだ。

「な、ん……ッッッ!!!?!??」

何かが巨大な足場をまとめて貫いた。とっさに斥力《せきりょく》を生み出し、高速ダッシュを使って、全力で真横に避《さ》ける。空気を引《ひ》き裂《さ》き、天を貫《つらぬ》き、無理矢理に圧縮された空気が衝撃波《しょうげきは》じみた余波を辺り一面へ撒《ま》き散《ち》らす。それだけで、危《あや》うくテムジンはバランスを崩《くず》しかける。

その間にも、セカンドプラジナーは赤く光る掌《てのひら》をゆったりと向けてくる。

別段、機体そのものから爪《つめ》のような近接剣《きんせつけん》が出てきたり掌《てのひら》全体が開いて極太《ごくぶと》のレーザーが発射される訳ではない。

用途《ようと》を考えればむしろ、

「爆撃照《ばくげきしょう》準支援機《じゅんしえんき》!?」

実際には、どれほどのサイズなのか。地の底から巨人《きょじん》の剣《けん》が突《つ》き上がるような、立て続けの連撃《れんげき》。右往左往が精一杯《せいいっぱい》の上条《かみじょう》は何とか遠距離《えんきょり》からセカンドプラジナーを撃《う》ち抜《ぬ》こうとするが、

（っ⁉　いない‼）

『当麻《とうま》サマ、上です！』

その矮躯《わいく》は、自《みずか》らの足元から生み出した龍《りゅう》にも近いうねりに乗って、ロケットのように飛び上がっていた。さらに立て続けに赤く光る掌《てのひら》があちこちへ差し向けられる。テムジンを直接狙《ねら》ったものばかりとは限らない。周囲でどろりと溶《と》けた壁《かべ》が反応し、鋭《するど》い、それでいて有機的なツノや顎《あご》のようなものをいくつもいくつも生み出していく。

ぞわりと上条《かみじょう》の背筋《せすじ》に嫌《いや》なものが走った直後。

全周を取り囲むような格好で、圧倒的《あっとうてき》な閃光《せんこう》が襲《おそ》いかかってきた。

あるいは落雷《らくらい》のようにツノの先端《せんたん》から光条が放たれ、あるいは引《ひ》き裂《さ》くように開いた顎《あご》から特大の光弾《こうだん》が吐《は》き出《だ》される。『亡命』の恩恵《おんけい》を使い、地上で前後左右へ小刻みにダッシュを繰《く》り返《かえ》してギリギリでかわしていく上条《かみじょう》へ、さらに本命たるセカンドプラジナー本体が動く。

ぬめる塔《とう》のてっぺんで。

体操選手のように、足元の隆起《りゅうき》を借りて飛び上がっていたセカンドプラジナーの体がぐるりと回る。

その踵《かかと》の軌道《きどう》に合わせて、轟《ごう》‼　と地底から一挙に伸《の》び上《あ》がった大質量の龍《りゅう》が旋回《せんかい》した。逆U字に折れる。首長竜《くびながりゅう》が地上の獲物《えもの》に喰《く》らいつくような格好で。巨大極《きょだいきわ》まるハンマーと化して、矮躯《わいく》と龍《りゅう》が流星のように迫《せま》りくる。

爆音《ばくおん》と閃光《せんこう》。

三六〇度全《すべ》てを破壊《はかい》する、圧倒的《あっとうてき》な光の弾幕《だんまく》を伴《ともな》って。

（う）

「おお!!!???」

吼《ほ》える。

避《さ》ける。とにかく動き続ける。

苦《くる》し紛《まぎ》れに頭上へ向けて発砲《はっぽう》するが、そもそも巨大《きょだい》な龍《りゅう》のせいでまともに弾《たま》が届かない。舌打ちして挙動を高速ダッシュに切《き》り替《か》え、斥力《せきりょく》を使って全力で逃《に》げに徹《てっ》する。

直後に、流星が落ちた。

逆U字に折れた塔《とう》は、セカンドプラジナーごと地面へ突《つ》っ込《こ》んできた。

当然、絶大な破壊力《はかいりょく》と共に地を這《は》う虫を押《お》し潰《つぶ》すために。

宇宙船が真っ二つに割れ、目玉を保護する装甲板《そうこうばん》に亀裂《きれつ》が走り、構造体全体が三階分ほど沈《しず》み込《こ》んだ。

4

「……っづ」

ツンツン頭の少年、上条当麻《かみじょうとうま》は自分がどこにいるのかさえ忘れかけていた。

束《つか》の間《ま》。

頭の奥《おく》に響《ひび》く鈍痛《どんつう》。

目覚まし時計よりも意識に突《つ》き刺《さ》さるアラート。

体感的には決して広くない、繭《まゆ》のような紡錘形《ぼうすいけい》の機内。奇《き》怪《かい》なほどに柔《やわ》らかく、そして吸いついて離《はな》れない背中の感触《かんしょく》。両手にあるのはチョコレートの箱よりわずかに大きい程度の機材。そこにある親指で操《あやつ》るスティックといくつかのボタンだけが命綱《いのちづな》。

繭《まゆ》の内側には何もない。シートベルトはなくても自然と体は座席に固定されているし、従来の戦闘機《せんとうき》のように大小無数のモニタやボタン、スイッチなどで埋《う》め尽《つ》くされている訳でもない。オプション機能で好きなようにレイアウトはいじれるのだろうが、『機体』を動かすだけなら手の中の小さな『機材』が一つあれば十分だ。

だがその命綱《いのちづな》だって、『本当にそこにあるか』は実際の所誰《だれ》にも分からない。

手の中のデバイス、いや『乗《の》り込《こ》んでいる』と体感する上条当麻《かみじょうとうま》自身の存在もあやふやだ。

ただ、それには触《ふ》れる事ができて、触《ふ》れてしまえば明確なレスポンスが返ってくるというだけの話。そして、それだけ分かれば今は何も問題はない。

「……ッ!!」

急速に、世界が広がる。

単なるモニタ越《ご》しに情報を得ているのとは違《ちが》う。繭《まゆ》のような機内にいながら、少年は空気の温度や焼け付くような匂《にお》いどころか、五感のどれにも当てはまらない気配や殺気のようなものまではっきりと感じ取る。

ようやく、思い出した。

ぐらりと重たい頭を立て直し、鉄錆臭《てつさびくさ》い唇《くちびる》を噛《か》み締《し》める。

為《な》すべき事を出力する。

「……いいか、テムジン」

呻《うめ》くように、呟《つぶや》く。

「お前は人殺しの道具なんかじゃない。俺《おれ》がそんな風にはさせない」

改めて手の中の機材に触《ふ》れる。親指でスティックの頭を小さく撫《な》でて、掌《てのひら》全体でその硬《かた》さを確かめ。全《すべ》てを預けて。

彼《かれ》は言う。

「だからお前の力を貸してくれ。あの子を助け出すために!!」

5

思い出す。

目を覚ます。

テムジンが息を吹《ふ》き返《かえ》す。

「ツッツ!!!!!!」

天から降り注いだ流星のようなセカンドプラジナーの一撃《いちげき》は、直撃《ちょくげき》自体は免《まぬが》れた。だが周囲に撒《ま》き散《ち》らされた衝撃波《しょうげきは》が、まともに機体を叩《たた》いていたのだ。

でも、まだ動く。

動かせる。

一体どんな素材なんだかも分かりはしない、宇宙船じみた構造体の残骸《ざんがい》、瓦礫《がれき》の滝《たき》に呑《の》み込《こ》まれるのを嫌《きら》った上条《かみじょう》は斥力《せきりょく》を使って大きく飛び上がるが、対してセカンドプラジナーはあちこちの瓦礫《がれき》に向けて赤く光る掌《てのひら》を差し向けていた。

複数の槍《やり》が天を襲《おそ》う。

まるで巨人《きょじん》の五指で握《にぎ》り潰《つぶ》す格好で、それぞれ折れ曲がり空中のテムジンを付《つ》け狙《ねら》う。さらに無数のツノや顎《あご》が湧《わ》き立《た》ち、わずかに残った隙間《すきま》、回避《かいひ》ルートを潰《つぶ》すべく光弾《こうだん》の嵐《あらし》で空間全体を埋《う》めていく。
「くっ‼　あのペラペラスカスカのボディなら、一発でも当たれば沈《しず》められそうなのに‼」
『警報‼　方位北、西、南、東、北西……うああ‼　全方位、全周警戒《けいかい》‼』
もはや警報の嵐《あらし》をまともに扱《あつか》うつもりもなかった。
自《みずか》ら迫《せま》る巨竜《きよりゆう》へ突撃《とつげき》し、光の中を泳ぐような格好で弾幕《だんまく》を回避《かいひ》。ギリギリの所で塔《とう》のような
その側面に足を着け、わずかに触《ふ》れた足裏を起点にさらに斥力《せきりよく》を使って跳躍《ちようやく》。ピンボールに
も似た挙動で跳《は》ね飛ぶような格好で、攻撃《こうげき》を避《さ》けながらも一直線にセカンドプラジナーを目指
す。
近接圏内《きんせつけんない》に入る。
武器ゲージが切《き》り替《か》わる。
「っ‼」
一度真正面に着地してから、相手の攻撃《こうげき》を誘《さそ》って真横へスライド。近接剣《きんせつけん》『ブリッツ・セイ
バー』を振《ふ》り回《まわ》すが、その都度どろりと溶けた何かが敵機を中心に渦を巻き、受け止める。何《なん》
度連撃《どれんげき》しても同じだった。次々と現れる遮蔽《しやへい》が、上条《かみじよう》の攻撃《こうげき》を防ぐ。
のみならず。
ぶう‼　と渦巻きが風船のように膨《ふく》らんだ。いや、破裂《はれつ》した。凄《すさ》まじい衝撃《しようげき》と共にテムジ
ンの巨体《きよたい》が真後ろへ押《お》し下《さ》げられる。バランスを崩《くず》しかけ、わずかに機体が硬直《こうちよく》する。

その隙《すき》を狙《ねら》って。

世界そのものが、動く。

『当麻《とうま》サマ!!　警報です、後方から!!』

ほとんど倒《たお》れ込《こ》むような格好で、真後ろからドリルのようにねじ込《こ》む一撃《いちげき》を回避《かいひ》する。標的を失った龍《りゅう》が、盟主であるはずのセカンドプラジナーへと迫《せま》る。

この時点で、上条《かみじょう》はすでにターボを押《お》し込《こ》んで斥力《せきりょく》を発動、高速ダッシュで切《き》り込《こ》んでいた。

甲高《かんだか》い音と共に、近接攻撃《きんせつこうげき》を徹底的《てっていてき》に防ぐ盾《たて》と必殺の龍《りゅう》とが双方《そうほう》ともに砕《くだ》け散《ち》る。これは盾《たて》と矛《ほこ》の話。最硬《さいこう》と最強をぶつければどうなるかを示す、分かりやすい話。

だから。

龍《りゅう》も光の弾幕《だんまく》も、この一瞬《いっしゅん》だけは空白に包まれた。

わずかな隙《すき》。

その自己破壊《じこはかい》と同時に、テムジンは倒《たお》れた状態から一挙に最高速度を叩《たた》き出《だ》した。近接剣《きんせつけん》を構え直し、今度こそ、近接防御《きんせつぼうぎょ》の壁《かべ》の内側、真なる懐《ふところ》へと飛《と》び込《こ》んでいく。

「あああ!!」

6

その瞬間《しゅんかん》。

真正面から飛《と》び込《こ》んでくるテムジンを眺《なが》め、富良科凜鈴《ふらしなりりん》はうっすらと笑っていた。

実際の所、彼女《かのじょ》は最初から勝ちを望んでいなかった。全力で拒《こば》み、手元のポータブルデバイスをメチャクチャに操《あやつ》るどころか何度も何度も投げ捨てようとした。そこまでやって、内側から妨害《ぼうがい》して、なおあれだけの圧倒的《あっとうてき》な戦果を『勝手に』挙げてしまう。ポータブルデバイスは掌《てのひら》に吸い付いて離《はな》れず、妨害《ぼうがい》されたままでも『そのコマンドを汲《く》み取《と》って』『そのコマンドを軸《じく》に』最適な形で戦闘《せんとう》を続行する。棒立ちであっても、見当違《けんとうちが》いな大ジャンプでも、そこから勝手に連携《れんけい》を繋《つな》げて大ダメージを演出する。してしまう。それがセカンドプラジナーという驚異《きょうい》の機体であった。

だから。

彼女《かのじょ》は笑っていた。

これでようやく終わる。誰《だれ》かの都合で生み出され、元からそこにあったものを叩《たた》き潰《つぶ》して成長し、見も知らない世界の新しい可能性とやらのために連れ去られる。そんなレールから外れる公算が出てきた。ずっとずっと、生まれ落ちたその時から苦悩《くのう》にさらされてきた富良科凜鈴《ふらしなりりん》は、ようやくここに来て救われようとしていた。

だから。

彼女《かのじょ》は笑っていた。

成功しなくて良かった。無事に阻止《そし》されて良かった。自分という存在は真に完成する事なく虚無《きょむ》へと帰る事ができて良かった。誰《だれ》も犠牲《ぎせい》に捧《ささ》げる事なく、みんなが平和な世界に戻《もど》れて、本当に、本当の本当に、一片《いっぺん》の隙《すき》がないほど完璧《かんぺき》に良かった。

だから。

彼女《かのじょ》は笑っていた。

強い。

上条当麻《かみじょうとうま》は、強い。

単に自分の持っていた特殊《とくしゅ》な才能を植え付けた学園都市の超能力者達《レベル5たち》とは違《ちが》う。よりシビアで最適化された戦争の道具としてのバーチャロイド操縦法をマスターしていた『ブルーストーカー』とも違《ちが》う。

彼《かれ》のテムジンには、特別なものは何もない。

当たり前の公園の当たり前の風景を切り取り、マテリアルアナライズで取り込《とこ》んでいっただけ。でも彼《かれ》は気づいていたか。それはつまり、上条当麻《かみじょうとうま》の暮らす小さな世界を切り抜《きぬ》いて集めていく事で、逆に少年の存在や本質を浮《う》き彫《ぼ》りにしていたのだという事を。

学園都市には、このような言葉があったはずではないか。

自分だけの現実《パーソナルリアリティ》。

『ブルーストーカー』の計画に巻《ま》き込《こ》まれ、セカンドプラジナーとして折《お》り畳《たた》まれる事になった一つの街。彼《かれ》らの温かい生活を切《き》り抜《ぬ》いて、自《みずか》らの力の一部としたバーチャロイド。それなら、勝てない。無理矢理に簒奪《さんだつ》する富良科《ふらしな》と、ただ自然に自分のものとした上条《かみじょう》。その力の差は歴然だ。

勝てなくて当然だ。

いいや、勝てなくて良かった。

だから。

彼女《かのじょ》は笑っていた。

「ああ……」

体感的には止まった時間の中で。

富良科凜鈴《ふらしなりんりん》は眼前に迫《せま》る死を眺《なが》めて、こう呟《つぶや》いていた。

「私だって、誰《だれ》かに助けてほしかったなあ」

きっと。

少女は生まれてきてはいけない存在だったのだろうけど。

きっと。

異物でしかない少女はどこまで行っても学園都市を破壊《はかい》する存在であって、そこで暮らす人々と笑顔《えがお》を共有する事はできなかったのだろうけど。

だけど。

それでも。

戦争兵器ではないバーチャロイドをぶつけ合って遊んでいる少年少女達《たち》を見ているのが楽しかった。できればその輪に入ってみたかった。自分の意思が持続すればするほどに学園都市の変質は進み、セカンドプラジナーの血肉へ組《く》み替《か》えられていく。だからこそ本来ならばできる限り意識を落としているのが正解だった。でも、できなかった。瞬《また》く閃光《せんこう》や唸《うな》る轟音《ごうおん》が意識を揺《ゆ》さぶったのではない。それを生み出す人々の熱気が、歓喜《かんき》が、一体感が、幸福感が、富良科《ふらしな》凜鈴《りりん》を無関心の揺《ゆ》りかごから放《ほう》り出していた。

それももう終わり。

数ある想定の中では最高の道。

富良科凜鈴《ふらしなりりん》が敗北する事でセカンドプラジナーの精製プロセスが停止し、学園都市が元の形へと戻《もど》っていく事。

これ以上の道はない。

これ以上の何かを望んではいけない。

だから。

最後の最後のその台詞《せりふ》だけは、対する相手には伝わらないよう通信を遮断《しゃだん》していた。

一人で。

この狭《せま》い空間で、全部呑《の》み込《こ》んだ。

なのに。

なのに！

なのに‼‼‼


だが、直後の出来事だった。

目の前で信じられない事が起きたのだ。


テムジンを駆《か》る上条当麻《かみじょうとうま》の側だって、体感的な時間の流れなんかとっくに狂《くる》っていた。頭の裏側が焦《こ》げ付《つ》くほどに思考をフル回転させたって、どうやったら富良科凛鈴《ふらしなりりん》を救い出せるのかなんて答えは出なかった。分からなかった。八方塞《はっぽうふさがり》だった。

だけど。

それでも。

思ったのだ、強く。考えてしまったのだ、深く。

絶対に。

何があっても。

この少女を血みどろにして全《すべ》てを終わらせるなんて道は、選びたくないと。ドロドロに崩《くず》れた学園都市、インデックスや御坂美琴《みさかみこと》、全《すべ》てを託《たく》してくれた一方通行《アクセラレータ》。そうした者達《たち》と天秤《てんびん》に掛《か》けて、富良科凜鈴《ふらしなりりん》一人を犠牲《ぎせい》に捧《ささ》げるのが最適なんだと突《つ》きつけられても。なお。一層。より固く。答えなんて出せやしないのに、この極限の状況《じょうきょう》で問題を先送りにしているだけなのに、どうしてもどうあってもしがみついてしまうのだ。

そんなのはハッピーエンドなんかじゃない。

インデックス達《たち》も、学園都市も、そして富良科凜鈴《ふらしなりりん》も。一人残らず救い出さなければ締《し》めくくれないと。

だから。

「済まない、テムジン……」

束《つか》の間《ま》、一瞬《いっしゅん》の隙《すき》を突《つ》いてセカンドプラジナーとの距離《きょり》を一直線に詰《つ》めながら、しかし止まったような時間の中で、上条当麻《かみじょうとうま》は呟《つぶや》いていた。

ガリガリガリガリ!!　という悲鳴のような音が背中の方から響《ひび》いてくる。きっとテムジンが抱《かか》え込《こ》んだVディスクが極限まで赤熱している。だけどそれは、単純に上条《かみじょう》が無茶《むちゃ》な挙動を繰《く》り返《かえ》しているからではない。

その右手。

幻想殺し《イマジンブレイカー》。

御坂美琴《みさかみこと》がライデンの中に超電磁砲《レールガン》を組み込《こ》んだように、一方通行《アクセラレータ》がスペシネフの中に最強の力を封入《ふうにゅう》したように、もしも上条当麻《かみじょうとうま》の抱《かか》える『何か』もテムジンの中へ流《なが》れ込《こ》ませる事ができるのならば。

今の今まで上条《かみじょう》の右手はアファームドやグリスボックの武装には無力だった。でもこの局面で、『何か』が変化し、動き出そうとしているならば。

論理的な思考なんて何の役にも立たなかった。

だから直感に従って、ツンツン頭の少年はこう吼《ほ》えていた。

「富良科凜鈴《ふらしなりりん》を助けたい!! 目の前で、助けてって言う事もできなくなってうずくまっている女の子に手を差《さ》し伸《の》べたい! だから頼《たの》む! 頼《たの》む!! アンタも歯を食いしばってくれ、テムジンッッッ!!!!!!」

手の中のポータブルデバイスは音声入力操縦なんて対応していない。あくまでも一〇本指でボタンやスティックを操《あやつ》る方式でしかない。繭《まゆ》のようなコックピット内にある計器類やスイッチは全《すべ》て飾《かざ》り。であれば、そんな叫《さけ》び声《ごえ》に何の意味があったのか。

意味なんて一つもなかったのかもしれない。

だけど。

直後に、あれだけ悲鳴を上げていたVディスクのノイズが消えた。丁寧《ていねい》に造られた蓄音機《ちくおんき》の上を回るレコードのように、全《すべ》ての音が柔《やわ》らかく均一化した。

『大丈夫《だいじょうぶ》ですよ』

リリナが告げる。

声を交《か》わす事のできない『何か』の言葉を、代弁する。

『バーチャロイドの操《あやつ》り方は十人十色、千差万別《せんさばんべつ》です。それがあなたの動かし方なら、あなたが目的を持ってテムジンをそう定義したのなら……絶対に、バーチャロイドはあなたに応《こた》えてくれますから』

その言葉に、背中を押《お》された。

声なき者の声援《せいえん》にさえ救われたような、そんな気さえした。

マテリアルアナライズ。自分の周りにある身近な虫や鳥や風景を切り取って己《おのれ》の力に変えたテムジン。もしもそこに、上条当麻《かみじょうとうま》の信じる『当たり前』が全部詰《つ》め込《こ》まれているのなら。

不気味な例外も冷酷《れいこく》な特別もなく、インデックスや御坂美琴《みさかみこと》、他にも大勢の人達《ひとたち》の笑顔《えがお》でできた、ただただ自然な毎日を維持《いじ》するために必要なものを組《く》み込《こ》んでいるのだとしたら。

倒《たお》すなんて違《ちが》う。

殺し合いなんて間違《まちが》っている。

このバーチャロイドとなら。

テムジンと一緒《いっしょ》なら、そんな風に言える。

断言できる。

だから前を見据《みす》える。

目の前の敵。 いいや救うべき対象。

二人目のプラジナーなんて呼ばせない、 たった一人の少女を。

「富良科《ふらしな》ァァァあああ!!」

武器なんか必要ない。

『彼女《かのじょ》』 を殺す力なんか何の役にも立たない。

近接剣《きんせつけん》『ブリッツ・セイバー』 を放《ほう》り捨て、 極限まで身を軽くし、 最短最速で懐《ふところ》へと潜《もぐ》り込《こ》む。

テムジンが、 その巨大《きょだい》な拳《こぶし》を握《にぎ》り締《し》める。

直後の出来事だった。

時間が戻《もど》る。

グゴギィッッッ!!!!!!　という轟音《ごうおん》がどこまでも炸裂《さくれつ》した。

インパクトの瞬間《しゅんかん》。

まるで雪の塊《かたまり》が弾《はじ》け飛んだようだと、上条《かみじょう》は思っていた。

セカンドプラジナー機はもちろん、上条側《かみじょうがわ》のテムジンまでもがインパクトを起点に弾《はじ》け飛ぶ。腕《うで》から胴体《どうたい》へ、そして全身の隅々《すみずみ》まで、『異能の力を破壊《はかい》する』ただそれだけの力が伝播《でんぱ》していき、バーチャロイドを砕《くだ》けた氷像のように崩《くず》していく。

それはテムジンが背負うVコンバータ、いいや内部に格納されたVディスクについても同じだった。

上蓋《うわぶた》のモーターデッキが外れる。

中身が歪《いびつ》な形で飛び出していく。

崩《くず》れ、宙を舞《ま》い、回転を止めようとするディスクの表面。そこから得体《えたい》の知れない手品か、あるいはまるで泉から精霊《せいれい》でも出てくるように、上条当麻《かみじょうとうま》の全身がずるりと飛び出した。

こんなイジェクト方法なんて彼《かれ》は知らない。

『何か』が、いや『誰《だれ》か』が手伝ってくれたのだと、何となく理解した。行けと、まだ終わっていないと、その口で吐《は》いた唾《つば》を呑《の》み込《こ》むなと、大言壮語《たいげんそうご》を放ったのなら後は結果で示してみせろと、彼《かれ》に全《すべ》てを託《たく》してくれた。

感謝をして。

そして前を見据《みす》える。

Ｖディスクすら搭載《とうさい》していない、極限の軽量化を施《ほどこ》した矛盾《むじゅん》だらけの機体。どうやって支えられているのかも分からない、人が乗《の》り込《こ》むような厚みがあるとも思えない機体の肋骨《ろっこつ》の辺りがめくれ上がり、そして見覚えのある小さな影《かげ》の上半身が吐《は》き出《だ》されてきた。

富良科凜鈴《ふらしなりりん》。

思わず上条《かみじょう》は手を伸《の》ばす。伸《の》ばして、何になるのか。幻想殺し《イマジンブレイカー》は今の彼女《かのじょ》に影響《えいきょう》しないのか。仮に機体から引きずり出したところで、ドロドロに崩壊《ほうかい》した学園都市や取《と》り込《こ》まれたインデックス達《たち》はどうするのか。

何一つ分からなくたって。

答えなんか出なくたって。

でも、それとこれとは別だと。目の前で死を望んで、それが世界最高の答えだなんて勝手に決めて、助けを求める事も涙《なみだ》を流す事も諦《あきら》めて、ただ一人うずくまって唇《くちびる》を噛《か》んでいる女の子がいるのなら。もうそれだけで手を差《さ》し伸《の》べて良いのだと。上条《かみじょう》はそう信じる。これから世界がどうなるか、みんなをどうすべきか、何も見えなくたって。帳尻《ちょうじり》を合わせるのは、まず目の前の一人を助けてからだと。目の前で救えるはずだった人を放《ほう》り出して遠い未来の事に頭を悩《なや》ませるなんて馬鹿馬鹿《ばかばか》しいと。みんなだって、犠牲《ぎせい》を認めて取《と》り戻《もど》した日常と犠牲《ぎせい》を認めずに取《と》り戻《もど》した日常なら、絶対後者の方を望むだろうと。そのためなら多少困難でも、回り道でも、じっと受け入れてくれるだろうと。

身勝手でも、人の気持ちを都合良く定義したとしても。

そう信じる。

上条《かみじょう》は人間の心を、善意を、正義を信じる。

だから。

どうして良《い》いか分からなくなっている富良科凜鈴《ふらしなりりん》の手を掴《つか》み、崩《くず》れゆくセカンドプラジナー機から完全に引きずり出してしまうという選択《せんたく》に、一秒の躊躇《ちゅうちょ》も必要なかった。

ガッ!!　とその細い身体《からだ》を両腕《りょううで》で抱《だ》き締《し》める。

直後にセカンドプラジナーが完全に砕《くだ》けて、崩《くず》れた。少しでも引《ひ》き抜《ぬ》くのが遅《おそ》ければ、彼女《かのじょ》がどうなっていたか。それは想像もつかなかったし、どうでも良かった。

ただ、目の前に少女がいる。

本当はこんな事したくなかっただろうに、誰《だれ》かの都合で世界を壊《こわ》すものなんていう配役を押《お》し付《つ》けられた女の子がいる。

それだけで十分だった。

自然と、言葉が出た。

「大丈夫《だいじょうぶ》だからな」

機体を失い、宙に投げ出され、それでも。

未来なんか見えなくても、解決方法なんて分からなくても、なお。

「タングラムだのプラジナーだのそんなのどうでも良《い》い。これ以上お前が何かを奪《うば》われるっていうなら、そんな幻想《げんそう》は俺《おれ》が一つ残らずぶっ殺してやる。だから、もう何も心配なんかしなくても良いからな」

言葉はなかった。

抱《だ》き留《と》めた富良科凜鈴《ふらしなりん》の表情も見えなかった。

ただ、上条《かみじょう》の背中に細い腕《うで》が回された。その小さな掌《てのひら》が、ぎゅっと彼《かれ》の衣服を摑《つか》んだ。

十分だった。十分以上に、少女の意思は受け取った。

それなのに。

何かが動いた。

再び重力に引かれて落下が始まる前に、地面に叩《たた》きつけられるよりも早く。

巨大《きょだい》な宇宙船のようにも、不気味な目玉を格納した構造体のようにも見えた唯一《ゆいいつ》の陸地が、蠢《うごめ》く。波打つ『何か』が、空気を震《ふる》わせて音のようなものを作り出す。

いいや、声を。

『大丈夫《だいじょうぶ》、何が？　心配なんかしなくても良い、誰《だれ》が？』

聞き覚えがあった。

直接顔を見た訳ではないけれど、コックピット越《ご》しに覚えがあった。

「『ブルーストーカー』⁉」

『言っただろう。たとえ一度敗北しようとも、最終的に二つ目のプラジナーを得て向こうに帰れるなら何だって構わない、と。リリン・プラジナーの異なる形であった学園都市を丸呑《まるの》みし、セカンドプラジナーは結晶化《けっしょうか》したぞ。ならば後はコードフェニックスの最終段階に入るのみ。あらゆる並行世界《へいこうせかい》を結ぶタングラムと接触《せっしょく》し、元あった、真なるバーチャロイドの世界へ帰還《きかん》するだけ。では収穫期《しゅうかくき》だ、全《すべ》ての鍵《かぎ》たるプラジナーの刈《か》り取《と》りと行こうか』

この華奢《きゃしゃ》な少女が、セカンドプラジナーではなかったのだ。

あの極細《ごくぼそ》の機体が、セカンドプラジナーではなかったのだ。

『今回のルールでは、双方全損の場合はドローで双方敗北、という事なのだからな』

全《すべ》ては『学園都市』という巨大《きょだい》構造物を一点に凝縮《ぎょうしゅく》するための、結晶化《けっしょうか》に必要な芯《しん》。あの機体にVディスクがなかったのもそういう事か。富良科凜鈴《ふらしなりりん》。少女自身が巨大《きょだい》な情報を蓄積《ちくせき》する核《かく》でもあったのだから。であれば、セカンドプラジナーとはドロドロに溶《と》けたこの広大なロケーション全《すべ》てを指して言う言葉。

だから、着地なんて待つ必要もなかった。

風景全部が歪《ゆが》み、何千何万もの漆黒《しっこく》の巨大《きょだい》な腕《うで》が飛び出し、上条達《かみじょうたち》を呑《の》み込《こ》んでいった。

幻想殺し《イマジンブレイカー》なんて、少年の拙《つたな》い約束なんて。

圧倒的《あっとうてき》な物量の前には何の役にも立たなかった。

7

そこがどんな時間で、どんな場所で、どんな距離《きょり》が開いているのか。

上条当麻《かみじょうとうま》には分からなかった。

そもそも他者どころか自分の肉体さえ把握《はあく》できない。ただ五感の知覚があるだけで、肉体がない。映画やドラマで見る幽体離脱《ゆうたいりだつ》のような、半透明《はんとうめい》の体さえ。広い広い世界の中で、自分が何の価値もない一粒《ひとつぶ》の光点になってしまったような、そんな心細さを感じる。

いいや、違《ちが》うか。

心細さを、寂《さび》しさを感じるのは、抱《だ》き留《と》めたはずの少女のぬくもりが存在しないからか。

(富良科《ふらしな》は……ッ!?)

何もかもが意味不明な中で、それでもぐるりと周囲を見回す上条《かみじょう》。

意識を外界へ向けた途端《とたん》、景色は一変した。

ぐぁば!! と。

宇宙全体が、大きく開いていくように。

前後左右どころか上下の概念《がいねん》さえ希薄《きはく》な、どこまでもどこまでも広がる無限の空間だった。黒々としたその空間のあちこちには瞬《またた》く光点がある。あれが上条《かみじょう》と同じ何かしらの意思を表しているのか、あるいは星や世界を示しているのか、それはもう上条《かみじょう》にも理解できない。

ただ。

それら全《すべ》てを圧倒《あっとう》する存在感を放つモノが、空間の中心に据《す》えられていた。

究極の人工物のようにも、生物的な眼球のようにも見える、何か。

何となく、上条《かみじょう》は直前までセカンドプラジナー機と戦っていた、あの宇宙船のような構造体を思《おも》い浮《う》かべる。

『あれ』は、『これ』を模倣《もほう》していたのではないかと。

『これ』を待《ま》ち焦《こ》がれた『ブルーストーカー』か何かの願望を受け止めて、あんな形の舞台《ぶたい》が構築されたのではないかと。

そして同時に、こうも思った。

何の根拠《こんきょ》もないけれど。

（……『あれ』は、俺達《おれたち》の世界にあるものじゃない。あって良いものじゃない）

いいや、それでは言葉が足りない。

どこにでもあって、全《すべ》ての世界をまたいでいて、でも、だからこそ、一つの世界に留《とど》まって、独占《どくせん》する事の許されないもの。故《ゆえ》に、一つの世界に属する矮小《わいしょう》な存在でしかない上条《かみじょう》が眺《なが》めているだけで、心だの魂《たましい》だのといった目に見えない何かを削《けず》り取《と》られていくような、そんな痛みを伴《ともな》うもの。

あらゆる並行世界《へいこうせかい》を繋《つな》ぐ門番にして支配者。

思い当たるのは一つしかなかった。

「タングラム!!」

声と同時だった。

キラッ、と何かが瞬《まばた》いた。

それは小さな二つの光点だった。今の上条《かみじょう》と酷似《こくじ》した二つの光が、巨大《きょだい》な目玉に向かって疾走《しっそう》していくのが分かる。いいや、厳密には片方がもう片方を引《ひ》っ掛《か》け、摑《つか》み、引きずり回している。無理矢理にでもタングラムへ近づき、接触《せっしょく》を試みるために。

顔なんてなかった。肉体なんてなかった。

だけど、すぐに判別できた。

(『ブルーストーカー』に……)

「……富良科《ふらしな》ァ!!」

迷う必要なんてなかった。見送る理由なんて一つもなかった。

救うと。

そう指向性を得た途端《とたん》に、ズドン!! と凄《すさ》まじい速度で上条《かみじょう》の光点もまた、タングラムへと突《つ》き進《すす》む。『ブルーストーカー』に囚《とら》われた富良科凜鈴《ふらしなりりん》を奪《うば》い返《かえ》すため、猪突猛進《ちょとつもうしん》が始まる。

　タングラムは目の前いっぱいを塞《ふさ》ぐくらい広がっているのに、どれだけ進んでも一向に距離《きょり》が縮まる様子はなかった。相手があまりにも巨大過《きょだい》ぎるのだろう。まさに太陽相手に追いかけっこをしているようなものなのだ。

　そして『ブルーストーカー』との距離《きょり》を詰《つ》めようとしても、上手《うま》くいかない。進めば進むほど、何か猛烈《もうれつ》な向かい風のようなものが上条《かみじょう》を激しく妨害《ぼうがい》してくる。

　目の前を行く光点が、嘲《あざけ》るように告げる。

「無駄《むだ》な事だ、タングラムはあらゆる次元を結ぶ最上位存在だが、同時に接触《せっしょく》する者を自《みずか》ら選ぶ。拒絶《きょぜつ》された者は跳《は》ねのけられ、無限に連なる並行世界《へいこうせかい》のどこかへと消えていく。そちらにいる誰《だれ》かと入《い》れ替《か》わる格好で。君は適格者ではないのだよ。私の知る限り、それを成《な》し遂《と》げたのはプラジナーの娘《むすめ》だけだと言《い》い換《か》えても良い」

「っ!!」

「そして私はプラジナーの娘《むすめ》を手に入れた。私なりの方法で。マスターキーは複製されたんだ、世界一つを犠牲《ぎせい》にして、技術開発の特異点たる役を負っていた学園都市を餌《えさ》にしてな！　だから私はタングラムに受け入れられる。私の第一の目的は帰る事だが、居心地を良くする方法が身の内にあるなら活用しなくてはな。あの門を介《かい》してバーチャロイドが戦争兵器だった『元の世界』へ帰還《きかん》し、二人のプラジナーをかち合わせて固まった世界に自由な揺《ゆ》らぎを与《あた》えてみせる。そこに善悪好悪《ぜんあくこうお》はないのだよ、少年。あるのはただ正否の承認《しょうにん》だけだ‼」

知らない。

そんな話は知らない。

タングラムとかプラジナーとか、並行世界《へいこうせかい》とかマスターキーとか、何もかもどうでも良《い》い。上条当麻《かみじょうとうま》にとって唯一絶対《ゆいいつぜったい》のルールは、目の前に涙《なみだ》を流す事も許されない女の子がいる、それだけなのだ。

だって、最後の最後で彼女《かのじょ》はちゃんと示した。

セカンドプラジナーから引きずり出された富良科凜鈴《ふらしなりりん》は、抱《だ》き留《と》める上条《かみじょう》に応《こた》えるように、彼《かれ》の背中に腕《うで》を回した。その小さな手でぎゅっと服を摑《つか》んできた。

それだけあれば十分だろう。

たとえ言葉で言わなくたって。手紙に書いて渡《わた》さなくたって。富良科凜鈴《ふらしなりりん》はもう、こう白状しているようなものだろう。

本当はこんなの嫌《いや》だったたって。

納得《なっとく》なんかしていなかったたって。

たくさん、生きていたかったたって。

どこかの誰《だれ》かに助けてほしかったたって。

だから、本当のバーチャロンのルールなんかどうでも良い。そっちのパワーバランスなんかクソ喰らえだ。何もかも全部ぶっ壊《こわ》して、メチャクチャに破綻《はたん》させて、散々台無しにして、ケンカを売って、身勝手に、わがままに、何に遠慮《えんりょ》する事もなく、上条当麻《かみじょうとうま》はただこう言いたいのだ。

約束を守るって。

必ずお前を助けてみせるって。

「アァァあああ!!」

だけど、現実は非情だった。

向かい風が一定のラインを超《こ》えた。上条《かみじょう》は前へ進むどころかその場に留《とど》まる。それすらままならなくなり、後ろへ下がる。その間にも富良科凜鈴《ふらしなりんりん》を掴《つか》んだ『ブルーストーカー』はぐんぐんとタングラムへ向かっていく。あれに接触《せっしょく》すれば、別の並行世界《へいこうせかい》へ飛んでしまえば、もう上条《かみじょう》には手出しできなくなる。それが分かっていても、見送る以外に何もできなくなる。それどころか、矮小《わいしょう》な上条当麻《かみじょうとうま》の存在そのものが息で吹《ふ》き飛《と》ばした綿埃《わたぼこり》のように、どこかへ飛ばされそうになる。

タングラムに、拒絶《きょぜつ》される。

その直前の出来事だった。

「まったく、何を考えなしに一人で熱血しちゃっているんですか。まあ、その辺りも含《ふく》めて当《とう》麻《ま》サマの魅力《みりょく》なのかもしれませんけど」

何かが。

今にも吹き飛《ふ と》ばされそうな少年の存在を、後ろから支えていた。

この世界に肉体は存在しない。だから光点を見るしかない。でも、何故《なぜ》だか上条《かみじょう》には相手が誰《だれ》かすぐに分かった。

「リリナ⁉」

「ういっす当麻《とうま》サマ。あなたの素敵《すてき》なパートナーリリナちゃんですよっと」

どうして彼女《かのじょ》がここにいるのか。

そしてタングラムの放つ恐《おそ》るべき拒絶《きょぜつ》の力、あらゆる存在をランダムな並行世界《へいこうせかい》へ追放してしまう強制力に、どうして抗《あらが》う事ができるのか。

リリナは呆《あき》れたように言った。

「こう見えて、私は富良科凜鈴《ふらしなりりん》ベースで作られたセカンドプラジナーの外部エミュレートコントロールプログラムだった可能性が濃厚《のうこう》な訳で。タングラムは、オリジナルのリリン・プラジナーかその模造品のみをマスターキーとして認めている訳ですよね？　であれば、別口で模造された私にもちょびっとくらいはコントロール権限があるのでは？」

「……、」

「ま、『ブルーストーカー』としちゃ富良科凜鈴《ふらしなりりん》ラインで失敗した時のための保険って感じだったんでしょうけど、アクセスポートを複数用意するだなんてお間抜《まぬ》けさん。窓口が多ければ多いほどサイバー攻撃《こうげき》を受けやすくなるっていう基本を、ヤツは分かっていなかったのか」

だけど、リリナ一人ではどうにもならなかったはずだ。

富良科凜鈴《ふらしなりりん》は完全なマスターキーで、リリナはその断片《だんぺん》のような関係なのだから。

言ってみれば、一式完成したジグソーパズルと、その一欠片《ひとかけら》のピースに過ぎない関係性。

だから『ブルーストーカー』自身、富良科凜鈴《ふらしなりりん》を最優先に取《と》り扱《あつか》ってきたはずなのだから。

ところが、

「『リリナ』が私一人だけだなんて、誰《だれ》が決めました？」

思わぬ一言だった。

そして気がつけば、光点は彼《かれ》らだけではなかった。

「サポートAIリリナは正規品、『亡命』デバイスを問わず、あらゆるPDの中にプリセットで入っているものです。各々《おのおの》プレイヤーの特徴《とくちょう》を掴《つか》み、対話を進める事で、別々のリリナへと成長していった。そして哀《あわ》れな事に、『ブルーストーカー』はその全《すべ》てをセカンドプラジナーの部品として吸収、格納してしまった。つまり、ここまで引《ひ》きずり込《こ》んでしまった」

一つ、二つ。

いいや、一〇や二〇では利《き》かない。

気がつけば、上条達《かみじょうたち》の背後は満天の星空のように瞬《またた》いていた。

「さあ当麻《とうま》サマ、いつも通りにご命令を」

リリナはそう告げた。

「誰《だれ》もが願っているんです。自分の事なんてどうでも良《い》いんです。これだけの理不尽《りふじん》を突《つ》き付けられ、『ブルーストーカー』は一人で馬鹿笑《ばかわら》いして、富良科凜鈴《ふらしなりりん》は全《すべ》てを振《ふ》り回《まわ》されて、ただ悪者のマスターキーに成り果てようとしている。誰《だれ》がそんなの受け入れるって言うんですか。だからみんな待っているんです、唯一《ゆいいつ》動ける、最後まで生き残った、あなたの言葉を。本当のバーチャロンのルールなんてどうでも良《い》い、本当の学園都市のパワーバランスなんて捨て去ってしまえ。そんなの全部ナシにして、世界を白紙にした上で、それでもたった一つの絶対にならなくならない決まり事があるんだって。ご都合主義でも何でも良《い》い、最後の最後まで誰《だれ》にも冒《おか》す事のできない優《やさ》しい不文律があるんだって。そう信じさせてほしいんだって。みんな期待をしているんです。だから言ってください、世界に。いいや、あらゆる世界を結ぶあの目玉野郎《めだまやろう》に向けて、ルールの支配者を気取っているタングラムとかいうガラクタに！　その身一つでぶつけられる絶対の言葉があるんだって事を、示してください!!　当麻《とうま》サマ!!」

「……、」

受け取った。

汲《く》み取《と》った。

摑《つか》み取《と》った。

この世界に肉体はなく、拳《こぶし》なんて作れないけれど。それでも上条当麻《かみじょうとうま》と呼ばれた少年は、確かに何かを握《にぎ》り締《し》めた。

「……タングラムがどれだけ強大な存在で、それを利用した『ブルーストーカー』が絶対の力に守られていて、囚《とら》われた富良科凜鈴《ふらしなりりん》がどんなに絶望的だろうが、そんなのは知った事じゃない」

そして、ついに言った。

何かに、ケンカを売った。

「それでも俺《おれ》は助けるぞ。ああ、絶対に助けてみせるとも!! だってあいつは示したんだ、死にたくなかったって! だってあいつは喜んでいたんだ、背中に回した手で俺《おれ》の服を摑《つか》んで!! もっと生きたいって願ったんだ、もっと幸せになりたいって祈《いの》ったんだ。だったら答えるよ、どれだけハードルが高くたって! どれだけ困難な道だって!! やってみるだけの価値がそこにあるんだから!!!!!!」

全《すべ》てを奮《ふる》い立たせる。

もはや上条当麻《かみじょうとうま》一人だけの話ではない。星空のように瞬《またた》く全《すべ》ての存在の心を振動《しんどう》させる。

「だから力を貸せ!! お前達《まえたち》の夢は俺《おれ》が叶《かな》えてやる。泣きじゃくる事もできずに呆然《ぼうぜん》としている女の子が一人いたら、それだけで誰《だれ》かが手を差《さ》し伸《の》べてくれるって。そんなご都合主義を極《きわ》めたルールがここにはあるんだって。そんなの簡単に証明してやる!! そしてそれだけの事すら邪魔《じゃま》してくる野郎《やろう》は何であってもぶっ壊《こわ》す! 誰《だれ》も守らない、誰《だれ》も助けない、誰《だれ》も幸せにしない! くだらねえ幻想《げんそう》なんか片《かた》っ端《ぱし》からぶっ殺してやる!! それを見せてやるから、リリナ、お前の、お前達《まえたち》の!! その力を一滴《いってき》残らず全部貸しやがれェェえええ!!!!!!」

いっそ狂《くる》えるような咆哮《ほうこう》に、しかし皆《みな》が安心して動き出した。

膨大《ぼうだい》な数の光点が、無数のリリナ達《たち》が、一斉《いっせい》にその背中を押《お》した。

後はもう、ロケットエンジンを積んだようなものだった。

ズドン!! という爆音《ばくおん》と閃光《せんこう》が全《すべ》てを塗《ぬ》り潰《つぶ》す。

猛追《もうつい》する。

『ブルーストーカー』や富良科凜鈴《ふらしなりんりん》とどれだけ距離《きょり》が離《はな》れていようが関係ない。星の数ほどいるリリナ達《たち》に後押《あとお》しされ、上条当麻《かみじょうとうま》はあっという間に肉薄《にくはく》していく。

だがそのたびにタングラムから放たれる向かい風も強くなっていく。

先行する『ブルーストーカー』は、焦燥《しょうそう》しながらもなお嘲弄《ちょうろう》しているようだった。

「無駄《むだ》な事だ。こちらには完全なマスターキーが存在する。寄せ集めのエミュレーションで多少はタングラムを誤魔化《ごまか》す事ができたとして、やはり限界はある。君は最終的にタングラムから拒絶《きょぜつ》される。それは早いか遅《おそ》いかの違《ちが》いでしかない」

あと一万キロあれば叩《たた》きのめせたかもしれない。

あと五千キロあれば富良科凜鈴《ふらしなりりん》を摑《つか》めたかもしれない。

だけど、タングラムまでの距離《きょり》がなかった。

完全に追い着くより早く、『ブルーストーカー』達《たち》が巨大《きょだい》な目玉に接触《せっしょく》してしまう。そうなれば彼《かれ》らは『別の世界』へと跳躍《ちょうやく》してしまい、上条達《かみじょうたち》では手を出せなくなってしまう。富良《ふら》科凜鈴《しなりりん》という一人の少女を救い出せなくなってしまう。

がむしゃらに突《つ》き進《すす》む。

手も足もない世界なのに、それでも意識の指先を少女の光点へと思い切り伸《の》ばしていく。

だが届かない。

間に合わない。

拙《つたな》い少年の叫《さけ》びよりも、バーチャロイドを戦争兵器として扱《あつか》う本物のルールの方がはるかに重たく、絶対だ。だから善悪なんて関係なく、正否の問題で『ブルーストーカー』が優先される。承認《しょうにん》される。タングラムから受け入れられ、そのまま接触《せっしょく》され、並行世界《へいこうせかい》を自在に渡《わた》り、歴史を組《く》み替《か》えてしまう力を授《さず》けられてしまう。

「ああ!!」

上条《かみじょう》は絶叫《ぜっきょう》する。

だがどうにもならない。

一つの終わりがやってくる。

結局は。

世界には救えない少女もいる、というルールが確定してしまう。

まさに。

その直前の出来事だった。

ギョロリ、と。

何か、あまりにも大き過ぎる何かの、視線の動きがあった。

「…………………………………………………………

…………………………………………………………あ」


最初、呆気《あっけ》に取《と》られた声を出したのは先行する『ブルーストーカー』だった。

同時に、何か凄《すさ》まじい力の奔流《ほんりゅう》があった。それは猛烈《もうれつ》な向かい風、タングラムの放つ拒絶《きょぜつ》の力であった。今の今まで絶対の安全圏《あんぜんけん》にいたはずの『ブルーストーカー』が、留まる。押《お》し留《とど》められる。自《みずか》らマスターキーと呼んでいた二人目のプラジナー、富良科《ふらしな》凜鈴《りん》を携《たずさ》えているにも拘《かか》わらず。

「な、にが!?　どうして私が拒絶《きょぜつ》される!?　あらゆる並行世界《へいこうせかい》へ散らばった、お前に拒絶《きょぜつ》された、だけど今度の今度こそ目途《めど》がついたはずなんだ！　それが、最も優秀《ゆうしゅう》なコードフェニックスがどうして最終段階にきて綻《ほころ》びを見せてしまう!?」

後を追う上条《かみじょう》もまた、変化を感じ取っていた。

タングラム。生物的だがどこか無味《むみ》乾燥《かんそう》で、理解のできなかった存在。そいつが、変わったと。見た目がどうこうではない。ただその内側から何かが滲《にじ》み出《で》ていると。そう分かった。

まるで。

今まで無人《むじん》制御《せいぎょ》で動いていたロボットに誰《だれ》かがアクセスして、遠隔操作《えんかくそうさ》で動かし始めた、とでも言うべきか……？

でも、そんな事ができるのは。


……………………………………………………………………

あらゆる次元や並行世界《へいこうせかい》をまたぎ、その門番や支配者として君臨し、接触《せっしょく》を拒《こば》まれた者は問答無用でランダムな世界へ永遠に放逐《ほうちく》される。そこまでリスキーな力の塊《かたまり》であるタングラムに、唯一絶対《ゆいいつぜったい》の権限でフルアクセスできる者と言えば……?

「ま、さか」

すぐ近くで、リリナが呆然《ぼうぜん》としたように呟《つぶや》いていた。

上条《かみじょう》もまた、思い当たるのは一人しかいなかった。

「本物の、リ、リリン・プ、プラジナーだって、い、いうのか!?」

そこに、どんな意図があったのかは知らない。

そこに、どんな利害があったのかは知らない。

そこに、どんな感情があったのかは知らない。

だけど、結果として絶対の存在はジャッジを下した。一つの世界を我欲《がよく》で崩《くず》し、一人の少女を追《お》い詰《つ》め、恐《おそ》れ多《おお》くも神にも等しい少女の模造品を作り上げた邪《よこしま》な男へ。

否《いな》、と。

だから、当然のように拒絶《きょぜつ》が始まった。

「ふざ、ふざけるな。すぐそこにあるんだ、全《すべ》てを手にする力がっ、マスターキーだって手に入れた、プラジナーはここにあるっ、なのに、なの、なのびゃああああああああああああああああああああああああああああああああああああああ⁉」

完全に、止まった。

あと数秒もすれば枝に引っかかっていた枯葉《かれは》が突風《とっぷう》に流されるように、並行世界《へいこうせかい》への追放が始まる。

すでにジャッジは下った。

タングラムは放逐《ほうちく》を選んだ。

それは絶対に逃《のが》れられない。ジタバタ暴れたって覆《くつがえ》らない。早いか遅《おそ》いかの違《ちが》いでしかない。じきに『ブルーストーカー』はランダムな並行世界《へいこうせかい》へ放《ほう》り投げられ、二度と上条達《かみじょうたち》と出会う機会はなくなるだろう。

放《ほう》っておけば良い。

それで全《すべ》ては解決する。

分かっていて、なお瞬間的《しゅんかんてき》に上条《かみじょう》は思考した。

（……それで良《い》いのか？）

多くの人が苦しめられた。

たった一人の少女がさんざん振《ふ》り回《まわ》された。

その全《すべ》ての元凶《げんきょう》。

結局一度もぶん殴《なぐ》る事もできなかった相手を。ただひょっこり横槍《よこやり》を入れてきた第三者のジャッジに任せて、このまま見過ごすなんて、そんなのを許せるのか。

富良科凜鈴《ふらしなりりん》は、分かりやすい涙《なみだ》なんか浮《う》かべなかった。

でも、そんな一滴《いってき》さえ奪《うば》ったのは、どこの誰《だれ》だ？

どこかにいる誰《だれ》か。知らないルール。

そんなのに任せておしまいか。

それしかないのか。

本当に？

「冗談《じょうだん》じゃねえ……」

気がつけば、上条《かみじょう》はそう呟《つぶや》いていた。

それはすぐに明確な叫《さけ》びに変わった。

「許せる訳ない。大物の判断に流すなんて真っ平だ！『ブルーストーカー』、お前を許すにしても何にしても、こっちは一発ぶん殴《なぐ》らなくちゃ気が済まねえんだよ‼　だからよこせ、その結末を俺《おれ》によこせェエえええええええええええええええええええええええ‼」

ここには拳《こぶし》はおろか、肉体らしいものは何もない。

幻想殺《イマジンブレイカー》しだって機能しているかどうか分からない。

だけど上条当麻《かみじょうとうま》はここにいる。

その事実は絶対に揺《ゆ》るがない。

だから光点のままに、最高速度で上条当麻《かみじょうとうま》は突撃《とつげき》した。タングラムの拒絶《きょぜつ》の力に押《お》し流《なが》され、それでもギリギリの所で耐《た》え続ける、執念深《しゅうねんぶか》い蛇《へび》のような『ブルーストーカー』へ。

何が起こるかなんて分からなかった。

ただ衝突《しょうとつ》があった。


ズボアッツッ!!!!!!　と。

上条当麻《かみじょうとうま》が『ブルーストーカー』の光点の中心をぶち抜《ぬ》き、木《こ》っ端微塵《ぱみじん》に四散させる。


もはや悲鳴すらなかった。

まとまった光点はより小さな粒子《りゅうし》のばらつきに変わり、そしてどこかへと流されていく。

抵抗《ていこう》らしい抵抗《ていこう》は何もなく。

無限に連なる並行世界《へいこうせかい》のどこへ落ち、どんな姿になるのかは想像もつかなかった。

ただ何となく、そこにいる『ブルーストーカー』は上条《かみじょう》の良く知る誰《だれ》かとは似ても似つかなくなるんだろうなと、それだけは直感で理解した。

やっとの一撃《いちげき》。

結末を、人任せにはしない。

大切な仲間を傷つけた誰《だれ》かにケジメを取らせ、代わりに一つ罪を負った。

「悪い」

唯一《ゆいいつ》残った光点。一人ぼっちの少女。

急ブレーキをかけて並び立った上条当麻《かみじょうとうま》は、富良科凜鈴《ふらしなりりん》に向けてこう告げた。

短く。

それでいて、強く。

「でも、やっと追い着いた」

返事なんて、なかった。

きっと簡単な言葉で言い表す事のできない何かが駆《か》け巡《めぐ》ったのだと、そう判断した。

そして変化は留《とど》まらなかった。

ようやく富良科凜鈴《ふらしなりりん》の元まで辿《たど》り着《つ》いた上条《かみじょう》は、そこで気づく。ただの光点のように見えたものから、何か薄《うす》い薄《うす》い、汚《よご》れのようなものが剝離《はくり》していく事に。

リリナが、唖然《あぜん》としたように呟《つぶや》いていた。

「『ブルーストーカー』の施《ほどこ》した『仕掛《しか》け』が解除されていきます……」

「？　それって」

「信じられません。『ブルーストーカー』の『仕掛《しか》け』は確かに邪悪《じゃあく》だったけど、でも、それがなければ富良科凜鈴《ふらしなりりん》は存在を許されないはず。そもそも実体のないはずの少女に実体を与《あた》える、なんてメチャクチャな状況《じょうきょう》で世界に引っかかっていたようなものなんですから。『仕掛《しか》け』を消せば富良科凜鈴《ふらしなりりん》は当たり前のように消滅《しょうめつ》する。そのはずなのに、そうなってない!? 論理的にありえないのに、何かが無理矢理に論理を成立させているんです!! まるで、まるで今ここで新しい肉の器《ルール》を用意して富良科凜鈴《ふらしなりりん》の安全を確保しているみたいに!!」

なんて反則。

なんて絶対。

なんて救済。

これが、タングラムを手にして、かつ、それを正しく回す者のジャッジ。出番を一つ奪《うば》われたのなら、別の何かで帳尻《ちょうじり》を合わせるとばかりの極大の茶目っ気。荘厳《そうごん》と愛嬌《あいきょう》、厳格と洒落《しゃれ》。何もかもが混ざり合った混沌《こんとん》。それは各々《おのおの》が一つの役割を全うする神話の神々ともまた違《ちが》う。例外的な行動を許せば信仰《しんこう》を失うような、そんなレベルの話ではない。ただがむしゃらに叫《さけ》んで手を伸《の》ばす事しかできなかった、約束はしても何の保証もできなかったちっぽけな少年とは、別の次元に君臨する存在。

救われた。

救ってもらった。

今度こそ完敗だと、戦う事しかできない上条当麻《かみじょうとうま》は認めるしかなかった。

「り……ッ!!」

上条《かみじょう》は思わずタングラムの方を見やり、何かを叫《さけ》ぼうとした。

だができなかった。

『ブルーストーカー』の頃《ころ》とは比べ物にならない絶対の向かい風が吹《ふ》く。歯を食いしばる事もその場に留《とど》まる事も許さない、圧倒的《あっとうてき》な奔流《ほんりゅう》。それでいて『ブルーストーカー』の放逐《ほうちく》に乗り出した時とは違《ちが》う、精密な指向性さえ感じられるその流れ。

元の世界に帰れと、何かは言外に告げているようだった。

吹《ふ》き飛《と》ばされる直前、上条《かみじょう》は見た。

目は口ほどにものを言う。

巨大極《きょだいきわ》まるタングラムの表面に刻まれた正体不明の紋様《もんよう》。そこに込《こ》められた意味が、ほんの少しだけ変わっていたような、そんな気がした。

8

そして全《すべ》てが吹《ふ》き飛《と》ばされる。

元あった場所へと、上条当麻《かみじょうとうま》や富良科凜鈴《ふらしなりりん》は押《お》し流《なが》されていく。

そう。

富良科凜鈴《ふらしなりりん》はそちらの所属だと、そうある事を願っていると、行動で示した『何か』によって。

終章

結論から言うと、結局、何も残らなかった。

街には破壊《はかい》の痕跡《こんせき》はなく、人々はセカンドプラジナーに立ち向かった記憶《きおく》も持っておらず、次世代競技バーチャロンなどというものも、影《かげ》も形も見当たらなかった。

そもそもの発端《ほったん》の段階からして、因果や事象を束ねるタングラムの不正使用から始まっている。ひょっとしたら、自《みずか》らの意思を持つタングラムが『何か』を思い出した途端《とたん》に、全《すべ》ては滞《とどこお》りなく修正されたのかもしれなかった。

だから街はいつも通り。

風力発電のプロペラは回り、生み出された電気は速《すみ》やかに統合、再分配されて、あちこちの家庭に光をもたらす。何事もなく笑《え》みがこぼれ、何事もなく時間が進んでいく。当たり前の日々が広がっている。

悲劇なんて何もなかったと言わんばかりに。

富良科《ふらしな》凜鈴《りんりん》の消失なんて誰《だれ》も知らないと言わんばかりに。

「とうまー、スフィンクス見かけなかった？」

「ん？　そっちの棚《たな》の方にいなかったっけ。猫《ねこ》は狭《せま》い所とか高い所とか好きだからな」

「あっ！　いた‼」

トテトテと走るインデックスが、両手を伸《の》ばして棚《たな》の上の三毛猫《みけねこ》を掴《つか》む。

そのまま抱《だ》き寄せる。

未練がましく虚空《こくう》へ猫《ねこ》パンチを放っていた、その先。

棚《たな》の上。

そこにはポータブルデバイスと呼ばれる、見慣れない携帯《けいたい》ゲーム機が置いてあった。


「……、」


小さな画面の中にはネットニュースの記事があった。

簡素な記事でこうあった。

『電脳戦機バーチャロンというフリーゲームに流行の火が点《つ》いています。製作者の名前は富良《ふら》科凜鈴《しなりりん》さん。このゲームは現在普及《ふきゅう》しつつあるポータブルデバイスを利用し、実際に存在する街並みの中でバーチャロイドと呼ばれる架空《かくう》のロボット兵器を戦わせるという内容で、リリナと呼ばれるサポートＡＩの力も借りる事でプレイヤーは負担なく本格的な……』

それは、本来の形とは違《ちが》ったのかもしれない。

別の道を辿《たど》った別のバーチャロンだったのかもしれない。

でも。

きっと、『ブルーストーカー』が世に放ったものよりも多くの笑顔《えがお》を生み出せるものだと、上条《かみじょう》は信じていた。

「とうま、どうしたの？」

「いいや、何でも」

スリープモードに入ったのか、ポータブルデバイスの画面から光が消えた。

上条《かみじょう》とインデックスは部屋の出入口、玄関《げんかん》のドアの方へと歩いていく。

パタン、と扉《とびら》が開閉される。

どんな形であれ、どんな内容になったとしても。
今日も学園都市のあちこちで、バーチャロンはプレイされている。

あとがき

はい、そんな訳で鎌池《かまち》和馬《かずま》です！

今回のお話はもうお分かりと思われますが、とある魔術《まじゅつ》の禁書目録《インデックス》と電脳戦機バーチャロンで何かクロスオーバーしようぜ!!　といった夢企画《ゆめきかく》が発端《ほったん》となっております。発端《ほったん》と言われてもそこに行くまでにさんざっぱらねじれた何かがあるだろう、とお思いのあなた。実は私も最初にオファーを受けた時はこの業界は広いのか狭《せま》いのかどっちなの!?　と奇妙《きみよう》な縁《えん》の力に驚《おどろ》いたものです。バーチャロンなのにレバー二本じゃないの？　ジャンプキャンセルボタンは？　ゲージの削《けず》り合いではなくポイント奪取制《だつしゆせい》になっているのは何故《なぜ》？　などなど思われた方もたくさんいるかもですが、それも既存《きそん》シリーズからルールを適用する訳ではなく、夢企画《ゆめきかく》のために新たに丸ごとルールブックを用意していただいた経緯《けいい》があるからなのです。そう、意外と感じられるかもしれませんが、これらの『いつもと違《ちが》うバーチャロン』は、主にセガ様サイドからのご提案が圧倒的《あっとうてき》に多かったりします。……当初は結構バーチャロン寄りの硬派《こうは》な（そう、改めて調べてみれば調べてみるほどにどっさり出てくる）世界観で詰《つ》めるべきなのかしら、と思っていた所へプロットを見た亙《わたり》さんから『もっと自由で良《い》いっすよ』とバッサリ一刀両断された時は、何だろう、なんていうか上手《うま》く説明できないけど、違《ちが》う、なんかいつもの仕事と違《ちが》う!! と激しく動揺《どうよう》したのを覚えています。

そんなこんなでバーチャロンという題材で遊び倒《たお》しつつも、ベースはインデックスの方へ寄せています。

ちなみに好きな機体は何か、と言われるとテムジンかフェイ・イェン。ベタかもしれませんが、操作にクセの少ない機体を好む傾向《けいこう》があるのかも？　ただ、実はバーチャロイドそのものよりもタングラムの方が気になっていたりします。付き合う人を選ぶ、すごい力持っているんだけど別に威張《いば》り散らしたりしないで普段《ふだん》は異次元的なトコに引きこもっている、知らない人が迂闊《うかつ》に近づくとツンツン迎撃《げいげき》して追《お》っ払《ぱら》う、生みの親であるリリン・プラジナーだけはどこか繫《つな》がっている……などなど、なんか内気系ツンデレの匂《にお》いがするんですよね、この真ん丸。無機物（？）なのにキャラクターが浮《う》かび上《あ》がっている辺りに引っかかりを覚えるのかもしれません。

亙《わたり》さんを始めとしたセガ様の皆《みな》さん、セカンドプラジナーなどの機体設定デザインどころか直接イラストまで担当していただいたカトキハジメさん、編集の三木《みき》さん、小野寺《おのでら》さん、阿南《あなん》さんには感謝を。こういうリソースとか才能の無駄遣《むだづか》い大好き。昨今の書籍《しょせき》は発売前の話題性が重要、などという話も良く耳にしますが、ここだけである種かっさらったのでは。今回は本当にありがとうございました。

そして読者の皆様《みなさま》にも感謝を。夢企画《ゆめきかく》から始まった今回のクロスオーバー、いかがでしたでしょうか。いつもと同じ学園都市を踏襲《とうしゅう》しつつ、いつもではできないスケールの戦いを目指してみました。楽しんでもらえたなら幸いです。

それでは、今回はこの辺りで。

いつか夢の冠《かんむり》が取れる日が来ますように

鎌池和馬《かまちかずま》

◉鎌池和馬著作リスト

「とある魔術の禁書目録《インデックス》」（電撃文庫）
「とある魔術の禁書目録《インデックス》②」（同）
「とある魔術の禁書目録《インデックス》③」（同）
「とある魔術の禁書目録《インデックス》④」（同）
「とある魔術の禁書目録《インデックス》⑤」（同）
「とある魔術の禁書目録《インデックス》⑥」（同）
「とある魔術の禁書目録《インデックス》⑦」（同）
「とある魔術の禁書目録《インデックス》⑧」（同）
「とある魔術の禁書目録《インデックス》⑨」（同）
「とある魔術の禁書目録《インデックス》⑩」（同）
「とある魔術の禁書目録《インデックス》⑪」（同）
「とある魔術の禁書目録《インデックス》⑫」（同）
「とある魔術の禁書目録《インデックス》⑬」（同）
「とある魔術の禁書目録《インデックス》⑭」（同）
「とある魔術の禁書目録《インデックス》⑮」（同）
「とある魔術の禁書目録《インデックス》⑯」（同）

「とある魔術の禁書目録《インデックス》⑰」（同）
「とある魔術の禁書目録《インデックス》⑱」（同）
「とある魔術の禁書目録《インデックス》⑲」（同）
「とある魔術の禁書目録《インデックス》⑳」（同）
「とある魔術の禁書目録《インデックス》㉑」（同）
「とある魔術の禁書目録《インデックス》㉒」（同）
「とある魔術の禁書目録《インデックス》SS」（同）
「とある魔術の禁書目録《インデックス》SS②」（同）
「新約　とある魔術の禁書目録《インデックス》」（同）
「新約　とある魔術の禁書目録《インデックス》②」（同）
「新約　とある魔術の禁書目録《インデックス》③」（同）
「新約　とある魔術の禁書目録《インデックス》④」（同）
「新約　とある魔術の禁書目録《インデックス》⑤」（同）
「新約　とある魔術の禁書目録《インデックス》⑥」（同）
「新約　とある魔術の禁書目録《インデックス》⑦」（同）
「新約　とある魔術の禁書目録《インデックス》⑧」（同）
「新約　とある魔術の禁書目録《インデックス》⑨」（同）
「新約　とある魔術の禁書目録《インデックス》⑩」（同）

「新約　とある魔術の禁書目録《インデックス》⑪」（同）
「新約　とある魔術の禁書目録《インデックス》⑫」（同）
「新約　とある魔術の禁書目録《インデックス》⑬」（同）
「新約　とある魔術の禁書目録《インデックス》⑭」（同）
「新約　とある魔術の禁書目録《インデックス》⑮」（同）
「ヘヴィーオブジェクト」（同）
「ヘヴィーオブジェクト　採用戦争」（同）
「ヘヴィーオブジェクト　巨人達の影」（同）
「ヘヴィーオブジェクト　電子数学の財宝」（同）
「ヘヴィーオブジェクト　死の祭典」（同）
「ヘヴィーオブジェクト　第三世代への道」（同）
「ヘヴィーオブジェクト　亡霊達の警察」（同）
「ヘヴィーオブジェクト　七〇％の支配者」（同）
「ヘヴィーオブジェクト　氷点下一九五度の救済」（同）
「ヘヴィーオブジェクト　外なる神」（同）
「ヘヴィーオブジェクト　バニラ味の化学式」（同）
「インテリビレッジの座敷童」（同）
「インテリビレッジの座敷童②」（同）

「インテリビレッジの座敷童③」(同)
「インテリビレッジの座敷童④」(同)
「インテリビレッジの座敷童⑤」(同)
「インテリビレッジの座敷童⑥」(同)
「インテリビレッジの座敷童⑦」(同)
「インテリビレッジの座敷童⑧」(同)
「インテリビレッジの座敷童⑨」(同)
「簡単なアンケートです」(同)
「簡単なモニターです」(同)
「ヴァルトラウテさんの婚活事情」(同)
「未踏召喚：//ブラッドサイン」(同)
「未踏召喚：//ブラッドサイン②」(同)
「未踏召喚：//ブラッドサイン③」(同)
「未踏召喚：//ブラッドサイン④」(同)
「とある魔術のヘヴィーな座敷童が簡単な殺人妃の婚活事情」(同)
「最強をこじらせたレベルカンスト剣聖女ベアトリーチェの弱点
その名は『ぶーぶー』」(同)
「とある魔術の禁書目録×電脳戦機バーチャロン　とある魔術の電脳戦機《バーチャロン》」(同)

本書に対するご意見、ご感想をお寄せください。

電撃文庫公式ホームページ 読者アンケートフォーム
http://dengekibunko.jp/
※メニューの「読者アンケート」よりお進みください。

ファンレターあて先
〒102-8584　東京都千代田区富士見1-8-19
アスキー・メディアワークス電撃文庫編集部
「鎌池和馬先生」係
「カトキハジメ先生」係

本書は書き下ろしです。

電撃文庫

とある魔術《まじゅつ》の禁書目録《インデックス》×電脳戦機《でんのうせんき》バーチャロン

とある魔術《まじゅつ》の電脳戦機《バーチャロン》

鎌池和馬《かまちかずま》

発　行　　2016年5月10日　初版発行

発行者　　塚田正晃
発行所　　株式会社KADOKAWA
〒102-8177　東京都千代田区富士見2-13-3
プロデュース　　アスキー・メディアワークス
〒102-8584　東京都千代田区富士見1-8-19
03-5216-8399（編集）
03-3238-1854（営業）
装丁者　　荻窪裕司 (META + MANIERA)
印刷　　株式会社暁印刷
製本　　株式会社ビルディング・ブックセンター

ISBN978-4-04-865945-1　C0193　Printed in Japan

電撃文庫　http://dengekibunko.jp/
株式会社 KADOKAWA　http://www.kadokawa.co.jp/

電撃文庫創刊に際して

文庫は、我が国にとどまらず、世界の書籍の流れのなかで〝小さな巨人〟としての地位を築いてきた。古今東西の名著を、廉価で手に入りやすい形で提供してきたからこそ、人は文庫を自分の師として、また青春の想い出として、語りついできたのである。

その源を、文化的にはドイツのレクラム文庫に求めるにせよ、規模の上でイギリスのペンギンブックスに求めるにせよ、いま文庫は知識人の層の多様化に従って、ますますその意義を大きくしていると言ってよい。

文庫出版の意味するものは、激動の現代のみならず将来にわたって、大きくなることはあっても、小さくなることはないだろう。

「電撃文庫」は、そのように多様化した対象に応え、歴史に耐えうる作品を収録するのはもちろん、新しい世紀を迎えるにあたって、既成の枠をこえる新鮮で強烈なアイ・オープナーたりたい。

その特異さ故に、この存在は、かつて文庫がはじめて出版世界に登場したときと、同じ戸惑いを読書人に与えるかもしれない。

しかし、〈Changing Times,Changing Publishing〉時代は変わって、出版も変わる。時を重ねるなかで、精神の糧として、心の一隅を占めるものとして、次なる文化の担い手の若者たちに確かな評価を得られると信じて、ここに「電撃文庫」を出版する。

1993年6月10日
角川歴彦